L'ENFANT MÉDUSE
SYLVIE GERMAIN

메두사 아이

실비 제르맹 장편소설

이창실 옮김

실비 제르맹

실비 제르맹은 1954년 프랑스 중서부의 도시 샤토루에서 태어났다. 부지사를 지내기도 한 공무원 아버지를 따라 프랑스의 여러 소도시를 옮겨 다니며 유년 시절을 보냈다. 1970년대 파리 낭테르 대학에서 철학자 에마뉘엘 레비나스를 만나 깊은 영향을 받았고, 그의 지도 아래 석사 및 박사 논문을 썼다. 논문의 주제는 기독교 신비주의에서의 고행, 그리고 인간의 얼굴 및 악과 고통에 대한 성찰이었다. 『페르소나주』를 비롯해 『밤의 책』 등의 대표작에서도 고스란히 느껴지는 작가 특유의 번뜩이는 신비주의적 직관 및 영적 언어는 이런 연구와 무관하지 않을 것이다. 바로크풍의 화려하고 역동적인 문체를 특징으로 하는 그녀의 작품들은 역사적 현실과 환상을 넘나드는 서사로 진실의 밑바닥을 건드린다. 1981년부터 단편소설을 써오던 그녀는 1985년 『밤의 책』을 발표해 여섯 개 문학상을 받으며 작가로서 입지를 다졌다. 이듬해 1986년 체코 프라하로 떠나 정착하며 『호박색 밤』, 『분노의 날들』을 발표했고, 체류 마지막 시기에 이르러 체코를 배경으로 한 작품을 쓰기 시작해 『프라하 거리에서 울고 다니는 여자』, 『이망시테』, 『소금 조각』을 발표했다.

린다와 앙리 드 메리냐크에게

- 본문에 실린 각주는 모두 옮긴이 주이다.
- 단행본은 『 』 단편은 「 」 그림·음악 제목은 〈 〉로 묶었다.

죽어가면서도 아무 말 하지 않았기에,
당신은 부지중에 한겨울 어느 날
꽃 핀 큰 사과나무가
솟아나게 했다.

- 질 쉬페르비엘

유년

"그날이 오면 나는 정오에 해가 사라지게 하고 대낮에 땅
이 어두워지게 만들 것이다……"라고 주께서 말씀하셨다.

– 아모스 8 : 9 - 10

첫 번째 채색 삽화

기이한 밤, 예기치 못한 밤이 대낮에 나타난 참이었다. 조금 전까지도 보이지 않았던 달이 어둠과 속도와 힘으로 완벽히 무장하고 하늘 한복판에서 불쑥 튀어나왔다. 달은 자신이 묶여 있던 밤의 홋줄을 끊고 진청색과 자주색 거대한 구름 소용돌이를 거슬러 돌진했다. 평소라면 구름 속에서 얼굴을 내밀며 하늘에 입성하는 달이 이제 시간의 질서를 파기하고 모든 구속과 법칙을 벗어던진 것이다. 잉크 빛을 띤, 전쟁과 광기의 빛을 띤 달이 해를 향한 공략에 나서고 있다.

달이 흐물흐물한 광환의 해 위를 굴러간다. 작열하는 기다란 깃털을 가득 곤두세운 해가 방패 같은 달 주위로 흰 문어의 구불구불한 팔을 뻗는다. 거대한 그림자가 땅을 덮쳐 집어삼킨다. 땅과 담벼락들과 지붕들이 흔들리며, 만물이 물의 떨림과 잿빛 파동으로 가득하다.

난데없는 냉기가 내려 모든 생명체와 나무와 돌 안으로 스며든다. 새들도 노래를 멈추고 심장을 콩닥대며 나뭇가지 위로 바싹 몸을 웅크린다. 그들에겐 어둡고 텅 빈 하늘을 향해 날아오를 힘이 없다. 그런 침묵에 어울리는 노래를 찾을 수도 없다. 집과 마당 안의 개들은 바닥에 엎드린 채 낑낑댄다. 등줄기가 뻣뻣하고 옆구리도 긴장되어 있다. 대기 중에 감도는 늑대의 냄새를 맡았는지 그들은 높고 날카로운 신음 소리를 낸다. 잿빛 털을 지닌 천상의 거대한 늑대 냄새. 어린아이들도 겁에 질려 몇몇은 울음을 터뜨리기까지 한다. 그 천상의 늑대가 빛을 먹어치운다.

그래도 하늘은 아름답다. 달이 해의 몸통을 삼켜버렸다. 두 천체가 어둠과 불의 포옹 속에서 잠시 하나가 된다. 무감각한 잿빛 몸이 생명력으로 타오르는 상대의 몸 위로 드러눕는다. 어둠 주위로 헝클어진 빛무리가 형성된다. 죽은 바다들로 구멍 나고 먼지로 번들대는 금 간 바윗덩어리 표면의 천체가 은은한 장밋빛 후광으로 둘러싸인다. 그러자 사방에 별들이 돋는다.

별들이 반짝인다. 황홀경에 빠져 몸부림치며 용해된 한 쌍의 뒤엉킨 몸 위로 태곳적부터 존재한 무수한 눈들의 차가운 금빛 시선기 내려앉는다.

낮도 아니고 밤도 아니다. 전혀 다른 차원의 시간이다. 흘러가는 시간과 영원, 경이와 공포 사이의 아슬아슬한 접점이다. 모습을 드러낸 건 벌거벗은 세상의 심장이다. 광휘에 둘러싸인 어두운 심장.

사람들의 마음속에 불쑥 의심이 고개를 쳐든다. 시간의 바람 속에, 세상의 몸속어 든 자신들의 운명에 대한 의심이다. 그들의 죽음 또한 저기 그들 머리 위에서 반짝이는 형상과 흡사할 것인가? 영원히 소멸한 육신이 순수한 빛으로 둘러싸여 진줏빛 불의 광선을 펼치며 사랑의 절정에서처럼 또 한 번 찬란히 떨릴 수 있을 것인가? 그렇게 육신이 정말로 죽음에서 벗어나 욕구로 활활 타오를 수도 있지 않을까? 그들은 알고 싶다!

그렇게 하늘을 올려다보던 사람들의 시선 속에는 한없이 달콤한 동요가 감돈다.

그럼에도 그들의 시선은 신중함을 잃지 않는다. 인간은 본디 겁이 많은 족속이어서 앎에 대한 안달도 두려움엔 제압당한다. 일식을 관찰하는 그들 모두는 일식관측안경 너머로 하늘을 바라본다. 지고한 아름다움을 보는 순간 인간은 눈이 머는 법이니까.

학교 운동장에 아이들이 모두 모여 있다. 평생 다시 볼 수 없을 하늘의 이 환상적인 광경을 더 자세히 보려고 아이들은 이리저리 목을 틀며 검은 유리알 속에 안전히 보호된 눈을 깜박인다. 그들은 어둠에 잠긴 운동장을 가로질러 꼼짝 않고 옹기종기 모여서 있다. 거대한 흑요석 눈을 한 곤충 떼처럼 보이기도 한다. 시끌벅적한 비행을 시작하기 전 창백한 납빛 하늘을 조심스레 살피는 곤충 떼. 그들은 숨을 참는다. 그들의 익숙한 천체들이 기적을 완수하는 중이다. 대낮에 찾아든 밤이다. 달이 태양 빛을 훔쳐 가버린 거다.

그들은 바라보고 또 바라본다. 이 기적이 이어졌으면, 이 기이한 광경이 하늘에 머물렀으면, 달이 또 다른 마술을 부렸으면, 하고 기대한다.

그러나 모든 게 순식간에 지나간다. 달이 미끄러지며 휘청대는가 싶더니 모습을 다시 드러낸 햇빛 속으로 사라진다. 그렇게 달아나며 어둠과 별들도 함께 데려간다. 잠깐 동안 하늘에 불러들인 근사한 마법도 함께.

이제 해만 남아 있다. 그 장밋빛 후광과 하얗게 타오르던 불꽃은 사라지고 없다. 아이들은 유리 가면을 내리고 술렁거리며 다시 떠들어 던다.

한 아이가 해를 향해 얼굴을 든 채 조용히 남아 있다. 입술엔 환한 미소가 감돈다. 그 곁엔 어린 소녀가 서 있다. 크고 검은 눈의 소녀다. 아주 큰 눈이어서, 그 광채가 소녀의 얼굴에 무한한 경이에 사로잡힌 듯한 좀 우스꽝스러운 표정을 부여한다. 소녀가 소년의 외투 자락을 살며시 잡아당긴다. 두 아이 모두 목에 빨간 털목도리를 두르고 있다.

달은 사라지고 없다. 그러나 몇 분 동안 땅을 감쌌던 은빛 어둠에 두 아이는 아직도 눈이 부시다. 그 어둠이 그들의 눈꺼풀 속에서 일렁이며, 살갗 아래서 전율하고, 심장 속에서 소용돌이친다.

그들의 눈은 축제에 들고, 그들의 심장은 기쁨에 설렌다. 그들에겐 세상이 여전히 마법처럼 여겨진다.

전설

　세상은 그들에게 놀라운 무엇이다. 삶이 그들 앞에서 게임처럼 열린다. 이제 그들이 규칙을 알아채기 시작한, 흥미진진한 모험 같은 게임이다. 아무 근심 없는, 경쾌한 유년의 날들. 햇빛 속에 부풀어 오른 비눗방울.

　아이의 이름은 루이-펠릭스 앙슬로. 열한 살이고, 구릿빛 밀 이삭 같은 머리털에다 주근깨가 박힌 얼굴, 아몬드 눈을 한 아이다. 근시인 이 아이는 뿔테 안경을 썼고, 안경 속 눈을 쉴 새 없이 깜박인다. 세상 모든 것에 대한 강렬한 호기심과 가시 세계를 보고자 하는 열망, 그리고 무엇보다 하늘의 지형에 대한 크나큰 관심 탓이다. 하늘을 향한 이 열정이 유년기의 그를 이미 사로잡았다. 별과 천체와 머나먼 행성들에 그의 시선이 단숨에 매료당했다. 그는 자신이 어느 여름 한밤중에, 달도 안개도 없는 하늘 아래 태어났다는 사실을 즐겨 떠올린다. 별이 총총한 청명한 하늘, 거문고자리의 별들이 찬란히 빛나고 직녀성이 정점에 이른 시각에 태어난 것이다. 그날 밤 그 거문고가 낭랑한 소리를 발하고 그 떨림이 갓난아이의 눈꺼풀 아래까지 미친 건지도 모른다. 그날 이후로 그 소리는 마법에 걸린 아이의 마음속에서 점점 고음으로 치닫기만 한다.

그의 마음과 눈과 생각과 욕구, 그의 온 존재가 이 다른 세계에 매혹당해 있다. 매일 밤 그의 머리 바로 위에서 반짝이는 너무도 가까운 세계, 머리 위의 무한한 세계.

까마득히 펼쳐진 놀라운 세계인 저 위의 하늘. 밤낮없이, 새벽에도 황혼녘에도 항상 존재하는 하늘. 장밋빛이나 푸른빛을 띠거나, 주홍빛이나 연한 자줏빛, 청회색이나 금속색, 흑옥색을 띠기도 하는 광막한 하늘. 별들이 총총하고, 밤메꽃 같은 달이 피고 지며, 엉겅퀴나 크고 붉은 마가목 열매나 창백한 깃털 뭉치처럼 생긴 그 모든 태양이 존재하는 풍요로운 하늘. 깊디깊은 그 하늘 끝자락에서 성운이 떠돌다 경계 너머 미지의 심연으로 흘러들어 점점 멀어져 가기도 한다. 경쾌하고 다정한 이 하늘엔 우윳빛 별들과 구름과 안개와 눈, 그리고 무지개가 있다. 그런가 하면 바람을 일으키고 벼락을 내리치고 별똥별을 쏟아내는 난폭한 하늘이기도 하다.

하늘은 힘과 속도감이 넘치는 거대한 그림책이다. 매 페이지가 살아 똬리를 틀고 몸을 비틀고 날아오르고 찢기고 다시 나타나는데, 매번 동일하면서도 새로운 모습이다. 늘 다시 쓰이고 이어지고 재조명되는 텍스트기도 하다. 루이펠릭스가 좋아하는 이 화첩엔 그가 아직 읽지 않은 무수한 페이지가 있고, 무엇보다 그가 보지 못한 무수한 형상들이 존재한다. 해독이 어려운, 넘겨도 넘겨도 끝이 없는 화첩이다. "나중에 크면 천문학자가 될 거야."라고 루이펠릭스는 단언한다. 그는 자신의 소명을 철석같이 믿으며, 그 멋진 꿈을 이루기 위해 이미 준비한다. 이 어린 별 숭배자는 진정한 과학자가 되려면 공부를 많이 해야 한다는 걸 잘 알고 있다. 그래서 조급한 열정을 다해 아마추어 천문학자를 위한 도서와 기사를 닥치는 대로 탐독한다. 그가 머리맡에 두고 자는 책은 천문도감이며, 그의 방 벽은 잡지에서 오려낸 천체 사진과 포스터로 뒤덮여 있다. 침대 위 천장에도 천체 지도가 붙어 있고, 독서등은 푸르스름한 빛을 발하는 커다란 아크릴 유리 천구본이다. 매일 밤 그는 인조 창공에 둘러싸여 잠이 들며, 부서지는 햇빛과 반짝이는 별들과 영롱한 북극광으로 가득한 꿈을 꾼다. 꿈속에서 그는 행성들 주위를 돌며 태양풍 속을 날아다니고 은하수를 건너거나 나비채집가처럼 별똥별을 잡으려고 광막한 하늘을 가로지르며 뛰어다닌다.

열 살 되던 해 생일, 그는 근사한 쌍안경을 받았다. 별을 사랑하는 근시인 아이에겐 이중의 기적이랄 수 있는 선물이었다. 먼 곳을 크게 확대해서 볼 수 있는 두 눈을 선사 받은 셈이었다. 이 마법의 눈만 있으면 보이지 않는 것도 볼 수 있고, 땅 너머의 것도 살필 수 있고, 세상의 무대 뒤로 남몰래 스며들 수도 있었다. '별들의 우리 어린 왕자에게.' 선물을 포장한 광택지에 그의 어머니는 그렇게 써두었다.

어린 왕자에겐 자신의 왕국인 하늘이 있었다. 그는 왕궁이 필요했기에, 그 자신이 그걸 고안해 냈다. 자신의 손으로 다락방에 천문대를 만든 것이다. 창문 앞에 가져다 둔 등 없는 의자가 전부긴 하지만 말이다. 창문이 낮아 그는 의자 다리를 톱으로 잘라 바닥에 바싹 붙어 앉다시피 한다.

소형 나무 삼각대를 직접 만든 뒤 그 위에 작은 판자를 올려 쌍안경 받침대로 삼는다. 의자 옆에는 고리 바구니를 엎어놓아 연구에 필요한 장비를 올려두었다. 평면구형도, 그 고장 지도, 달력, 자명종 모눈종이, 노트 두 권을 포함해, 연필과 펜, 자, 지우개, 각도기, 컴퍼스가 든 필통 등등. 매번 관측이 이루어질 때마다 그는 메모하고 측정했으며, 도표를 그리고 스케치한다. 대론 느낌을 적어두기도 한다. 노란 표지의 노트 안엔 메모와 스케치가 뒤죽박죽 섞여 있지만, 푸른 표지의 노트엔 정성스러운 기록이 담겨 있다. 노란 노트로 그는 초보 천문학자 행세를 하지만, 푸른 노트 안에는 별에 대한 자신의 사랑을 한껏 쏟아놓는다.

그러나 별들의 어린 왕자는 자신의 왕국을 확장해 나가기를 꿈꾼다. 이제 그의 욕구는 온전히 망원경으로 향해 있다. 그걸 소유하게 되는 날, 그는 진짜 왕이 될 것이다. 어찌 됐든 그의 장비는 눈에 띄게 늘어났으며, 열한 살 되는 생일엔 카메라를 선물로 받았다. 그 카메라로 그는 별들과 특히 달 사진을 찍는 데 몰두한다. 그렇게 그의 눈은 한 번 더 기적을 경험했다. 이제 그의 시선은 끝없이 이어지는 어떤 명확한 기억과 접쳐진다. 광택지의 작은 사각형들로 잘려 다달이 부풀어 가는 흑백의 기억이다. 낮 시간 내내 그는 나쁜 시력 탓에 괴로워하지만 자신의 왕궁인 천문대에서 잠도 자지 않고 깨어 있는 밤이면 믿기지 않을 만큼 좋은 시력으로 돌아왔다. 그럴 때마다 정확하고 주의 깊은 그의 시선은 멀리까지 날아올라 노트 안에 흔적을 남기며 그의 인내와 황홀경을 증명해 보인다. 온종일 누더기에 나막

신을 끌고 다니는 신데렐라가 밤이면 눈부신 드레스에 아름다운 모피 구두 차림으로 빙글빙글 춤을 추는 것이다. 루이-펠릭스는 자신이 신데렐라와 남매인 양 느껴진다. 그에겐 무도회의 밤들이 자신의 천상 다락방에서 열리며, 지고의 시선을 지닌 그는 달과 별들과 춤을 추지만 말이다. 이 몇 시간만큼은 그도 낮 동안 그를 괴롭힌 근시에서 벗어나 영광의 눈을 되찾는다.

*

　루이-펠릭스는 괴짜 취급을 받는다. 사람들은 그가 나이에 비해 지나치게 똑똑하다고, 범상치 않은 호기심과 기억력을 지녔다고 생각한다. 그는 이미 두 학년을 월반해 있다. 기이한 질문을 쏟아내고 뭐든 알고자 하며 지칠 줄 모르는 배움의 욕구를 드러내는 이 아이 앞에서 교사들은 당혹스러워한다. 그는 수학과 지리와 자연과학에서 두각을 나타낸다. 아이가 여섯 살이 되자 부모는 피아노 레슨을 받을 것을 제안하지만 그는 가장 우수하다고 여겨지는 미국 천문학 잡지들을 읽기 위해 영어 수업을 받겠다고 했다. 아이는 어머니가 들려주는 이야기들, 고대 그리스·로마 신화에서 빌려온 이야기들도 좋아했다. 익숙한 이름들이 등장하는 이야기들이었다. 주피터, 우라노스, 머큐리, 페가수스, 넵튠, 사투르누스, 카시오페이아, 타이탄, 안드로메다, 비너스 등등. 신들의 사랑과 갈등으로 별과 행성들은 전설의 후광을 지니게 되고, 천상의 그 거대한 족속들은 더 큰 신비와 아름다움을 부여받게 된 셈이었다. 그가 가장 매료당한 이름 중에는 공간과 빛에 취한 새처럼 태양을 향해 곧장 날아올라 사랑의 광기로 죽은 열정적인 이카로스가 있었고, 눈부시게 하얀 피부와 반짝이는 은빛 시선을 지닌 아름다운 달의 여신 셀레네가 있었다.

한 유일신이 그 모든 우주를 창조하셨다. 그게 바로 교리 시간에 조아킴 신부가 그에게 가르쳐 준 것이다. 끊임없이 팽창하고 있는 이 무한한 우주를, 전능하신 그 유일신이 무無에서 창조하셨다. 그 후에 그 모든 광포한 신들과 그만하고 질투심 강한 여신들이 도래했다. 그러나 인간들의 땅에서 그들의 통치는 얼마 가지 못했고 오래전에 막을 내렸다. 호전적인 신들과 아름다운 여신들은 황금빛 과거의 먼 지평선으로 물러나 버린 거다. 조아킴 신부의 말대로라면, 그 신들은 모두 인간이 진짜 하느님의 계시를 받기 전에 빚어낸 상상의 산물이었다. 인간의 꿈속에서 무르익고 인간에 의해 가장 높은 하늘 가지 위에 걸리게 된, 빛과 폭력으로 가득한 탐스러운 열매들. 그러나 유일신 하느님이 그 꿈을 흩트려 놓았고, 시간이 벼락과 오만과 분노의 이 열매들을 휩쓸어 가버렸다. 그러나 실추한 그 신들과 여신들은 그렇게 쫓겨나며 자신들의 눈부신 이름을 하늘 방방곡곡에 흩뿌려 놓았다. 별들 위에, 진홍빛 고리 — 유랑하는 신들의 이마를 장식한, 돌과 얼음과 먼지의 왕관 — 를 두르고서 떠도는 행성들의 몸 위에, 그것들을 내려놓은 것이다.

루이-펠릭스는 놀라울 만큼 지적으로 성숙한 동시에 천진하기 이를 데 없어 사람들의 눈엔 더더욱 기이한 아이도

비친다. 악의라고는 눈곱만큼도 없기에 종종 바보로 여겨져 그보다 훨씬 나이가 많은 급우들의 조롱거리가 되기도 한다. 그러나 그런 순진함보다 더 우스꽝스러운 기벽만 아니었어도 그렇게까지 놀림의 대상이 되지는 않을 것이다. 잠시라도 멈춰 서 있을라치면 그는 폴짝거리고 싶은 욕구를 누를 수 없는 것이다. 그러면 두 다리를 찰싹 붙이고 팔은 늘어뜨리고 머리는 곧추세우고 시선은 허공에 둔 채 폴짝폴짝 뛰어오른다. 유연하지도 우아하지도 않은 동작으로, 분명한 이유도 없이, 자동인형처럼 폴짝거린다. 서 있기만 하면 그렇게 발밑의 보이지 않는 용수철이 작동하는 이유가 뭔지 아무도 알 수 없다. 그 자신도 이 괴상한 행동에 대해 해명하기 어려울 것이다. 그처럼 뛰어오르고 싶은 물리칠 수 없는 욕구를 느낄 뿐, 그게 전부다. 그러고 나면 긴장이 풀린다. 몽상에 잠기거나 생각에 몰두하기가 더 쉬워진다는 느낌이다. 어쩌면 뛰어오르는 이 엇박의 동작을 통해 무중력의 희열을 시험해 보려는 것일 수도 있다.

늦은 오후나 일요일에 와즐뢰르*가街에 자리한 그의 집 앞을 지나가는 이들은 그가 자기 집 정원에서 메트로놈처럼 규칙적으로 뛰어오르는 모습을 종종 보게 된다. 사람들은 그의 이름을 비틀어 그를 루프**나 루-펠레*** 같은 좀 경멸적인 애칭으로 부르는 외에도 미친 참새나 용수철 달린 원숭이, 꼬마 캥거루 같은 별명으로 부른다. 그는 개의

---

* Oiseleur. 프랑스어로 '새잡이'를 뜻한다.
** Louf. '살짝 돈'이라는 뜻의 프랑스어.
*** Loup-Fêlé. '살짝 미친 늑대'라는 뜻의 프랑스어.

치 않는다. 상당수의 별자리도 동물들의 이름을 받지 않았던가. 하늘엔 거대한 동물도감이 살아 숨 쉰다. 추방당한 신들이 궁정 동물원 안에 사는 것이다. 그곳엔 용이나 암컷 히드라, 일각수 같은 전설의 동물들도 있고, 물고기나 작은 개, 염소, 까마귀 같은 지극히 평범한 동물들도 있다. 그렇다면 캥거루가 끼지 못할 것도 없잖은가? 하늘엔 이미 전갈자리와 켄타우루스자리 사이에 이리자리라는 별자리도 있으니까.

지난 학년말에 그가 두 번째로 월반을 하자 일부 아이들 — 특히 낙제를 여러 번 해 루이-펠릭스와 학년 차이가 더 많이 벌어진 아이들 — 은 빈정대며 그에게 쏘아붙였다.

"아빠 잔디 위에서 매일 혼자 깡충대는 놈, 엉덩이에 불 붙은 토끼처럼 깡충댈 줄만 알지, 여자애들 덮치는 건 쥐뿔도 모르는 멍청한 놈."

그래도 그는 화가 나지 않았고, 몇몇은 이미 어른처럼 보이는 덩치 큰 이 젊은이들 사이에서 몹시 불편함을 느낄 뿐이다. 그의 마음에 들기엔 활기가 부족하고 다루는 내용도 협소한 수업 시간이 무엇보다 지루하게 여겨지곤 한다. 그는 전설에 나오는 농부의 아들들과도 흡사해, 기사가 되어 미지의 땅을 정복하러 떠나고 모험을 찾아 넓디넓은 세상을 누비는 꿈을 꾼다. 그는 기사 문학을 좋아하며, 파르지팔과 호수의 기사 랜슬럿과 그의 아들인 청렴한 갤러해드를 숭배한다.

루이-펠릭스는 기사가, 별들의 기사가 되고 싶다. 그의 성배는 저 하늘 깊디깊은 곳,.시간의 다른 끝에 숨어 있다. 그의 성배는 기이한 이름을 지녀 '빅뱅'이라 불린다.

그는 모험에 동행할 용감한 친구도 진정한 스승도 아직 찾지 못했지만 그래도 상관없다. 적어도 자신의 '귀부인'은 찾았으니까. 서투른 초보 기사인 그에게 어울리는 귀부인. 다정한 만큼 쾌활하기도 한 작고 귀여운 귀부인. 바로 그 어린 소녀가 지금 그의 외투 자락을 살며시 잡아당기고 있다.

*

소녀의 이름은 뤼시 도비녜다. 신동의 기미는 물론 기이한 구석도 전혀 없는 소녀. 쾌활하기만 한 여덟 살 난 어린 소녀다. 그래도 놀라운 무언가가 그녀에게 있다면 크고 검은 두 눈이다. 명랑한 빛을 발하는 솔직한 시선의 눈. 소녀는 검은 머리를 길게 땋아 내린 모습이다. 애교가 넘치는 이 소녀는 알록달록한 머리핀을 비롯해 채색 나무 구슬이나 유리구슬을 꿴 목걸이에 열광하며, 예쁜 옷과 수놓은 양말을 좋아한다.

"제 딸은 벌써부터 허접스러운 옷과 장신구에 홀려 있어요. 진짜 멋쟁이가 될 건가 봐요!"

그녀의 어머니는 종종 이렇게 말하곤 한다. 그러나 이 추운 2월 하루 그녀가 목에 두른 진홍색 털목도리는 멋을 내려는 것이 아닌, 일종의 깃발이다. 그녀가 루–페라는 별명으로 부르는 소년에 대한 우정의 눈부신 표징이자 결속의 기旗.

둘이 똑같은 목도리를 두르자는 생각을 해낸 건 소녀다. 색깔을 고른 것도 그녀다. 성탄절 선물로 무얼 받고 싶은지 어머니가 물었을 때 그녀는 당당하게 말했다.

"목도리예요. 같은 걸로 두 개, 빨간색으로요! 세상에서 제일 예쁜 빨강이어야 해요!"

그러자 어머니가 놀려댔다.

"아! 알겠다. 하나는 애인한테 주려는 거지?"

애인이라니, 끔찍한 말이다. 어른들이나 바보들한테라면 몰라도, 자신과 루-페에겐 어울리지 않는 말이다. 루-페는 그녀에게 훨씬 의미 있는 존재, 그녀의 쌍둥이 형제니까. 언젠가 길에서 두 아이의 손을 잡은 여자를 지나친 적이 있었다. 서로의 분신처럼 보이는 꼭 닮은 아이들이었다. 그 광경은 그녀의 상상력을 몹시 자극해 경이로운 현상처럼 여겨졌고, 그 후 뤼시는 쌍둥이의 그 닮음을 우월의 특질로 규정짓게 되었다. 사랑한다는 진부한 사실보다 훨씬 우월한 무엇. 그러다 그녀는 루-페와의 우정을 쌍둥이의 닮음이라는 근사한 말로 봉인했다. 그녀 생각엔 딱 들어맞는, 절대적인 애정을 한마디로 요약해 주는 말이다. 자신의 쌍둥이 형제라 생각되는 이 소년이 그녀보다 나이가 많아도 상관없었다. 자신의 갈색 머리와는 다른 붉은 머리여도, 새카만 눈이 아닌 밝은색 눈이어도 마찬가지다. 어머니가 첫 결혼에서 얻은 그녀의 친오빠 페르디낭도 그녀보다 열일곱 살 더 많으며 눈부신 금발에 푸른 눈이지 않은가. 그러니 그 모든 신체적인 특징들은 별로 중요치 않다. 게다가 자신의 별자리가 쌍둥이자리라는 사실도 간과할 수 없다.

어쨌거나 이제 둘은 자신들의 우정을 기리며 이 아름다운 빨간 목도리를 두르고 있다. 뤼시에겐 우정의 증거로 그거면 족하다.

둘의 우정이 시작된 건 2년도 더 된 일이다. 뤼시가 소학교를 떠나 루-페가 다니는 학교로 가게 된 것이다. 이웃인 두 아이는 학교까지 함께 걸어가곤 했다. 뤼시는 와즐레르가와 수직을 이루는 그랑주-오-라름*가(街)에 거주한다. 마을 어귀에 자리한 그랑주-오-라름가는 넓고 완만한 커브를 그리며 내려가는데, 그 커브 안쪽에 도비네 씨 가족의 집이 자리한다. 진녹색 칠을 한 철문을 비롯해 가지를 친 회양목 덤불과 찔레나무, 키 작은 관목, 접시꽃과 부채꽃의 가느다란 줄기들에 가려져 사람들의 시선으로부터 차단된 아름다운 집이다.

인가로부터 멀리 떨어진 이곳에 예전엔 한 곳간이 있었다는 옛 전설에서 그랑주-오-라름이라는 거리 이름이 생겨난 듯하다. 속설에 의하면 귀신 들린 곳간이었다. 해 질 무렵 이 건초창고 담벼락 근방을 지나가는 이들은 서럽고 감미로운 흐느낌을 어렴풋이 감지할 수 있었다고 한다. 어느 불행한 요정이 그곳에 살고 있었던 거다. 비탄에 빠진 그 가엾은 요정을 본 사람은 아무도 없었어도 그 울음소리는 동정을 자아냈다. 이윽고 하늘마저 그녀를 가엾이 여겨 비바람이 불던 어느 날 문제의 이 곳간에 벼락이 떨어졌고, 오랫동안 방치되어 있던 낡은 건초창고가 타버리면서 그 요정의 눈물도 증발해 버렸다. 그녀의 원한이 불길 속에 뒤

* Grange-aux-Larmes. '눈물 곳간'이라는 뜻의 프랑스어.

틀리며 하늘로 올라가 사라진 것이다. 이 땅엔 이제 그 눈물에 대한 기억만 남아 있었고, 버림받은 장소엔 마침내 잠잠해진 긴 흐느낌의 슬픈 메아리처럼 이름이 주어졌다.

뤼시와 루-페의 우정은 아침마다 함께 걸은 9월의 등굣길에서 싹텄다. 옅은 안개 속을 함께 걸어가면서도 두 아이는 아직 서로에게 말을 걸 용기는 내지 못했다. 그러다 흰 서리가 내리는 추운 겨울 아침들이 이어지면서 드디어 두 아이는 말을 하거나 웃음을 터뜨리게 되었고, 그때마다 그들의 입 주위로 하얀 김이 피어올랐다. 연이어 찾아든 봄날의 아침들은 이제 쉴 새 없이 재잘대는 두 아이의 입술에 달콤하고도 상쾌한 맛을 전해주었다. 옛이야기나 전설밖에 읽지 않는 뤼시는 요정과 늑대와 사악한 도깨비불과 공기의 정령과 유령으로 넘쳐나는 믿기지 않는 이야기들로 친구의 머리를 빙빙 돌게 만든다. 루이-펠릭스 역시 별을 향한 자신의 고양된 감정을 마음껏 털어놓는다. 한 아이의 상상력이 또 한 아이의 지식에 색채와 활기를 부여한다. 요정들과 마법사들이 땅에서 하늘로 이동해, 먼 행성들 위로 좌초한 신들을 만나러 갔다. 여름이 왔을 때 두 아이는 이미 떼어놓을 수 없는 사이가 되어 있다. 둘은 학교로 향하는 길을 벗어나 다른 길들을 탐험하러 나선다. 뤼시는 자신의 영역인 늪과 벌판과 숲으로 루-페를 데려가며, 루-페는 뤼시를 자신의 다락방 천문대로 안내한다. 그러다 가을이 다시 돌아왔으니 한 해가 또 지나간 셈이고, 둘은 세 번째 겨울 한복판에 와 있게 된다. 하지만 이번은 둘이 나란히 보내게 될 마지막 겨울이다. 두 번이나 월반을 한 루이-펠릭스가 마지막 학년에 이르러 있었기 때문이다. 새 학기가 되면 그는 떠나야 할 것이다. 그들의 작은 마을엔 상급학교가 없었으므로 루-페는 그 지방의 가장 큰 도시로 옮겨가 기숙사에서 생활하게 될 것이다. 머지않아 닥치게 될 이별에 뤼시는 벌써 마음이 괴롭다. 그렇긴 해도 곧 갖게 될 자신의 새 방을 생각하면 다소 위로가 된다. 친구가 돌아올 때마다 그 방에서 자고 가게 할 수 있을 테니까. 지금은 아버지 방과 어머니 방 사이에 끼어 있는 아주 작은 방이 그녀의 방이다. 새 방은 여름이 지나는 동안 마련될 것이다. 집 안에서의 이 다가오는 이사가 뤼시에겐 엄청난 모험이다. 그녀는 유년의 비좁은 구석을 떠나 복도 반대편 끝에 자리한 넓은 방으로 가게 될 터다. 해가 뜨는 동쪽, 채소밭 쪽으로 나 있는 방이다. 채소밭 너머로 들판과 풀밭이 펼쳐지고 멀리 숲이 보이는 방. 늪도 있다. 이 고장 역사는 늪의 역사와 뒤섞이는데, 전설처럼 들리는 역사기도 하다. 다고베르투스 왕이 통치하던 시절에 수도승들이 이 땅을 개척하러 왔다고 한다. 그들은 도끼로 나무를 쓰러뜨렸다. 산성 토양의 고분고분하지 않은 땅이었고, 적대적이고 척박한 지역이었다. 하지만 수도승들은 기도와 찬송에서 끈질긴 인내를 길어 올린 자들이었다. 그들은 땅을 파고 제방을 쌓았으며 빗물을 천상의 만나처럼 받아 모으며 그리스도가 행하신 오병이어五餅二魚의 기적을 재현해 냈다. 그러자 고인 물가로, 갈대와 골풀과 이끼 사이로, 새들이 날아와 둥지를 틀었다. 새들은 그곳에 머물렀고 수도승들은 사라졌다. 그러나 그들이 판 연못들은 그들에 대한 조촐한 기억인 잔잔한 잿빛 물거울을 여전히 하늘에 바치고 있다. 수도승들의 노랫소리는 이제 들리지 않아도 새들은 여전히 지저귄다. 그들이 올린 묵주신공인 연못들 역시 침묵 속에 들지는 않았다.

그리고 다른 무수한 목소리와 절규와 노래와 웅성거림이 늪에서 올라온다. 그곳엔 수많은 개구리와 카리용처럼 시끄럽게 울어대는 두꺼비들이 살고 있다. 봄날 저녁이면 그들의 울음소리가 기기한 삼종 기도와도 같은 울림을 전해준다.

채소밭에는 거대한 두꺼비 한 마리가 외롭게 살고 있다. 늙은, 아주 늙은 이 두꺼비가 뤼시에겐 불멸의 존재처럼 보인다. 이 집에서 줄곧 살았던 아버지 이아생트의 확신대로라면 마흔 살은 된 두꺼비다. 그 모습은 좀처럼 눈에 띄지 않아도 울음소리는 들린다. 해마다 봄이면 겨울 동안 그가 땅속에서 유지했던 긴 침묵이 깨지며 그의 쉰 목소리가 올라온다. 저음의 균일한 목소리가 땅거미 속에서 울려 퍼진다. 그 단조로운 노랫소리가 그곳의 밤과 평화로운 정적 위에 군림하며 하늘에 떠오르는 달의 움직임에 리듬을 부여한다. 그는 이 집의 다정한 정령이다. 어릴 적 뤼시는 이 두꺼비를 무서워했는데 아버지의 말을 듣고 안심하게 되었다.

"그를 무서워할 필요가 전혀 없단다. 네게 어떤 해도 끼치지 않을 거야. 너도 그에게 나쁜 짓을 하면 절대 안 된다. 여긴 그의 영역이니까. 이름은 멜키오르야. 예전에 내가 붙여준 이름이지. 멜키오르는 현자賢者란다."*

"현자가 뭐죠?" 뤼시가 물었다.

"많은 걸 알고 있는 자야. 그 무엇도 잊지 않는 자. 솔직하고 인내심이 강한 자. 멜키오르는 겨울엔 잠을 자지. 땅속이나 나무 둥치 파인 곳에서 말이다. 땅과 함께 잠을 자는 거야. 그러다 해와 함께 깨어나서 화창한 날들에 돌아온단다. 새로 돋아난 풀 속에 조용히 자리 잡고 황금빛 그 큰 눈으로 세상을 바라보지. 너나 나는 인지할 수 없는 것들을 그는 보고 듣는 거야."

이아생트는 멜키오르가 집 뒤편에 거처를 정한 날을 분명히 기억하고 있었다. 그의 아버지가 죽고 얼마 안 돼 일어난 일이었다. 어느 날 눈물과 회한을 울려대는 조종처럼 어둡고 희미한 소리가 들리기 시작했다. 두꺼비가 진흙과 밤과 슬픔으로 빚어진 모호한 기도를 읊고 있었다. 그렇게 그곳을 떠돌게 된 고인의 목소리였을까? 아니면, 울 수 없기에 그런 식으로 스스로를 드러내는 아들 자신의 눈물이었을까? 땅바닥에 바싹 몸을 웅크린 짐승, 이 이상한 짐승은 어떤 마음에서 튀어나온 것이었을까? 고인의 마음일까, 아니면 그 아들의 마음일까? 어쩌면 마음 자체는 아니었을까? 인간의 진짜 마음. 상喪이 덮치거나 절망의 그림자가 맴돌거나 냉기가 사로잡은 사람들의 마음은 구멍이 파이고, 속이 뚫리고, 깊은 공허감으로 무거워지기 마련이다. 그 마음은 눈물로 부풀어 오르고, 청동의 색과 음향을 지니게 된

---

* 멜키오르는 예수의 탄생 이야기에 나오는 세 동방박사 중 한 명이다. 아기 예수께 왕권을 상징하는 황금을 선물한 그는 셋 중 나이가 가장 많은 것으로 알려져 있다. 동방박사로 번역된 그리스어 magos는 '현자' 혹은 '해몽가'라는 뜻이다.

다. 그 안에선 부재가 울려 나온다.

사람들의 마음은 변형과 이주와 추방을 겪게 되기 때문이다. 그 마음을 담고 있었고 형성했던 육신이 흙으로 돌아간 훨씬 뒤에도 마음은 자신이 사랑했던 장소에 오랫동안 머물러 있다. 죽은 이들의 마음은 자신이 거처로 삼기 위한 기억을 찾아 헤매는 걸인이다. 첫 번째 상(喪)을 치른 뒤엔 곧 생존자의 자리에 서게 되는 산 자들의 마음도 마찬가지여서, 이 마음 역시 죽은 자들을 부르며 길을 거슬러 올라가는 방랑자이다. 멜키오르는 그 두 기억의 여정이 만나는 교차로에 자리했다.

근 40년 동안 해마다 봄이면 이아생트 도비녜는 두꺼비 멜키오르가 돌아오기를 기다렸다. 겨울의 긴 침묵을 깨고 목소리가 다시 들리는 날이 오지 않을까 봐, 봄이 계속 침묵할까 봐, 기억의 성스러운 심장 박동이 멈추게 될까 봐, 그는 두렵다.

그러나 뤼시는 아버지가 우수에 젖어 되씹는 이 전설에 대해 전혀 모른다. 뤼시는 어떤 상(喪)도 경험한 적이 없다. 뤼시에게 멜키오르는 조만간 자신의 창문 밑에서 익숙한 울음소리를 뽑아댈 우스꽝스럽고 못생긴, 뚱뚱한 작은 짐승에 불과하다.

"멜키오르는 말이야." 그녀가 루—페에게 말한다. "너랑 좀 비슷해. 밤과 별을 아주 좋아하고 달빛 아래서 노래를 부르거든. 그리고 너처럼 풀 속에서 폴짝거리며 뛰어다니고."

앞으로 갖게 될 방에는 침대 두 개를 놔달라고 뤼시는

벌써부터 요구했다. 쌍둥이 침대였으면 하는데, 어머니가
거절한다.

"제발 뤼시, 말도 안 되는 소리 그만해. 루이-펠릭스는
네 오빠도, 사촌도 아니잖니······"

"물론이에요. 그보다 훨씬 가까운 내 쌍둥이 형제니까
요."

"어린애처럼 굴지 마. 그건 네 상상일 뿐이야. 그 애가
우리 집에 와 살지도 않을 거고. 가족도 집도 있는 아이잖
니. 기숙학교에서 돌아오면 부모가 곁에 두고 싶어 할 거
야. 그 애가 원한다면 가끔 우리 집에서 하룻밤 자고 가는
거야 괜찮아. 그거라면 소파 하나로 충분하고." 그래서 뤼시
도 양보할 수밖에 없었다. 소파 하나로 만족하기로. '소파'
라니. 그러고 보니 예쁜 단어다. 상쾌하고 포근한 바람처럼
들리는 단어. 그 바람 위에 누워 잠을 자면 빙글빙글 소용
돌이치는 근사한 꿈을 꿀 것만 같다. 루-페에게 딱 어울리
는 꿈.

*

하지만 이 순간 루-페는 잠자리에 들 생각이 조금도 없
다. 그는 두 발로 서서 머리를 허공에 둔 채 꿈을 꾼다. 경
이로움에 압도당해, 되찾은 햇빛 속에 서 있다. 바람 중에
서도 가장 장엄한 바람, 태양풍을 본 참이다. 하늘은 이제
찬란히 빛나지만 루-페의 두 눈은 기적이 일어났던 자리
에 여전히 고정되어 있다.

하늘에서 엄청난 바람이 일어났었다. 순수한 빛의 바람이 팔을 활짝 벌려 재와 검댕으로 이루어진 달의 몸을 품에 안았다. 셀레네의 심장도 분명 기쁨으로 반짝였을 것이다. 그 광경이 아이의 눈 안에서 계속 이어진다. 작열하는 그 바람이 투명한 하늘에서 쉴 새 없이 떨린다. 세상은 한순간 자신을 신비로 감쌌던 일식에서 벗어나 광막하고도 새로운 모습으로 빛을 발한다.

두 번째 채색 삽화

종들이 힘차게 울린다. 환희로 가득한 그 종소리에 하늘도 넋을 잃었는지, 비가 오는가 싶더니 동시에 해가 난다. 빗방울들이 맑고 상쾌한 대기 중에 반짝이며 빙글빙글 활기차게 선회한다. 소나기다. 비는 사방에서 울려대는 명랑한 종소리에서 솟아나는 것만 같다. 이 찬란한 음향의 습격에, 비와 햇빛과 장밋빛 구름과 방울 소리의 갑작스럽고 부드러운 그 조합에 놀라는 사람은 아무도 없다. 부활절이니까. 이 주일 아침에 사람들이 함께 부른 시편과 알렐루야에 하늘이 화답하는 것이다. "그건 주님께서 하신 일, 우리 앞에 벌어진 놀라운 일."

투명한 하늘은 빛으로 떨리고, 바람에선 신선한 풀과 수액의 맛이 난다. 긴 성야^{聖夜}가 지나고 밝아온 아침이며, 칠흑 같은 어둠 뒤에 다시 맞은 날이다. 기다림과 침묵의 밤을 밝혔던 그 모든 촛불이 땅 저 너머 하늘 높이 날아올라서는 투명한 불꽃이 되어 돌아오더니 이제 방울 소리를 내며 떨어지는 거다.

하늘은 아이들의 마음을 사로잡는 어떤 전설과도 상응한다. 종들이 모두 돌아오고 있다는 건, 그들의 로마 순례가 완수되었음을 의미한다는 것. 그들은 바람과 햇빛에 취해 비틀거리며 돌아온다. 그렇게 하늘을 날아 순례길을 돌아오며 찬란한 기쁨의 광채를 아낌없이 흩뿌린다. 성당을 나와 물웅덩이로 가득한 광장에서 조바심 내며 깡충깡충 뛰어다니는 아이들은 이 순수한 빛의 만나에 매혹당한다. 그런가 하면 그들 부모님이 계시는 집 정원엔 또 다른 만나가 그들을 기다린다.

비에 젖은 정원에 떠돌이 종들이 뿌려놓은 맛있고 달콤한 만나. 과일 모양의 아몬드 과자, 먼 대륙에서 온 혼상의 닭들이 낳은 듯한 알록달록한 달걀을 비롯해, 하트 모양의 누가와 보리설탕과 생강빵이 든 스테인드글라스 빛깔의 이상한 종이꽃들. 그리고 밀크초콜릿으로 만든 커다란 귀의 토끼와 포동포동한 암탉도 있다…… 과일과 꽃, 달콤한 향이 나는 바스락대는 종이들 주위를 꿀벌들이 머뭇거리며 날아다닌다. 채색 달걀들 위로 기어오르던 달팽이들은 풀 속으로 조용히 사라지며 무지갯빛의 기다란 점액 자국을 남긴다.

아이들이 새된 소리를 지르며 정원 안으로 몰려든다. 그들은 풀밭과 덤불과 화단 속을 뒤지며 과일이나 꽃 모양의 당과를 주워 모으는 데 열중한다. 초콜릿 암탉과 토끼를 발견하면 그 자리에서 그 부리와 벼슬과 귀를 와작와작 먹어치운다. 아이들은 빨간색과 노란색과 파란색 설탕으로 만든 작은 달걀과 물고기와 사탕을 호주머니에 가득 채운다. 그들에게 부활절은 맑은 종소리가 울려 퍼지는 아름다운 아침이다. 맛있는 음식과 놀이가 있는 근사한 날. 기쁨의 날이며 입과 마음이 동시에 호사를 누리는 날.

　　이제 하늘이 이 환희의 날을 더한층 화려하게 장식한다. 비가 만들어 놓은 작품이다. 어린 양들이 가늘고 여린 다리로 비틀대며 서 있는 풀밭 너머로, 여러 연못을 따라 형성된 숲들 너머로, 무지개가 떠오른다. 선명한 색상의 눈부신 스펙트럼이 부채처럼 활짝 펼쳐진다. 아이들은 경이로운 수확을 멈추고 정원 한복판에 선 채 설탕에 끈적끈적해진 손가락으로 일제히 반짝이는 원호를 가리킨다. 부모들과 노인들도 문간에 나와 비가 만들어 놓은 작품에 감탄을 금치 못한다. 지평선 위로 이제 막 가뿐히 내려앉은 종, 아롱진 테두리의 이 투명한 종은 누가 봐도 기적이다. 인간의 손으로 그린 것이 아닌, 로마보다 훨씬 먼 곳에서 온 종이다. 자비의 색깔들로 칠해진 빛의 종. 순수한 침묵과 머나먼 기억의 소리만을 발하는 종. "하느님께서 말씀하셨다 : 이것은 나와 너뿐 아니라 너와 함께하는 모든 살아 있는 존재들 사이에 내가 대대로 세우는 계약의 표징이다. 내가 구름 사이에 무지개를 두니, 이것이 나와 땅 사이에 맺어진 계약의 표징이 될 것이다."*

　　이제 종소리가 잠잠해졌다. 풀밭에 나가 있는 양들의 가느다란 울음소리와 늪에서 올라오는 웅성임이 들린다. 비도 멈추었고, 하늘에 뜬 아름다운 원호도 서서히 희미해져 간다. 하느님의 은총은 보이지 않는 영역으로 다시 물러나고, 그가 열어 보인 언약의 표징 역시 은밀히 도로 닫힌다.

* 　창세기 9 : 12-13

기억과 인내, 꿈의 작업을 이어갈 수 있는 자들만이 그걸 떠올릴 것이다. 아이들은 정원을 떠난다. 부모들이 그들을 부른다. 오찬이 준비되어 있다. 식탁엔 희고 아름다운 식탁보가 깔리고 잔칫날을 위한 식기들도 찬장에서 꺼내어져 있다. 김이 오르는 접시들 주위로 벌써 쟁그랑대며 유리잔 부딪는 소리가 들린다.

전설

　식탁을 둘러싸고 여러 사람이 앉아 있다. 이 부활절 일요일에 어머니는 친지들 모두를 불러들였다. 알로이즈 도비네는 의무와 관습을 중시하는 여자다. 그녀는 해마다 두 차례 멀거나 가까운 친지들을 불러 모으는데, 이제 대부분 몹시 연로한 사람들이다. "가족이란 말이지," 그녀는 자주 되뇌곤 한다. "사람들이 뭐라 하든, 또 무슨 결함을 지녔든, 그건 기반이 되어주는 확실하고도 무엇보다 유용한 체계야. 버팀목이지. 살면서 주변에 가족이 하나도 없다면 그걸로 끝이야. 그런 사람들은 온갖 위험에 노출되기 마련이거든. 하지만 그건 쉽사리 느슨해질 수도 있는 관계여서, 제대로 유지되고 있는지 신경 써야만 해. 보존해야 할 필요가 있는 거지." 이처럼 굳은 확신으로 알로이즈 도비네는 매해 두 차례 가족이라는 작은 공동체의 결속을 다진다. 구두의 수명이 오래가도록 구둣방에 가져가 밑창을 다시 대듯이 말이다. '제대로 작동해야 한다'는 말이야말로 도비네 부인이 자기 집 박공벽에 새겨넣게 할 만한 신조다. 뭐가 그렇게 작동해야 하며 어떤 방향으로 작동해야 하는지 누가 묻는다면 대답은 단 한 가지였다. 작동해야 하는 건 삶이며, 이 사회에서의 삶이라고. 삶은 그리 유쾌한 게 못 되고, 늘지 한복판에 잠들어 있는 마을이라는 몹시 비좁은 사회긴 했지만 말이다.

주일 식탁에 모인 이 친지들은 다소 잡다한 성격을 띤 집단이다. 르 블랑, 샤토루, 부르주에서 온 삼촌과 숙모들. 일부는 알로이즈 쪽 친지들인 샤르미유 집안 사람들이며, 또 다른 이들은 알로이즈가 첫 결혼으로 관계를 맺게 된 모로그 집안 사람들이고, 그 밖에 도비네 집안 사람들도 몇 명 있다. 일 년에 두 번 있는 이 만남을 통해, 대부분 이미 노년에 접어든 이 남녀들 간에 깊은 관계가 형성되는 건 아니었다. 그러니 그들은 대화라기보다 잡담을 나누었고, 정중한 어조로 서로의 건강을 묻거나 날씨가 어떻다느니 어떨 거라느니 예전 이맘때면 어땠었다는 이야기를 했다. 아니면 그 지방 가십거리를 들추어냈고, 때론 몹시 예민한 주제 주위를 조심스레 맴돌기도 한다. 좀처럼 끝을 보지 못한 채 이제 이 땅 한복판에 테러 행위까지 야기하게 된 그 지긋지긋한 알제리 전쟁 같은.

뤼시는 이런 식사가 마음에 들지 않는다. 옆구리를 뽑아 늘일 수 있는 식탁처럼 한없이 늘어지는 식사다. 더는 끝이 보이지 않고, 요리가 하나씩 나올 때마다 지루함이 더해지는 식사. 그런데 이제 겨우 전채 요리를 — 이 지방의 유명한 부활절 요리인, 고기와 삶은 달걀을 다져 넣은 파이를 — 앞에 두고 있을 뿐이다. 이 하루의 가장 행복한 순간은 아침이었다. 정원 가득 널린 알록달록한 사탕과 작은 동물 모양 초콜릿들을 수확하는 기적을 이루어 낸 순간. 그리고 연이어 무지개가 출현했었다. 고요한 하루 속에 펼쳐지는 부드러운 색상들, 지평선 위에 열리는 겸허한 영광의 아치. 뤼시는 이 아치까지 곧장 달려가 그 문턱을 넘고 싶었을 것이다. 그 너머의 세상은 확실히 다를 테니까. 이곳보다 훨씬 밝고 생생하며 아름다운 세상. 그런데 어머니의 목소리가, 그 맑고 낭랑한 목소리가 정원에 울려 퍼졌다.

"뤼시! 당장 들어와 손 씻어. 모두 식탁으로 가요!"

권위적인 목소리다. 기상에서 취침 시간까지 구리 징처럼 뤼시의 하루하루에 리듬을 부여하는 목소리. 질서를 부여하는 동시에 수많은 명령을 내리는 목소리. 반대로 아버지의 목소리는 좀처럼 들리지 않으며, 아무것도, 아무에게도 명령하지 않는다.

의심과 두려움에 짓눌린, 침묵이나 다름없는 목소리며, 이미 오래전 그가 사랑을 이야기하던 시절에조차 이해되지도 경청되지도 않았다는 고통 때문에 먹먹해진 목소리다. 뤼시에게 아버지의 목소리는 루-페의 목소리가 그렇듯 몽상의 목소리며, 감미롭고도 무질서한 상상의 세계의 목소리다. 실제로 두 사람 모두 머나먼 고장들을 벗 삼아 지내는 이들이다. 루-페가 쉴 새 없이 별을 올려다보며 별을 통해서만 이야기하듯, 이아생트는 아주 먼 곳에 있는 타국인들과만 이야기를 나눈다.

이아생트 도비네는 열정적인 아마추어 무선 기사다. 은퇴한 이후로 그는 메시지를 보내거나 포착하는 이 일에 대부분의 시간을 할애한다. 집 끝자락에 마련한 작은 방을 송·수신 기지로 — 뤼시의 말로는 '그의 거대한 귀'로 — 삼고서 말이다. 그러나 알로이즈는 남편의 이 색다른 취미를 별로 탐탁하게 여기지 않는다. "가엾은 양반, 대체 무슨 짓을 하는 거죠?" 그녀는 걸핏하면 그렇게 쏘아붙이곤 한다. "집에선 벙어리 행세하시면서 지구 방방곡곡의 낯선 사람들하고 몇 시간이고 수다를 떨며 좋아하시니, 괴상한 취미예요! 집 뒤에 설치한 안테나도 해괴하기 짝이 없고요! 새들을 기겁하게 만드는 그 흉측한 물건을 언제 제거할 거죠?"

평소엔 아내의 요구라면 뭐든 기꺼이 응하는 이아생트도 이 말엔 끄떡도 하지 않는다. 전 세계 송·수신 회원들과 대화를 나누게끔 해주는 커다란 이 회전 안테나만은 절대 제거하지 않을 것이다. 으히려 그는 그 안테나를 온 정성을 다해 돌본다. 세월이 흐르며 이아생트의 진짜 삶은 이 늪다란 안테나를 중심으로 들아간 게 사실이다. 그러나 알로이즈의 주장처럼 안테나가 새들을 겁먹게 하기는커녕 참새들이 종종 그 주위를 파닥이며 날아다니곤 한다. 세상 한쪽 끝에서 다른 쪽 끝까지 서로에게 이야기를 전하는 보이지 않는 이들의 목소리에 그렇게 새들의 지저귐이 끼어든다.

다른 모든 교류와 마찬가지로 이 가족 모임 역시 이아생트는 거북하기만 하지만, 그래도 집주인의 역할을 예의 바르게 수행한다. 그러나 양아들인 페르디낭은 그런 노력엔 영 관심이 없으며 지루한 기색이 역력하다. 페르디낭은 빵을 잘게 뜯어 동그랗게 뭉친 뒤 자신의 접시 앞에 피라미드처럼 쌓아 올린다. 손님들 사이의 대화에 활기를 불어넣으려는 어머니의 노력에도 그는 관심이 없으며 자기 옆에 앉은 사람이 누군지도 모른다. 페르디낭은 노인들과 어울리는 걸 좋아하지 않는다. 옷차림과 머리털이 그렇듯 그들의 말 또한 역한 먼지 냄새를 풍기는 게 죽음의 전조처럼 여겨지기 때문이다.

페르디낭은 자신의 포도주잔을 천천히 비운다. 매사에 늘 동작이 느리다. 그러나 술을 마실 때만큼은 다른 이들보다 더 집요하고 과한 모습을 보인다. 식탁을 둘러싸고 앉은 몇몇 손님들처럼 얼굴이 붉게 달아오르지도 않는다. 시선은 퀭하고 얼굴은 시무룩하다. 가족들과 함께 마시는 이 술은 기분을 북돋기보다 오히려 잠이 들게 한다. 바 카운터에서 혼자 마시는 포도주와 술이야말로 그의 마음속에 불을 지르며, 저녁 무렵 때때로 그를 휘청이게 만든다. 페르디낭 역시 루-페나 이아생트처럼 어떤 신비로운 먼 곳의 요청을 받고 있는지 모르지만 그게 무언지는 아무도 모른다. 뤼시는 그런 것에 신경 쓰지 않고 오빠를 있는 그대로 사랑한다. 그녀가 태어났을 때 이미 어른이나 다름없었던 오빠다. 그지없이 새롭고 단순해도 몹시 견고한 그녀의 세계를 떠받쳐 주는 버팀목 가운데 하나인 사람. 게다가 오빠에게 따라붙는 과거의 이야기는 신화와 전설에 홀딱 빠진 어린 뤼시에게 강한 인상을 심어준다. 오래전에 같은 어머니에게서 태어난 오빠는 다른 아버지, 곧 지난 전쟁의 영예로운 전장에서 죽은 어떤 영웅의 아들이기도 하다. 그는 어머니가 젊은 시절에 낳은 아들이고, 어머니 자신의 말대로라면 어머니의 크나큰 사랑의 열매다. 지나가 버린 젊음의 광휘, 잃어버린 그 사랑의 아름다움이 페르디낭을 통해 빛을 발하는 것이다. 뤼시는 오빠가 자신의 왕국에서 멀리 추방당한 우수에 찬 그 왕자들 같다는 생각을 하면서 오빠에게 찬탄의 마음만큼이나 연민을 느낀다. 페르디낭의 영광스러운 혈통에 비하면 조촐한 것일 수 있는 자신의 왕국을 뤼시는 한껏 누리고 있기 때문이다.

*

접시 부딪히는 소리와 함께 이 부활절의 성대한 오찬이 시작된다. 완두콩과 강낭콩, 으깬 감자에다 마늘을 곁들인 양다리 고기가 나온다. 묽은 소스용 주둥이와 진한 소스용 주둥이가 양쪽에 달린 불룩한 흰 자기 소스 그릇이 손에서 손으로 전달된다. 뤼시는 자신의 접시에 으깬 감자 요리를 작은 산처럼 쌓은 뒤 중앙에 우물을 파 그 안에 소스를 붓는다.

"이건 화산이 폭발한 거예요!" 뤼시는 자신의 작품이 마음에 들어 외친다.

"뤼시!" 어머니가 곧 끼어든다. "조용히 해. 제대로 먹어야지! 강낭콩 먹는 거 잊지 말고, 녹색 채소도 먹어야 한다."

뤼시는 입을 다물고 자신의 화산 밑으로 몰래 터널을 뚫는다. 끈적끈적하고 향긋한 용암이 접시 안에 퍼지며 채소와 고기를 뒤덮는다. 마침내 요리의 맛을 본다. 그런데 음식을 씹는 동안 마음에 걸리는 것이 있다. 별것 아닌 것에도 놀라곤 하는 어린 새끼 양, 늘 동정과 연민을 구하는 듯 보이는 그들의 가느다란 울음소리에 생각이 미친다. 그래도 사람들은 눈 하나 깜짝 않고 그들의 목을 벤다. 이 세상을 다녀간 모든 존재 가운데 가장 자비로웠던 이의 희생을 기념하기 위해서다.

그런데 초대받은 친척 가운데 한 명인 프랑수아 샤르미유가 곧 다가와 이 혼란스러운 생각들을 흩뜨려 놓는다. 사람들은 그를 미치광이 취급하면서도 고령을 이유로 그의 엉뚱한 행동들을 용서해 준다. 그가 최근에 집착하게 된 대상은 요요다. 별의별 요요를 다 가지고 있는 그는 이곳에도 몇 개 가져와 뤼시에게도 하나 주었다. 한쪽은 장밋빛, 또 한쪽은 보랏빛인 커다란 나무 몸체에 은색 줄이 달린 요요다. 식사 시간엔 가지고 놀지 말라고 어머니는 다짜고짜 뤼시에게 금지령을 내리지만 노인에겐 적용될 수 없는 명령이다. 샤르미유는 아무 제재도 받지 않고 호주머니에서 요요를 꺼내 음식을 입안에 넣는 사이사이 '홉 홉 홉!' 높고 경쾌한 소리를 지르며 가지고 논다.

뤼시는 그에게 '후추 아저씨'라는 별명을 붙인다. 그는 요리든 디저트든 커피든, 심지어 와인이나 샴페인에까지 후추를 뿌리는 기벽이 있기 때문이다. 무늬가 새겨진 은 후추통 세 개를 어디든 가지고 다닌다. 그의 접시 앞엔 흑후추, 백후추, 녹색 후추가 담긴 그 세 후추통이 나란히 놓여 있다. 그가 생-에스테프 포도주가 담긴 잔에 흑후추 가루를 잔뜩 뿌린 참인데, 그 바람에 왼편에 앉아 있던 콜롱브 로르무아, 즉 알로이즈의 숙모가 재채기를 연거푸 한다.

콜롱브 숙모는 과부인데, 남편을 잃은 지 5년이 되어가는데도 하루도 빠짐없이 남편의 죽음을 두고 하소연을 늘

어놓는다. 이곳에 초대된 손님들은 모두 '가엾은 알베르 ─
숙모는 죽은 남편을 늘 그렇게 부른다 ─ 의 희비극적인
죽음의 이야기를 머릿속에 외우다시피 한다. 주께서 자신
의 종 알베르를 하늘 왕국으로 소환해 가신 그 기이한 방
식을 두고 콜롱브가 입이 닳도록 되뇌었기 때문이다. 어린
뤼시도 어머니와 함께 숙모 집을 방문할 때마다 들은 이야
기였다. 남편은 브뤼셀에 있는 어느 호텔 입구 위 간판에서
떨어진 철자에 맞아 변사했다는 슬픈 이야기. 콜롱브 숙모
는 계속 탄식을 늘어놓는다.

"아, 알베르와 난 정말 행복했었지…… L'ANGE BLANC*의
N이 그의 머리 위로 떨어지기 전까진 그랬어. 가엾은 알베
르는 즉사하고 말았어. 으, 소리를 지를 새도 없었지. 피우
고 있던 지탄이 아직 손가락 사이에서 타고 있었는데 그는
이미 숨을 거둔 상태였거든! 밖에선 가랑비가 계속 내리
고 있었고. 쉬지 않고 내렸어. 하늘은 온통 회색이었고. 내
가 객실로 우산을 찾으러 간 것도, 맙소사, 그 때문이었지.
그래서 알베르가 담배를 피우며 그 빌어먹을 호텔 문간에
서 기다리고 있었던 거야. 그런데 내가 우산을 가지고 다시
내려온 순간 뭘 봤는지 알아? 세상에! 내 불쌍한 알베르가
바닥에 누워 있는 거야. 머리에 피가 흥건한 채로! 아, 가엾
은 알베르!"

콜롱브 숙모는 자신의 알베르의 갑작스러운 죽음에 대
해 지겹도록 되뇌었는데, 그때마다 이야기 도중에 한숨과
짧은 흐느낌이 규칙적으로 끼어들었다. 그 해괴한 이야기

---

* '하얀 천사'라는 뜻.

를 처음 들었을 때 뤼시는 아무것도 이해하지 못한 채 제멋대로 해석해 버렸다. L'ANGE BLANC의 N을 '증오'라고 이해해[*], 분노로 하얗게 질린 무시무시한 천사가 타오르는 증오를 알베르 삼촌의 머리 위로 내리친 거라 상상했다. 그 사악한 천사가 분을 못 이겨 뾰족한 이와 하얗게 질린 입술 사이로 내지르는 소리가 바로 콜롱브 숙모가 언급한 '가랑비'라고. 그건 분노한 천사의 입에서 흐르는 침, 회색 가래였다. 그 밖에도 죽은 알베르의 손가락 사이에서 타고 있었다는 지탄이 또 뤼시의 호기심을 자극했다.[**] 떠돌이 유랑민으로 불리곤 하는 집시들에 대해 뤼시는 사람들에게서 으스스한 이야기를 꽤 많이 들어온 터였다. 하나같이 도둑이나 게으름뱅이 아니면 카드의 패나 나이프밖에 다룰 줄 모르는 치사한 불한당들이었다! 그들은 마술을 부릴 줄도 알아서, 기분이 더러울 땐 짐승들이나 사람들에게 사악한 눈길을 던지기도 한다는 것. 또 여차하면 아이들을 납치해 먼 나라로 데려가 팔아넘긴다는 소문도 있었다. 그러다 보니 누구나 그들을 경계했다. 그들의 여자들은 더 위험하다고 여겨졌다. 지나치게 반짝이는 눈과 거만한 시선, 매혹적인 자태의 여자들이었다. 흑단같이 길고 검은 머리는 요란한 색상의 스카프로 싸여 있고 메마른 손의 동작은 도둑고양이보다 더 은밀하고 날렵하다고들 했다. 그 손이 당신의 돈을 훔치려고 호주머니 속으로 슬그머니 들어온다고, 당신의 운명을 읽는답시고 당신 손바닥 속으로 ― 심지어

[*] '증오'를 의미하는 프랑스어 haine은 철자 N과 발음이 같다.
[**] 지탄(gitane)은 프랑스를 대표하는 담배 브랜드로서 '집시 여자'을 의미한다. 푸른 바탕의 담뱃갑엔 춤추는 집시 여인 로고가 그려져 있다.

당신의 영혼 속으로 — 미끄러져 들어와 그곳에 광기와 두려움을 퍼뜨린다고. 마녀들 같으니라고!

그 이야기들이 사실이었을까? 한 집시 여자가 벼락처럼 사납고 하얀 천사와 결탁해 그 가엾은 알베르를 암살한 걸까? 천사가 피를 쏟아붓자 집시 여자가 곧 죽은 이의 영혼을 훔쳐 간 걸까? 그 집시 여자가 알베르의 손가락 사이에서 담배를 피우기라도 했던 걸까? 금수만도 못한 그 여자는 웃고 있었을까? 집시 여자들은 그런 식으로 사람들의 손바닥을 읽으며 그들의 생명과 피와 운명을 훔쳐 갔던 걸까? 그 이야기들이 오랫동안 뤼시의 머릿속을 오갔다. 그러다 결국 아버지에게 묻게 되었고, 아버지가 이 모호한 이야기의 쓸데없는 가지들을 쳐주었다.

하지만 그게 전부가 아니었다. 그 비극적인 이야기를 끝낸 뒤 큰 한숨으로 종지부를 찍고나면 콜롱브 숙모는 곧 숨을 가다듬고 불가피한 후편인 두 번째 화제로 넘어갔다. 매번 같은 방식으로 시작되는 이야기였다.

"아! 가엾은 내 다리, 이 다리가 천근만근이군! 요것들 때문에 괴로워 죽겠어. 이젠 걷는 것도 힘들게 됐거든. 이것 좀 봐, 알로이즈!"

콜롱브 숙모는 이렇게 말한 뒤엔 치마를 무릎까지 걷어 올리고 아픈 다리를 보여주었다. 꽉 끼는 회색 모직 스타킹 안에서 무섭도록 부풀어 오른 두 다리. 성당 기둥 같은 다리라고, 뤼시는 망연자실해서 생각했다.

"부종이야!" 숙모는 앓는 소리를 했다.

‘부종’이라는 이 수수께끼 같은 단어는 하얀 천사의 치명적인 N만큼, 쉬지 않고 내리는 가랑비만큼, 거만한 집시 여인의 담배 연기만큼, 뤼시를 겁에 질리게 했다. 콜롱브 숙모의 다리는 거대한 참나무 원목 같았다. 다리가 계속 그런 모습으로 남게 될까? 마법의 부종이 숙모를 차츰 참나무 둥치로 바꾸어 놓는 건 아닐까?

“내 가엾은 다리!”

콜롱브 숙모는 치맛자락을 다시 내리며 비탄에 잠겼다. 그리고 한층 더 상심한 어조로 말을 이었다.

“이 다리 때문에 휠체어에서 꼼짝 못 하게 됐어. 한 발 옮기는 게 엄청난 고역이거든! 이젠 이 빌어먹을 다리가 날 지탱하는 게 아니라 내가 그것들을 끌고 다녀야 할 판이야. 쇠공이나 다름없다고! 이런 다리로는 내 가엾은 알베르가 묻혀 있는 묘지에도 갈 수 없겠어……”

이 대목에서 두 번째 이야기는 절정으로 치달아 묘지에 대한 한탄이 이어진다.

“그래도 롤로트가 대신 갈 수 있어 다행이야. 롤로트가 내 알베르의 무덤을 살뜰히 보살펴 주니까.”

롤로트는 콜롱브 숙모와 죽은 알베르의 시중을 항시 들어온, 콜롱브 숙모의 충실한 하녀다. 착한 롤로트는 언제나 알베르를 ‘알베르 씨’라고 깍듯이 부르며 알베르 씨에게 특별한 정성을 쏟았다는 소문까지 있었다. 친절한 주인이 원하는 거라면 그 무엇도, 심지어 잠자리까지 거절하지 않았다는 것. 하지만 가엾은 알베르 씨도 할 말이 있는데, 그는 툭하면 아내로부터 잠자리를 거부당한 것이다. 남편에게 그렇게나 다정하고 헌신적이었던 콜롱브가 그 '시시한 짓 거리'만은 질색이었으니, 그건 그녀 자신이 그런 완곡한 표현을 빌려 털어놓은 사실이기도 하다. 그녀는 온갖 핑계를 둘러대며 순결한 잠을, 즉 휴식과 편안한 수면이라는 이득을 교묘히 챙기곤 했다. 요컨대 교회의 축일마다 절대적인 금욕을 선언했으니, 대림 시기 내내 그랬고, 사순시기는 물론 5월 한 달도 그랬다. '무염 시태 축일에 그 짓은 금지예요. 재의 수요일부터 부활절까지도 그렇고. 성모님의 순결한 달도 마찬가지죠!'라고 그녀는 훈계했다. 반면 롤로트는 육의 과업을 수행하기를 마다하지 않았다. 심지어 롤로트는 그 '시시한 짓'을 무척이나 좋아했다는 소문도 있다. 어른들의 수다에 등장하는 이 모든 알쏭달쏭한 말들은 뤼시의 이해를 벗어나기에 하는 수 없이 뤼시는 자신이 들은 말들의 의미를 스스로 고안해 낸다. 어쨌거나 알베르가 아내의 발작적인 정조 관념 탓에 고통받지 않아도 되었던 건 한 지붕 아래 몹시 헌신적인 정부情婦를 둔 덕택이었다. 콜롱브도 그런 사정을 모르는 바 아니었으나 경각심을 갖기는커녕 긍정적인 쪽으로 받아들였다. 롤로트는 그녀에게 자매나 다름없었던 데다 그녀 자신은 혐오와 권태만 느끼는 그걸 좋아했고 알베르 역시 만족했으니 만사형통이었다. 무엇보다 체면을 지키는 게 중요했다. 하지만 사람들이 그렇게 어리숙한 건 아니어서, 알베르 로르무아와 롤로트의 관계를 모르는 이는 아무도 없었다. 이런 비좁은 마을에선 비밀이라는 게 없어서, 저마다 남의 집 담장 너머에서 일어나는 수상쩍은 일들에서 큰 쾌감을 맛본다. 시골 사람들은 남몰래 훔쳐보는 시선을 단련하고 청각을 박쥐처럼 예리하게 다듬는 기술이 있는 법. 그리하여 롤로트는 '모든 축일의 롤로트'라는 별명을 갖게 되었다.

콜롱브 숙모는 사랑하는 알베르의 무덤에 극진한 정성을 바친다. 형편만 되었다면 예배당이라도 세웠을 것이었다. '볼썽사납게 변해가는' 묘석을 거대한 검은 대리석 평석으로 이미 갈아치우기까지 했다. 그 위에 그녀는 금박을 입힌 큼직한 글자로 죽은 남편의 이름과 날짜 — 알베르 로르무아, 1891–1956 — 를 비롯해 자신의 이름과 미완의 날짜 — 콜롱브 로르무아(파스키에가ⓧ 출신), 1899–19.. — 도 새겨넣게 했다. 마지막 두 숫자는 아직 비어 있다. 극도로 피로하거나 수심에 젖는 날이면 콜롱브는 체념의 어조로 말한다.

"대리석공에게 6이란 숫자도 미리 새겨 넣으라고 부탁해야겠군. 이렇게 병이 난 걸 보면 이 10년을 넘길 순 없을 테니까."

그러면 알로이즈는 침착한 어조로 위로의 말을 건넨다.

"이봐요, 콜롱브 숙모님, 50년대가 저물 적에도 이미 그렇게 말씀하셨어요. 그런데 보세요, 아직 살아 계시잖아요! 그러니 차례가 올 때까지 기다리세요. 조만간 반드시 올 테니까요."

그러면 콜롱브도 반박에 나섰다.

"5를 6으로 바꾸는 게 뭐 그리 어렵다고."

"그건 그래요. 하지만 6을 7이나 8로 바꾸게 되면 손

상이 훨씬 커지잖아요. 그렇게나 애지중지하시는 묘석인
데……”

“8이라니! 무슨 그런 끔찍한 말을 한다지! 80년대까지
내가 목숨을 부지한다면 그야말로 가관일 거다. 말이 났으
니 말이지, 숫자를 9로 바꾸지 말라는 법도 없지. 아, 그만
하렴. 그 정도면 충분해.”

“계속 살아야 하니까요.” 알로이즈도 양보하지 않는다.
“저도 멀쩡히 살고 있잖아요. 제 소중한 빅토르를 잃었는데
도요.”

“그건 경우가 달라.” 숙모가 받아친다. “넌 그 당시 젊었
었고, 지금도 그렇다고 할 수 있어. 게다가 재혼도 했고, 또
그 사람도, 네 이아생트 말이다, 살아 있잖니.”

“아, 이아생트요……” 알로이즈가 미심쩍은 표정으로 어
깨를 살짝 으쓱하며 말한다.

“그래, 알아,” 숙모도 동의한다. “그건 정략결혼이라는 거
나도 알지. 그래도 네겐 아이들이 있잖니.”

“맞아요. 제겐 페르디낭이 있어요.”

“뤼시도 있고!”

콜롱브는 응접실 한구석에서 그림을 그리거나 노느라
정신이 딴 데 있는 아이 쪽으로 흘끔 시선을 던지며 덧붙
여 말한다.

“물론, 물론이에요. 뤼시도 있어요.” 알로이즈는 뒤늦게
동의를 표한다.

콜롱브 숙모 집을 방문할 때면 뤼시는 장난감을 가지고
혼자 놀거나 그림을 그리면서 두 여자가 나누는 이야기를

전부 듣는다. 모든 축일의 롤로트가 두 여자의 수다에 합세하기도 한다. 그들이 때때로 목소리를 낮추어도 뤼시는 그들의 대화를 한마디도 놓치지 않는다. 놀이나 색칠에, 혹은 커다란 수고양이 팡팡과 샴고양이 피네트, 앙고라고양이 그리종에게 몰두하고 있는 듯 보여도 말이다. 세 여자의 목소리가 갸르릉대는 고양이 울음소리와 뒤섞이며 방 안 가득 흘러넘치는 햇빛 속에 녹아든다. 여기저기서 튀어나오는 단어가 가벼운 깃털처럼 공중에서 팔랑거리거나 때론 뤼시의 목과 이마에 내려앉는 곤충처럼 찌르륵댄다. 그 이상한 곤충이 스치고 간 자리는 그 당장엔 아무렇지 않아도 결국 물린 자국을 남기고야 만다.

뤼시에겐 더없이 신비롭게 여겨지는 단어들이 간혹 고양이들의 커다란 눈 안에 비스듬히 반사되고 있는 듯하다. 팡팡의 오렌지빛 동그란 눈의 시선은 부드럽지만 좀 멍해 보이기도 한다. 그의 눈 안에서 단어들은 불룩해지며 구릿빛을 띤다. 뤼시는 단어 하나하나에 색깔을 부여하고 싶다. 뤼시는 본 적 없는 알베르와 콜롱브 숙모의 성이기도 한 로르무아, 검은 대리석 묘석에 두 번이나 새겨 넣어진 그 이름은 평온한 팡팡의 눈 안에 깃든 오렌지빛 섬광들로 장식된다. 행복과 불행이라는 단어들도 차별 없이 마찬가지다. 피네트의 눈부신 사팔뜨기 눈은 포석이나 호텔 간판, 권태, 과부 생활, 천사, 부종 같은 단어들에 터키옥의 푸른빛을 부여한다. 고양이 그리종의 눈은 집시, 가랑비, 전쟁, 배우자 같은 단어들을 담녹색에 가까운, 아주 연한 초록빛으로 물들인다.

콜롱브 숙모의 응접실에서 자주 들리는 이 단어들은 숙모가 입을 다물고 있는 순간에도 그 주위에서 계속 바스락거린다. 그것들은 숙모네 고양이들의 눈 색깔로 아롱거리는 보이지 않는 기다란 진주 목걸이가 되어 숙모의 토실토실한 목 주위에 감긴다.

이 부활절 오찬에서 뤼시는 마주 앉은 콜롱브 숙모를 바라보면서 숙모가 부지중에 목에 걸고 있는 이상한 단어들이 벌떼처럼 붕붕거리는 소리를 상상한다. 뤼시는 콜롱브 숙모와 롤로트, 두 사람을 다 좋아한다. 어머니와 함께 그들 집에 가면 언제나 그 둘은 그녀를 위해 케이크나 파이 조각을 내어놓기 때문이다. 롤로트는 과자 굽는 솜씨가 일품인 데다 늘 기분이 좋다. 온종일 집 안을 종종걸음으로 다니며, 거대한 두 다리를 딛고 선 조각상처럼 되어버린 늙은 여주인 주위를 분주히 오간다. 오늘 아침 콜롱브가 이 계절의 성대한 나들이를 위해 옷을 입고 한껏 모양을 내도록 도운 것도 그녀다. 이제 롤로트는 주일 식탁에 함께 앉으며, 세월이 흘러 가족의 일원이 되어 있다. 환한 미소를 머금고 포도주잔을 홀짝대며 비우는 그녀의 얼굴이 차츰 장밋빛으로 달아오른다. 뤼시는 그런 그녀의 모습을 감탄의 눈으로 바라본다. 한 잔 두 잔, 잔이 비워짐에 따라 롤로트는 반짝이는 진홍색 인형이 되어간다. 두 눈이 반짝반짝 빛을 발하며 툭하면 웃음을 터뜨린다. 웃고 재잘대는 롤로트의 목소리는 콜롱브 숙고가 음식을 먹는 사이사이 혼잣말처럼 늘어놓는 푸념과 대비를 이룬다. 그사이 후추 아저

씨는 흥에 겨워 "홉 홉!" 소리를 지르면서, 식탁을 둘러싸고 오가는 그 모든 지리멸렬한 대화에 리듬을 부여한다.

*

이제 치즈를 담은 쟁반이 식탁을 돈다. 식사가 벌써 한 시간째 이어지고 있다. 뤼시는 심심해 죽을 지경이다. 더는 배도 고프지 않아 후추 아저씨처럼 요요를 가지고 놀고 싶고, 무엇보다 식탁을 벗어나고 싶다는 생각뿐이다. 화가 치밀어 오른다. 페르디낭 오빠는 샐러드가 나올 즈음 한마디 질책도 듣지 않고 슬그머니 내뺐건만 뤼시는 커피가 나올 때까지 자리를 지키라는 명령을 받은 것이다. 게다가 지긋지긋한 마귀할멈 같은 뤼시엔 고모 옆에 앉아 있어야 한다는 것도 화가 나 견딜 수 없다.

어쨌거나 자신의 이름 뤼시는 지난 세기의 귀부인 같은 분위기의 이 까다로운 노부인의 이름에서 따온 것이다. 뤼시로선 별로 달갑지 않은 사실인데, 그래도 뤼시엔이라는 이름의 절반만 가져왔다는 점이 위안이 된다. '고모의 이름엔 '…이엔'*이 들어 있지만 나는 아니거든. 고모한테 딱 어울리는 이름이야!' 하고 뤼시는 생각한다.

뤼시엔은 이아생트의 누나다. 그러나 몇 군데 외모가 닮았다는 것 외에는 남동생과 비슷한 데라곤 하나도 없다. 뤼시엔은 몽상이나 우수에 잠기는 걸 완전히 허황된 짓으로 간주하며 이아생트처럼 다른 먼 곳에 마음이 끌리는 일도

---

* hyène. '하이에나'를 의미하는 프랑스어. '이엔'이라 발음한다.

없다. 그녀는 경계심으로 끊임없이 촉각이 곤두서 있다. 사방에서 위선과 거짓의 낌새를 맡으며, 아무한테서나 이중성 내지는 어리석음의 조짐을 눈치챈다. 그렇게 그녀는 평생을 조심하며 살았다. 그러니 자신의 뾰족 창을 움켜쥐고 선 스위스 근위병처럼 그런 식으로 다른 이들을 마주하고 끝까지 단단히 버틸 것이다.

"아무도 무사히 통과하지 못해." 하며 그녀는 매 순간 상대를 위협하는 듯하다. "너절한 놈들, 날 속여먹진 못한다고!"

쉰 살이 넘도록 독신으로 남은 나약한 아들 바스티앙조차 그녀의 이 의심과 경계심을 면치 못한다. 무엇보다 그녀는 남편이 생전에 크게 번창시킨 작은 사업을 아들이 말아먹은 것에 앙심을 품고 있다. 그래도 부유했던 시절의 잔여물로서 씁쓸한 추억 외에도 아름다운 보석 몇 점을 아직 소유하고 있다. 그 반짝이는 진귀한 물건들은 알로이즈의 감탄을 자아내고 욕구를 자극해, 그녀는 언젠간 그 가운데 하나를 물려받을지도 모른다는 희망을 버리지 않는다. 하지만 뤼시엔이라는 불쾌한 인물의 소유물이라는 낙인이 뚜렷이 찍힌 다이아몬드들에 뤼시는 전혀 욕구가 동하지 않는다. 그것들은 뤼시에게 오히려 모종의 불안감을 안겨준다. 흑옥처럼 새카만 머리를 투구처럼 틀어 올린 이 대모가 — 이아생트처럼 뤼시엔도 머리가 전혀 세지 않았다 — 혹시 마녀 비슷한 무언가가 아닌지 의심스럽다. 그녀의 가느다란 손가락을 비롯해 귀와 목에서, 보이지 않는 독사의 날름대는 혀처럼 섬세한 푸른 빛을 발하는 그 모든 반짝이는 것들을 보아도 그렇고 말이다. 그래도 가장 큰 불안감을 안겨주는 건 단연 다이아몬드 장식이 든 모자 핀이다. 이 기다란 핀에 마음이 빼앗긴 뤼시는 대모 뤼시엔이 모자에 핀을 꽂는 걸 볼 때마다 그 핀이 고모의 두개골을 뚫고 들어가는 장면을 상상하게 된다. 그러다 보니 다이아몬드가 총총한 이 늙은 대모의 관자놀이에서 피가 흐르지 않는 걸 보며 매번 놀라곤 한다.

나이 많은 대모를 둘 수밖에 없는 처지라면 인심 좋은 뚱보 콜롱브 숙모나 진홍색 뺨을 한 둔한 롤로트가 차라리 나을 듯했다. 그들이라면 후추 아저씨처럼 뤼시에게 멋진 선물이나 재미있는 장난감을 선사할 수도 있겠건만 엄한 뤼시엔은 아무것도 주지 않았으니까. 뤼시엔에겐 몇 가지 원칙이 있었으니, 단 과자를 배불리 먹인다거나 장난감이나 쓸데없는 물건들을 잔뜩 사주어 아이들을 망쳐서는 안 된다는 것, 자신은 결단코 그런 낭비에 일조하지 않겠다는 것이었다. 그보다 유용한 일을 하기 위해 그녀는 조카딸이자 대녀기도 한 뤼시의 명의로 통장을 개설했고, 매해 생일이나 영명 축일 혹은 성탄절이면 뤼시는 관심도 없는 그 신비로운 통장에 일정한 액수의 돈을 넣는다.

*

마침내 디저트가 식탁 위에 당당하게 등장한다. 바닐라 크림에 캐러멜을 씌운 플로팅 아일랜드를 포함해, 초콜릿과 피스타치오, 프랄린, 딸기가 박힌 한입 과자들을 담은 쟁반과 과일 바구니가 모습을 드러낸다.

뤼시가 자기 몫의 디저트를 받는 순간, 멀지 않은 자리에서 나지막한 소리로 이야기하던 한 남자가 옆에 앉은 여자에게 귓속말로 말한다.

"모르셨어요? 그 사람, 오피움 중독자예요!……"

그런가 하면 식탁 다른 편 끝에 앉은 여자가 말한다.

"안느는 그날 아주 예쁜 오퍼섬 모피 재킷을 입고 있었어요……"

또 다른 대화에 몰두해 있던 세 번째 남자는 웃으면서 말한다.

"그렇다니까요. 그 데데 영감이 시립 오르페옹*에서 연주한다니까요……"

뤼시는 갑자기 미지의 세 단어가 이제 막 자신의 접시 위에 놓인 느낌이다. 오피움, 오퍼섬, 오르페옹. 뤼시로선 의미를 전혀 파악할 수 없는 사랑스러운 세 단어. 모두 O로 시작되는 단어들이다. 뤼시는 단어를, 그리고 알파벳 철자를 좋아한다. 그녀가 특별히 좋아하거나 열광하는 단어나 철자가 있는가 하면, 싫어하거나 때론 혐오하기까지 하는 단어도 있다. O는 U나 I처럼 뤼시가 선호하는 모음이다. 자신의 이름에 U와 I가 포함되어 있는 건 행운이다. O는 형태도 소리만큼이나 마음에 든다. O는 그 안에 어떤 얼굴을 그려 넣을 수 있고, 꽃의 심부나 태양의 몸체가 될 수도 있으며, 공이나 사과나 오렌지 혹은 수레바퀴나 원창으로 삼을 수도 있다. O를 가지고 무수히 많은 걸 만들어 낼 수 있다.

* orphéon municipal. 자원봉사자들로 구성된 아마추어 시립 오케스트라.

뤼시는 자신의 접시를 응시한다. 상아색 크림 호수에 떠다니는 섬, 캐러멜을 뒤집어쓴 눈 덮인 이 작은 섬이 O라는 철자와 뒤섞인다. 거기에 숟가락을 갖다 댈 생각을 감히 할 수 없다. 조금 전에 들은 세 단어가 이 작은 섬 한복판에 묻혀 있을 것만 같다. 오피움, 오퍼섬, 오르페옹이 얇은 캐러멜 글라시 밑에 안전한 둥지 속 어린 새처럼 잠들어 있는 거다. 어떤 단어들은 간혹 고양이 눈에 의해 물들여지거나 환해지고, 때론 두툼한 천이나 꽃잎이나 머리카락 속으로, 사물들 안으로 미끄러져 들어간다. 뤼시 생각에 단어들은 풀 속을 달리는 도깨비불처럼 가볍고, 물의 요정이나 공기의 요정처럼 자유분방하다. 그들처럼 단어들 역시 만져지지 않아도 생생히 현전하며 형언할 수 없을 만큼 매혹적이다.

지금 당장은 접시 안에 떠다니는 이 작은 섬 속에 수수께끼 같은 예쁜 단어 세 개가 숨어 있었다. 바닐라 향과 살짝 눌은 설탕 냄새가 나는 단어들이다. 뤼시는 접시에 얼굴을 바싹 갖다 대고 냄새를 맡으며 은은한 빛을 발하는 캐러멜을 바라본다. 머릿속에서 주위 사람들이 완전히 사라지고, 함께 식사하는 이들의 이야기도 더는 들리지 않는다. 그들의 목소리는 식기 부딪치는 소리와 뒤섞여 희미한 웅성거림으로, 바닷소리로 화한다.

신비롭기 그지없는 작은 섬을 에워싼, 상아색 바다가 웅성대는 소리. 접시가 움푹 파이며 나팔 모양으로 활짝 벌어진다. 아무도 모르게 뤼시는 살짝 눌은 자신의 섬으로 출

항한다. 그 안에 숨겨진 오피움, 오퍼섬, 오르페옹이라는 세 단어에 청각과 후각이 모조리 동원된 채로. 뤼시는 닻줄을 풀고 이미 희미해져 가는 몽상의 상아색 바닷물로 표류해 들어간다. 미세한 충격으로도 단어들은 — 특히 낯선 단어들은 — 생명을 부여받고 영원히 끝나지 않을 대모험을 향해 돌진할 것이다. 단어들은 일어설 준비가, 캐러멜 층을 뚫고 나와 형상을 갖추고 움직일 태세가 되어 있다.

"뤼시! 자세를 바로 하렴! 똑바로 앉아서 디저트를 먹어. 모두 식사를 끝냈잖니. 대체 왜 그렇게 꾸물대는 거지?"

어머니의 목소리다. 질서정연한 세계로 소환하는, 경계의 목소리. 뤼시는 몽상에서 퍼뜩 깨어난다. 오피움, 으퍼섬, 오르페옹이 크림색 늪에서 접시 밑바닥으로 수직 침몰하고 졸지에 접시는 그저 평범한 일요일 설거짓거리가 되고 만다. 그제야 뤼시는 공상을 거두고 숟가락질에 박차를 가하면서 디저트를 먹어치운다. 조금 실망이다. 그토록 웅장한 자태를 드러냈던 섬이건만 밍밍하기만 한 맛이다. 후추 아저씨가 자신의 몫에 후추를 칠 만하다.

아름다운 흰 식탁보는 빵부스러기를 비롯해 포도주와 소스 얼룩으로 어지럽다. 유리잔도 광채를 잃었으며 더러운 접시들 사이로 구겨진 냅킨이 여기저기 나뒹군다. 뤼시는 다시 권태에 사로잡힌다. 그 순간 부엌에서 커피 냄새가 난다. 뤼시의 마음속에서 환호성이 새어 나온다. 오찬이 막바지에 이른 것이다. 어른들은 응접실로 자리를 옮겨 커피나 리큐르를 홀짝이거나 담배를 피울 것이다.

사람들이 자리에서 일어선다. 뤼시는 작은 초콜릿 과자 몇 개를 슬쩍해 루-페를 보러 간다. 그리고 호주머니에서 요요를 꺼내 은줄을 따라 춤추게 한다. 다시 맞는 부활절이다.

세 번째 채색 삽화

누군가 피리를 분다. 느리고 조금 주저하는 듯해도 몹시 사랑스러운 멜로디다. 하늘이 장밋빛 석양으로 물든다. 지친 새들은 비행 속도가 느려지고, 그 날갯짓에서 여유로움과 한없는 나른함이 전해져 온다. 새들은 벤 풀과 송진과 금작화 냄새가 나는 축축한 장밋빛 대기 속에서 흔들린다. 늪지로부터 끈질기게 올라오는 달짝지근한 냄새. 묵직한 과일들의 무게에 가지들이 조금씩 아래로 휘어지는, 과수원에서 올라오는 냄새. 꽃들이 낮 동안 데워진 심장 위로 꽃잎을 천천히 다시 닫는, 정원에서 나는 냄새도 있다. 때론 꿀벌들이 그 촉촉한 황금빛 공동空洞 속에서 선잠에 빠지기도 한다. 그들은 달콤한 노획물을 벌집으로 가져가지 못할 것이다. 노동과 달짝지근한 맛에 취해 살짝 모로 누운 그들은 암술들의 침상에서 달콤한 꿈을 꾸며 잠이 든다. 그사이 죽음이 부드러운 전율로 그들의 몸을 감싼다. 잠시 후면 그 몸은 누군가 화병에 꽂으려고 꺾어온 장미꽃에서 나무 테이블이나 테이블 매트 위로 힘없이 떨어져 내릴 것이다. 여름에 피어나 가을이면 꽃잎이 떨어지는 이 장미꽃의 심장에서 그들의 유해는 소리 없이 미끄러져 내릴 테고, 화병에 꽂힌 9월의 꽃다발 발치에서 화석화된 빛의 눈물처럼 은은한 빛을 발할 것이다.

여름의 끝자락이다. 한 비탈길에서 가시덤불과 잡초가 태워진다. 연기가 푸르스름한 나선을 그리며 풀밭에 바싹 다가붙어 퍼져 나간다. 그 냄새가 다른 모든 냄새를 뒤덮는다. 어린 양들은 그새 몸이 자랐으나 풀밭 저 멀리 떨어져 있는 암양과 수양 들은 한시도 경계를 풀지 않는다. 양들은 저녁 공기를, 바람에 실려 오는 불타는 가시덤불 냄새와 늪지에서 올라오는 냄새를 맡는다. 때로 그들 중 하나가 희미한 소리로 우는데, 그 구슬픈 울음소리는 마치 땅끝에서 솟는 것만 같다. 공포에서, 아니, 연민에서 솟는 소리. 피리 소리에 화답하는 가느다란 울음소리.

누군가 피리를 분다. 매일 저녁 똑같은 멜로디가 깨어나 높고 가는 음들을 이어간다. 곡조가 바람에 실려 집들의 정원을 가로지르며 마을 거리를 떠도는 동안 고인 물 냄새와 잡초 태우는 냄새가 난다. 한 아이가 피리를 불고 있다. 운지가 아직 서툴러 호흡도 조금 불안정하다. 그래도 한참 동안 연주가 이어지는 걸 보면 인내심이 엄청난 아이다.

가시덤불을 태운 불은 이미 꺼지고 없다. 풀 위를 스치며 떠다니는 안개와 그 연기가 뒤섞인다. 풀밭 위의 가축들이 안개를 뜯어먹고 있는 것만 같다. 시골길을 가로질러 자전거를 타고 나갔던 아이들이 집으로 돌아온다. 그들의 두 볼은 발갛고, 눈에선 빛이 난다. 버터 바른 생강빵과 호두과자, 잼이 든 도넛 같은 간식은 길에서 먹어치웠다. 자전거에 매단 주머니들은 숲속이나 못가에서 찾아낸 신기한 잡동사니들로 불룩하다.

조만간 방학이 끝나고 아이들은 다시 등굣길에 올라야 할 것이다. 하지만 아이들은 이 순간을 살며, 개학까지는 황야와 숲들을 누비고 다닐 근사한 며칠이 아직 남아 있다. 그들은 도로 위를 지그재그로 달리면서 웃으며 서로를 부르고 내일의 만남을 기약한다.

갑자기 아이들의 웃음소리와 떠드는 소리가 멈추는가 싶더니 그 가늘고 끈질긴 피리 소리가 들린다. 아이들은 잦아든 목소리로 작별 인사를 나눈 뒤 심각한 얼굴이 되어 멀어져 간다. 각자의 집을 향해, 귓전을 맴도는 멜로디에 귀 기울이며.

하늘은 이제 보랏빛이다. 만물의 형태가 정화되어 회색과 검정 실루엣으로 화한다. 집들의 창에 불이 들어온다. 덧창은 잠시 닫히지 않은 채 그대로다. 고요한 저녁 시간, 대지는 향기로우며 크고 빛나는 달이 이미 숲 위로 모습을 드러낸다. 맑은 밤이 될 것 같다. 개들이 짖는 소리가 울려 퍼지지만 노여움의 흔적은 없다. 마당 깊숙이에서 서로를 부르는 개들은 어떤 알 수 없는 대화를 이어가고 있는 것만 같다. 달 주위의 구름이 연보랏빛으로 변한다. 느린 멜로디의 피리 소리가 여전히 한 음 한 음 이어진다. 풀밭 위의 암양들처럼, 마당에 있는 개들처럼, 피리 역시 어떤 대화를 갈망하며 자신의 목소리를 건네는 거다.

전설

　피리를 불던 아이는 마침내 악기를 내려놓는다. 식사하러 오라고 어머니가 부르러 왔기 때문이다. 눈가에 거무스름한 그늘이 져 있는 어머니. 최근에 생겨난 이 그늘 탓에 그녀의 시선은 멍하고 아주 험상궂어 보이기까지 한다. 그녀의 몸을 송두리째 점령한 듯한, 뱃속 깊은 데서 솟구친 그늘. 그녀의 걸음걸이에서 불쑥 지친 기색이 느껴지더니, 몸동작이 둔해지고 목에선 쉰 소리가 난다. 아이는 식탁까지 조용히 어머니를 따라간다.

　그 불행이 닥친 이후로 랭부르 씨 가족은 식욕을 잃고 말았다. 말들의 의미를, 특히 일상의 단순한 말들의 의미를 잊어버린 듯하다. 이 집 식구들은 이제 거의 말을 하지 않는다. 울고 저주하고 복수를 외치는 일도 삼간다. 그래 봐야 아무 소용이 없는 건, 살인자가 누군지도 모르기 때문이다. 여름이 막 시작될 무렵, 학기가 끝나기 직전에 랭부르 씨네 작은딸이 죽었다. 안느―리즈는 아홉 살이었다. 사람들이 이틀을 찾아 헤맨 뒤에야 도랑 속에 누워 있는 시신을 발견했다. 목에는 교살당한 자국이, 몸에는 강간을 당한 흔적이 있었다. 큰딸인 폴린은 열한 살이다. 그러나 이제 폴린은 큰딸도 뭐도 아니며 다시 외딸이 되었다.

식구들은 안느-리즈를 다람쥐라 불렀다. 주근깨가 박힌, 우아함과 생명력이 넘치는 소녀, 다람쥐의 모든 특질을 갖춘 아이였다. 엄청난 식욕을 지닌 아이기도 했다. 식사 때면 아버지는 넋이 나간 사람처럼 앉아 있다가 때때로 이를 갈며 말한다. "죽여버릴 테다. 쓰레기 같은 놈, 죽여버리고 말 테다!" 하지만 딸을 살해한 그 인간을 어디서 어떻게 찾아낼 수 있을지는 그도 모른다. 어머니는 말이 없다. 옆에서 누가 말을 해도 거의 듣지 못한다. 정신이 딴 곳에 가 있고, 귀에선 환청이 들려온다. 딸의 웃음소리, 다람쥐처럼 깡충대는 걸음걸이, 높고 사랑스러운 목소리. 그녀의 텅 빈 시선은 무섭도록 적막하다. 그녀는 눈꺼풀 주위에 내려앉은 짙은 안개 너머로 바라본다.

"먹어라 애야, 먹어. 먹어야 해……"

때로 그녀는 폴린을 향해 애무하는 듯한 몸짓으로 이렇게 속삭인다. 하지만 몸짓은 금세 사라지고, 보이지 않는 애무는 끊어진 목걸이처럼 구슬이 손 밖으로 알알이 구른다. 애무가 흐느낌처럼 어둠 속으로 구르고 또 구른다. 히스 속에서 시신으로 발견된 딸에게로, 랭부르 씨네 가족 묘소에 누워 있는 딸에게로.

폴린은 그 애무가 자신에게서 달아나 날아올라 여동생의 뺨과 다갈색 곱슬머리를 향해 울며 기어간다는 걸 느낀다. 그렇다고 샘이 나는 건 아니다. 여동생을 시샘한 적은 한 번도 없었다. 폴린은 내성적인 아이다. 나이에 비해 키가 너무 크고 지나치게 야윈 폴린은 늘 안절부절못한다. 반면 아이다운 포동포동한 몸의 안느-리즈는 언니보다 훨씬 자신감에 차 있었다. 폴린은 안느-리즈의 그런 활기와 용기에 감탄하며 종종 여동생 뒤에 숨어 안도감을 느끼곤 했었다.

자신의 고통을 표현하고 안느-리즈를 불러내기 위한 말을 찾지 못하기는 폴린도 마찬가지다. 자신이 불던 피리만 남아 있다. 폴린은 여름 내내 그 피리를 쉴 새 없이 불었다. 하멜른의 쥐들과 아이들을 마법에 들게 해 영원히 사라지게 만든 마법사처럼, 그녀는 피리를 불고 또 분다. 그러나 폴린의 연주에는 하멜른의 마법사와는 정반대의 의도가 담겨 있다. 여동생을 마법에서 깨어나게 하고 죽음의 검은 마력을 쳐부수겠다는, 차가운 땅속 가족의 조상들 사이에 동생을 붙잡아 둔 무거운 돌을 들어 올리겠다는. 하지만 폴린은 그저 자신의 고통과 공포를 마비시킬 수 있을 따름이다. 자신의 눈물에 대고 주문을 걸어, 그 눈물을 가녀린 음들로, 떨리는 멜로디로 바꾸어 놓는다. 그렇게 꿈을 꾸듯 연주하며, 불에 댄 상처를 진정시키기 위해 입김을 불어대듯 슬픔의 표면에 대고 입김을 분다.

폴린 랭부르가 자기 집 어두운 구석에서 연주하는 이 끈질긴 곡조에 온 마을 사람들이 귀 기울인다. 그녀가 피리를 불고 있지 않을 때조차도 귀에 익은 그 부드러운 곡조는 계속 그들 귓전을 맴돈다. 수도 없이 들었던 이 곡조는 피리와 폴린의 입에서 분리되어 길을 따라 홀로 파닥이며 날아다니는 듯하다. 슬픔으로 무거워진 곡조가 사람들의 귓구멍 속에 조심스럽게 내려앉아 관자놀이에서 흐느끼며 울리는 것만 같다. "들려요? 랭부르 씨네 딸이 연주하는 소리예요. 이젠 아예 멈추질 않네요."라고 사람들은 말한다. 그들은 이름을 대지 않고 그저 '랭부르 씨네 딸'이라고만 말한다. 모두 같은 생각인 것이다. '연주는 폴린이 하지만, 안느-리즈 역시 언니를 통해 함께 울고 있는 게 아닐까?' 랭부르 씨네 아이들 — 죽은 아이든 살아 있는 아이든 — 을 떠올리면 부모들은 모두 가슴이 미어진다. 특히 어머니들은 걱정이 되어 경계심을 늦추지 않는다. 살인자에 대해 전혀 아는 게 없다. 그가 아직 이 고장을 어슬렁대고 있는 걸까? 그 사건 이후로 이 마을 아이들은 혼자 시골길을 나다니는 게 허락되지 않는다. 너무도 평화로워 보이는 주변 길들이 이젠 식인귀의 발자국이라는 망령에 사로잡혀 있기 때문이다. 아이들은 반드시 무리를 지어서만 집 밖으로 나간다.

*

그러나 공포가 뤼시를 사로잡지는 못했다. 사실 뤼시는 혼자 외출하는 법이 없다. 뤼시는 루-페와 늘 붙어 다닌다. 낮에는 그들도 다른 아이들과 함께 긴 시간 자전거를 타고 나가지만, 저녁엔 종종 와즐뢰르가의 다락방-천문대에서 둘이 만난다. 그러면 앙슬로 부인이 뤼시를 집에 데려다주거나 알로이즈가 딸을 데리러 온다.

뤼시는 안느-리즈를 잘 알고 지냈고, 둘은 같은 교리 반에 속해 있었다. 하지만 교리 반이든 학교든, 개학이 되어

71

도 안느-리즈의 자리는 비어 있을 것이다. 뤼시는 실제로 무슨 일이 일어난 건지 제대로 이해하지 못했다. 그녀의 귓가를 몇 번이고 스쳐 간 '범죄'나 '강간' 같은 말들은 콜롱브 숙모가 걸핏하면 되뇌고 한 말들과 별반 다르지 않다. 부종, L'ANGE BLANC의 N, 집시 여자, 가랑비, 전쟁, 과부 생활 따위의 말들. 위험천만한 기이한 말들이다. 옛이야기 속에 나오는 식인귀, 늑대, 계모, 마녀 같은 끔찍한 말들이기도 하다. 안느-리즈의 죽음과 관련해 어머니에게 물어보려했지만 알로이즈는 질문을 피하며 그저 모호한 답변으로 얼버무릴 따름이었다. 결국 뤼시는 안느-리즈의 죽음의 수수께끼를 우화나 전설, 예수나 성인들의 삶의 이야기들로 빚어진 자신의 상상 속 세계로 편입시켰다. 한 식인귀가 안느-리즈를 죽인 것이다. 그러나 이 어린 소녀는 죽은 게 아니다. 요컨대 들판이나 길가에 종종 뭉개진 모습으로 나뒹구는 고슴도치나 고양이, 뾰족뒤쥐, 아니면 새들처럼 죽은 건 아니라는 뜻이다. 안느-리즈는 '하느님의 집'으로 간 거고, 케루빔과 흡사한 존재가 된 것이다. 그 애는 이제 주님의 식탁에 앉아 있다. 성당 아이들이 모두 함께한 안느-리즈의 장례식에서 조아킴 신부가 그렇게 말했다. 신부는 '마음이 순결한 자들은 복이 있다. 그들은 하느님을 보게 될 것이다.'라는 산상수훈의 말을 인용했다.

그 후로 뤼시는 안느-리즈가 사건 당일 입었던 녹색과 흰색 무늬가 든 무명 교복 블라우스 차림으로 거대한 식탁에 앉아 있는 모습을 상상한다. 결혼 피로연이나 첫영성체 때 사용되는 식탁보다 훨씬 더 큰 식탁이다. 무지개 광선들로 짜인 눈부신 식탁보가 깔린 이 천상의 식탁엔 태양의 꿀이 흐르는 빛의 케이크와 별 우유가 차려진다. 그 예쁜 빨강 머리 소녀는 저 높은 곳, 악기를 연주하는 천사들과 웃음 짓는 케루빔들 사이에 당당히 자리하고 있다. 안느-리즈는 영원히 하느님의 아이가 된 것이다. 영광의 몸을 이미 취한 것이다. 등틀녘의 장밋빛 구름보다 더 가볍고 우아한, 순수한 빛의 몸. 그런데도 그 애는 여전히 자신의 교복 블라우스를 입고 있다. 물론 한 점 얼룩 없는 깨끗한 옷이긴 하다.

성당 중앙 회랑 입구엔 파도바의 성 안토니오 목조상이 있다. 그는 팔을 뻗어 아기 예수를 안고 있으며, 그를 내려다보는 아기 예수 쪽으로 얼굴을 들고 있다. 애정에 정신이 나간 듯한, 놀라움이 깃든 주의 깊은 시선이다. 성인의 길고 마른 맨발엔 투박한 샌들이 신겨져 있고, 안정감 있게 몸을 떠받치고 있는 오른발 발가락들은 닳아 대리석처럼 반짝인다. 신심 깊은 여자들이 스치고 간 손길에 목조가 반들거린다. 성인이 입은 거친 모직 옷의 깊은 주름들은 들판의 움푹 파인 고랑들 같아서, 그 안에 어둠이 응축되어 있는 듯하다. 성인은 허리띠 대신 투박한 밧줄을 허리에 두르고 있다.

안토니오 성인의 흰 피부엔 상앗빛이 살짝 감돌며, 눈꺼풀 주위로 갈색 속눈썹이 그려져 있다. 옛날 인형의 커다란 눈이지만 시선만은 인형의 시선과는 거리가 멀다. 사실 그 시선과 마주치기란 불가능하다. 아기 예수를 올려다보는, 그렇게 고정된 채 그 안에서 길을 잃은 시선이다. 그렇게나 작은 몸으로 지고의 위엄을 발하는 아기 예수는 그지없이 단순한 흰 옷차림에 맨발이다. 그의 시선은 성인이 아닌 그 너머에 가 있다. 교회 공간 전체를 품고, 교회 담벼락을 통과해 마을 집들의 지붕 위로 미끄러지며, 길과 도로 위를 날아 연못과 숲과 들판 위를 떠도는 시선. 그 시선이 온 대지를 뒤덮는다. 그 자체만으로도 어떤 천국인 시선.

아기 예수의 손안엔 금빛 구球가 들려 있다. 그 무거운 물체가 아기 예수의 작은 손안에 가뿐히 들려 있다. 그 큼직한 구는 어떤 천체일까 아니면 과일일까, 뤼시는 늘 궁금했었다. 그 정체가 뭐든, 예쁜 공인 건 틀림없다.

조각상 발치엔 봉헌함이 있다. 일요일마다 뤼시는 어머니에게 동전 하나를 달라고 해 안토니오 성인께 드린다. 동전이 봉헌함 속으로 떨어질 때 짧게 울리는 쟁그랑 소리를 뤼시는 좋아한다. 그 안에 쌓이는 동전들이 아기 예수의 손안에 든 구球처럼 금빛이 되는 상상을 한다. 해적들의 금고에서 쏟아져 나오는 루이 금화처럼 찬란한 황금빛. 그러나 안느-리즈가 죽은 뒤로는 봉헌함에 동전만 넣는 게 아니다. 그림 카드나 사탕, 초콜릿 조각도 넣는다. 안느-리즈를 위해서다. 뤼시는 아기 예수를 안고 있는 이 안토니오 성인의 조각상을 죽은 아이들의 자상한 수호자라 믿는다. 뤼시는 기도를 하며 이 성인에게 친구인 안느-리즈를 잘 돌봐달라고, 산 자들의 땅에 대한 소식을 친구에게 전해달라고 부탁한다. 그리고 금빛 구를 든 아기 예수께는 안느-리즈와 함께 놀아달라고 부탁한다. 그런데 죽은 아이들은 어떤 놀이를 하며 노는 걸까?

　친구는 이제 주님의 식탁에 앉아 있다는 걸 장례식 때 조아킴 신부의 아름다운 강론을 통해 확신할 수 있었건만, 때때로 뤼시의 머릿속엔 의심이 고개를 쳐든다. 안느-리즈의 몸은 마을 공동묘지의 랭부르 씨네 가족 묘소에 매장되지 않았던가. 안느-리즈는 차갑고 어두운 땅속 자신의 조상들 사이에 누워 있는 것이다. 뤼시는 안느-리즈가 추울 거라는, 어둠 속에서 무서울 거라는 생각을 하지 않을 수 없다. 그 애가 태어나기도 훨씬 전에 죽은 그 모든 노인들 사이에서 무엇보다 지루해 못 견딜 것이다. 재미있게 노는 걸 그렇게나 좋아했던 아이였으니까.

　뤼시의 상상 속에선 두 이미지가 서로 겹친다. 주님의 식탁 아기 천사들 사이에 앉은, 기쁨으로 환히 빛나는 안느-리즈. 그리고 칠흑같이 어두운 땅속, 늙어 죽은 모든 랭부르 집안 사람들 사이에 묻혀 있는 안느-리즈. 뤼시는 신앙 서적과 성인들의 전기에서 영감을 받은, 빛과 아기 천사 쪽 이미지에 다시 금박을 입히고 색을 칠하려고 애쓴다. 그러나 불안을 야기하는 어둠 쪽 이미지가 다시 부상한다. 뤼시의 생각 속에서 안느-리즈는 둘로 나뉜다. 저 위 구름보다 훨씬 높은 곳에서 떠다니는 영광의 그 예쁜 몸을 떠올린다고 또 다른 몸이 잊히지는 않는다. 길가에 나동그라진 짐승의 썩은 사체처럼 땅속에서 부패해 가는 어린 시신. 하기야 유치한 성화들은 물론 순교자들을 기리는 아름다운 그림들에서마저, 그것들을 자세히 관찰하고 있자면 불안이 느껴지는 게 사실이다. 그녀가 이름을 빌려온 루치아 성녀만 해도 그렇다. 동정녀이자 순교자인 이 성녀와 관련해선 두 가지 전설이 존재한다. 일설에 따르면 루치아 성녀는 이가 뽑히고 가슴이 도려내진 채 화형을 선고받았지만 불길 속에서도 몸이 타지 않아 목까지 잘렸다. 그런가 하면 오직 하느님께 자신을 바치기 위해 결혼을 원치 않았던 그녀는 스스로 자신의 눈을 뽑아 약혼자에게 보냈다는 설도 있다. 하지만 성모께서 자신의 신성한 '아들'을 미치도록 사모하는 이 아가씨에게 더 아름다운 새 눈을 주었다는 것. 화가들은 이 두 번째 전설을 채택했다. 그들의 그림 속에서 루치아 성녀는 희생된 자신의 두 눈을 과일이나 꽃처럼 작은 쟁반에 담아 든 채, 성모께서 주신 두 번째 눈으로 영원을 향해 확신에 찬 온화한 시선을 던지는 모습으로 묘사된다.

안느-리즈가 이중의 육신을 부여받게 되었듯 루치아 성녀는 두 쌍의 눈을 지녔던 유일한 인물이다. 기적이 선사한 불가사의한 눈과 고통의 눈. 영광의 몸과 이미 부패해 가는 모욕당한 몸. 경이에 찬 눈과 공포에 질린 눈, 아기 천사의 예쁜 몸과 고통받는 어린 몸. 이 눈들을, 이 몸들을, 어떻게 연관 지을 수 있을까? 하나에서 다른 하나로의 이행에는 큰 공포가 수반된다는 걸 뤼시는 직감한다. 뽑혀 쟁반 위에 놓인 그 둥글고 매끄러운 눈으로 성녀는 여전히 보고 있을까? 그게 사실이라면 그 눈이 보는 건 무얼까? 그 시선은 천상의 새로운 눈의 시선과 일치하는 걸까?

어른들에게서 만족스러운 답변을 찾지 못하자 그녀는 루-페에게 물었다. 그러나 별들과 사랑에 빠진 이 작은 '캥거루' 역시 모르긴 마찬가지다.

"어쨌거나 우린 모두 죽은 별들의 먼지로 만들어졌지."
루-페가 그녀에게 말했다. "우린 도로 먼지가 되어 마침
내 다시 별이 될 테고, 별들이 우리의 조상이야. 그리고 눈
은 말이지……망원경이 우리 시선을 하늘 끝까지 데려갈 수
있듯이, 하느님은 순교자들의 시선을 세상 끝의 끝까지, 심
지어 무수한 세상의 끝까지 데려갈 수 있을 거야."

*

오늘 두 사람은 함께 자전거를 타고 긴 시골길을 가로
지르며 달렸다. 뤼시는 무수히 많은 거인을 — 뤼시는 그렇
게 명명한다 — 만났다. 하늘을 향해 거대한 윤곽을 드러
내며 일렬종대로 우뚝 서 있는 송전탑들이다. 쭉 뻗은 팔
끝에 칡넝쿨처럼 유연하고 벼락보다 사나운 투창과 기병
창을 든 거대한 전사들의 행렬을 생각나게 하는 철골들이
다. 장식용 구멍이 숭숭 뚫린 이상한 갑옷을 입고 꼼짝 않
고 있는데도 참으로 무시무시해 보이는 전사들. 쳐든 팔을
내리거나 무릎을 굽히거나 무기를 내려놓는 일이 절대 없
는, 완벽한 전사들. 항구적인 전투태세인 전사들. 뤼시는 그
들을 '팔을 쳐든 거인들' 혹은 '고압 전사들'이라고 부르며
그들을 위해 끔찍하고도 요란한, 영웅적인 전투를 고안해
내며 즐거워한다. 인간은 그들의 상대가 안 되며 코끼리나
기린도 마찬가지다. 공룡이나, 그런 게 없다면 고래들만 그
들과 맞서 싸울 자격이 있을 것이다. 바오밥이나 세쿼이아
처럼, 먼 고장에서 자라는 몇몇 거대한 나무들도 그렇겠고.

그 전사들에겐 우두머리가 필요하겠기에 뤼시는 그들에게 여왕을 구해주며, 그 모든 고압 거인들은 여왕 에펠탑의 종복이 된다.

오늘, 아름다운 여름 오후에 뤼시는 장밋빛 황야와 연꽃으로 뒤덮인 연못들 사이로 난 도로를 따라 자전거를 달리며 상상했다. 벼락의 팔을 지닌 이 강철 거인들이 파리의 거리로 당당히 들어서서 뾰족모자를 쓴 강철 여왕에게 경의를 표하는 모습이었다. 집으로 돌아가는 길에 뤼시는 옆에서 페달을 밟는 루-페에게 그 행렬의 광경을 자세히 들려주기도 했다. 지난달 텔레비전에서 본 7·14 혁명기념일 행진 장면을 떠올리며 이야기에 화려함을 더했다. 그러자 루-페가 그녀에게 보답으로 굉장한 사실을 알려주었다. 나라 전역에 퍼져 있는 고압선을 모두 연결하면 지구를 두 바퀴 돌 수 있는 길이가 되고, 저압선과 중성선의 끝과 끝을 모두 연결하면 지구에서 달을 잇는 거리의 몇 배가 된다는 것. 연이어 그는 '전기'라는, 눈에 보이진 않아도 빛의 속도와도 맞먹는 엄청난 속도로 끊임없이 순환하는 강력한 힘에 관해서도 설명해 주었다.

"그러니까 성령처럼 말이구나?" 뤼시가 물었다.

그러나 루-페는 대답 대신 다른 누군가를 언급했다. 그가 숭배해 마지않는 패러데이 씨라는 인물이었다. 늘 그렇듯 뤼시는 과학과 관련해 친구가 들려주는 그 모든 진지하고도 근사한 설명에서 단편적인 몇몇 단어들만 기억했다. 지난 세기에 이르러서야 제어하게 된 그 에너지를 지칭하는 '전기 요정'이라는 말과 '자기장'이라는 용어가 특히 뤼

시의 마음에 들었다. 그녀는 '자기장'을 '자성磁性을 띤 노래'
로 이해하고*, 고압의 그 전사들을 천둥보다 우렁찬 소리로
노래하는 합창단으로 변모시킨다. 전기 요정은 거대한 몸
집의 요정임이 분명하다. 벼락의 힘을 빛의 속도와 결합시
키고, 세이렌의 황홀한 목소리를 사방에 존재하는 성령과
하나 되게 하는 존재.

그러나 장밋빛 석양을 받으며 마을로 들어가는 동안 또
다른 노래가 속삭이듯 들려온다. 힘도 광휘도 발하지 않는
노래. 끝없이 다시 시작되는 긴 문장 같은 노래. 숨이 차서
눈물을 글썽이며 떨리는 음들을 뱉어내는, 애절하고도 아
름다운 노래. 벼락을 맞고 불타버린 그 버려진 곳간을 오
랫동안 떠돌던 비탄에 빠진 요정이 그렇게 한탄하는 거라
고 뤼시는 생각했다. 죽은 아이면서 살아 있는 아이인 그
랭부르 씨네 아이가 요정이 된 것이다. 육신을 도난당하고
비탄에 빠진, 가엾기 그지없는 어린 요정. 우화들을, 그것들
의 놀라운 현실성을 뤼시가 어떻게 믿지 않을 수 있겠는가?
살아 있는 자들이 지상에 머무르는 동안 그것들에 육신과
얼굴과 목소리를 부여하고 있는데 말이다. 세상은 하나의
우화며, 삶은 커다란 그림책이다. 울림과 냄새를 지닌 알록
달록한 그림들, 춤을 추거나 후려지는, 움직이는 그림들.

*

* '자기장'은 프랑스어로 champ magnétique. '자성을 띤 노래'는 chant magnétique.
프랑스어 champ(장, 場)과 chant(노라)은 발음이 같다.

　　그날 저녁 자신의 방으로 돌아오기 전, 뤼시는 조만간 그녀 차지가 될 방에 몰래 들어가 본다. 새로 칠한 페인트 냄새가 방 안에 감돈다. 며칠 뒤면 침대와 옷장과 탁자, 소파 같은 가구가 배달될 것이다. 뤼시는 어둠침침한 빈방을 가로질러 열린 창문이 있는 곳까지 걸어가 채소밭 쪽으로 몸을 기울인다. 그리고 숲까지 이어지는 풍경을 바라본다. 연못에서 올라오는 안개에 가려진 지평선이 비현실적인 느낌을 자아낸다. 뤼시는 저녁 공기를 들이마신다. 채소밭과 과수원, 풀밭의 냄새들이 그녀에게로 밀려들며 마음을 진정시켜 준다. 시간이 정지된 듯하다. 대지가 발하는 이 냄새 속에 시간이 멈춰선 듯한 느낌이다. 낮과 밤 사이를 붙임표처럼 이어주는 순간, 아니, 그보다 둘 사이에 콤마처럼 경쾌하게 끼어든 순간이다. 이 순간만은 시간도 꼼짝하지 않으며, 세상은 안토니오 성인이 안은 아기 예수의 손안에 든 금빛 구球와 흡사하다. 완벽하게 둥근, 절대적인 평온의 구. 움직임에서 벗어난, 자전自轉을 하지도 역사를 지니지도 않는 세상. 이 순간 세상은 우화라기보다 꿈에 가깝다. 우화로부터 야기된 꿈. 하기야 우화를 탄생시키는 게 꿈이긴 하다.

　　창에 팔꿈치를 괸 뤼시는 별을 향해 눈을 들지 않는다. 시선이 땅을 스치며 떠돌도록 내버려둔다. 땅과 풀, 꽃, 나무, 고인 물이 내뿜는 강렬한 냄새에서 힘을 긷는다. 그녀는 눈에 보이는 가까운 세계에서, 주변 공간에서 기쁨을 발견한다. 새로운 모험의 길들, 그 익숙한 길들을 날마다 발밑에 열어 보이는 공간. 루-페의 마음을 그토록 사로잡는 하늘의 길들에 그녀는 조금 두려움을 느낀다. 너무 멀고 너무 생소한 길들이다. 어느 날 뤼시는 루-페에게 별들도 어떤 냄새를 지니는지 물었다. 그러자 루-페는 "이봐 뤼시, 바보 같은 소리 하지 마!"라고만 대답했다. 그 후로 그녀는 냄새 없는 이 별들에 대해 어렴풋한 적개심을 품게 되었다.

밤과 기억, 대지의 평화를 돌보는 이곳의 다정한 정령인 멜키오르가 쉰 목소리로 부르는 엇박의 노래에 뤼시는 귀 기울인다. 자신의 유년의 시간 속으로, 미래의 기억 속으로 이 노래를 맞아들인다. 그렇게 그녀는 겸허하고도 진중한 대지의 목소리를 거두어 모은다. 대대손손 노래를 부르며, 살아 있는 자들이 부지중에 땅과 부모와 사라진 조상들에게까지 결속되도록 만드는 목소리. 그러나 언젠간 이 목소리도 침묵하고, 겨울이 지나가도 멜키오르가 깨어나지 않고, 텅 빈 적막한 봄밤이 온다는 걸, 그녀는, 어린 뤼시는, 예상치 못한다. 그 때문에 고통을, 어린아이의 감추어진 깊은 고통을 받게 된다는 걸 예상치 못한다. 유년기의 저녁나절 곧잘 울려 퍼지곤 할 그 목소리가 훗날 기억의 밑바닥에서 갑자기 울리고, 세월이 흐르며 두꺼비의 그 모든 노래가 그녀의 마음속에 향수를 불러일으키게 된다는 걸 모른다. 기억이 자체의 은밀한 작업을 완수하기 위해, 도중에 마주치는 모든 걸 — 늙은 두꺼비의 끈질긴 울음소리처럼 아무리 사소하고 하찮은 것일지라도 — 낚아채리라는 걸 그녀는 모른다.

*

저녁을 향해 몸을 기울인 채 뤼시는 냄새를 맡고 귀 기울이며 행복감에 젖는다. 멀리서 서로 속삭여 대는 다른 소리도 들린다. 바스락대는 나뭇잎 소리, 찰랑대는 개울물 소리, 부엉이가 부르는 소리, 덧문 닫히는 소리, 그리고 가느다란 피리 소리. 이 모든 소리가 뒤섞여 모호한 웅성임을 만들어 낸다. 멜키오르의 노래만이 낭랑한 리듬을 타고 뚜렷이 들린다. '조만간 난 저 커다란 추시계 소리를 들으며 잠들겠지. 재미있겠는걸.' 하고 뤼시는 생각한다. 그리고 조만간 뤼시는 등굣길에 다시 오를 것이다. 그러나 9월이 되면 아침마다 혼자 걷게 될 것이다. 루-페는 기숙사에 있을 테니까. 뤼시에게 위안이 되는 건 이 방뿐이다. '루-페가 앉을 소파는 이 창가에 두어야겠어.'라고 그녀는 생각한다. '여기선 하늘이 아주 잘 보이니까."

빛

악을 선이라, 선을 악이라 하는 자들아,
어둠을 빛이라, 빛을 어둠이라 하는 자들아,
쓴 것을 달다, 단 것을 쓰다 하는 자들아,
너희에게 화가 있을 것이다.

— 이사야 5 : 20

첫 번째 붉은 분필화

하늘 한 귀퉁이가 저 아래 늪지대 쪽에서 살짝 열린 참이다. 푸른 밤에 금이 간다. 반들거리는 무한의 공간에 생겨난 작은 생채기다. 깨새 한 마리가 어쩌다 날개를 좀 파닥이기만 해도 사라져 버릴 것 같은, 아직은 너무도 여린 빛. 그 빛이 갈라진 틈새 밖으로 비어져 나온다. 빛이 서서히 넘쳐흐름에 따라 틈새도 점점 벌어진다.

푸르른 밤이 떨기 시작하며 지평선이 희끄무레해진다. 밀짚 빛깔을 띤 가랑비처럼 빛이 새벽 산들바람 속으로 퍼져 나가며 안개 너머에서 반짝이더니 안개를 점차 창백한 증기로 화하게 해 흐트러뜨린다. 솟아오르는 빛은 꾸준한 기세로 하늘 공간을 메워간다. 빛이 공간이 된다. 그러자 땅도 깨어나 술렁인다. 땅은 원래의 형태들과 원래의 색깔들을 되찾고, 다양한 소리를 조율하고, 각각의 냄새에 강렬함을 부여한다. 낮을 향해, 축축하고 찬란한 빛을 발하는 새로운 오늘을 향해, 땅이 열리는 것이다.

우아하면서도 자극적인 세상의 아름다움이 이슬로 반짝이는 길들을 지나가며, 아직 보랏빛 그림자로 가득한 생울타리와 덤불숲 한복판에서 몸을 터는 새들의 부드러운 지저귐이 깨어나게 한다. 세상의 아름다움이 서늘한 침실

깊숙이 잠들어 있는 이들의 눈꺼풀과 입술을 스치며 그 가
슴속에 욕망의 작은 씨앗들을 흩뿌려 놓는 시각이다. 몽상
이 풀려나고 잠이 가벼워지는, 꿈들의 윤곽이 어렴풋이 드
러나는 시각.

채소밭 맨 안쪽, 토마토 버팀목들이 늘어서 있는 낡은
담벼락 근처에 한 남자가 누워 있다. 재배되는 식물들 주위
로 구불구불 이어지는 좁은 통로에 남자는 비스듬히 등을
깔고 누워 있다. 그의 목덜미는 토마토 발치의 이슬로 반짝
이는 부드러운 흙 위에서 쉬고 있으며, 발꿈치는 꽃상추들
사이로 들어가 있다. 키가 큰 남자다. 이 시각, 이런 장소에
그렇게 기이한 자세로 누워 있으니 마치 거인처럼 보인다.
햇빛에 금발이 무지갯빛 광채를 발하며 아롱거리고, 머리
카락 사이로 스며든 산들바람에 컬이 부드럽게 나부낀다.
줄기 위에 달린 토마토 열매들이 그의 얼굴에 하늘거리는
진홍빛 그림자를 드리운다.

남자는 눈을 뜨고 있다. 눈을 깜박이진 않는다. 그는 하
늘을, 밀짚과 라일락 빛 광활한 하늘을 응시한다. 잠을 자
거나 어떤 꿈을 꾸고 있는 게 아니며, 시선이 하늘에서 길
을 잃고 있을 뿐이다. 그의 안에서 부유하는 몽상은 하늘에
서 떨고 있는 두척이나 섬세한 그 빛이 낯설기만 하다. 그
가 누운 땅과 역행해 돌고 있는 하늘 탓에 그는 얼이 빠져
있다. 그의 안에 무겁게 드리운 몽상은 생울타리와 덤불숲
한복판에서 미적거리는 코랏빛 그림자들보다 훨씬 어둡다.

　알코올 맛이 나는 몽상. 피로 무거워진 몽상. 진흙처럼 탁한 피다. 누워 있는 남자는 이 몽상이 풀려나기를, 그의 피가 가벼워지고 잠잠해지기를 기다린다. 하늘과 땅이 그 움직임을 새롭게 조율하기를 기다린다. 아무 생각도 질문도 없는 짐승처럼 기다린다. 오래전부터 항시, 그는 자신의 몸에 예속되어 살았다. 망각과 막연한 쾌락에 취한, 방종으로 가득한 몸.

전설

그의 몸 — 힘과 아름다움. 페르디낭 모로그는 그 고장에서 가장 잘생긴 남자로 통한다. 키가 크고 건장한 그는 대기 중에 떠도는 무슨 비밀스러운 향내를 맡거나 주변의 보이지 않는 존재를 찾고 있기라도 한 듯 머리를 높이 쳐들고 다닌다.

"내 아들은 품위가 있어요." 그의 어머니는 즐겨 되뇌곤 한다.

그는 손이 길고, 손가락도 가늘고 유연하다. 완벽히 균형 잡힌 용모에다, 해질녘 진청색으로 변해가는 하늘의 구름 속에서 반짝이는 서늘한 달의 광채가 그의 푸른 두 눈에서 느껴진다. 컬이 진 금갈색 머리. 빛을 받으면 한층 강렬한 색조를 띠는, 호박색과 구리색 혹은 꿀과 사프란 색으로 일렁이는 금발이다.

"내 아들은 달의 푸르름과 태양의 밝음을 겸비하고 있답니다!" 그의 어머니는 기분이 고조되는 순간이면 그렇게 떠벌리곤 한다.

그의 반짝이는 곱슬머리는 여자들의 감탄과 욕구를 불러일으킨다. 모두가 그를 '미남 페르디낭'이라 부른다. 그가 아이였을 때 어머니는 그의 머리칼이든 눈이든 경탄의 대상을 바꿔가며 그를 자신의 '작은 태양 왕' 혹은 '달 수레국화'라 부르곤 했다. 그러나 세월이 흐르며 알로이즈가 다들에게 붙여준, 애정이 듬뿍 담긴 영광스러운 별명들의 목록은 끝없이 늘어만 갔다.

*

그의 몸 — 살아 있는 무덤. 페르디낭은 어머니의 극진한 시선을 받으며 성장했다. 엄격하고도 열성적인 신앙심의 부추김을 받은 신자들이 존경하는 고인에 대한 소중한 기억을 되살리기 위해 정성을 다해 세우는 소중한 영묘처럼 말이다. 페르디낭은 어떤 기념비가 세워지듯 홀어머니의 시선을 받으며 자랐다. 그에게 전사한 남편과의 완벽한 유사성을 요구하며 구걸하는, 그 반짝이는 시선을 받으며 홀로 자랐다.

상상할 수 없을 만큼 온순한 어린 페르디낭은 그렇게 아버지를 빼닮은 모습이 되었다. 어머니는 감사하는 마음으로 그 모습을 신성시하면서 그를 성상처럼 받들어 모셨다. 생전의 빅토르 모로그를 잘 알고 지냈던 몇몇 사람이 어쩌다 부자간의 몇 가지 다른 점을 지적할라치면 알로이즈는 불같이 화를 내며 상대가 그녀의 맹목적인 믿음에 끝내 동조하지 않을 수 없게 만들었다. 어쨌거나 이미 오래전부터 그 누구도 모로그 부인의 생각을 반박하는 우愚를 범하지 않게 된 것도 사실이다. 게다가 세월이 흐르며 고인의 얼굴과 외양에 대한 기억도 차츰 흐려져 가는 터라 사람들은 더 쉽사리 그녀의 확신에 일조하게 되었다.

페르디낭 자신은 아버지에 대한 아무 추억도 없었다. 아버지가 죽었을 때 그는 네 살이 채 안 된 아이였다. 기억 속에, 기억의 어두운 심연 속에 줄곧 남아 있는 건, 그 소식을 전해 들은 날 아침에 그를 깨우러 온 어머니의 이상한 포옹이었다. 잠옷 차림에 헝클어진 머리를 한 어머니가 그의 방에 불쑥 들어와 그의 침대 옆에서 풀썩 무릎을 꿇었다. 어머니는 울면서 그를 품에 안고 침대 밖으로, 잠 밖으로 끌어냈다. 그렇게 그는 난데없이 유년기 밖으로 끌려나왔다.

타이탄의 품. 어머니는 그를 그 낯선 품 안에 꽉 껴안았다. 그 포옹에선 어떤 냄새가 났다. 끔찍한 초상을 당한 어머니의 뜨거운 몸과 축축하고 차가운 눈물이 뒤섞인 메스꺼운 냄새였다. 눈물이 그녀의 얼굴과 목구멍을 흥건히 적시고, 그녀가 잠옷 위에 입은 복숭아색 얇은 모직 실내복의 깃을 적셨다.

그러고 나서 어머니는 갑자기 몸을 일으켜 세우더니 정신 나간 사람처럼 팔을 쭉 뻗어 그를 공중으로 들어 올렸다. 뒤로 젖혀진, 눈물로 번들거리는 창백한 자신의 얼굴 위로. 립스틱을 바르지 않은 입술이 떨리고, 시선은 고정되어 있었다. 그는 이 음산한 얼굴을 내려다보았다. 평소엔 신경 써 몸치장하는 어머니의 헝클어진 머리와 찡그린 얼굴을 그는 현기증이 날 것만 같은 높이에서 공포에 싸여 내려다보았다. 자신이 아직 잠든 상태에서 악몽을 꾸는 건지, 아니면 명백히 잠에서 깨어난 상태인지 그는 알 수 없었다. 그의 밑에서 하얗게 타오르는 펀펀한 얼굴, 그 일그러진 얼굴을 그는 얼이 빠진 채 바라보았다. 공포에 휩싸여 아무것도 이해할 수 없었다. 단 한 번의 몸짓이 그를 달콤한 잠과 유년기의 부드러운 피부와 무사태평과 평화로부터 쫓아낸 참이었다. 짐승이든 사람이든 단숨에 산 채로 가죽을 벗기고, 장갑 벗기듯 가죽을 뒤집어 놓는 타이탄의 몸짓이었다.

어머니가 그를 마침내 바닥에 내려놓았을 때 그는 양손을 버둥대며 허공을 더듬었다. 어떤 기댈 곳을 찾아서라기보다 자신의 몸과 가볍고 따뜻한 아이의 피부를, 고요의 달콤한 맛과 관능적인 잠을 되찾기 위해서였다. 그러나 고뇌에 빠진 어머니가 그에게서 그 모든 걸 앗아간 참이었다. 그 모든 걸 그녀가 먹어치워 버린 것이다. 먼 고장 전장에서 쓰러진 아버지의 이름으로. 그날 이후로 그녀가 조바심 내며 기다린 건 단 한 가지였다. 페르디낭이 하루속히 어린 아이의 몸을 벗어 던지고 남자가 되는 것. 아버지 같은 남자, 아버지만큼 잘생기고 빛을 발하는 남자. 그녀에겐 한 가지 소망밖에 없었다. 그녀가 줄곧 되뇌곤 한 '한창때'에 죽은 남편을 아들이 그녀를 위해 되살려 내는 것. 그녀가 종종 덧붙이는 표현대로라면 '우리의 크나큰 사랑이 절정에 이른 순간에 죽은' 남편이었다.

*

그의 몸 — 매혹적인 허울. 페르디낭은 갑작스레 잘려 나간 첫 유년기와 나란히, 또 하나의 자아로 성장했다. 그에겐 낯설기만 한, 외부로부터 부과된 제2의 유년에서 출발한 자아였다. 까마득히 먼 외부, 전설의 그 지평선 끝자락에 아버지의 영광스러운 몸이 누워 있었다. 그는 차츰 그 몸의 모습을, 그 몸의 피부와 색깔을 갖추어 가며, 어머니의 남편의 살아 있는 영묘가 되었다. 노력 없이, 그런 대체물이라는 한 차례 인식도 없이 이루어진 일이었다. 아버지를 닮았다는 것, 그게 전부다. 자연이 정해놓은 이치였다.

"때로 자연은 순수한 혈통의 사람들에게 기적을 베풀곤 하죠."라고 알로이즈는 말하곤 했다.

"내 아들을 보세요. 자기 아버지를 빼닮았거든요. 아버지처럼 우아하고 매력적이죠. 흔치 않은 금발에다 컬이 진 이 부드러운 머릿결은 또 어떻고요. 천사나 다름없어요! 눈도 똑같고, 손도 미소도 그래요!…… 한창때의 내 남편은 역사의 손에 죽임을 당했지만, 자연이 그런 모욕을 용납하지 않은 거죠. 아버지의 아름다움을 훔쳐다 그 아들을 통해 재현해 놓았거든요."

천사의 머릿결과 달빛 같은 푸른 눈을 지닌 아들의 고귀한 혈통을 열정적으로 자랑하는 과부 모로그 부인의 이야기에 사람들은 신중하고도 예의 바른 자세로 귀 기울였다. 그러나 세월이 흘러 페르디낭이 성장했을 때에도, 그들은 여전히 그를 의지나 용기는 물론 지적인 면에서도 별로 뛰어날 게 없는 청년이라는 생각을 떨칠 수 없었다. 그를 바보라 생각한 건 아니었지만, 이상하고 이해할 수 없는 청년임은 분명했다. 누구데게도 자신의 마음을 털어놓지 않는, 말이 거의 없는 청년이었다. 그가 무슨 생각을 하고 있는지 도통 알 수 없었으므로 이 청년에 대해 어떻게 생각해야 할지도 알 수 없었다. 학업을 중도에 포기한 그가 그렇다고 다른 무슨 기술을 익힌 것도 아니었다. 그는 의지가 너무 약하고 우유부단하서 무언가를 배울 수도, 어떤 일을 끈기 있게 해낼 수도 없었다. 아들이 입지를 다지도록 어머니가 아무리 애써본들 그는 거의 온종일 하는 일 없이 빈둥대기만 했다. 어떤 일에 집중하지도, 안정된 직업을 갖지도 못하는 페르디낭을 두고 어머니가 둘러대는 가장 그럴싸한 핑계라면 아들의 예술가적 기질이었다.

"어쩌겠어요." 그녀는 모호한 표정을 지으며 한숨짓곤 했다. "내 아들은 예술가니까요. 세상의 의무들에 적응하기엔 너무 섬세한 영혼을 지녔어요."

학업에 실패한 그가 무슨 시를 쓰거나 노래를 하거나 악기를 연주하는 것도 아니고, 그림을 그리거나 조각을 하는 것도 아닌데, 페르디낭의 그 예술적 소양이라는 게 대체 무언지 누가 묻기라도 하면 그녀는 얼버무리며 거만한 태도로 대답했다.

"몽상가예요. 대단한 몽상가죠! 겉은 강해 보여도 섬세한 마음이 숨겨져 있거든요. 내면에 천상의 무언가를 품고 있어요……"

하지만 아무도 그 섬세함의 실체를 파악할 수 없었다. 마음이 약한 여자들이 여전히 그를 '잘생긴 페르디낭'이라고 불러도 남자들은 대놓고 그를 '못 말리는 게으름뱅이'라

불렀다.

어쨌거나 그도 살아야 했고 집과 먹을 것이 필요했으므로 그는 계속 어머니와 함께 그녀의 두 번째 남편 집에 거주했다. 그러면서 정원 손질이나 간단한 수작업 같은 변변찮은 일을 거들었고, 이런저런 도움이 필요한 사람들 집에서 잡일을 해주기도 했다.

남자들은 그의 아름다움을 시샘했다. 그 아름다움을 바라보는 아내들의 눈에 종종 찬탄과 은밀한 욕망의 빛이 순간적으로 떠오르곤 했기 때문이다. 하지만 이 잘생긴 미련퉁이는 더할 나위 없는 게으름뱅이인 데다 날이 갈수록 주벽이 심해져 갔으므로 이 경쟁자를 그리 두려워할 필요는 없었다. 아무리 매력적이라 한들 이런 아무짝에도 쓸모없는 인간 때문에 아내들이 그들을 떠날 위험은 없었기 때문이다.

페르디낭이 매력적인 건 확실했어도 결단코 유혹자는 아니었다. 사람들은 그가 어떤 불륜 관계를 맺고 있다는 말을 들은 바 없었고, 그의 애정 생활은 직업 생활과 마찬가지로 텅 비어 있었다. 그들은 그가 그 지방의 더 큰 도시에 다니러 갈 때면 갈보 집에 들르는 거라고 짐작할 뿐이었다.

"그 잘생긴 게으름뱅이가 바보는 아니고말고!" 남자들은 자기들끼리 농담을 했다. "적어도 녀석은 여자 일로 골치 썩일 일은 없지 뭔가. 필요하면 그저 갈보를 이용하면 되니까."

그래도 여자들 입에선 탄식이 흘러나왔다.

"저렇게나 잘생긴 남자가 매춘부들하고 어울리다니!"

페르디낭의 어머니는 아들의 경거망동을 일절 못 본 척했고, 이 문제와 관련해 건네들은 어떤 암시도 못 들은 척했다. 콜롱브 숙모는 습관적으로 묻곤 했다.

"이보게 알르이즈, 그 앤 아직도 괜찮은 신붓감을 찾지 못한 게야? 자네 페르디낭 말이야. 그 애도 나이가 들어가잖나. 이 근방에 예쁜 처자들이 없는 것도 아니고! 예를 들면 멜라니 브레주의 딸도 있고, 생-솔랑주가에 사는 마외 씨네 처자도 있고, 베쏭 씨네 막내딸 에블린, 아니면 소피 슈브리에도…… 모두 매력적인 처녀들이지. 결혼 적령기에 이른, 나무랄 데 없는…… 그래, 좋은 베필감들이고말고. 하지만 미적거리다간 페르디낭은 기회를 모두 놓치고 노총각 신세가 되고 말 거야."

"물론, 물론이에요. 좋은 처녀들이죠." 알로이즈가 짜증이 나서 받아쳤다. "하지만 우리 페르디낭에겐 다른 야심이 있어요…… 그러니까 자리를 잡고 정착하기 위해 결혼하지는 않을 거라는 말이에요. '영혼의 짝'을 기다리는 거죠…… 그건 또 다른 문제거든요! 그 애의 예술가적 기질로 보건대, 페르디낭에겐 아주 섬세하고 다정다감하고 주의 깊은 여자가 필요해요……"

반면 늙은 뤼시엔은 다짜고짜 아픈 데를 건드린다.

"이보게나, 자네 아들이 언제면 결혼식을 치를 것 같나! 그날이 조만간 닥칠 것 같진 않군. 자네 아드님께서 좀 지나치게 까다롭다는 생각은 안 하나? 잘생긴 젊은이라는 건 부인할 수 없는 사실이지만, 사회적 지위라는 측면에선 꽝이라는 걸 자네도 인정해야 할 거야. 그 앤 바스티앙보다 못하거든. 가볍게 넘어갈 일이 아니야! 그 애에게 자기 앞일을 좀 생각하라고 자네도 다그쳐야 할 거야. 그 애도 더는 어린애가 아니니까! 언제까지 자네와 이아생트에게 기대 살 생각인 거지? 자네 둘 다 너무 물렀어. 내 동생은 너무 너그럽고, 자넨 모성애가 지나치거든. 그래 봐야 좋을 게 하나도 없는데 말이야. 내 아들이 멍청하다는 사실을 난 분명히 자각하잖나! 바스티앙은 글러먹은 인간이야. 난 그 애한테 대놓고 그렇게 말하지. 내가 살아 있는 한 내게서 한 푼도 받지 못할 거라는 걸 그 애도 알아. 그렇게 대충하는 태도에서 벗어나려고 노력하지 않는 한 말이야. 그 때문에 벌써 적잖은 돈을 잃었거든.”

“그건 너무 심하게 하시는 거예요. 페르디낭에 대해 하신 말씀도 부당하고요.” 마음에 상처를 입은 알로이즈가 받아쳤다.

“매가리 없는 인간들에게 좋은 말로 타일러선 안 돼. 정신이 번쩍 들게 해줘야 하고말고! 어쨌거나 자네나 나나, 아들 복이 없는 걸 어쩌겠나!”

“저는 불만 없어요. 전 제 아들을 있는 그대로 사랑해요.”

알로이즈는 이렇게만 덧붙였다. 그러나 마음속으론 페르디낭의 행동거지로 인해 그녀도 괴로워한다. 그녀의 자존심에 가해진 상처뿐 아니라 걱정 때문이기도 하다. 아들이 술과 불건전한 출입으로 건강을 해치게 될까 두려워서다. 그런 매춘부들이라면 끔찍한 병을 옮길 수도 있을 테니까. 게다가 알로이즈는 날이 갈수록 또 다른 근심에 사로잡혔다. 아들이 양갓집 규수를 만나 혼인해 아들을 낳았으면 했던 그녀는 모로그라는 이름이 대를 이어 전해지지 못한 채 완전히 상실되고 잊힐까 불안했다. 그녀에겐 잊힌 다는 것만큼 무서운 건 아무것도 없었다.

*

그의 몸 — 고뇌와 어둠. 페르디낭은 자신의 몸의 비호 아래 이방인으로 자랐다. 자신에게도 타인에게도 이방인이 었다. 그는 자신의 운명이나 미래에 대해 한 번도 관심을 가져본 적이 없었다. 일찌감치 구제 불능의 나태가 그를, 그의 영혼을 사로잡았다. 유년기의 어느 아침 마음속으로 밀려 들어온 충격과 공포를 은폐하고 재갈을 물린 채 꽁꽁 묻어둔 나태였다. 그런데 간혹 내면 깊숙한 곳에 숨어 있던 이 두려움이 소리를 질러대며 흙탕물 속에서 철벅이는 거대한 동물처럼 요동칠 때가 있었다. 그의 분신인 아버지의 몸이 잠에서 깨어나 그의 내면에서 꿈틀대는 것만 같았다. 아버지의 시신은 매장되지도 못한 채 사라져 버린 터였다. 그가 쓰러지는 걸 사람들이 보긴 했지만, 갈라진 땅이 곧 그를 뒤덮어 삼켜버린 것이다. 그 후 그가 묻힌 정확한 지점을 아무도 다시 찾아낼 수 없었다. 모로그 중위가 죽은 건 분명했지만 그의 시신은 어디에도 없었다. 사지가 갈가리 찢겨 나간 다른 젊은이들의 시신과 뒤섞인 채 진흙 속 어딘가에서 부패해 버린 거다. 1940년 5월 어느 날, 아르덴 지방의 차가운 땅속, 부지에 근방 어딘가에서.

그런데 때로 페르디낭 안에서 요동치는 이 진흙은 무엇

이던가? 그의 내장과 옆구리, 심장에서 발작적으로 용솟음치는 이 작열하는 진흙은 무엇인가 말이다. 그의 아버지의 몸이 썩어들어간 그 진흙일까, 아니면 끈적끈적한 눈물로 갑자기 더럽혀진 채 익사 당한 그 유년의 진흙일까? 그게 뭐든, 내면에 항구적이다시피 잠복해 있던 왠지 모를 거북함은 이 진흙이 동요할 때마다 질식할 것만 같은 고뇌로 화했다. 그러면 그의 육체 속에 어렴풋이 불길이 일기 시작했다. 분화구에서 흘러내리는 용암처럼 검붉은 불길이었다. 그의 심장도 이 불길에 뒤틀렸다. 욕구로 뒤틀렸다. 저주나 다름없는 욕구였다.

사춘기에 이르러 그의 몸속에서 깨어난 이 불은 그의 심장에까지 검은 불길을 퍼뜨렸다. 그렇지만 그는 자신의 게으름을 떨쳐내지도, 그 진원을 찾아내 불을 끄려고도 하지 않았다. 밀어닥치는 병적인 육욕에 그저 대책 없이 시달리며 해소할 길 없는 그 고통을 수동적으로 감내했다. 억제할 수 없는, 그러나 해소 불가능한 욕구였다. 페르디낭 자신도 그걸 감지했고, 오랫동안 저항했다. 육신을 들볶아 대는 이 욕구를 속여먹으려 했다. 우선 고독 속에서, 연이어 어떤 감정도 요구하지 않으며 수치심 따위는 벗어던진 여자들 곁에서. 그러나 그의 욕구는 그렇게 쉽사리 속아 넘어가지 않았다. 욕구는 자신이 원하는 바를 정확히 알고 있었다. 게으름에 빠져 완전히 흐려진 그의 의식은 이해 능력을 모조리 상실해 이 굶주림이 얼마나 깊고 넓은지 가늠할 수 없었지만 말이다. 그러던 어느 날 마침내 그의 격정이 기수를 잡았다. 페르디낭은 그토록 오래 꿈꾸어 온 쾌락의 몸을 낚아챘다.

하지만 일단 그런 식으로 해소된 그의 격정은 한층 까다로운 성격을 띠게 되어 이제 그를 완전히 지배하게 되었다. 페르디낭은 철저히 금지된, 절대로 건드려서는 안 되는 열매의 맛을 본 참이었다. 그 맛은 도취였고, 둘도 없는 엄청난 희열이었다. 쾌락과 수치, 무구함과 범죄, 황홀과 고뇌를 너무도 긴밀히 매력적으로 뒤섞어 놓은 희열. 그에 비하면 다른 어떤 쾌락도 싱겁기 그지없었다.

페르디낭은 술로 도피해 이 저주받은 육욕에서 벗어나고자 했다. 유혹을 감당할 수 없는 날이면 그는 정신이 멍해지도록, 의식을 잃을 때까지 술을 마셨다. 그래도 욕구는 매번 불굴의 폭군처럼 다시 일어섰다. 거만한 표정으로 웃으며 끝없이 새로운 얼굴을 쳐드는 히드라. 마침내 그는 쾌락의 몸에 속박되어 유혹에 굴복하고 자신의 어둠 속으로 빠져들었다. 공포와 관능적인 향락에 젖어.

*

그렇게 그는 또 한 번 견딜 수 없는 욕구의 부추김을 받고 술과 피로와 허기로 휘청대며 동틀 무렵 길을 나섰다.

가녀린 어린아이의 돋을 갈망하는 허기.

그러나 술에 취한 그는 금지된 그 예쁜 열매를 따지도 못한 채 담벼락을 오르다 아래로 곤두박질쳤다. 수년 전부터 지치지도 않고 찾아와 먹었던 금단의 예쁜 열매였다. 그렇게 그는 축축하고 끈적끈적한 장밋빛 땅 위로 풀썩 떨어졌다. 이제 그는 떠오르는 해를 향해 얼굴을 드러낸 채 누워 있다. 몸을 일으킬 수 없다. 손 하나 까딱할 수도, 도움을 요청할 수도 없다. 더는 눈꺼풀조차 마음대로 할 수 없고, 크게 열린 눈의 눈동자도 움직이지 않는다. 심장이 격렬히 뛴다. 몸속에서 피가 구르며 관자놀이에 와 부딪는 소리가 들린다. 마음속 무언가로부터 집요한 공격을 받고 내면으로 침몰당하는 느낌이다. 그가 몰래 잠입하려 했던 방이 저 위 까마득히 높은 곳에 자리한다. 그의 욕구의 종착지이자 그의 광기의 중심인 바로 그곳에 자리한 방.

두 번째 붉은 분필화

　빛이 밤의 마지막 흔적들을 떨쳐버리고 도랑과 덤불 속에 아직 잠복해 있는 마지막 어둠을 몰아낸다. 그 빛은 새들의 얇은 눈꺼풀에, 곤충들의 접힌 날개에, 들판과 정원의 크고 작은 짐승들 모두의 얼굴에 작은 유리 방울처럼 와 부딪쳐 쟁그랑 소리를 낸다. 그들의 눈과 부리와 날개가 열리게 하며, 목구멍이 부풀고 허기가 밀려오게 한다.

　나뭇가지와 울타리에 걸려 산들바람에 나부끼는 작은 달들. 바로 이 거미줄들에 빛은 크리스털의 광채를 부여한다. 빛은 장미 나무 가시와 뾰족뾰족한 철책, 덤불숲 속 반들반들한 진초록색 작고 둥근 이파리들에도 달라붙는다. 집들에 가 닿고, 정원을 어슬렁거리고, 담벼락을 따라 기어오른다. 빛은 산책로의 — 화분과 수반의 꽃들로 뒤덮인 낮은 담장과 접시꽃들이 그 가장자리를 따라 죽 늘어선 — 장밋빛과 잿빛 자갈들 위에서 반짝인다. 아연 홈통에도, 말라 거뭇해진 핏빛 기와지붕 위에도, 다락방 원창에도, 빛이 반짝인다. 빛은 현관 앞 계단 위에서도, 청동 노커와 대문의 구리 손잡이에서도 반짝인다. 그러나 내부의 자물쇠에 막혀, 현관이나 응접실 그리고 잠자는 이들의 몸과 숨결로 데워진 방들로는 진입하지 못한다.

　사람들이 일어나기엔 아직 너무 이른 시각이다. 그들은 휴식을 취하며 마지막 남은 꿈의 얼레들을 마저 풀어낸다. 아름다운 별빛 아래 잠을 청했던 동물들만 그 또렷한 부름을 듣고 새날을 맞을 준비가 되어 있다. 허기가 느껴진다. 그 허기를 채워야 한다. 살아야 한다. 술책을 써서 살아남아야 한다. 한쪽에서 공격을 가하면, 다른 쪽에선 도망가거나 숨으면서 말이다.

　빛은 열쇠 구멍 속에서 헛돈다. 빛은 힘이 없으며, 가볍고 부드럽다. 그러나 참을성 있게 거리로 미끄러져 내려와 집들의 문간에서 기다린다. 무거운 나무 덧문들로 가려진 창가에 조용히 내려앉는다. 그러다 블라인드 틈새로 교묘히 잠입해 방 안에 갇힌 갈색 박명 속에 장밋빛을 조금 흘려놓는다. 빛은 투명 커튼 위로 쳐진 두꺼운 커튼의 색깔로 박명을 물들여 놓는다. 그리고 마루판과 구겨진 시트 주름 위에서 희미하게 떨리다 침대 다리와 탁자와 서랍장 모서리를 스쳐 지나간다. 빛은 침대 옆 탁자에 놓인 화병과 물병의 물을 살짝 비추고, 때론 어떤 관자놀이와 목 혹은 드러난 어깨를 살며시 어루만지며 거울 속에, 손톱과 입술과 머리 타래에, 부드러운 광채를 던지기도 한다. 하지만 잠을 뚫고 들어가 사람들의 눈을 뜨게 하기엔 역부족이다. 그저 그들의 꿈속에서 일렁이는 비밀스러운 이미지들을 붉게 물들일 수 있을 따름이다.

　그러나 덧문이 활짝 열려 있는, 커튼을 치지도 않은 창문이 하나 있다. 그랑주-오-라름가衝 커브 길에 자리한 집의 2층, 동쪽 면에 나 있는 창문이다. 아침 햇살이 방 안으로 마음껏 흘러들어 샘물처럼 사방 벽 위로 튀고 천장과 마루판에 아롱대는 큼직한 웅덩이를 그려 넣는다.

방 한구석에 놓인 침대에 한 아이가 누워 있다. 어린 소녀다. 소녀는 주홍색 바둑판무늬가 든 얇은 면 이불 속에 몸을 웅크린 채 모로 누워 있다. 헝클어진 머리가 반쯤 드러나 보인다. 소녀의 손가락은 선홍색 체리 화환 장식이 든 시트의 접힌 부분을 움켜쥐고 있다. 가냘픈 소녀다. 침대 한복판에 그렇게 웅크리고 있으니 몹시 작아 보인다. 머리카락이 아주 검고 뻣뻣해 어떤 빛도 색조의 변화를 만들어 내지 못한다. 마구 헝클어진 새카만 머리카락이 흰 베갯잇과 뚜렷한 대비를 이룬다. 소녀는 눈을 크게 뜨고 창문을 응시한다. 머리카락만큼 검은 눈이다. 소녀는 자고 있지 않다. 어떤 꿈을 꾸는 것도, 몽상에 잠겨 있는 것도 아니다. 두려움이 그녀를 그렇게 깨어 있게 만들었다. 심장 속에서 발작적으로 쿵쾅대는 공포다.

그녀의 온 존재를 긴장하게 만드는 건 두려움이다. 공포와 증오다.

외양간 안쪽에서 곰팡이 슬어가는 축축한 건초처럼 메스꺼운 냄새가 나는 공포. 그녀를 움켜쥐러 오는 금발의 식인귀가 풍기는 냄새. 밀밭 속에 숨은 수레국화 색 공포. 남자의 몸이 주는 묵직한 증오. 묘석처럼 무겁게 짓눌러 오는 몸.

그녀는 기다린다. 이 식인귀가, 증오해 마지않는 그 커다란 몸이 불쑥 나타나기를. 치명적인 무기력으로 마비되어 달아날 수조차 없는 피식자처럼 기다린다. 오래전부터, 그 나이에 감당하기엔 너무 오랫동안, 아이는 혐오와 수치심, 무엇보다 공포로 가득한 비밀 속에 꽁꽁 묶인 채 살아왔다. 유년의 시간관념에선 한도 끝도 없이 이어지는 절망이다.

전설

　　그녀의 비밀 — 갑자기 아이를 바꾸어 놓은 모호한 연금술. 뤼시 도비네는 예전의 쾌활한 아이가 아니었다. 그 사랑스러움을 한층 돋보이게 만드는 명랑한 활기와 무사태평은 사라져 버렸다. 그녀에게선 이제 어떤 매력도 찾아볼 수 없었다. 신뢰 가득한 솔직한 시선과 맑고 쾌활한 웃음소리 대신, 곁눈질과 불쾌한 웃음소리만 남아 있었다. 날씬했던 몸은 이제 비쩍 마른 몸이 되었고, 우아함과 생기가 넘쳤던 유연한 몸짓은 이제 발 없는 도마뱀의 민첩함과 말라깽이 암 여우의 물결치는 동작에 지나지 않는다.

　　예전에 어머니는 딸을 두고 이렇게 말했었다.

　　"제 딸은 정말이지 봄의 찬 기류 같아요. 사방을 저렇게 깡총대며 다니는 저 애를 보면 감기에 걸릴 것 같다니까요!"

　　실망한 어머니는 이제 이렇게 말한다.

　　"제 딸은 손가락 사이로 빠져나가는 살무사예요. 다가가려고 했다간 물리고 말걸요. 어떻게 다루어야 할지 난감하네요. 제게 걱정만 끼치지, 다정함이라곤 눈곱만큼도 없는 아이예요! 딸은 아들보다 애교가 많고 어머니와도 더 가깝다고들 하는데, 아, 완전히 틀린 말이에요! 제 페르디낭은 어릴 적 얼마나 다정다감했는데요!"

아버지도 더 이상 딸을 '내 아기 도깨비, 내 귀여운 매미'라고 부르지 않는다. 겁을 먹다시피 한 좀 서글픈 목소리로 그저 뤼시라고 부른다. 그리고 더 이상의 언급은 자제한다.

이제부턴 자신을 그저 이름으로 불러달라고 요구한 건 그녀다. 다정한 별명의 시기는 끝났다고 선언했다. 그 달콤하고 멍청한 어휘들을 그녀는 과거라는 쐐기풀 속에 던져 넣었다. 그리고 루이-펠릭스에게도 등을 돌렸다. 소꿉동무이자 꿈을 함께 나누었던 과거의 친구를 그녀는 부인했다. 금빛 뿔테 안경을 쓴 자신의 쌍둥이 형제를 쫓아버린 것이다. 여자 친구들도 모두 밀어냈고 어른들의 애정도 거부한다. 특히나 어른들과 거리를 두었다. 그녀는 혼자고 싶다. 마침내 그렇게 되었으며 자기 주위에 공동空洞을 만들어 냈다. 자신은 뤼시고, 그게 전부다. 최소한의 친밀함도 용납할 수 없다.

그녀가 자기 주위에 빙 둘러 표시해 둔 사막의 명확한 경계선을 그 누구도 감히 넘을 생각을 하지 못한다. 그녀를 원래의 자리로 다시 데려오기 위한 시도는 모두 그녀의 마음에 분노와 혐오감을 일으킬 뿐 철저히 부질없는 짓이 되고 만다. 그녀는 모두에게 "물러서!"라고 악을 쓰며 어린아이의 분노를 터뜨린다. 그러나 다른 모든 이들을 제치고 이 거부의 외침이 진정으로 향해진 대상, 사실은 이 외침을 끌어낸 유일한 장본인은 그를 향한 이 금지의 외침을 철저히 비웃으며 전혀 괘념치 않는다.

비밀이 그녀의 육신을 내부로부터 갉아먹는다. 뤼시는 식욕을 잃었고, 음식은 생각만 해도 역겹다. 소스를 친 요리 냄새는 속을 뒤집어 놓는다. 고기는 먹는 족족 토해내, 채소와 과일과 빵만 먹는다. 유제품은 역겹기만 하다. 맛과 냄새에 병적으로 예민하게 반응하게 되었다. 그 모두가 가해자의 몸 냄새를 일깨워 놓는다. 그 몸과 그 분비물을 상기시키는 건 뭐든 즉시 격렬한 혐오감을 불러일으킨다. 시큼하고 달짝지근한 냄새. 그 금발 머리 남자의 살냄새. 뤼시는 사방에서 그 냄새를 맡는다. 남자의 살, 땀과 술의 역겨운 냄새. 욕구에 달아오르고 쾌락에 축축해진 남자에게서 풍기는 냄새. 땀과 침과 피, 이런 체액이 그녀는 끔찍하기만 하다. 그중에서도 특히 남자의 아랫배에서 흐르는 역겨운 것, 사발 밑에 엉긴 우유 잔여물처럼 희끄무레하고 미지근한, 기이한 혈농이 그렇다.

"정말이에요," 어머니는 늙은 아낙들에게 불만을 토로한다. "먹는 걸 거부하는 아이보다 더 끔찍한 게 어디 있겠어요? 말도 마세요! 저 고집불통 뤼시에게 음식을 좀 삼키게 하려면 매일 소리를 지르고 협박하고 꾀를 내거나 벌을 주어야 한다니까요. 저 아가씬 뭐든 다 거부해요. 뭐든 다 싫고, 식탁에선 거만한 공주처럼 한껏 꾸민 태도로 거드름을 피우고요. 그냥 뒀다간 염소처럼 풀과 딱딱한 빵만 먹을 거예요! 스갱 씨의 염소만큼이나 고집스럽고 말 안 듣는 아이랍니다. 주의를 주지 않아서가 아녜요. 뤼시, 늑대를 조심하거라, 말 안 듣는 못된 염소처럼 그렇게 풀과 딱딱한 빵만 먹다가는 못생긴 말라깽이가 될 거야. 이렇게 말해도 그 앤 자기 하고 싶은 대로만 해요.”

알로이즈가 그처럼 과장된 한탄을 늘어놓고 있는 동안 모르는 게 있었으니, 늑대가 이미 오래전에 염소를 먹어치웠다는 사실이다. 딸이 그 정도로 음식을 모조리 역겨워하게 된 건, 특히 고기를 혐오하게 된 건, 누군가 그 애의 몸을 범했으며 어린 그 몸이 능욕당했기 때문임을 알로이즈는 모르고 있었다. 늑대는 이미 어린 염소를 잡아먹은 데다 살인의 향연을 연거푸 벌이고 있었지만 말이다. 늑대는 때로 불평을 늘어놓기까지 한다.

“넌 너무 말랐어, 뤼시. 뼈가 꼭 쇠막대기 같다고. 몸은 널빤지처럼 납작하고. 너 때문에 내 몸에 멍이 들겠다.’

그가 감히 불평을 해댔다! 그녀에게서 식욕을 앗아가고 자아를 모조리 박탈한 장본인이 말이다. 그의 몸에 멍이 들라지. 그녀에게 그렇게 곰을 비벼대 전신에, 가능하면 이마에까지 멍이 들라지. 재의 수요일 미사 때 받는 재의 얼룩처럼 이마 한복판에 자리한 치욕의 멍. 그걸 보면 사람들도 모두 이해하게 될 것이다.

그렇다. 뤼시는 말랐다. 그럴 수 있다면 더 마르고 싶다. 손에 잡히지도 보이지도 않는 사람이 되어 늑대의 욕구를 좌절시키고 식인귀의 처워지지 않는 식욕을 차단하고 싶다. 그래도 그녀를 보며 다른 이들이 해대는 무수한 추측들이 불쾌하고 신경을 돋우는 게 사실이다.

“가엾은 뤼시,” 어머니는 걸핏하면 뤼시에게 쏘아붙인다. “넌 너무 말라서, 보는 사람 눈이 괴로울 지경이야!”

아니면 또 이렇게도 말한다.

"이제 넌 스갱 씨의 그 망나니 염소보다 그 염소가 묶여 있던 말뚝을 더 닮았구나!"

아버지는 가끔씩 이렇게만 묻는다.

"뤼시, 혹시 어디가 아픈 건 아니니?"

"난 아무렇지도 않아요."

그때마다 그녀는 딱 잘라 받아치며 아버지가 건네려 하는 애정의 몸짓을 피해버린다.

늘 같은 말만 되풀이하는 숙모나 고모는 또 어떤가!

"아, 뤼시! 꼴이 말이 아니구나! 너무 야위었어. 보고 있기가 민망할 지경이네! 도둑고양이들도 너만큼 마르진 않았어. 어릴 땐 아주 포동포동한 아이였건만! 아, 몰라보게 변했어!"

그렇다. 그녀는 변했다. 시선마저 변하고 말았다. 숙모와 고모를 볼 때도 전과 같은 눈이 아니다. 그녀에게 그들은 두툼하고 물렁물렁한 살집이요, 구구대고 칭얼대는 공허한 말일 따름이다. 과자를 아귀아귀 먹어대며 훌쩍거리는 나약한 두 노파. "브뤼셀의 — 가랑비 내리던 날 — 머리 한복판에 — L'ANGE-BLANC의 — N을 — 맞은 — 알베르……" 라고, 뚱보 콜롱브 숙모가 긁힌 자국이 있는 낡은 음반처럼 되뇔 때면 특히 그랬다. 멍청한 알베르, 쌤통이다! 콜롱브든 롤로트든, 진탕 먹어대 고약한 슬픔을 달래시라지. 하지만 그녀는 어림없다. 커스터드 파이나 크림 타르트, 아니면 그들 엉덩이나 젖가슴처럼 흐물흐물한 라이스푸딩으로 나를 차지할 순 없을걸! 기둥 같은 다리를 한 콜롱브 숙모는 부풀고 부풀어 팡 터져 버리라지. 바보 롤로트도, 뚱땡이 수고양이들도, 배가 터지도록 실컷 먹어대라고. 하지만 뤼시 자신은 절대로 입을 벌리지 않을 것이다. 아무것도 삼키지 않을 거다. 그러고 보니 매사에 참견하기 좋아하는 뤼시엔 대모도 있군. 믹싱볼 같은 그 입안 가득 들어 있는 가시 돋친 말들은 여차하면 튀어나와 타인의 아픈 상처를 덧나게 한다. 고집스레 음식을 피하는 딸을 두고 알로이즈가 푸념할 때마다 늙은 뤼시엔은 마뜩잖은 어조로 받아친다.

"이보게, 애들 키우는 법을 알아야지! 애들은 키우기 나름이거든. 필요하면 매도 들어야 하고. 뤼시는 자네가 안절부절못하는 걸 보며 즐기는 거야. 자기가 관심의 초점이 되려고 말이지. 애를 엄하게 다스려야 하네! 먹지 않겠다고 하면 방으로 쫓아버리고 좋아하는 놀이도 못 하게 해야해."

그러면 알토이즈는 서운한 얼굴로 말한다.

"그래 봐야 소용없어요. 저도 물론 그래 봤지만 헛일이었어요. 뤼시는 사람들과 어울리는 걸 너무 싫어해서 우리랑 함께 있느니 차라리 혼자 방에 있는 걸 더 좋아해요. 그애가 자기 좋은 대로 하도록 제가 순순히 허락할 것 같아요? 사실, 좋아하는 걸 못하게 하기도 쉽지 않아요. 그 앤 아무것도 좋아하지 않고, 좋아하는 사람도 없으니까요."

"그럼 기숙사로 보내게. 거기서 훈육을 받도록 말이야."

"저도 당연히 그런 생각 해봤어요." 알로이즈는 거짓말을 한다. "하지간 그 애 아버지가 반대해요."

"알겠네." 뤼시엔이 말을 맺는다. "아무짝에도 쓸모없는 아들과 변덕스러운 딸 사이에서 자네한테 낙이라곤 없겠어. 내게 참 예쁜 대녀를 주었군. 어떤 고양이도 이빨이 부러질까 무서워 먹으려 들지 않는 가엾은 앵무새지 뭔가! 자네들이 너무 나약한 거야. 아이생트와 자네, 두 사람이 아이들을 엄하게 다스리지 못하는 거라고. 내 동생은 호인이지만 물러터졌고."

이 말에 알로이즈는 화가 나서 뻣뻣해졌다. 뤼시엔이 괘씸하게도 자신의 딸을 앵무새로, 남편을 물러터진 사람 취급해서가 아니었다. 그런 취급을 받아 마땅한 사람들이니까. 하지만 그러면서 페르디낭을 모욕한 건 참을 수 없다. 그녀는 뤼시에게 화풀이를 한다.

"아, 너 때문에 내가 어디까지 참아야 할지 모르겠다. 네 고모에게 잘 보이려고 그렇게나 애쓰는 건 다 널 위해선데, 못된 것, 넌 날 웃음거리로 만들며 좋아하는 거야!"

"하지만 난 아무 짓도 안 했어요. 아무 말도요!" 뤼시도 가만히 있지는 않는다.

"천만에! 어딜 데려가면 치과라도 가는 것처럼 귀찮고 괴로운 표정을 짓질 않나. 피골이 상접한 네 모습도 나를 부끄럽게 만들거든. 너 자신을 좀 봐. 투명 인간이 따로 없구나! 누가 얘기하면 대답 대신 비웃는 눈길만 던지질 않나, 그 늙은 두더지 뤼시엔이 그걸 눈치채지 못할 것 같니?"

"고모가 늙은 두더지면 왜 그 집에 가요?"

"왜냐고? 어쨌든 뤼시엔은 네 아버지의 누나니까. 또 네 대모기도 하고! 보석 몇 개를 주겠다고 내게 약속한 것도 잊어선 안 되고. 네가 대녀니 말이야. 언젠간 네게 다이아몬드도 몇 개 물려줄 테지. 사소한 일이 아니야!"

그러나 뤼시는 입가에 미소를 떠올리며 작은 소리로 중얼댔다.

"다이아몬드는 자기 똥구멍에나 쑤셔 넣으라지, 늙은 두더지. 그러면 관 속에서 다이아몬드 똥을 싸겠지. 벌레들이 그걸 보며 재밌어할 테고!"

"또 혼자 무얼 중얼대는 거지? 몇 번을 얘기해야 알아듣니? 몰래 투덜대는 건 천박하고 더러운 짓이라고. 방백은 연극에서나 통하지, 사람들과 함께 있을 땐 무례한 짓이야!"

종잡을 수 없고 불손한 이 말라깽이 아이를 때로 사람들은 걱정스러운 시선으로 — 비판적이거나 짜증 난 시선이 아니라 — 바라본다. 이미 정신이 나간 듯한 몹시 어두운 아이의 시선을 보며 경각심을 느끼는 사람들도 있다. 아이가 이 정도로 거칠어진 건 오직 불행과 고통 때문임을 감지하는 사람들도 있긴 하다. 어떤 이는 알로이즈와 이야기해 보려고도 했다. 하지만 그럴 때마다 알로이즈는 그들의 생각을 부정하거나 대화의 기회를 피해버렸다. 무엇보다 이 위태로운 의심의 지대를 감히 탐색해 보려 하지 않는다. 맹목적이고도 가차 없는 본능에 따라, 조심, 또 조심하는 태도를 취한다. 늪지 같은 아들의 영혼도, 괴로워하는 딸의 영혼도, 너무 깊이 파고 들어가지 말 것. 자신의 아름다운 페르디낭의 영혼 속에 더러운 진창이 존재하고, 반항적인 뤼시의 영혼 속에 눈물이 있음을 충분히 짐작하기 때문이다. 하지만 이 막연한 직감을 의식으로 옮겨놓는 일은 전혀 할 수 없고, 누군가와 그런 이야기를 나누는 건 더더욱 불가능하다. 그녀의 아이들 마음속 어둠과 그늘진 지대를 탐색할 경우 그녀 자신이 구축한 삶의 단단한 토대가 대번 흔들릴 수도 있었다. 제1차 세계 대전 영웅의 영예로운 유복녀이며 현명한 사리 판단으로 재혼한 품위 있는 전쟁미망인, 그리고 자식들에게 헌신하는 부지런한 어머니라는, 자신 안에서 한 몸을 이룬 그 세 가지 정체성이 무너져 내릴지 모른다.

"내 딸에게 무슨 일이 일어났다면 내가 모를 리 없어요!"

알로이즈는 매번 확신에 찬 어조로 딱 잘라 대답했다. "내가 그 애를 살피고 있거든요. 응석둥이긴 해도 세세한 보살핌을 받고 있죠. 그러니 불행이 닥친다면 그건 그 애 책임이에요. 전적으로 그 애 잘못인 거죠"

그래도 딸에게 가끔 질문을 건네는데 그걸 뤼시가 못 들은 척 무시해 버릴 때마다 알로이즈는 문제를 더욱 교묘히 회피하게 된다.

"제발 애야, 무슨 일이 있는지 말 좀 해보렴. 학교에서, 아니면 교리 시간에 누가 너를 못살게 구는 거니? 무슨 문제가 있는 거야? 그렇다면 내게 말해야 해, 난 네 엄마야!"

이처럼 밀어붙이는 전략이 통할 거라 믿고 그녀는 딸이 속내를 털어놓기를 기다린다.

"아무 일도 없어요, 엄마. 정말이에요." 하고 뤼시는 대답한다.

'난 네 엄마야'라니, 그래서 어쩌라고! 그 때문에 뤼시는 그녀에게 아무 말 못 하고 있잖은가. 어떤 날은 사실대로 털어놓고 싶은 욕구가 목구멍까지 차올랐지만 말이다. 그러나 그녀의 어머니는 그의 어머니기도 하다. 그녀의 어머니는 늑대의 어머니인 동시에 염소의 어머니다. 심지어 늑대의 어머니에 훨씬 가깝다.

맑고 낭랑한 목소리와 거만한 눈매를 한 어머니. 기억 속에 영원히 살아 있는 사랑했던 남자의 그 아들 앞에서만 눈매가 환해지고 차분해지고 부드러워지는 어머니. 그 남자 자신과 구별할 수 없게 되어버린 아들이었다.

암늑대나 다름없는 어머니. 부지중에 배신자가 된 여자.

*

그녀의 비밀 — 그녀의 육신에 불법적으로 가해진 행위. 아이인 그녀의 몸에 저질러지고 그녀를 떠나지 않는, 불결하고도 무서운 배신행위. 피골이 상접한 몸에 조금이나마 살이 붙게 하려고 누가 뤼시를 꾸짖으면 그녀는 화가 나서 대답한다.

"나도 알아요, 내가 말랐다는 걸."

그 신랄한 어조에서 비통함이 느껴진다.

그 신랄함엔 그녀의 살갗에 쏟아부어진 그 모든 땀과 혈농의 시큼함이 들어 있다. 그녀가 그토록 신랄한 건, 한 남자의 아랫배에서 흘러나온 그 고름으로 쉴 새 없이 더럽혀진 탓이다. 그녀의 오빠인, 눈부시도록 잘생긴 금발의 남자며 그녀의 영웅이자 자랑거리, 이 집의 수호신인 남자였다. 그렇게 배신당하고 조롱거리가 된 그녀는 몸에서도 마음에서도 쉰내가 났다. 그녀의 영웅은 꿈을 훔쳐 간 도둑, 술과 땀 냄새를 풍기는 야만인에 불과했다. 이 집에 사는 그녀의 신은 밤이 되면 아무도 모르게 그녀 방에 들어와 거친 숨을 몰아쉬며 그녀의 몸 위에서 구르는 천박한 마술사에 불과했다. 그녀의 오빠는 어린 소녀들의 여린 몸으로 배를 채우는 식인귀에 불과했다.

이제 그녀는 자신의 살을 혐오하게 되었다. 몸이 야위어 감과 동시에 청결에 대한 광적인 집착이 생겨났다. 몸을 씻는 게 아니라 박박 문지르고 닦아냈다. 아침저녁으로 매일 피가 나도록 몸에 비누칠을 해댔다. 금발의 식인귀가 퍼뜨린 냄새와 오염물을 땀구멍 하나하나에서 내몰아 멀리 쫓아버려야 했다. 새로 옮긴 방에선 불안하다는 핑계로 예전의 작은 방으로 돌아가게 해달라고 뤼시가 애원할 때마다 어머니는 팽팽히 맞서 응수했다. 이제 뤼시도 다 커서 철들 나이가 됐으니 어리석은 두려움 따위는 이겨내야 한다고. 그러자 뤼시 역시 이제 자신은 혼자 씻고 입을 나이가 되었다고 선언했다.

어머니는 딸의 갑작스럽고도 과한 부끄러움을 비웃었다.

"세상에! 막대처럼 말라비틀어진 모습인데 그런 내숭을 떨 필요가 뭐 있겠니. 풍만한 몸을 감추어야 할 아가씨도 아니고! 가엾은 생쥐 같으니. 그러고 싶으면 가서 숨어보렴. 그래도 제발 부탁이니, 몸을 박물관 청동 전시물처럼 그렇게 박박 닦는 대신 빗과 브러시를 사용할 생각을 좀 해보렴. 옷에도 신경을 쓰고! 넝마주이 여자처럼 늘 헝클어진 머리에다 해괴한 옷차림이니 말이다. 예전엔 그렇게나 외모에 신경을 썼었건만! 이젠 허수아비가 따로 없구나. 참 새뿐 아니라 까마귀라도 달아나겠어!"

딸이 외모에 조금이라도 신경 쓰도록 할 작정으로 어머니가 아무리 끄짖고 빈정대도 뤼시는 자신의 태도를 조금도 굽히지 않았다. 할 수만 있다면 몸을 락스로 씻고 철 수세미로 닦아내고 유황과 에테르로 문질러 댔을 것이다. 식인귀의 후각을 지닌 오빠가 역겨워하도록.

그녀는 연못이나 강가에서 일부 두꺼비들이 어떤 포식자의 공격을 받았을 때 어떻게 행동하는지 눈여겨보았었다. 그들은 등을 깔고 나자빠져 요란한 색깔의 큰 배를 드러낸 채 죽은 척하는데, 그사이 피부샘에서 시큼한 냄새가 나는 부식성 거품이 분비되어 그 즉시 적의 식욕을 가시게 한다. 종종 불안에 잠 못 이루는 밤이면 그녀는 신경을 곤두세우고 창 밑에서 나는 작은 소리에도 가슴을 두근대며 귀 기울였다. 그러면서 혼자 상상해 보았다. 두꺼비들에게서 비밀을 알아낼 거라고. 그래서 오빠가 불쑥 나타나 그녀의 침대 시트를 벗겨내면 그 안에서 그저 뻣뻣하게 굳은 못생긴 작은 몸을 발견하게 될 거라고. 시큼한 냄새를 풍기며 갈색 수포들로 번들거리는, 노랑과 녹색 피부를 지닌 몸. 그녀는 거꾸로 된 이야기와 우화를 꿈꾸었으며, 풀숲이나 늪지 주변에서 두꺼비를 발견할 때 상상의 나래를 펴는 일은 결코 없었다. 근사한 동화 속 세계에선 매력적인 왕자가 어떤 사악한 마녀에 의해 못생긴 두꺼비로 변했다가 나중에 공주의 키스를 받고 눈부시게 아름다운 젊은이로 되돌아오곤 하지만 말이다. 뤼시는 정반대로 늪지 두꺼비들의 끈적거리고 부풀어 오른 피부가 되어 오빠를 공포에 빠트리고 싶었다. 식인귀들이 두꺼비들을 먹어치우지는 않으니까.

식인귀들은 두꺼비들을 먹어치우지 않는 대신 침묵에 들게 한다. 적어도 멜키오르는 그랬으니, 그는 페르디낭의 야간 방문이 있기 시작한 이후로 침묵에 들었다. 가을이 지나고 오빠가 아이의 몸을 탐하는 도둑임을 뤼시가 알게 된 긴 겨울이 지난 후에도 이 집의 그 다정한 정령은 다시 나타나지 않았다. 가족이나 다름없는 그 늙은 두꺼비가 이번엔 땅속에서 꾸고 있던 꿈에서 깨어나지 않은 것이다. 뤼시는 이 침묵을 간파하고 있었다. 봄밤에 스며드는 침묵. 그래도 그녀는 놀라지 않았다. 식인귀는 모든 걸 뒤집어 놓으며, 익숙함을 낯설고 불안한 것으로 바꾸어 놓는 마법사였으니까.

뤼시는 결국 추한 모습을 갈구하게 되었다. 어머니가 그녀를 식인귀의 손에 넘겼으니까. 아무에게도 사실을 털어놓을 수 없었으니까. 자신을 방어할 아무 무기도 지니지 않았으니까. 그렇다면 출구는 하나였다. 죽은 가지처럼 바싹 마르고 그 누구도 탐하지 못할 만큼 추한 모습이 되는 것.

"말라빠지고 못생긴 아이. 이제 내 딸이 그렇게 되어버렸어." 알로이즈는 한탄한다. "어렸을 땐 그렇게도 귀여운 아이였건만! 오빠처럼 빛을 발하진 않았어도 그런대로 꽤 매력적이었거든. 검고 아름다운 눈에 이목구비가 또렷한 아이. 그 예쁜 갈색 머리 여자애가 이젠 거무스레하니 추한 모습이 되고 말았어! 너무 말라 사방에 뼈가 튀어나와 보이고 말이야! 그러니 키도 크지 않아. 눈만 커져서 얼굴이 온통 눈뿐이라니까! 표정마저 교활해지고, 이젠 웃을 줄도 모르는지 늘 찡그린 얼굴이고. 그 탐스러웠던 머리도 저 앤 악착스레 헝클어뜨리기 일쑤지. 내가 아무리 가위를 숨겨도 어디선가 찾아내 마구잡이로 머리를 잘라버린다니까. 치마나 원피스도 입으려 들지 않고, 간신히 입혀놓고 나면 기어이 찢어먹고야 말아. 또 그 얼룩들은 어떻고! 머리부터 발끝까지 온통 얼룩투성이거든. 누더기 밑의 피부는 놋그릇보다 더 박박 닦여 있고 말이야! 정말이지 내 딸은 수수께끼야. 그 나이 여자애들이라면 누구나 예쁘고 매력적으로 보이려고 애쓰는 법인데, 내 딸은 추한 모습이 되려고 발버둥 치고 있으니까. 이렇게 되면 나중에 내가 사위를 보기는 그른 셈이지. 공포영화에서 찾아낸 어떤 녹색 괴물이라도 데려온다면 모를까!"

하지만 괴물은 이미 그곳에 있다. 영화 안에서 나온 괴물이 아니다. 괴물은 가족 중 한 명이다. 게다가 무척이나 잘생긴 남자.

*

그녀의 비밀 — 보이지 않는 봉인으로 그 비밀은 은폐되고 재갈이 물린다. 치욕과 공포의 봉인이다. 뤼시는 입을 다문다. 식인귀가 그녀의 목소리를 훔쳤고, 그녀를 들볶아

대는 불가능한 고백의 말들에 빗장을 질렀다.

고통을 가하고 두려움을 불러일으켜 그는 그녀를 지배한다. 끊임없이 그녀에게 자신의 전능한 힘을 입증한다. 그녀를 아프게 하고, 팔목을 비틀고, 머리카락을 잡아당기며 자신의 욕구에 응하게 만든다. 감히 소리를 지르면 죽여버리겠다고 협박하며 그녀에게 겁을 준다.

일단 욕구가 채워지면 그는 그녀 위로 쓰러져 납덩이처럼 무거운 잠에 빠진다. 그녀는 술과 쾌락에 만취한 이 몸의 무게에 눌려 숨이 막힌다. 어린 안느-리즈 랭부르를 짓누르는 묘석의 무게에 자신도 고스란히 눌리는 느낌이다.

그녀를 범한 뒤 그는 그녀를 안심시키거나 유혹하거나 제 편으로 만들려고 하기도 한다. 그럴 때면 다정한 공범처럼 군다.

"루, 너도 나랑 같이 있으니 좋지? 내가 만져주니 좋잖아. 기분이 좋지 않니? 우리가 나쁜 짓을 하는 건 아니야. 우리처럼 이렇게 둘이 사랑을 나누는 건 아주 멋진 일이야. 하지만 사람들은 심술궂고 질투까지 하거든. 그러니 그들에겐 아무 말도 해선 안 돼. 아무 말도. 절대로! 아무한테도 말하지 않는다고 나한테 맹세해, 알겠지? 이건 우리만의 비밀이야. 아무도 알아선 안 되는 우리 둘만의 비밀. 그러니 꼭 지켜야만 해!"

그렇게 그는 그녀의 귀에 대고 지긋지긋한 거짓말을 나지막이 속삭여 댄다. 하지만 대개는 협박으로 그녀를 계속 장악한다.

"한마디라도 누설하면 목을 비틀어 버릴 거야, 알았지?

어디 가서 날 고발하려고 했다간 너를 벌레처럼 밟아 으깨 버릴 거라고. 입 닥치지 않으면 넌 끝장이야! 예쁜 전나무 상자 속에 넣어 곧장 무덤으로 보내버릴 테니까. 네 방 창문을 막아버리겠다는 생각도 하면 안 돼. 난 오고 싶을 때 올 거고, 그때마다 덧둔이 열려 있었으면 하거든. 문을 잠그고 있으면 다음 날 어떻게 될지 두고 보라고! 그러니 내가 하라는 대로 해."

매일 밤 그녀는 뱃속에 공포를, 가슴속에 분노를 안고 잠든다. 밤마다 몇 번이고 소스라치며 깨어나 미세한 소리에도 창 쪽으로 얼굴을 돌린다. 그가 들어오는 곳이다. 채소밭 담벼락 위로 기어오르면 창문까지 쉽게 올라올 수 있다. 그리고 아무 위험 없이 그녀의 방으로 들어올 수 있다. 부모가 자는 방들은 집 다른 쪽 끝에 자리한다. 그녀의 방 아래쪽에 그의 방이 있다. 아무도 그를 보지 못하며 그의 소리를 듣지도 못한다. 어린 소녀는 그의 차지다.

뤼시는 침묵해야 하며 심지어 자신을 학대하는 이와 공범이 되어야 한다. 그의 협박은 가볍게 넘길 수 있는 게 전혀 아니라는 걸 그녀는 알고 있다. 안느-리즈 랭부르. 그 귀여운 붉은 곱슬머리 소녀의 웃음이 어느 날 학교 운동장에 더는 울려 퍼지지 않게 된 건, 느닷없이 그 웃음이 영영 멎어버린 건, 그자 때문이다. 그가 그 애를 죽인 것임을 뤼시는 이제 확신한다. 일 년여 전 뤼시가 신문에서 발견한 다른 이름의 소녀 역시 그가 죽인 것이다. 그가 소녀를 자살하도록 만든 것이다. 이런 바살. 신문마다 소녀의 사진이

게재되었었다. 부드러운 눈매를 지닌 금발의 소녀. 얼굴 양 옆으로 숱 많은 머리를 땋아 내린 소녀. 뤼시는 한 신문에서 그 사진을 오려내 안느-리즈의 사진과 함께 자신의 비밀 상자 속에 숨겨두었다. 신문 기사에 따르면 그 소녀는 어느 저녁 자기 집 다락방에서 목을 매어 자살했다. 그런 행동을 짐작하게 해주는 아무 단서도 남기지 않은 채로. 그렇더라도 자살의 동기는 명백했다.

어쩌면 그의 손에 죽은 아이가 더 있을지도 모른다. 언젠가는 그녀 자신의 차례가 올 것이다. 때로 그녀에게 겁을 주고 침묵을 강요하기 위해 그가 재미 삼아 그녀의 목에 감곤 하는 두 손을 풀지 않게 될 날이 올 것이다. 그 손. 길고 억센, 그 사악한 손가락들. 뤼시는 자신의 목을 조여오는 그것들을 끊임없이 감지한다. 그녀의 눈물은 얼어붙고, 절규는 잦아들고, 짓눌린 목구멍 안에서 말들이 산산조각 난다.

*

이미 한참 전부터 그녀는 잠에서 깨어 있다. 무슨 소리가 들려 선잠에서 퍼뜩 깨어났다. 현기증이 나도록 익숙한 소리. 그가 채소밭 사잇길들을 조심조심 걸어와 담벼락을 더듬으며 기어오른다. 술을 마신 늑대의 걸음이 휘청인다. 그의 숨결에선 술 냄새가 날 테고, 몸동작은 거칠며, 눈은 게슴츠레한 광채를 발할 테지. 그는 식인귀의 눈을 하고 있겠지. 그 눈에서 그녀는 식인귀의 굶주림과 광기와 범죄의

124

욕구를 읽게 될 거다. 더럽고 축축한 그 눈망울은 눈물 때문이 아니라 땀 때문이겠지. 흐릿한 시선, 혈농 같은 푸른 홍채 속에 동공이 고정되어 있겠지. 술을 마신 그는 천박하고 위선적인 부드러움이 담긴 말들을 속삭이겠지. 그러고 나선 냉소를 머금으며 현실적인 무시무시한 협박의 말들을 나지막이 중얼댈 것이다. 술을 마신 그는 그녀에게 몸을 갖다 붙이고 비벼댈 테고, 해부용 개구리나 곤충에게 그러듯 그녀의 사지를 찢어놓을 것이다. 술을 마신 그는 굶주림을 채우고 나면 곧장 깊은 잠에 빠지겠지. 무감각한 그 몸이 그녀를 짓누르면 그녀는 질식하거나 상처를 입겠고. 술을 마신 그는 공포를 야기하는 그 추잡한 짓을 또 한 번 벌이고야 말 것이다.

그녀는 침대 위에서 오그라들고 경직된 채 기다린다. 손가락에 시트 가장자리가 구겨지고, 심장이 너무 세차게 뛰어 귀가 먹먹해질 지경이다. 그녀는 자리를 박차고 일어나 부모의 침실까지 달려가고 싶다. 그러나 꼼짝도 하지 않는다. 매번 두려움이 그녀를 침대에 못 박아 숨을 쉴 수도 소리를 낼 수도 없다. 근육이 뻣뻣해져 팔과 다리를 펼 수도 없다. 근육이 쇳덩이 같고, 뼈가 유리 같다. 조금이라도 움직이면 자신 안의 모든 게 삐거덕거리며 부서져 버릴 것만 같다. 심장이 너무 빠르고 거칠게 뛰어 아릴 정도다.

최소한 눈이라도 감고 방 안이 다시 캄캄해져 아무것도 보이지 않았으면 하지만 그마저 불가능하다. 두 눈이 여전히 크게 열린 채, 이제라도 식인귀가 들이닥칠 창문에 고정되어 있다.

그녀는 울지 않으며 울고 싶지도 않다. 더는 눈물을 흘릴 수 없게 된 지도 이미 오래다. 괴물이 모든 걸, 눈물마저 그녀에게서 앗아가 버린 것이다. 그가 처음 그녀의 방에 나타났을 때 그녀는 큰 공포에 휩싸여 울음을 터뜨렸다. 그는 방을 가로질러 침대가 있는 곳까지 걸어오는 사이 옷을 벗었다. 셔츠와 바지, 속바지를 바닥에 던지고 알몸으로 그녀를 향해 다가왔다. 그녀가 남자의 몸, 알몸을 보는 건 처음이었다. 남자의 성기. 그걸 보며 그녀는 공포에 휩싸였다. 아무것도 이해할 수 없었다. 한밤중 그녀의 방에 들어온 남자는 분명 오빠의 얼굴이었지만 그 몸은 낯설었다. 아주 아름답지만 흉측한 몸. 아랫배 밑에 튀어나온 그 이상한 부위는 대체 어떤 동물에게서 훔쳐 온 걸까? 뭉툭하게 잘린 우스꽝스러운 부위임에도 몸에 움직임을 부여하는 다른 어떤 부위보다 무한히 더 그녀를 불안에 빠트렸다. 그녀에겐 없는 부위이기에 그녀로선 그 기능을 알 도리가 없었지만, 그래도 그녀는 본능적으로 그 폭력성을 직감했다. 친숙한 동시에 철저히 낯선 존재여서 더 큰 공포를 자아내는 이 오빠가 그녀 쪽으로 몸을 숙이고 시트와 이불을 잽싸게 벗겨낸 뒤 그녀의 팔을 잡아당겨 자리에서 일어나게 했다. 그런 다음 그녀를 소파까지 끌고 가 그곳에서 그녀를 덮쳤다. 그녀가 소리를 지르려 하자 그녀의 목을 쥐어 잡고 말했다.

"소리 지르지 마. 안 그러면 목을 졸라버릴 테니까. 알아들었지? 울지도 말고. 눈물이라면 질색이니까. 질색이라고!"

그렇게 말한 뒤 그의 거친 손길에 어깨 부위까지 끌어

올려진 그녀의 잠옷 자락으로 눈물이 흥건한 얼굴을 닦아 주었다.

그날 이후로 그녀는 울지 않았다. 벌을 받거나 다쳤을 때도 울지 않았다. 그 식인귀로 인해 그녀 안의 눈물샘이 갑자기 말라버린 거다. 시간이 지나며 사람들은 뤼시 안에 일어난 이 변화를 뚜렷이 인식했다. 별것 아닌 일에도 깔깔대고 웃거나 울음을 터뜨리던 그녀가 더는 울지 않게 되었고, 그렇다고 더 많이 웃는 것도 아니었다. 어느 날 알로이즈는 아이의 대모인 뤼시엔에게 이 현상에 대해 언급했다. 이 심술쟁이 할멈은 곧바로 자신의 진단을 내놓았다.

"절대 울지 않는 아이라면 사랑하지도 않는 아이야! 메마른 눈은 메마른 마음의 반영이거든! 좋은 건 하나도 기대할 수 없겠어."

알로이즈는 간혹 터무니없는 예언을 하는 데 그쳤다.

"얘야, 한 번도 젖지 않은 눈은 먼지로 화해버릴 거야. 가뭄이 든 땅처럼 바스러지고 말 거다!"

혹은 이렇게도 말한다.

"조심하거라 뤼시, 눈이 그렇게 메말라서야, 촛불 옆을 지나가다가는 불이 붙겠구나. 그러고 나면 눈꺼풀 밑에 작은 잿더미 두 개밖에 남지 않겠어!"

그러나 불은 뤼시의 마음속에 있었다. 털어놓지 못한 치욕과 고통의 불.

*

그 소리가 들린 지 한참이 흘렀다. 살금살금 휘청대며 걸어오는 늑대의 발소리. 그녀가 이 소리를 들었을 땐 아직 밤이었다. 연이어 좀 더 둔탁한 또 다른 소리가 들렸다. 어떤 물체가 땅에 떨어지는 소리. 그러나 채소밭 부드러운 흙에 중화되어 희미하게 들린다. 그러고 나선 아무 소리도 들리지 않는다. 이제 날이 완전히 밝아 있다. 날이 밝아올수록 뤼시의 가슴을 옥죄어 오던 공포도 서서히 사그라진다. 근육의 긴장도 조금씩 이완된다. 침대 속에서 꿈틀대자 팔다리의 마비가 풀리기 시작한다. 그녀는 목을 빼고 시트 밖으로 머리를 완전히 내민다. 심지어 몸을 일으키고 침대에 앉아 귀 기울인다. 아무 소리도 들리지 않는다. 그렇다면 그녀가 들은 건 식인귀의 발소리가 아니고 어떤 동물이 채소밭을 뒤지러 다녀간 게 틀림없었다. 괜한 두려움이었던 거다. 이제야 안심이 되고 벌써 기분이 유쾌해진다. 그래도 마음을 완전히 가라앉히기 위해 창으로 가서 확인해 보기로 한다. 그녀는 침대에서 빠져나와 창문 있는 곳까지 발끝으로 급히 걸어가 창문을 반쯤 열고 몸을 밖으로 살짝 내민다.

그녀는 곧 공포에 휩싸인다. 얼른 뒤로 물러서지만 이미 손이 떨리고 심장이 터질 듯이 두근댄다. 그가 그곳에 있다. 저 아래 담장 옆 토마토 버팀목 발치에 누워 있는 그가 보였다. 그녀는 얼빠진 눈이 되어 창문 바로 뒤에 잠시 꼼짝하지 않고 남아 있다. 몇 초 그리고 몇 분이 흐른다. 공포로 팽팽히 긴장되고 분노로 떨리는 몇 분이기에 마치 여러 시간이 지난 듯 느껴진다. 밖에선 여전히 아무 소리도 나지 않고, 아무 일도 없다. 그러자 아주 서서히 마음속 공포가 진정되면서 그녀는 몸과 이성의 기능을 되찾는다. 식인귀가 움직이지 않고 땅바닥에 그렇게 누워 있는 걸 보면 그녀의 방까지 올라올 힘이 없었던 게 분명하다. 술을 과하게 마셔 균형을 잃고 말았을 것이다. 그렇다, 그는 싸구려 술에 취해 두 발을 치커리 모종 속에 둔 채 자고 있는 거다. 그러니 위험은 지나갔다. 적어도 오늘 밤은. 이젠 날이 너무 밝아 식인귀도 감히 그녀 있는 데까지 기어오를 생각을 못 할 테지.

그 순간 또 다른 생각이 뤼시의 머릿속에 불쑥 끼어든다. 도무지 믿기지 않아 아직은 진지하게 받아들일 수 없는 생각.

혹 식인귀가 죽은 거라면?

오빠가 죽었다면! 늑대가 죽었다면! 눈물과 웃음을 훔쳐 가고 유년기를 훔쳐 간 그자가 죽었다면! 죽었다면, 마침내 죽었다면, 그 잘생긴 금발의 식인귀가 말이다! 뤼시는 창으로 달려가 이번엔 창문을 활짝 열고 희망과 걱정이 뒤엉켜 두근대는 가슴으로 밖을 내다본다. 갑자기 참매처럼 날카로워진 시선이 그 꼼짝 않는 몸 위로 내리꽂힌다.

아니다, 그는 죽지 않았다. 개자식. 포착하기 어려운 몇 가지 표징으로 미루어 그가 아직 살아 있음을 알 수 있다. 상관없다. 이 순간 그녀가 강자인 건 사실이니까. 처음으로 그렇다. 저렇게 누워 있는 식인귀들은 쉽사리 공격의 대상이 될 수 있다. 자신들의 소굴로부터 멀리 떨어진 풀 속에서 잠이 든 순간 그들은 사악한 힘을 잃고 만다. 엄지동자도 그 무시무시한 식인귀가 잠든 사이 장화를 훔치지 않았던가? 한 번에 70리를 갈 수 있는 장화! 모든 고통과 두려움으로부터 멀리, 세상 끝까지 달아나게 해주는 장화. 그장화를 거꾸로 신게 되면 유년의 고장으로 되돌아가 루-페와 재회할 수 있을지도 모른다. 반투명한 그 부드러운 눈과 몽상에 잠긴 캥거루의 도약과도. 그 장화라면 하늘을 가로질러 루-페를 곧장 별들에게 데려다줄 수 있을지도 모른다. 그녀가 자신의 유년의 정원에 안느-리즈 랭부르와이렌 바살을 초대할 수 있을지도.

아니, 그녀가 오빠의 신을 꿰어신을 일은 결단코 없을것이다. 밑창에 진흙과 눈물과 피가 덕지덕지 말라붙어 있는 신발이었다. 그런 신을 그녀가 훔치지는 않을 것이다. 그신은 거기 그대로, 치커리 사이에 그대로 박혀 있으라지!

신발이 아닌 발걸음이다! 그 걸음을 그녀는 훔칠 것이다. 동틀 무렵 수없이 주위를 어슬렁거렸던 늑대의 은밀한걸음. 차가운 달빛의 눈을 한 식인귀의 걸음. 그녀의 창을넘어 들어오는 도둑의 걸음. 그녀의 침실 바닥을 걷는 벌거벗은 남자의 걸음. 그녀의 시트와 몸과 심장을 동시에 밟고 걷는 걸음. 해질녘 긴 시골길을 걷는 어린 소녀들을 뒤쫓아가 손으로 그 목을 조이는 살인마의 걸음.

약 3년 전 9월의 어느 밤 이후로 그녀의 심장 속에서, 두려움 속에서, 또 증오 속에서 쉴 새 없이 울려 퍼졌던 발걸음. 그녀의 낮과 밤에 끔찍한 공포를 흩뿌렸던 걸음. 그녀의 고독이 점점 깊어가게 한 걸음. 그녀가 그 걸음을 멈추게 하고 영원히 침묵시킬 것이다.

금빛과 사프란 빛의 곱슬머리를 한 잘생긴 식인귀. 그가 누워 있다. 얼굴이 하늘을 향한 채, 떠오르는 해를 향해 눈을 뜬 채로. 그가 움직여서는 안 된다, 절대로! 그곳에, 채소들 사이에 그가 뒹굴고 있다. 술기운을, 나쁜 피의 기운을 내뿜으면서. 흰 피부 아래 흐르는 광기 어린 검은 피.

처음으로 그녀가 그에게로 간다. 더는 울거나 노래를 부르거나 웃을 수 없고, 소리를 지를 수도 없는 소녀. 하지만 식인귀에게서 도둑 같은 걸음을, 살인자의 걸음을 박탈하는 건 할 수 있다.

그 순간 뤼시는 오빠를 향한 증오심의 부추김을 받고 보복의 행위를 완수하기로 마음먹는다. 정의를 완수하는 행위.

세 번째 붉은 분필화

빛이 그 긴 흐름을 딱 멈춘 듯하다. 순식간에 얼어붙은 물처럼 빛은 꼼짝도 하지 않는다. 아직 문지방에 남아 있어야 했을 시각에 그처럼 방 안으로 들어온 터라 그렇게 굳어버린 걸까? 그렇다고 그 빛이 돌처럼 불투명한 속성을 띠는 건 아니다. 빛은 어린아이의 손톱처럼 반투명한 분홍빛이다. 하늘이 유리가 되었다. 높은, 아찔할 정도로 높은 하늘이어서, 이 순간 어떤 새도, 종달새조차도 그리로 날아오를 생각을 하지 못한다. 헐벗은 하늘이다. 텅 빈 하늘. 이 하늘이 그 빛을 내려보내는 건 아니다.

조금 전 지평선에 모습을 드러낸 빛은 같은 자리에서 떠오르지 않는다. 경로가 바뀌어 빛은 새로운 곳에서 솟는다. 그렇다고 땅에서 생겨나는 것도, 개울이나 돌, 나뭇잎이나 장미 혹은 글라디올러스의 심장에서 태어나는 것도 아니다. 빛은 꼼짝 않는 그 광채를 거대한 두 검은 홑눈에서 끌어온다. 언저리의 큼직한 금빛 무리 탓에 더 도드라져 보이는 진홍색 테가 둘린 홑눈.

어떤 나비도, 새도, 위풍당당한 공작새조차도 그처럼 환상적이고 무시무시한 홑눈을 과시한 적이 없었다. 녹아 흐르는 용암 색깔의 그 끔찍한 홑눈은 실제로 용암처럼 이글거리며 활활 타오른다. 작열하는 홑눈. 그 홑눈의 강렬한 응시는 광란의 선회에서 말미암은 듯싶다.

빛은 인내도 자제력도 모조리 잃고 말았다. 내부로 스며들기 위해 틈새를 찾지도 않는다. 입구에 누워, 자물쇠 안에서 열쇠가 돌아가고 드디어 문과 창문이 열리는 순간을 기다리지도 않는다. 빛은 어디로 내려서야 하며 무얼 두드려야 할지 알고 있었다. 그래서 두드린다. 증오에 취해서, 스스로 공포를 자아내고 있음을 기뻐하면서.

남자는 여전히 낡은 담벼락 근처 토마토 버팀목 아래 누워 있다. 진홍색 토마토 그림자가 남자의 얼굴 위에서 떨린다. 주황빛 물이 살짝 든 아직 작은 토마토들이 있는가 하면, 줄기가 휘어질 정도로 묵직한 반짝이는 새빨간 토마토들도 있다. 신선하고 맛있는, 동글동글한 열매들. 그러나 그렇게 누워 있는 남자는 그 열매를 더는 인지할 수 없다. 아무것도 인지하지 못한다. 그래도 크게 떠진 눈으로 보기는 한다. 정신을 잃을 정도로 본다. 눈에 보이는 광경이 너무도 기이하고 난폭한 기운으로 떨리는 것이, 주변 사물들의 형태가 엄청난 힘에 눌려 해체되어 버린 듯한 느낌이다. 모든 게 당장에라도 폭발할 것만 같다.

그는 이제 지상의 햇빛으로 보는 게 아니라, 이글거리는 두 홑눈이 — 그 검은 심장이 그에게 광기 어린 시선을 던지는 — 쏘아대는 빛으로 본다.

사물들의 형태가 파열하고 색채들이 한데 녹아들어 금빛 도는 광막한 선홍색 검은 물결처럼 펼쳐지며, 지상의 숨겨진 신비로운 장소에서 솟구치는 불꽃처럼 빛을 발한다. 그리고 소리를 질러댄다. 색채들이 고함을 지르고 이를 갈고 몸을 뒤틀며 얼굴을 찡그린다. 그의 위에 달린 둥근 열매들 안에서까지 절규하며 토마토 껍질 속에서도 끓어오른다. 버팀목 꼭대기에서 보일 듯 말 듯 흔들리는 촉촉하고 동그란 과육 속에서, 색채들은 뜨겁게 달아오른 피처럼 뛰고 있다. 높고 날카롭게 자란 버팀목들은 전사의 창 같다. 적들의 심장을 장식물처럼 꿰어 매단, 승리한 전사들의 창. 희생자들의 가슴에서 막 끄집어낸 심장들을 지고한 하늘을 향해 들어올린, 이교도 대제사장들의 창. 반짝이는 진홍색 피가 아직 뚝뚝 듣는, 아이들의 예쁜 심장들. 분노로 얼굴이 어두워진 신들을 진정시키기 위한, 혹은 불멸에 싫증이 난 그들의 흥을 다소나마 돋우기 위한, 작고 예쁜 심장들.

하지만 바닥에 누운 그는 그 모두를 밑에서 올려다본다. 저 높은 구름 속에 앉아 아래를 굽어보는 신들의 시선이 아니다. 쓰러져 땅바닥에 못 박힌 그가 보는 광경은 격렬한 공포를 불러일으킨다. 심장이 아리다. 심장은 박동이 점점 빨라져 미친 듯이 뛰더니 백열하는 가시로 뒤덮인 듯 화끈거린다. 그의 심장은 불붙은 가시덤불에 불과하다. 피가 정맥을 타고 흐르며 쉭쉭 소리를 낸다. 한없이 느린 동작으로 그는 팔을 구부려 손을 가슴 부위까지 들어 올린다.

심장의 박동을 더듬으며 손끝으로 몸의 웅성대는 소리를 듣는다. 그러나 심장은 이제 뛰지 않으며, 뒤틀리고 파열한다. 피의 술렁임은 아우성이 되었다. 불협화음으로 산산조각 나고 새된 소리들로 찢겨나간 아우성. 그는 겁이 난다. 낯선 공포, 돌이킬 수 없는 공포에 휩싸인다. 그는 죽는 것이 무섭다. 그러나 죽어간다. 평범한 사람들을 악과 모든 더러운 욕망으로부터 돌려세우기 위해 눈앞에 지옥의 광경을 보여주는 유치하고 잔인한 그림 속, 영벌을 받은 이들처럼 그는 죽어간다. 산 채로 끔찍한 단말마의 고통을 쉴 새 없이 받으며 영원히 죽어가는 이들.

그는 시선을 돌리거나 눈을 감고 싶다. 용암 색깔의 홑눈이 쏘아대는 광채 속에서 환히 빛나는, 피로 물든 그 심장들을 보고 싶지 않지만 그럴 수 없다. 그는 홀리고 매혹당해 있다. 그 홑눈이 그에게 황홀한 눈빛을 쏘아댄다. 그는 간신히 눈을 감지만 그래 봐야 소용없다. 그 광경이 계속 눈에 보인다. 그의 살 속 깊이 스며들어 사라지지 않는다. 그의 피부 바로 안쪽에 새겨진 광경이다.

이미 너무 늦은 시점이다. 땅에 누운 남자는 패배했고, 길을 잃었다. 힘이 빠져나가고, 의지가 상실되고, 아무 생각도 할 수 없다. 시선을 박탈당한 채 자기 자신으로부터도 떨어져 나온 느낌이다. 그의 시선은 진홍색 심장들의 광경 속으로 삼켜진다. 아니, 그를 굽어보며 묵시록의 빛을 발하는 얼굴, 이글거리는 홑눈으로 알록달록한 그 얼굴의 광경 속으로 삼켜진다. 그렇게 계속 볼 수밖에 없는 건, 자신이 그 이미지 외부에 있는 게 아니기 때문이다. 그는 자신을 지배하는 이미지에 삼켜져 몸과 영혼이 그 그림 안에 존재한다. 그 흩눈은 눈인 동시에 입이기도 하다. 게걸스러운 아가리.

그 얼굴이 저 위에서 그를 굽어본다. 앙상한 두 무릎 사이에 박힌 얼굴. 어린 소녀가 담벼락 위에 웅크리고 앉아 있다. 소녀는 황토색 캔버스 반바지 위에 진한 갈색과 선홍색 줄무늬가 든 폴로를 입고 있다. 맨다리, 맨발이다. 비쩍 마른 양 무릎은 상처투성이고 피부는 햇볕에 그을려 가무잡잡하다. 헝클어진 숱 많은 짧은 머리가 검은 가시덤불처럼 비죽비죽 조막만 한 얼굴을 온통 감싸고 있다.

소녀는 움직이지 않는다. 아래쪽에 누워 있는 남자만큼이나 미동도 없이 담벼락 위에 쪼그리고 앉아 있다. 자세가 몹시 불안정해 아래로 떨어질 것 같은데, 떨어지고야 말 것 같은데, 그래도 떨어지진 않는다. 담벼락에 새겨진 키메라랄지, 소녀는 낡은 돌들과 한 몸을 이룬다. 거기서 떼어져 나온들 결단코 추락하지는 않을 것이다. 순식간에 휙 날아오른 뒤 곧장 자신의 먹이를 덮칠 것이다.

불안정한 형태로 조각된 키메라의 자세를 소녀는 단단히 유지한다. 이글거리는 용암의 눈과 덥수룩한 갈기, 앙상하게 튀어나온 무릎, 찡그린 입을 한 이무기 돌의 자세다. 그렇게 소녀는 인상을 쓰고 얼굴을 찡그린다. 색채와 음향이 동시에 담긴 표정이다. 입술은 검붉은색으로 마구 칠해지고, 치아는 검게 물들여져 있다. 소녀는 입을 실룩대며 화 난 암캐처럼 처진 입술을 말아 올린다. 때론 턱을 딱딱

마주치고 때론 이를 갈면서, 씩씩거리거나 속삭이거나 꾸르륵대거나 나지막한 소리로 흑흑거린다. 검게 변한 더러운 이 사이로 무시무시한 분홍빛 혀를 내밀기도 한다. 그렇게 혀를 굴렸다 폈다 쑥 내밀었다가는 다시 말고 비튼다. 그러면서 동시에 눈을 굴렸다 까뒤집었다 크게 떴다 반쯤 감았다 하면서, 매번 누운 이의 얼굴에 날카로운 눈빛을 다시 쏘아댄다.

그러다 마침내 소녀는 몸을 움직인다. 담벼락 위에 엉덩이를 단단히 깔고 발꿈치를 갖다 붙인 채 반바지 호주머니 속에 천천히 손을 밀어 넣어 무언가를 꺼낸다. 사진 두 장과 기다란 핀 두 개. 하나는 유리구슬, 다른 하나는 자개 구슬로 장식된 모자 핀이다. 소녀는 각각의 사진에 핀을 꽂은 뒤 버팀목 꼭대기에 달린 토마토 위로 몸을 굽혀 사진을 고정시킨다. 그러자 잘 익은 토마토의 반드레한 껍질이 터지며 상처 난 열매에서 즙이 조금 새어 나온다. 껍질 위에 맺힌 즙이 천천히 흘러내려 누운 자의 얼굴 위로 반짝이는 작은 방울이 되어 떨어진다. 그 진홍색 눈물이 한 방울씩 떨어질 때마다 소녀는 배경음처럼 휘파람 소리를 낸다.

소녀는 말이 없고, 누워 있는 자도 마찬가지다. 소녀가 담벼락 위에 나타난 이후로 둘 사이엔 한 마디도 오가지 않았다. 한 마디도 발설되지 않을 것이다. 잡다한 소리와 소음, 무언가가 삐걱대거나 드르륵거리는 마찰음, 그게 전부다. 소리 사이사이로 한층 불안한 침묵이 끼어든다. 말은 들어설 자리가 없다. 시선만이 중요하다. 거울 속에서 오가는 광포한 시선. 하늘과 온 땅, 찬란한 여름 아침의 빛, 그 모두가 이 꼼짝 않는 커다란 눈의 폭력 아래 파열해 버렸다. 그 시선이 내려앉기만 하면 뭐든 타버리고 유리가 되며, 그 시선을 바라보는 자 또한 그 안으로 삼켜진다.

전설

　그녀의 시선 — 치욕과 공포의 불길 속에서 오랫동안 타올랐던 시선. 두 해 동안 그녀가 계속 내리뜨고 있던, 눈물의 상쾌함을 더는 알 수 없게 된 그 눈꺼풀 밑에서 타오르던 시선이었다. 회피하는, 교활해 보이기까지 하는 시선이라고 사람들은 쑥덕거렸다. 그녀의 어머니는 짜증을 내며 한탄했다.

　"아직 어린애건만 벌써 교태를 부리고 곁눈질을 해대네요. 자는 척하면서 상대를 낱낱이 훔쳐보고, 다가가려 하면 할퀴거나 달아나 버리는 새끼 고양이처럼요!"

　그러면 콜롱브 숙모가 말했다.

　"이보게, 그저 수줍어하는 걸 수도 있어. 커가면서 나아질 거야."

　"아니면 더 나빠지겠죠." 알로이즈가 받아쳤다. "예전엔 부끄럼을 타는 아이가 전혀 아니었어요. 아예 뻔뻔하기까지 했거든요. 그러던 애가 갑자기 이유도 없이 이렇게 돼 버렸네요. 젠체하는 거예요. 저런 새침한 태도로 사람들의 관심을 끌 수 있다고 믿는다면 오산이죠. 신경을 돋울 뿐이거든요. 수줍음은 교태와 통하고, 교활함은 불결과 통한답니다! 내 말 듣니, 뤼시?"

그렇다, 뤼시는 듣고 있었다. 자신을 두고 어머니가 쏟아놓는 한탄과 질책을 늘 들어왔었다. 예전엔 그런 말을 들어도 아무렇지 않았었다. 어머니의 불평과 한숨은 귓전을 스쳐 지나갈 뿐 고통을 주지 않았다. 게다가 그 무해한 하소연들은 일말의 애정에 감싸여 있었다. 그러나 이제 어머니는 신랄한 어조로 불평을 늘어놨다. 예전에 뤼시는 어머니와 친척 여자들 사이에 오가는 수다를 때론 재미 삼아, 때론 호기심이 동해 별생각 없이 듣곤 했었다. 마술적인 아우라를 지닌 말들이었다. 어른들이 목청을 돋우거나 나지막이 속삭이는 말들이 뤼시에겐 종종 수수께끼 같았고, 개중에는 이해하기 어려운 표현들도 자주 등장했다. 물론 그녀에겐 자신만의 세계와 자신만의 언어가 존재했다. 그 반대편엔 부드럽고도 산뜻한 균형추로서 아버지의 청아한 침묵이 자리했고, 오빠의 위압적인 과묵함과 여자 친구들의 경쾌한 재잘거림도 있었다. 무엇보다 별들과 먼 행성들에까지 놀라운 소용돌이를 이루며 올라가는, 루-페의 열정적인 어마어마한 도약이 있었다. 그래도 균형이 있었고, 조화가 있었다. 저마다 자기 자리에서 자기만의 언어를 사용했다.

하지만 이제는 그렇지 않았다. 사물들의 질서가 뒤죽박죽되었으며, 균형이 깨지고 조화가 사라졌다. 어머니의 가시 돋친 말들은 이제 그녀의 주의 깊은 귓가에 난폭하게 와 닿으며, 그녀를 삼켜버린 고독의 침묵 속에서 삐걱댄다. 냉소적으로 변해버린 뤼시의 귓전엔 아낙들의 수다가 고통스럽게 웅웅거린다. 아버지의 침묵이 비통한 무언증처럼

그녀를 짓누르며, 오빠의 냉담한 태도는 파렴치한 위선을
드러낼 뿐이다.

뤼시는 모든 말을 듣고 있었지만 어떤 대답도 설명도
할 수 없다. 자신을 지킬 방법이 — 어떤 시선으로조차 —
없다. 사람들을 향해 눈을 들지도, 그들을 마주 보지도 못
한다. 어느 아침 자리에서 일어났을 때 신뢰와 쾌활한 호기
심이 가득한 솔직한 시선은 사라지고 없었다. 오빠가 밤사
이 그녀의 유년을, 유쾌한 무사태평을 훔쳐 간 것이다. 그
러면서 너무 무겁고 어두운 비밀의 짐을 그녀에게 지운 것
이다.

감당할 수 없는 무게가 그녀를 짓눌렀다. 눈꺼풀마저 내
려앉게 만드는 무거운 짐이었다. 자신 위에서 뒹구는 남자
의 몸이 지니는 난폭한 무게, 자신의 목을 조이는 협박의
끔찍한 무게였다. 언제라도 목이 졸려 죽을 수 있는 처지
였다. 자신의 몸 안에 이제 막 새겨진 비밀을 다른 이들이
읽게 될까 두려워 그들의 시선을 피했다. 그들이 자신의 눈
동자 깊은 데서 벌거벗은 식인귀의 윤곽을 탐지해 낼까 봐
두려웠다. 긴 다리로 걸어와 그녀를 덥석 껴안고 억센 손을
벌려 목을 조르려는 벌거벗은 식인귀. 그리고 몸 한복판에
뭉툭하게 곧추서 있는 또 다른 신체 기관. 자신의 두 눈동
자는 두 개의 통로여서, 그 끝에서 자신의 몸을 사로잡은
이미지들이 매 순간 튀어나올 것만 같았다.

뤼시는 이제 어른들에 대해서도 갑자기 불신과 거북함
밖에 느낄 수 없었다. 그들의 진짜 몸이 어떤지, 밤이면 그

들이 닫힌 침실 안에서 무얼 하는지 알게 되었기 때문이다. 그들이 하는 말의 속뜻을 이해하게 되었고, 그들이 다른 이들의 사생활을 — 그들 자신의 사생활은 절대 아니었다 — 도마에 올리며 '그것'을 언급할 때 흘리는 빈정대는 미소와 떨떠름한 키득거림의 의미도 이해했다. 그런 그들의 위선과 천박함에 진저리가 났다. 그들은 아이들 앞에서, 적어도 대놓고 '그것'을 언급하지는 않으려고 안간힘을 썼지만, 아이들의 삶에도 '그것'이 난입한다는 생각은 하지 못했다. 눈이 너무 멀어 있어 자기들 사이에 끼어 있는 배신자들을 알아보지 못했다.

오래전부터 뤼시에게 어른들은 별종이었으며, 숨 막히는 불가해한 몸을 우스꽝스럽게 차려입은 신뢰할 수 없는 낯선 종족이 되어 있었다. 그녀는 어른들을 멀리한다. 그들 집단에 식인귀들이 있으니까.

*

그녀의 시선 — 좌절과 고독의 불길 속에서 그 시선은 무르익었다. 뤼시는 차츰 또래 아이들에게서, 학교 여자 친구들과 루–페에게서마저 멀어졌다. 그들은 아무것도 몰랐고, 이해할 수도 없을 것이었다. 그들은 여전히 순진무구한 신뢰의 눈을 하고 있었고, 걱정 근심 없이 어른들의 세계와 어울렸다. 식인귀의 손아귀에 떨어진 적도 없었다. 그들은, 그들의 밤은 평화로웠고 그들의 잠자리는 순결했고, 그들의 아침은 행복했다. 뱃속에 공포를, 가슴속에 수치심과 경계심을 품고 살지도 않았다. 어떤 무거운 짐을 짊어지지도, 위협을 느끼며 살아가지도 않았다. 길에서 식인귀를 마주쳤던 아이들은 도랑이나 헛간 속에서 발견되었다. 더럽혀지고 목이 부러진 상태로. 그러고 나서 땅에 묻혔다. 그래도 그 애들은 단 한 번 식인귀로부터 폭력을 당한 셈이었다. 그러나 그녀는, 그녀는 계속 그 일을 견뎌야 했다. 단 한 주도 식인귀가 그녀 방에 들어오지 않고 지나간 적이 없었으니까. 거의 3년 전쯤부터 지속된 일이었다.

루-페가 기숙사로 떠나고 얼마 안 되어 페르디낭이 처음으로 그녀 방에 나타났다. "이제 그녀도 다 큰 여자인지라" 그녀를 위해 특별히 마련된 새 방이었다. 그 당시엔 뤼시도 몹시 기뻐했고 자신의 취향대로 꾸민 새 방을 갖게 되어 우쭐했었다. 밝은색 떡갈나무 가구들, 장난감 보관용 고리버들 상자, 루-페를 초대해 앉히기 위한 예쁜 소파.

그녀는 이 방을, 특히 이 소파를 증오했다. 오빠가 그녀 방에 침입한 그 9월 밤부터 이 소파는 그녀에게 감옥이 되었다. 그 방에서 맛보던 차분한 행복을 식인귀가 망쳐버렸고, 소파는 절망의 잠자리가 되었다. 식인귀는 그녀를 침대에서 끌어내 이 소파로 데려와 거기 내던진 다음 그녀를 덮쳤다. 수를 놓은 그녀의 시트에 자국을 남기지 않기 위해서였다. 뤼시는 곧 예전의 자기 방으로 돌아가게 해달라고 졸랐지만, 어머니는 당치않은 변덕이라고 화만 냈다. 그러면 저 끔찍한 소파만이라도 치워달라고 뤼시는 애원했는데, 알로이즈는 그 말마저 완전히 무시해 버렸다. 마침내 뤼시는 일출을 향해 난 자신의 예쁜 방에 갇힌 몸이 되어 식인귀의 방문을 무방비 상태로 겪을 수밖에 없었다.

이 방은 늑대에게 자신이 먹이로 던져지는 우리에 불과했기에 그녀는 아무도 그곳에 접근하지 못하게 했다. 그 공간을, 이 가구들을 너무도 혐오해 차마 그곳에 여자 친구들을 불러들일 수 없었고, 더럽혀진 그 소파에 루-페를 재운다는 생각은 더더욱 할 수 없었다. 이 아이들마저 식인귀의 공격을 받게 될지 누가 아는가? 저주받은 방이었다. 모든 게 역전되고 유년기가 망쳐지는, 사악한 마법의 작은 방.

뤼시는 다른 아이들에게서 조금씩 멀어져 완전히 고립되었다. 다른 소녀들의 놀이에 섞이지 않았고, 그들과 꿈과 욕구를 함께하지도 않게 되었다. 그 소녀들은 정상적인 성장의 과정을 밟아갔다. 가벼운 걸음걸이로 시간을 통과해 갔으며, 개중엔 빠른 상승세를 타는 아이들도 있었다. 키가 자라면서 새로운 몸을 갖게 되었고, 블라우스 속 예쁜 젖가슴이 벌써 부풀어 오르기 시작했다. 애교를 부리고 외모에 신경 썼으며, 내면에서 어렴풋이 무르익어 가는 욕구의 첫 충동질에 달콤한 표정이 되어 한숨짓기도 했다. 그들은 뾰로통한 얼굴로 고개를 쳐들고 소소한 연애의 시기로 곧장 걸어 들어갔다. 그러나 뤼시는 볼품없는 자신의 외모를 마음에 들어 하며 유지하려고 했다. 벌써부터 남자애들 앞에서 꼬리치는 이 태동기의 여자들을 경멸했으며 그들의 유치한 목가적 사랑에 반감을 느꼈다.

루-페와의 결렬은 더 한층 갑작스러웠다. 처음에 뤼시는 그에게 모든 걸 털어놓으려고 했다. 그러나 어떻게 말하면 좋을지 알 수 없었고, 무엇보다 사실대로 고백할 용기가 나지 않았다. 그래도 여러 번 시도하기는 했었다.

"루-페, 저 말이지……"

침묵의 순간을 틈타 그녀는 불쑥 말을 꺼냈다. 그러면 곧 목이 메고 심장이 세차게 뛰었다. 피가 머리로 쏠리고 눈은 애꿎은 신발코만 뚫어지게 응시했다. 살인자 오빠의 으름장이 머릿속에서 웅웅대며 그녀가 털어놓으려던 빈약한 단어들을 흐트러뜨렸다.

"뭔데?" 루-페가 옆에서 계속 껑충껑충 뛰며 물었다. "뭐 말인데?"

그녀가 선뜻 대답하지 못하고 눈을 내리깐 채 꼼짝 않고 있자 그는 조바심을 냈다.

"뭐야? 묻고 싶은 게 뭔데? 너 정말 이상하다! 말을 시작해 놓고 입을 다물어 버리네. 무슨 말인지 어서 해봐."

그러나 그녀가 기대한 만큼 그가 귀 기울이지는 않았다. 마음이 딴 곳에 — 그녀를 괴롭히는 비밀과는 동떨어진, 너무도 동떨어진 곳에 — 가 있는 사람처럼 듣고 있었다.

"그만 좀 폴짝거려. 짜증 나니까!"

그녀는 하는 수 없이 이렇게 투덜대기만 했다. 하지만 그는 상대의 말을 듣지 못한 듯 계속 폴짝대거나 강한 제스처를 써가며 현학적인 단어들을 이해시키려 하면서 몹시 복잡한 연설로 돌진했다. 안드로메다와 오리온 별자리, 태양 코로나, 스텔라 바람에 대해 장황한 설명을 늘어놓았다. 반짝이며 소용돌이치는 팔 같은 은하수와 유성들, 하늘의 블랙홀들을 언급하며 신이 나 있었다. 그러나 이 말들은 이제 뤼시에게 마법을 행사하지 못했고, 은하와 관련된 루-페의 우화들도 더는 그녀를 꿈꾸게 하지 않았다. 몇 개월 전만 해도 그녀는 경이에 찬 검은 눈을 크게 뜨고 그의 말에 감탄하며 귀 기울였지만 말이다. 그가 묘사하는 모든 걸 그녀가 '볼 수' 있었던 건 별에 대한 루-페의 열정과 맞먹는 시각적 상상력을 지니고 있었기 때문이다. 그러나 식인귀를 만난 이후로 그녀는 더 이상 아무것도 볼 수 없었고, 친구가 고양된 어조로 늘어놓는 횡설수설은 그녀의 화만 돋우었다. 그는 무수한 말들을 쏟아놓았지만, 그녀는 자신의 비밀을 털어놓을 어떤 말도 찾아낼 수 없었다. 그는 희귀한 말들을 사용했지만, 그녀에겐 더없이 단순한 말들을 고르는 것조차 불가능했다. 왜 그는 늘 머나먼 하늘 이야기만 그녀에게 늘어놔야 하는 거며, 수억 년 전에 죽은 별들의 시체에 열광해야 하는 걸까? 그녀는 지금 이곳에서 괴로워하며 최근에 죽임을 당한 여자애들의 시신에 사로잡혀 있지 않은가?

오빠로 인해 돌연 그녀는 시선을 내리뜨게 되었고, 바닥에 못 박히고 진흙 속에 처넣어졌다. 그녀의 상상력은 이제 땅 위를 기었으며 심지어 땅 밑을 파고들어 갔다. 고양된 감정이나 환상은 사라지고 없었고 공포와 분노뿐이었다. 루-페가 별들에 대해 말하며 열광할수록 그녀는 더더욱 홀로 버림받은 느낌이었다. 그가 구름 속을 떠다니는 동안 그녀는 끈적이는 시커먼 뿌리로 땅에 매여 있었다. 그가 말하는 그 모든 광년이란 결국 두 사람 사이에 끼어든 거리였다.

자신의 괴로움을 털어놓을 말들을 찾지 못한 채 헛되이 되씹기만 함으로써 그녀는 루–페와 함께하는 즐거움을 차츰 잃어가기 시작했다. 초조해하고 걸핏하면 화를 냈으며, 그러다 냉소적이고 공격적인 태도로 변해갔다.

"어쩌고저쩌고 주절주절…… 따분한 이야기는 그만 늘어놓으시지! 네 행성이고 나발이고, 그까짓 게 다 뭔데! 두더지처럼 눈이 멀었으니 하늘 끝에 있는 별들 가지고 잘난 체하는 거지! 멍청한 놈, 꺼져버려! 비실비실한 캥거루처럼 그렇게 껑충거린다고 무슨 로켓이라도 될 줄 아나 보지? 넌 젖은 폭죽이야. 절대 날아오르지 못해. 뚱보 콜롱브 숙모처럼, 했던 소리 또 하질 않나. 불쌍한 촌놈!"

둘이 함께 걷던 들판 사이로 난 좁은 길에서 그녀가 불쑥 그의 말을 자르며 면전에 대고 분노를 터뜨리던 날, 루–페는 깜짝 놀라 할 말을 잃었다. 그는 갑자기 흐려진 둥근 눈을 굴리며 더듬거렸다.

"…… 뤼시, 왜 그러는 거야?……"

"네 엉터리 말들이 지겹다는 거지. 웃기지도 않네. 그렇게 사팔눈으로 날 쳐다볼 필요 없어, 암소처럼. 하기야 암소 오줌 싸듯 주절대기는 하지! 아아, 별들의 오줌이구나!"

"뤼시, 너 정말 못돼 먹었구나……" 루–페가 단숨에 말했다.

뤼시는 차디찬 어조로 받아쳤다.

"그래, 넌 머저리, 진짜 멍청한 놈이지."

그는 눈물이 글썽한 눈으로 두 팔을 늘어뜨리고 꼼짝하

지 않았다. 별들과 사랑에 빠진 어린 캥거루의 솟구치는 힘을 뤼시는 그렇게 꺾어버렸다. 유년의 기쁨과의 마지막 유대도 동시에 끊어버린 참이었다. 루-페의 눈물 앞에서 그녀는 이성을 잃었으며, 정신 나간 어리석음과 용서받을 길 없는 고약한 짓을 범하고 있음을 느꼈다. 친구를 모욕하고 상처 입히고 배신한 참이었다. 그에게 용서를 구하고 원래 모습으로 돌아와 모든 걸 고백해야 했을 것이다. 하지만 그럴 수 없었다. 그녀 안에 거대한 공동空洞이 아가리를 벌리고 있었다. 루-페를 내쳐야 했다. 그 누구보다 루-페를. 그는 순수하고 신실했으니까. 그녀의 비밀을 알아내고 이해할 수 있기엔 너무 순진했고, 그녀가 사로잡혀 있는 고독 속에 그녀를 내버려두기엔 너무 신실했다. 그녀가 괴로워하면서도 끈질기게 필요로 하는 고독이었다. 그녀는 자신이 무얼 원하는지 더는 알 수 없었다. 결국 자신의 몸에, 가슴에, 그리고 영혼에 배어버린 이 고통을 원하게 되었다.

　루-페의 우정도 그녀 안에서 커가는 광기를 더는 감당하지 못했다. 식인귀는 별들을 꿈꾸는 이 상냥한 몽상가보다 무한히 더 강했다. 어둠의 심장을 지닌 금발의 이 아름다운 식인귀는 루-페가 그녀에게 자주 들려주곤 한 그 블랙홀을 닮아 있었다. 주변을 지나가는 성운을 끌어당겨 삼켜버리는 그것. 가을 콜치쿰보다 더 독성이 강한 수레국화색 눈을 한 금발의 식인귀가 이제 점점 더 세게 조여오는 보이지 않는 줄로 뤼시를 단단히 붙들어 매고 있었다. 그녀를 농락하고 그 어린 몸을 훔쳐 감으로써 종내 그녀의 이성을 앗아가고 꿈을 파괴하고 마음을 어둠에 들게 했다. 그리고 그 어린 영혼을 빼앗는 데 성공했다.

뤼시는 모욕당하고 상처 입은 친구를 길에 세워둔 채 고래고래 소리를 지르며 전속력으로 달아났다.

"히히! 별 오줌이래. 하늘 똥이래! 앙슬로는 멍청이래! 루이-펠릭스, 용용 약 오르지! 후후 루 펠레!……"

그녀는 숨이 막히도록 뛰었고, 공포에 사로잡힌 박쥐처럼 새된 소리를 질러댔다. 그녀는 다정한 루-페의 눈물로부터 달아났다. 북극광에 넋을 잃은, 몽상가 아이의 별이 총총한 시선으로부터 멀리 달아났다. 그녀로선 이제 영원히 다가갈 수 없게 된 별들이었다. 빛을 잃은 별들, 죽은 별들. 새벽이라면 오직 한 가지 색이었다. 식인귀의 머리털과 피부색.

그녀는 달렸다. 황량한 도로 위를 똑바로, 자신의 고독을 향해 곧장. 마음속에서 마침내 폭발한 광기를 향해 곧장.

*

그녀의 시선 — 그녀는 새로운 이미지들의 불길 속에서 눈을 다시 치켜떴다. 오욕의 시절은 막을 내린 것이다. 루-페의 눈물이 갑자기 그녀를 모두에게서 멀어지게 했으며, 그녀는 모든 관계를 끊어버렸다. 그러자 수치심이 사라지고 공포만 남았다. 어른들, 이 눈먼 자들의 판단이나 물의에 대한 어렴풋한 두려움이 별안간 제거된 공포였다. 그녀가 침묵 속에서 헛되이 시도했던, 도움과 연민을 바라던 간

곡한 요청마저 박탈당한 공포. 아무도 그녀가 보내는 절망의 신호를 알아채지 못했고, 아무도 그녀의 비밀을 짐작할 수 없었다. 그러다 갑자기 사태가 돌이킬 수 없을 만큼 악화되었다. 그녀는 조난당한 몸으로 무인도에, 식인귀가 사는 섬에 와 있었다. 철저히 혼자인 채로. 친구가 되어줄 프라이데이도 없었다.

그렇게 다시 치켜뜬 눈에는 냉혹하고 거만한 기운이 서려 있었다. 그녀는 새로운 시각으로 주변의 가시덤불을 헤쳐가는 법을 배우게 되었다. 은하를 바라보던 시대는 지나갔고, 아름다운 그림책을 읽던 시기도 막을 내렸다. 또 다른 시각의 시대가 닥친 참이었다. 진흙과 살과 뿌리들로 빚어진, 지상의 시각. 새로운 그림책을 펼치고 만들어 내야 했다. 경이로운 빛의 과실들처럼 하늘에서 수확한 이미지들이 아니고, 내장이나 부싯돌처럼 땅의 뱃속에서 꺼낸 것들이었다. 식인귀가 사는 섬의 메마른 흙에서 채취한 이미지들이었다.

동년배 아이들의 놀이에 끼거나 누구랑 어울리는 일도 없었으므로 그녀는 자유로운 시간을 풀밭이나 들판, 개울가를 뛰어다니거나 늪이나 숲을 헤매며 보낸다. 어부나 사냥꾼이 자신들의 먹잇감을 노리듯이 그녀는 히스 속에서, 제방의 높이 자란 풀들 속에서, 그을린 덤불 속에서 망을 본다. 그러나 빈손으로 숨어 기다린다. 짐승들을 죽이러 온 것이 아니라, 그저 그들을 관찰하기 위해 뒤쫓는 것이다. 그들의 독특한 기술 — 서로 죽이는 기술 — 을 간파해 내고 찬탄하기 위해서다. 예외가 있다면 민달팽이뿐이다. 민달팽이라면 그녀는 인정사정 보지 않고 죽인다. 호주머니 속에 넣고 다니는 작은 주머니칼을 그들의 등 한복판에 꽂는다. 그런 다음 그 작은 짐승이 몸을 비틀어 대며 더 끈적끈적해져 이윽고 오그라드는 모습을 관찰한다. 두꺼운 입술을 닮은, 미끌미끌하고 느릿느릿한 이 벽돌색 연체동물을 그녀는 미워한다. 도둑키스를 찾아 나선, 추잡한 허기와 역겨운 욕구로 잔뜩 부풀어 오른 음란한 입술.

민달팽이의 등에 주머니칼을 꽂을 때마다 그녀는 혼자 생각한다. '쌤통이다, 달팽이처럼 옷을 입으면 되잖아. 그렇게 벌거벗고 다니는 대신 등껍질을 뒤집어쓰면 된다고. 더러운 것들.'

그녀가 선호하는 대상은 곤충과 양서류, 파충류, 조류다. 기거나 날고, 활기차게 뛰어오르는 것들. 하늘과 물과 자갈밭에 사는 짐승들. 살이 없고 털도 아예 없는 짐승들. 얇은 막과 날개를 지닌 곤충이나, 깃털이 달렸거나 매끈한 피부를 지닌 동물들. 탈바꿈하거나 허물을 벗는 동물, 의태 동물을 그녀는 특히 좋아한다.

도마뱀도 있다. 고대의 어떤 텍스트에서 나온 듯한, 초록이나 무지갯빛 회색을 띤 희한한 콤마. 유리처럼 부서지기 쉬워도 불보다 더 강한, 쏜살같이 달아나는 콤마. 돌들의 미세한 틈새로도 잠입할 수 있는, 손가락 사이로 빠져나가는 콤마. 뤼시 자신도 식인귀의 더러운 손아귀에서 그렇게 도망칠 수 있다면 얼마나 좋을까? 그의 손가락 사이에 유리 조각 같은 손목이나 발목만 남기고 말이다.

독 없는 풀뱀도 있다. 폭풍우가 일 것 같은 날이면 그녀는 숲 가장자리 덤불로 뒤덮인 오솔길을 날렵한 걸음으로 걷는다. 커다란 파리들이 윙윙대며 나른한 동작으로 날아다니는 습한 열기 속을 걷다 보면 나무뿌리와 낙엽들 사이에 똬리를 튼 뱀을 마주치게 된다. 유리알처럼 고정된 작은 눈, 녹색과 노란색 비늘을 지닌 그 기다란 짐승을 그녀는 유심히 바라본다. 녀석이 똬리를 풀고 땅바닥에 구불구불 천천히 미끄러지듯 나아가는 모습을 보는 게 좋다. 음산하면서도 관능적인 우아함을 과시하며 조용히 일렁이는 짐승, 매 계절 장갑을 벗듯 손쉽게 허물을 벗어 던지는 이 짐승을 보며 그녀는 감탄을 금할 수 없다. 죽은 해年의 허물을 내던지고 새로운 비늘을 입는 그 경이로운 능력을 그녀는 부러워한다. 길가에 그 허물을 버린 뒤 더는 개의치 않는 능력. 옷을 갈아입고 완전히 다른 존재가 — 누구도 건드리지 않은 순수한 존재가 — 되는 능력.

개구리와 두꺼비도 있다. 뤼시는 양서 동물이라면 사족을 못 쓴다. 작은 청개구리는 물론이고, 검은 반점이 찍힌 오렌지색 배를 한 뿔 도롱뇽과 황갈색 반점이 있는 새카만 도롱뇽을 포함해 작고 다부진 청동색 두꺼비에 이르기까지 뭐든. 특히 두꺼비는 지상의 신비로운 동굴 어딘가에 숨겨진 화염에서 곧장 튀어나온 것만 같다. 지칠 줄 모르는 식욕을 자랑하며 우아하게 물속에서 일렁이는 마법의 불꽃이랄지.

초봄에 부식토와 젖은 나무와 고인 물 냄새가 다시 올라올 때면 두꺼비들은 겨우내 잠들어 있었던 오래된 나무둥치 아래서 튀어나와 자신들이 태어난 물속으로 다시 뛰어든다. 개흙이 일렁이고 보랏빛 깃털의 갈대와 골풀, 붓꽃과 물망초로 꾸며진, 늪의 아름다운 청록색 물. 수초와 좀개구리밥 가지들로 장식되고, 흰 미나리아재비와 쇠귀나물, 수련들로 수놓인 물. 꽃들과 물결치는 식물들이 떠돌고 물그림자들을 응시하는 둥근 눈들이 떠도는, 언제라도 먹잇감을 덥석 물어 잘게 씹어먹을 태세인 아가리와 예리하고 날렵한 혀들이 떠도는, 꿈처럼 깊은, 깊디깊은 늪의 물. 금빛과 자줏빛 혹은 새파랗게 반짝이는 거품과 잔물결이 일렁이는, 오한처럼 뜨겁기도 차갑기도 한 오래된 꿈의 검푸른 물. 다채롭고 난폭한 삶이 우글대는 고인 물. 개구리와 두꺼비의 튀어나온 근사한 눈들이 그 수면 위에서 불침번을 선다.

4월 저녁 안개 속에서 무심한 오열을 터뜨리는 마법의 물들. 물속에 삼켜진 왕국들이 깊디깊은 개흙 속에서 사력을 다해 조종을 울리고 있기라도 하듯 늪지대는 메아리로 가득하다. 두꺼비들이 왕자와 전령, 대장장이와 종지기의 역할을 모두 맡은 나라들. 두꺼비들의 연가는 음산하고 그로테스크하다. 욕망의 고뇌를 장례의 음향으로 장식하며, 불협화음의 끈질긴 베이스 음성으로 다른 짐승들의 요란한 짝짓기 소리를 야유한다. 천박하고 야비한 필요성에 불과한 욕구의 거짓을 그들은 그렇게 폭로한다. "임금님은 벌거벗었다!"라고 과감히 외치는, 동화 속 어린아이처럼. 아름답고 고귀한 척하는 사랑의 번거로운 절차들을 그들은 웃음거리로 만든다.

재두루미들도 마찬가지다. 아직 마음을 정하지 못한 암

두루미를 수두루미가 도도한 걸음으로 쫓는다. 기다란 목 끝에 달린 그 작은 머리를 꼿꼿이 쳐들고 날개를 단단히 접은 채로. 연이어 수두루미는 깃털을 떨며 허리를 굽히거나 빙그르르 돌거나 간간이 날카로운 소리를 내지르면서 경쾌한 발레를 연출한다. 그 엄숙한 춤은 뤼시의 마음에 들지 않는다. 그 광경을 빼먹지 않고 지켜보며 우아한 섭금류의 정중한 춤을 호기심 어린 눈으로 악착같이 쫓으면서, 한없이 매력적이고 관능적인 이 춤에 매료당하지 않으려고 안간힘을 쓴다. 그러다 물가에 웅크리고 앉은 두꺼비의 거친 울음소리가 울려 퍼지는 순간 그녀의 입에선 냉소적인 웃음이 터져 나오고야 만다.

그녀는 늪지와 들판과 풀숲에 사는 짐승들의 그 모든 구애 행동과 교미기의 노래들을 알고 있다. 그러나 수컷이 암컷을 유혹하기 위해 펼치는 광경이 아무리 화려해도, 뤼시는 잇따르는 짝짓기 행위의 추함을 도무지 잊을 수 없다. 식인귀의 섬에 사는 이 동물들의 사랑에서 그녀는 이저 아무 신비로움도 느낄 수 없다. 그녀는 각각의 종들이 짝짓기하는 계절과 장소에 매복해 몇 시간이고 꼼짝 않고 당을 보며 상대를 — 곤충이든, 오리나 새, 토끼, 노루, 사슴이든 — 관찰할 줄도 안다. 그때마다 그 커플들의 외침과 날카로운 비명, 멜로디, 울부짖음 뒤편에서 조롱 섞인 대비를 이루는 두꺼비들의 음울한 조종 소리를 그녀는 듣는다. 그러다 늦가을, 추위가 땅과 짐승들을 엄습하는 시기면 두꺼비들은 늪지와 정원을 떠나 땅 밑 은밀한 구멍 속으로 돌아가 숨고 그들의 목소리도 잠잠해진다. 욕구와 짝짓기의 계절은 지나가고 냉소의 시기도 함께 막을 내린다.

그러고 나면 이 짐승들은 환상적인 변신을 경험한다. 처음엔 수초에 매달린 길고 끈적끈적한 묵주 속 작고 검은 씨였던 것들이 가늘고 매끄러운 올챙이가 되어 차츰 사지와 형태를 갖추어 마침내 배불뚝이 두꺼비로 완성된다. 오톨도톨한 청동색 작은 혹들이 박힌 등, 돌출한 금빛 눈이 달린 납작한 머리, 종탑처럼 울리는 거대한 혹으로 부풀어오를 수도 있는 목구멍을 가진 존재. 이 짐승들이야말로 늪지의 주인이며, 고인 물들의 왕이요, 봄날 황혼녘의 가수들이다.

그들은 식인귀가 사는 섬의 영혼이다. 쓰디쓴 경멸감에 몸을 떠는 쉰 목소리의 영혼.

멜키오르의 시대는 아주 오래전에 지나가 버린 거다. 멜랑콜리가 배어 있는 단조로운 노래를 불러대던 그 온화한 늙은 두꺼비는 오랫동안 견고하고 부드러운 어떤 땅의 영혼이었지만 말이다. 그의 거대한 배는 둥근 대지를, 유년기의 평화로운 둥근 날들을 연상시켰었다. 그런데 그 유년기와 함께 멜키오르도 죽고 말았다. 이제 늪지 두꺼비들의 부푼 배와 목구멍은 전장의 북 가죽처럼 팽팽히 긴장되어 있다.

곤충들도 있다. 해 질 무렵 나른한 자세로 날아다니는, 붉은 악마 같은 뿔 달린 풍뎅이. 게걸스러운 메뚜기. 선한 신이 만드신 곤충이라기보다는 작은 악마의 눈동자를 연상시키는 무당벌레도 있다. 서툴고 둔한 기사들처럼 갑옷의 무게에 눌려 비틀대며 반짝이는 집게발들로 무장한, 검붉은 등껍질의 커다란 사슴벌레. 빈틈없는 인내심의 개가인, 털로 뒤덮인 가느다란 다리를 한 거미. 약골인 수컷들로 말미암은 번거로움을 면할 방법을 너무도 잘 아는 잔인하고 방자한 사마귀도 있다. 채워지지 않는 허기가 반짝이는 수천 개의 작열하는 거울들로 쪼개진 거대한 눈을 한 잠자리는 투명한 날개를 힘차게 파닥이며 꽃들 사이를 유유히 날아다닌다. 물방개도 있는데, 그들은 날쌔게 먹이를 덮친 뒤 산성액을 주입해 끈적끈적한 무형의 물질이 된 상대의 몸을 어렵잖게 먹어치운다.

그런가 하면 나비도 있다. 두꺼비들이 고인 물들의 주인이듯 나비들은 공중의 주인이다. 실제로 뤼시는 그들의 발달 과정을 계속 관찰하기 위해 애벌레와 올챙이를 기르기 시작했다. 테라리움과 아쿠아리움을 구해 자기 방 선반 위에 올려두고 지극정성으로 보살펴 어머니의 분통이 터지게 했다.

"제 딸은 정말이지 고상한 취미를 지녔어요." 어머니는 한탄한다. "애벌레들을 아기처럼 돌본다니까요! 그 애가 좋아하는 여가 활동이 그거예요! 또래 여자애들은 고양이나 강아지, 카나리아나 앵무새를 좋아하지 유충을 가지고 놀지는 않잖아요! 내 페르디낭은 아들이래도 그렇게 불결한 것들을 가지고 몸을 더럽히지는 않았는데요! 애벌레에 대한 이런 취향이 길조일 리 만무해요. 제 괴상한 딸아이는 어떤 빗나간 모성애를 품고 있는 걸까요?"

그 첫 번째 선반에 다른 두 선반이 더해졌다. 아래층 선반엔 올챙이와 개구리의 사체를 포르말린 속에 넣어 보관한 다양한 크기의 병이 진열되고, 위층 선반엔 기울어진 나무판에 날개가 펼쳐진 채 핀으로 고정된 아름다운 나비들이 전시되어 있다. 혐오감에 사로잡힌 알로이즈는 딸의 이 기벽을 결정적인 몇 마디 말로 요약한다.

"애벌레들을 정성껏 돌보는 거로는 모자라, 낭만적인 제 어린 딸은 이제 사체들에 정성을 쏟네요!"

하지만 알로이즈는 뤼시가 선택한 나비들을 눈여겨보지 않았다. 뤼시는 화려한 반점이나 줄무늬 혹은 안상반점이 있는 나비들만 전시판에 고정시켜 둔다는 걸. 단색이나 연한 색깔의 나비들은 그녀의 박물관에선 제외되었다. 뤼시는 강렬한 노랑이나 빨간색 날개에 검은색, 흰색, 선명한 푸른색 무늬가 든 공작나비나 제비나비, 큰멋쟁이나비를 좋아하고, 금속성 광택을 발하는 녹색과 파란색 날개에 금박 무늬가 든 알락나방을 좋아한다. 그리고 낙엽빛이나 녹빛, 그을린 흙빛이나 핏빛, 구릿빛 같기도 한, 황갈색 혹은 흰색 눈이 달린 사티리움 나비들을 좋아한다. 비로드처럼 부드럽고 넓은 날개를 가진 묵직한 나비들도 좋아하고, 연보라색·주황색·아이보리색 줄무늬가 든 로즈브라운색 박각시나방, 금빛 브로케이드 나방, 진홍색 반점이 있는 나방, 노란 줄무늬가 돋보이는 흑백의 페스툰 나비도 좋아한다. 특히 죽음의-머리-매미나방을 좋아하는데, 그들의 길쭉한 몸은 기이하고도 불안한 두 가지 양상을 띠기 때문이다. 노란 바탕의 흉곽에 검은 해골 문양이 새겨진 그들은 구슬픈 신음 소리를 내기도, 공포에 질린 듯 슈우 소리를 내기도

하는 것이다. 그들이야말로 타의 추종을 불허하는 밤의 눈
들이다. 죽음에 사로잡힌 그들의 눈에선 공포에 휩싸인 순
간 눈물이 흐르는 대신 눈물 흐르는 소리만 난다. 홀로 탄
식을 터뜨리며 어둠 속을 날아다니는 눈들.

눈들! 뤼시가 두꺼비와 나비에게 그렇게도 매료당하는
이유가 그거다. 그 두 종은 다양한 변신의 마지막 단계에서
그저 눈이 되어버린다. 풀과 고인 물을 스치며 떠다니는 금
빛과 청동빛의 육중한 구球들, 공중에서 빙글빙글 도는 만
화경 같은 크고 알록달록한 꽃들. 혹은 밤 속을 이리저리
질주하는, 가을빛 어두운 눈물. 자신도 시선에 불과한 아이
에게, 개구리와 두꺼비 혹은 나비와 나방은 그렇게 보인다.
그녀는 부엉이와 원숭이올빼미, 금눈쇠올빼미도 좋아하는
데, 그들의 납작한 얼굴 역시 상대를 응시하는 반짝이는 거
대한 눈에 불과하기 때문이다. 낮 동안 그들은 담벼락에 뚫
린 은밀한 구멍이나 그늘진 나뭇가지 속에서 눈꺼풀을 내
린 채 무감각하고 경직된 모습으로 남아 있지만, 그렇다고
잠을 자는 건 아니다. 눈꺼풀 속 시선을 연마하며 아무도
모르게 그들만의 빛을 직조하는 그들의 검은 눈동자 주위
엔 비단 같은 오렌지색 두리가 진다. 그들은 밤이 되면 붉
은 달과 빛나는 태양의 결합물인 눈을 다시 뜬다. 그리고
그들의 존재 깊은 곳에서 솟구치는 그 찬란한 빛으로 고양
된 듯 깃털을 부풀리며 날개를 활짝 펴고 조용히 날아오른
다. 뾰족한 발톱과 부리로 무장한, 날개 달린 눈들.
　사람들은 죽음의—머리—매미나방을 두고 그러듯 그들을

불길한 징조라 여긴다. 일부는 음산한 울음소리를, 다른 녀석들은 구슬픈 신음 소리를 낸다. 그리고 마법의 영靈이나 비명횡사한 영혼들처럼 밤과 어울린다. 그들은 사악한 눈을 가졌다고, 불행의 전령이며 죽음의 사자라고 주장하는 이들마저 있다.

하지만 뤼시에게 그들은 신비로운 징조다. 그들의 눈은 지고의 힘을 지녀, 비밀을 꿰뚫어 보고 기다림에 결말을 가져다주며 세상과 존재를 바라보는 진정한 시선이 무언지 가르쳐 준다. 거짓을 찢어발기고, 더는 죽음을 두려워하지 않으며, 타인의 판단을 비웃는 시선. 극도로 예리하고 고집스레 인내하는 시선.

들판과 늪과 숲의 이 짐승들 곁에서, 식인귀가 사는 이 섬의 은밀한 곳들에 우글대는 짐승들 곁에서, 뤼시는 차츰 시선을 들게 되었다. 기상천외한 그 모든 안상반점들과 동공들이 지닌, 차갑게 반짝이는 — 특히나 불안한 기운을 발하는 — 부동성을 획득한 시선이었다.

"뤼시, 뤼시!" 그녀의 어머니는 이따금 소리를 지른다. "눈을 그렇게 부릅뜨지 마라. 얼굴에서 눈이 떨어져 내리겠구나! 환각에 사로잡힌 부엉이처럼 그렇게 사람들을 빤히 바라보는 짓도 그만두고. 우스꽝스럽고 불쾌하거든! 거울을 좀 들여다봐. 사람들이 겁을 먹잖니. 너무 말라서 히바로 족이 쪼그라뜨려 놓은 머리 같구나. 그런 모습으로 키클롭스처럼 커다란 눈알을 굴려대다니!"

하지만 뤼시는 이제 이런 비난을 무시해 버린다. 치욕과 공포 너머의 세계를 보는 맛을 마침내 되찾게 된 것이다. 어떤 시선을, 예상치 못한 힘을 지닌 시선을 되찾게 된 것이다. 어른이든 아이든 인간들로부터 동떨어진 곳에서 다시 일으켜 세운 시선이었다. 탐탁지 않은, 심지어 배척당하는 짐승들과 곤충들 곁에서 다시 쟁취한 시선. 땅 위를 기고 진창 속을 철벅대고 공중을 날아다니는 이 동물들 덕분에 그녀는 두 번째 시선을 갖게 된 것이다. 이 게걸스러운 동물들이 슈우슈우 개골개골 끼룩끼룩 부엉부엉 울어대는 소리 덕분에 그녀는 빛을 발하는 풍요롭고도 새로운 시선을 획득한 것이다. 동물들이 우글대는 이 우화집의 금빛과 진홍빛과 청동빛의 아름다운 불들 곁에서 또 다른 불을 찾아낸 거다. 차갑게 얼어붙은 그 고요한 불 한복판에서 그녀는 자신의 시각을 단련해 완성시켰다.

*

그녀의 시선 — 그녀는 죽은 자들의 불길로 그 시선을 무장시켰다. 그녀의 고독한 방랑은 늪지와 덤불숲으로 이어질 뿐 아니라 묘지로까지 향한다. 무덤들 사이를 어슬렁거려 보겠다는 생각이 떠오른 건 루-페와의 결렬이 있은 직후다. 사실은 그보다 더 전에 떠오른 생각이긴 했다. 안느-리즈와 이렌 바살의 살인자가 바로 그 금발의 식인귀인 자신의 오빠임을 추측하게 된 그날. 하지만 그 사실을 알게 되었을 땐 너무 무섭고 부끄러워 차마 그 아이들의 무덤에 가볼 용기를 낼 수 없었다.

뤼시는 경찰이 아무리 애써도 찾아내지 못한 그 살인자를 혼자 알고 있는 것이 수치스러웠지만 그래도 경찰에 사실을 알리지 않았다. 그 살인자와는 한 핏줄이었고, 둘은 같은 어머니에게서 태어났으니까. 둘 다 같은 태胎 중의 똑같이 흐린 물속 올챙이들처럼 자란 것이다. 또 다른 피, 즉 악덕의 피로도 그녀는 그와 연결되어 있었다. 요컨대 다양한 의미에서 둘은 혈연 간이었다. 끊을 수 없는 연緣. 메꽃보다 더 감겨 붙고, 엉겅퀴보다 더 가시가 많고, 한 아름의 쐐기풀보다 더 따끔거리는, 시커먼 연緣.

실제로 모두 검은 피였다. 어머니의 뱃속에서 치솟는 피도 검었고, 살인자인 오빠와 아직 사춘기에도 이르지 않은 여동생 사이의 이 외설적이고 그로테스크한 사랑의 피도 검었고, 비밀과 치욕과 공포의 피도 검었고, 더럽혀지고 목이 졸린 두 어린 소녀의 피 역시 검었다.

태생의 피, 비천한 교미의 검은 피는 탁했지만, 그래도 영원히 사라진 두 소녀의 피는 반투명한 검은 빛을 발한다. 밤중에 방 안이 점차 환해져 올 때 그 창유리 너머에서 미끄러져 들어오는 빛처럼. 그 순간 창문은 거울이 되지만, 우리는 동시에 그 창으로 바깥을 식별할 수 있으며 밤의 공간을 일별할 수 있다.

시간이 흐르며 그 두 번째 피, 죽은 아이들의 피가 더한 층 세차게 흐르며 강렬한 빛을 발했다. 그 피는 반들반들한 안상반점의 검은색을 띠었다. 그러면서 차츰 혈연의 유대도 변질되었다. 뤼시는 스스로 그 식인귀의 여동생이라기보다 안느-리즈와 이렌의 자매라 느낀다. 고독과 공포로 인해 그녀는 그들과 비스듬한 혈연관계가 되었다. 그녀에게 남아 있던 유일한 친구, 변함없고 순진무구한 루-페를 내친 그날 이후로 그 막연한 자매의 연緣이 그녀 안에 생생하고도 온전한 뿌리를 내렸다. 그녀의 텅 빈 벌거벗은 마음속에 이 연을 받아들일 자리가 마련되었고, 절망과 두려움이 아닌 다른 방식으로 그녀는 이 연이 자라나 그녀를 부둥켜안도록 했다.

처음에 뤼시는 그 두 소녀에게 죄책감을 느꼈었다. 자신은 그들을 죽인 자의 여동생이었으니까. 그녀는 자신이 아는 것에 대해 완전히 입을 다물었고, 오빠가 한 짓을 폴로하고 털어놓을 용기가 없었기에 비겁한 침묵 속에서 악을 견뎌냈다. 입을 다물고 홀로 그 무거운 비밀을 견뎌내는 동안 자기 역시 공모자가 아닌가 하는 의심이 들었다. 자신의 비겁한 처신 탓에 두 어린 희생자를 위한 정의가 실현되지 못한 거였다.

하지만 모두 끝난 일이었다. 수치심과 죄책감이 허물처럼 그녀에게서 떨어져 나갔다. 오후의 창백한 햇빛 속에서 미친 박쥐의 목소리로 루-페에게 모욕의 말을 내지르며 도로 위를 달리는 동안 갑작스레 닥친 일이었다. 그날 그녀는 숨이 멎도록 뛰었다. 눈물로 눈이 흐려진 친구에게 연민을 느낄 새도 없이 빨리 달렸고, 자책할 새도 없이 빨리 달렸다. 순수한 빛과 하늘을 바라보는 커다란 눈의 그 친구를 부인했다. 모든 별을 부인했다. 창공의 광휘를 진흙과 가시덤불과 개흙으로 이루어진 땅의 광휘와 맞바꾸었다. 별들

의 금빛 광채를 구릿빛으로 빛나는 풀뱀과 두꺼비와 곤충
과 부엉이의 눈과 맞바꾸었다. 루-페의 경쾌한 우정을 죽
은 두 여자아이의 끔찍한 우정과 맞바꾸었다. 느닷없이 땅
으로 내팽개쳐져 다시 일어나겠다는 마음도 생기지 않았
다. 그저 땅속에 처박히고 땅 밑으로 파고들어 가고 싶다는
생각뿐이었다.

안느-리즈 랭부르는 마을 공동묘지에, '가엾은 알베르'
의 무덤이 자리한 길과 직각을 이루는 좁은 길에 묻혀 있
다. 해마다 만성절이면 뤼시의 어머니는 뤼시를 그곳으로
데려갔다. 둘은 국화 화분을 한 아름 안고 도비네 가의 망
자들을 둘러보았다. 다른 조상들도 있었지만 모두 모르는
이들이었고, 이젠 흥미를 잃고 만 하늘 저 끝의 유성들만
큼이나 먼 사람들이었다. 차디찬 대리석에 새겨진, 얼굴 없
고 기억에도 없는 이름들. 뤼시는 지루하기만 했다. '가엾은
알베르'의 무덤조차 더는 그녀를 꿈꾸게 하지 않았다. 콜롱
브 숙모가 그리도 자주 언급한 집시 여자의 맨발 자국을
찾으려고 묘석 주변을 살펴보지도 않게 되었다. 어쩌다 근
처에 날아다니는 곤충들에만 잠시 주의가 쏠리곤 했는데,
그사이 어머니는 롤로트 곁에 붙어 서서 진지한 표정으로
기도문을 외웠다. 묘지를 떠나는 순간이면 어머니는 고결
한 슬픔으로 떨리는 깊은 한숨을 내쉬며 습관적으로 말하
곤 했다.
"아, 그래도 저들은 자기들을 기억하는 사람들의 마땅한
존경을 받으며 축성된 땅에서 평화롭게 쉬고 있지! 하지만

내 빅토르는 어떻지? 정말이지 불공평하고 모욕적인 일이야! 공공 기념비에 새겨진 이름 하나만 달랑 남았으니까! 자신만의 묘석, 축성된 땅의 작은 묘혈 하나 없고, 십자가의 그림자조차 시신 위에 드리워질 수 없으니 말이야!……"

그렇게 말하는 그녀의 눈은 흐르지 않는 눈물로 반짝였고, 꼼짝 않는 그 눈물에 속눈썹이 촉촉이 젖었다. 어드컴컴한 예배당에 걸린 그림 속 성인들이나 순교자들의 눈, 그 눈 안에 일렁이는 눈물처럼 아름답고 성스러운 눈물이었다. 뤼시는 어렸을 적에 어머니의 이 눈물을 보면 어안이 벙벙해지며 존경심에 휩싸이곤 했었다. 자신의 종교사 책에 나오는 고통받는 위대한 성인들 — 그녀가 그 초상화를 보며 숭배했던 — 의 반열에 어머니가 갑자기 오르게 된 것이다. 그때마다 롤로트가, 말뚝 같은 다리 탓에 집 안에 묶여 있는 뚱보 콜롱브 숙모를 대신해 과부이자 순교자인 알로이즈를 위로하려 들었다.

"자, 도비네 마님, 고인이 된 마님의 첫 부군께서 사람들의 뇌리에서 잊힌 건 아니랍니다. 고향의 위령비에 새겨져 있으니까요. 평범한 죽음을 맞는 우리네보다 더 큰 존경과 경의를 받으면서요. 조국을 위해 목숨을 바친 영웅으로 죽었으니, 그건 당연한 일이고요. 우리 모두를 위해 죽은 거니까……"

그런 다음 롤로트는 엄숙한 얼굴로 결정적인 한마디를 내뱉었다.

"…… 우리 주님이신 예수 그리스도처럼요!"

그러면 알로이즈는 도도한 머리를 더 곧추세우고 어떤

영감을 받은 표정으로 되뇌었다.

"그렇지, 그리스도처럼……"

오랫동안 뤼시는 이 전설에 빠져 살았었다. 그녀의 어머니에겐 예전에 또 다른 삶이 있었다는 것. 순수한 행복에 감싸인 영광스러운 삶. 어머니에겐 한 '신랑'이 있었다는 것. 이 말이 어린 소녀의 귀엔 굉음처럼 울려 퍼졌다. 그 '신랑'은 영웅이었을 뿐 아니라 구세주였다. 그리스도와 똑같이. 그런데 실추한 이 가엾은 어머니는 이제 다른 여자들과 다름없이 그저 평범한 남편이 있을 뿐이었다. 알로이즈가 늘 강조해 말하듯, 아주 호인이긴 해도 걸출한 데라곤 없는 남자였다. 반면 그 '신랑'의 아들인 뤼시의 오빠에겐 영웅의 후광이 미치고 있었다. 현 남편의 소산인 뤼시는 이 평범한 남자의 굴욕을 어느 정도 뒤집어쓰고 있었지만 말이다. 그렇다 해도 뤼시가 질투심이나 열등감을 느끼는 건 아니었다. 어머니의 영광스러운 과거를 비롯해 영웅의 자식인 오빠를 둔 것이 자랑스럽기까지 했다. 자신의 아버지에 대해선, 그를 있는 그대로 사랑했다. 이미 노신사가 되어 있는, 조용하고 눈에 띄지 않아도 놀랄 만큼 다정한 남자였다.

하지만 거짓인 만큼이나 우스꽝스러운 이 전설 역시 이제는 끝장이다. 빅토르 모로그가 그리스도인의 땅에 묻히지 못한 건 당연한 일이다. 식인귀를 낳은 장본인이니까. 사람들이 그의 시신을 찾아내지 못한 건, 그가 보통 사람들처럼 죽지 않았기 때문이다. 들리는 말로는, 그의 몸은 폭발했다. 그런 건 별이나 화산, 폭탄, 고장 난 보일러, 폭죽에

나 어울리는 일이지, 사람에게 벌어질 일은 아니다. 한여름 길가에 널브러진 작은 짐승의 사체가 부풀고 또 부풀어 올라 배가 터지는 경우가 간혹 있긴 하다. 그러니까 부패한 짐승의 사체라야 폭발하는 것이다. 그런데 폭발해 흔적도 없이 사라진 신랑이라면 그를 어떻게 생각해야 할까? 두말할 것도 없이 그는 일종의 괴물임이 틀림없다. 그 괴물에게서 이 금발의 식인귀가 태어난 거다. 썩어 악취가 나는 짐승의 배에 구더기가 끓듯이 말이다. 그 괴물이 선량한 망자들 사이에 평화로운 자리를 차지할 수 없게 된 건 다행이다. 그런데 그 금발의 식인귀 역시 언젠간 폭발하게 될까? 뤼시는 반드시 그럴 거라고 믿는다. 뤼시는 그가 축복받은 땅에 머무를 권리를 갖는 걸 이미 금한다. 특히나 그가 자신의 희생자들 가운데 한 명과 같은 공간에 묻혀서는 안 된다. 뤼시는 그 식인귀 역시 자기 차례가 되어 폭발해 버릴 것을 기대한다. 그러면 그녀는 그 잔해를 늪지의 게걸스러운 물속에 던져 넣을 것이다. 곤들매기와 풀뱀과 큰개구리매와 영원蠑蚖과 물방개에게, 그 모든 탐욕스러운 턱과 왕성한 식욕을 자랑하는 부리에, 그를 먹이로 내어줄 것이다.

이제 그녀는 혼자 묘지에 간다. 아무도 모르게 그곳에 간다. 한 손에 작은 물뿌리개를, 다른 손엔 전지가위를 든, 묘지 안의 좁은 길들을 늘 종종걸음으로 다니는 그 한결같은 노파들 가운데 누구도 마주칠 위험이 없는 시각에 살짝 들어간다. 베스타 여신을 모시던 무녀들처럼 이 쪼그라든 노파들은 묘석을 닦고 꽃으로 장식하고 반들반들하게 윤내는 일밖에 모르는 듯싶긴 하다. 그래도 호기심 많고 험

담에 능한 이들이기에, 뤼시는 교활한 그 노파들의 관심을 끌고 싶지 않다. 그녀는 랭부르 씨네 가족묘소가 있는 좁은 길까지 몰래 들어간다. 묘석은 이미 낡아 초등학생용 커다란 석판처럼 거무스레하다. 이름 다섯 개가 거기 새겨져 있다. 샤를-아메데 랭부르 : 1839-1930, 에르네스틴 랭부르, 파스클레가※ 출신 : 1845-1937, 아리스티드 랭부르 : 1864-1950, 에드메 랭부르, 포미에가※ 출신 : 1870-1953, 안느-리즈 랭부르 : 1952-1961.

안느-리즈의 조상들 이름과 생존 기간. 랭부르 집안 사람들은 장수한다. 길에서 식인귀를 마주치지만 않는다면 말이다. 아이의 조부모는 아직 살아 있다. 그런데 그 애는, 그 애는 벌써 이곳에 있다. 10년이 채 안 되는 미미한 햇수와 함께 그 애의 이름이 목록 맨 아래에 있다. 우연히, 혹은 실수로 성급히 끼어든 양 터무니없이 짧은 수명으로 그 애의 이름이 장수한 조상들 곁에 새겨져 있다. 그 애는 자신의 늙은 족속 사이에 누워 있는 거다. 금박을 입힌 그 애의 이름, 부드러운 속삭임 같은 그지없이 감미로운 그 이름은 다른 이름들보다 더 빛을 발한다. 그 애는 개기일식이 있던 해에 죽었다. 최근에 있었던 일임에도 까마득히 먼 과거처럼 여겨진다. 뤼시는 일식이 있던 날 학교 운동장에서 보았던 그 애를 기억한다. 해가 다시 나타나자 그 애는 손뼉을 치며 환호성을 올렸었지. 모자 달린 하늘색 점퍼에 천연 베이지색 털모자를 쓰고 있던 아이.

뤼시는 이제 안느-리즈에 대해 세세한 사항까지 모두 떠올린다. 어떻게든 그 애와 관련된 더 많은 걸 기억해 내려고 머릿속을 구석구석 헤집는다. 구릿빛 작은 머리 컬, 주근깨가 가득 박힌 하얀 피부, 웃음이 감도는 연초록색 눈. 지의초 같은 초록빛 눈이다. 뻣뻣한 흑갈색 머리에 피부도 거무스레한 뤼시는 안느-리즈의 그 생생한 색깔들을, 특히 빛을 받으면 다양한 색조로 일렁이는 연초록빛 눈을 종종 부러워했었다. 그래도 가장 기억에 사무치는 건, 폴린 랭부르가 오랫동안 자신의 피리에 담아 한 음 한 음 연주했던 그 애절한 가락이다. 여러 달 동안 그 멜로디가 마을 주민들을 사로잡았고, 죽은 아이의 언니는 그런 식으로 끝없이 자신의 고통을 표현했다. 그러다 어느 날 폴린은 자신의 피리를 내려놓았다. 슬픔을 안고 사는 법을 배우고 그 슬픔을 진정시킨 터였다. 그렇게 피리 소리는 멈췄지만, 그 가락은 사람들의 기억 속에 언제까지나 소리 없이 머무른다. 뤼시의 기억 속에서도 문득문득 되살아난다.

또 다른 여자아이 이렌 바살은 뤼시가 사는 곳에서 10킬로미터가량 떨어진 자신의 마을 묘지에 묻혔다. 뤼시는 전혀 모르는 아이였다. 그저 신문에 실린 사진을 보았을 뿐이다. 스스로 목을 맨 아이였지만 살인이라는 소문이 나돈 건 그 자살의 동기가 곧 발견된 까닭이었다. 지붕 밑 방 들보에 매달린 몸에 강간을 당한 흔적이 아직 남아 있었다. 아이의 몸에 가해진 폭력은 아이의 마음과 이성에까지 침투해 그 오염이 대번 삶의 욕구를 망가뜨렸다. 귀가하자마자 아이는 잰걸음으로 지붕 밑 방으로 올라갔다. 그리고 어머니가 겨울에 빨래를 널기 위해 쳐둔 빨랫줄 하나를 잡아채 들보에 박힌 큰 못에 붙들어 맸다. 그런 다음, 당기면 죄어지도록 매듭을 만들어 목에 두르고 자신이 올라서 있던 의자를 한 치의 망설임도 없이 발로 밀어냈다. 안느-리즈처럼 이렌도 목이 졸려 죽은 것이다. 식인귀는 먼 곳에서도, 시간이 흐른 뒤에도, 목을 조르는 힘을 지닌 것이다.

신문들이 이 사건을 크게 다루었고, 이미 망각에 묻혀 희미해져 가기 시작한 랭부르 씨네 아이가 이 죽음을 계기로 사람들의 뇌리에서 갑자기 되살아났다. 사람들은 두 사건의 범인이 동일 인물이라고 추정했다. 그러나 이렌 바살의 죽음이 그들 마음속에 더 큰 충격으로 와닿았던 건, 아이가 감행한 절망의 단호한 몸짓으로 미루어 그 범행이 얼마나 끔찍하고 추잡한 것이었는지 짐작하고도 남음이 있었기 때문이다. 이렌 바살은 한마디 말도 없이, 아이의 몸에 가해진 그 폭력이 살인과 진배없는 것이었음을 증명한 것이다. 길게 땋은 금발의 소녀가 목을 맨 그 밧줄에 사람들의 의분과 분노가 휘감겼다. 그 밧줄은 사람들의 마음속에서 채찍이, 그들 모두가 살인자에게 휘두르는 채찍이 되었다. 그러나 이번에도 살인자를 찾아내지 못한 그들은 무의미한 고통의 채찍을 허공에 내리칠 뿐이었다. 시골 마을들에 늑대가 자주 출몰하던 시절에 사람들은 '야수'에 대한 이야기를 늘어놓으면서 두려움에 떨며 의견을 내놓았고, 도끼와 갈퀴로 무장하고 몰이꾼들을 편성했다. 그러나 야수는 눈에 띄지 않았다. 놈은 수색의 손길이 미치지 않는 곳에 혼자 있는 양치기 소녀들과 소 치는 어린 목동들을 아주 느긋하게 먹어치웠다. 그 야수는 사람들의 손에 걸려들지 않았고, 그들 마음속에 출몰하며 공포를 퍼뜨렸다.

그 식인귀도 마찬가지였다.

뤼시 혼자 그 야수의 은신처를, 그의 이름과 얼굴을 알고 있었다. 그의 목소리와 푸른 두 눈, 냄새, 몸의 무게마저 알고 있었다. 자신은 그의 인질이었다. 그의 누이기도 했다.

이렌 바살은 안느-리즈보다 뤼시의 마음을 더 사로잡는다. 학교 친구였던 안느-리즈에게 큰 연민을 느낀다면, 이렌에 대해선 감탄의 심정을 금할 수 없다. 뤼시가 보기에 이렌은 그 고장 수호성녀인 솔랑주와 같은 부류이다. 타락한 영주의 뜻에 복종하느니 참수당하는 걸 택한 뒤 그 순교의 현장에서 자신의 잘린 머리를 무덤까지 들고 간 성녀. 이렌은 성스러운 전사였던 잔 다르크의 기질을 지닌 것이다. 위대한 성녀들과 순교자들의 용기와 오만, 비타협적인 기질을 지녔던 거다. 스스로 목숨을 끊음으로써 마침내 식인귀를 물리치고 순결을 되찾은 아이. 영원에 뿌리를 두었기에 범접할 수 없게 된, 전설적인 순결.

뤼시는 자신의 방에 소중히 감추어 둔 이렌의 사진을 지칠 줄 모르고 들여다본다. 소녀의 맑고 부드러운 시선을 응시하면서, 이젠 소녀가 자신을 응시하며 자신에게 신호를 보내올 거라는 어이없는 소망을 품는다. 이렌의 이 사진이 뤼시에겐 무덤과 다름없다. 열린 무덤. 경건한 여인들이 부활하신 그리스도의 열려 있는 빈 무덤을 향해 몸을 숙이듯 그녀도 이렌의 눈 쪽으로 몸을 숙인다. 맑고 투명한 그 눈 속에서 한 천사의 얼굴이 떠오르기를 기대한다. 수호천사가 아니라, 복수와 정의와 절멸의 천사다. 이 사진을 하염없이 들여다보며 최면에 들 만큼 그 시선을 살펴본 터라 그녀는 자신을 사라진 그 소녀와 동일시하게 되었고, 소녀의 얼굴에서 드러나는 무언의 폭력을 자신의 것으로 삼게 되었다.

신문에 실린 그 사진이 뤼시에겐 죽음이 바싹 덧씌워진 가면, 죽음을 향해 활짝 열린 가면이 되었다. 그녀가 꿈속에서 자신의 얼굴에 쓰고 있는 가면, 증오와 복수의 시선을 남몰래 갈고 닦기 위해 전사의 투구처럼 쓴 가면. 이렌의 사진에서 뤼시는 더없이 큰 힘을 길어 올린다.

*

그런데 바로 그 시선을 그녀는 이 여름 새벽, 담장 밑에 누워 있는 오빠의 얼굴에 던진다. 난폭하게 타오르는 불길 같은 홑눈이다. 고통과 치욕 속에서 오랫동안 무르익은 방어의 외침. 침묵과 단념 가운데, 늪지의 짐승들 곁에서 벼려진 복수의 무기. 죽은 이들 곁에서 날을 세운 오만과 경멸과 정의의 광채.

금발의 식인귀를 제압하기 위해 그녀가 왕홀과 검과 번개처럼 쳐드는 시선이다. 그는, 하늘의 흐름을 거슬러 쉴 새 없이 돌고 도는 땅 위에 벌러덩 드러누운 채 그 미친 눈을 보고 있다. 그에게 곧장 달려들어 심장을 덮치고 거기에 이빨과 발톱을 박고 독침을 쏘는 맹금처럼 하늘과 땅 사이에 걸려 있는 시선. 그는 그 시선을 보고 있다. 쉭쉭 소리를 내고, 이를 갈고, 피를 흘리는 시선, 그가 땅속에 던져넣은 아이들의 눈물을 그에게 쏟아붓는 시선이다. 그는, 실추한 그 식인귀는 감지한다. 고통과 증오, 추악함과 아름다움이 결합된 이 마녀 아이의 커다란 눈에서 헤어날 순 없으리라는 걸, 공포에 사로잡혀 감지한다. 메두사의 시선이다.

철야^{徹夜}

공포가 그에게 다가오고, 모든 숨은 어둠이 그를 데려가려
고 도사리고 있다. 지피지도 않은 불이 그를 집어삼키며 천
막에 남은 식구 모두를 살라버린다.

– 욥기 20 : 26

첫 번째 세피아화

빛이 방 안에 가득 고여 있다. 가을 오후 끝 무렵의 빛이다. 빛은 늪지의 갈색과 청동색 물속에, 골풀과 히스 사이에, 다갈색으로 변한 잎들과 덤불 속에, 황톳빛 점토로 반짝이는 도랑 속에, 들판에 널려 있는 비료 속에, 그리고 터진 밤송이 속에서마저 오래 머물러 있었던 듯싶다. 빛은 시골길과 숲과 연못과 황야와 풀밭과 과수원을 가로질렀다. 진흙과 나무껍질과 물을 스치며 천천히. 바깥의 다양한 색조들로 잔뜩 무거워진 빛은 이제 상아색 커튼이 쳐진 창들을 통해 응접실로 스며든다. 빛은 그 공간에서 감지될 듯 말 듯 움직이다가 니스 칠한 마룻바닥에, 다갈색 목제 가구들 위에, 큼직한 웅덩이를 이루며 내려앉는다. 그리고 자잘한 장식품들과 꽃병, 그릇에 담긴 과일들에 뿌연 금빛 후광을 부여한다.

동그란 탁자 위엔 일인용 찻잔 세트가 놓여 있다. 찻잔 바닥에 남은 소량의 차가 빛을 발하고, 고운 설탕 가루가 잔 받침 가장자리에서 반짝이며, 파리 한 마리가 옻칠을 한 쟁반 위에 쏟긴 우유 한 방울로 허기를 채운다. 사과와 배 냄새가 도자기 화병 주위로 둥글게 휘어지기 시작한 흑장미들의 톡 쏘는 향기와 뒤섞인다. 이따금 꽃잎이 떼어져 힘없이 떨어져 내린다. 화판의 주름들 속으로 침투한 빛에 자 줏빛 꽃잎들이 불그레하게 물든다. 떨어져 내린 꽃잎들은 제강빛이지만 차츰 말라 감에 따라 색이 짙어져 마른 핏빛 을 띠게 된다. 간혹 장미의 심장에서 꿀벌 한 마리가 떨어 지기도 한다. 곤충에겐 죽음의 장소였던 그 관능적인 꽃이 무너지며 조각조각 떼어져 내리는 것이다. 장미꽃들은 한 시적인 무덤인 셈이다.

지푸라기처럼 가볍고 작은 금빛 몸이 자줏빛 장미꽃 조 각들 사이에 누워 있다. 유해와 무덤이 동일한 망각 속에 삼켜진다. 그림자로 부풀어 오른 겹겹의 비밀 속에 놀라운 향기와 감미로움을, 개흙 같은 빛의 심장을 숨겨둔 장미는 기억의 약속처럼 보인다. 마치 기억 자체처럼 깊이와 굴곡 을 지녔기 때문이다. 하지만 지켜지지 않는 약속이다. 장미 는 자신이 무엇인지에 관심이 없고, 무엇이었는지에는 거 더욱 관심이 없다. 장미는 자라고, 부풀고, 개화한다. 자신의 냄새를 퍼뜨리는 바람에, 눈부신 태양에, 자신을 찾아와 춤 추고 비틀대는 곤충들에게 마음을 연다. 무사태평한 장미 는 미美의 과업을 완수하며, 모두에게 그 쾌락을 제공한다. 그런 다음 예의 무심함을 아낌없이 과시하며, 바람이 자신 의 향기를 앗아가는 걸, 햇빛에 시들고 비에 망가지는 걸, 곤충들이 떠나가거나 자신의 심장에 기대 죽는 걸 내버려 둔다. 그렇게 장미는 망각을 닮아간다. 잎이 떨어진 추한 모습의 장미는 허공 속에서 가느다란 줄기를 비틀어 댄다. 단단하고 시커먼 가시만 고통과 분노와 비애의 응결체처 럼 남아 있다. 이제 장미는 안달이 날 만큼 무심하고 메마른 모습으로 망각 자체가 되어 있다.

빛은 두꺼운 천들 속으로 스며든다. 묵직한 두 겹 공단 커튼, 능직 천으로 싼 안락의자, 캐시미어 장식 커버를 씌운 소파와 그 위에 쌓인 매끄러운 비로드 쿠션들. 응접실의 천들은 모두 황갈색이나 오렌지색 혹은 담갈색을 띤다. 이 흙의 색들로 희미해진 빛은 거무죽죽한 그림자들을 커튼 주름 속으로 밀어 넣는다. 빛이 방 안 가득 고여 공간을 마비시킨다. 소파 위, 뒤죽박죽 놓인 쿠션들 사이에 몸을 누인 여자 역시 주변 사물들처럼 꼼짝하지 않는다. 여자는 양손을 모아 목덜미를 괴고 두 발을 교차시킨 채 등을 깔고 누워 있다. 여자의 반쯤 열린 두 눈은 이 공간의 보이지 않는 한 점을 응시한다. 빛이 여자를 감싸 이마에 금갈색 광채를 던지며 머리카락을 낙엽색으로 물들인다.

여자의 가슴이 느리고 규칙적인 리듬으로 오르내리는데 숨소리는 들리지 않는다. 몸의 근육 하나도 떨리지 않는다. 입은 다물어져 있고, 매끄러운 얼굴은 가면처럼 굳어 있으며, 눈도 깜박이지 않는다. 그녀는 잠을 자는 게 아니라 꿈을 꾸고 있다. 흔히 말하는 꿈과는 전혀 다른 꿈. 그녀는 열심히, 고집스럽게 꿈을 꾼다. 신성한 사원의 무녀가 꿈을 꾸듯 마음은 활활 타오르고, 의식은 날카롭게 날을 세우고, 욕구는 숨어 기다린다.

전설

　아니다, 응접실 소파에 길게 누워 있는 이 여자는 단순한 몽상에 빠진 게 아니다. '현실몽'이라는 마법에 몰두해 있다. 몇 년 전 알로이즈 도비녜는 우연히 어떤 책을 읽게 되었는데, 전장에서 죽은 남편의 기억에 여전히 시달리는 그녀의 정신 속에 묘한 인상을 남긴 책이었다. 조르주 뒤 모리에의 『피터 이벳슨』이라는 소설이었다. 이벳슨은 자신의 생명은 물론 부모에 대한 신성한 기억을 지키기 위해 불가피하게 저지른 범죄로 인해 감금되어, 사랑하는 여인인 아름다운 타워스 공작부인과 영원히 헤어져야 하는 신세가 된다. 그러나 두 존재를 잇는 사랑은 너무도 강렬해 감옥의 벽을 통과하고 운명을 극복한다.

　이 고귀한 사랑은 벽을 통과하는 데 그치지 않고, 목동이 가축을 산으로 이동시키듯 시공을 가로질러 자유자재로 옮겨 다닌다. 그 자유는 마법사 목동, 즉 '현실몽'이라는 기술을 통해 가능해진다. 타워스 공작부인 메리가 자신의 불행한 연인에게 직접 일러주고 가르쳐 준 기술, 그녀가 아버지에게서 전수받은 비밀스러운 기술이다. 지나치게 섬세한 마음을 지닌 인간들에게 삶이 기어이 가해오는 그 모든 슬픔과 고통을 참고 극복할 수 있도록 노인이 자신의 딸에게 물려준 기적 같은 유산이다.

"등을 깔고 누운 자세로 양팔을 머리 위로 올려, 깍지 낀 두 손을 머리 아래 두어야 해요. 왼손잡이가 아니라면 왼발 위에 오른발이 놓이도록 두 발을 포개야 하고요. 그리고 잠이 들 때까지 당신이 꿈속에서 어디로 가고 싶은지 한순간도 멈추지 말고 계속 생각해야 해요. 깨어 있을 때의 당신은 누구며 어디에 있는지, 꿈속에서도 절대 잊어선 안 된답니다. 꿈을 현실에 접합시키는 거예요. 잊지 마세요!"

현실에 대한 명철한 의식을 더없이 치밀하고도 성실한 기억의 작업과 연결 짓는 사고의 이런 엄격한 훈련에 힘입어, 소소한 세부 사항까지 예전 모습 그대로인 과거를 소유하는 것이 가능해진다. 피터 이벳슨과 메리의 사랑은 이렇게 '현실몽'이라는 비밀스러운 우회를 통해 완성된다. 두 사람은 끊임없이 과거를 재방문하고 재탐구함으로써 날이면 날마다 — 더 정확히는 밤이면 밤마다 — 자신들의 열정을 실현에 옮긴다. 끊임없이 둘로 나뉜 인격으로 사는 것이다. 즉 현재의 육신 밖으로 교묘히 빠져나와 눈에 띄지 않는 걸음으로 먼 과거의 정원들과 응접실들로 돌아간다. 그곳에서 둘은 어른이 돈 모습으로 재회함과 동시에 여전히 아이 적 모습이기도 하다. 그렇게 피터 이벳슨과 타워스 공작부인은 손에 손을 잡고 행복했던 과거의 때 묻지 않은 배경 속을 걸어가며, 일찍이 조조 파스키에와 밈시 세라스키에라 불리던 어린 시절의 자신들을 스치듯 지나가기도 한다.

삶은 서로 사랑하는 이 두 아이를 떼어놓았을 뿐 아니

라 그들에게서 이름을 앗아갔다. 하지만 이 현실몽 덕분에 그들은 모든 걸 되찾고 구해낼 수 있게 된다. 두 아이가 함께 놀며 서로에게 주었던 별명 — 백마 탄 왕자님과 요정 타라파타품 — 마저도. 시간의 무대 뒤에서, 트리스탄과 이졸데의 족속인 이 둘 사이에 무한한 재회가 이루어지는 것이다. 그들에게 시간은 현재와 영원한 과거가 일치하는 회전목마다. 실제로 그들의 사랑은 영원의 인장을 담고 있다. 현실몽은 아무도 모르게 그들을 이 사랑의 무한한 공간으로 초대하는 마술 열쇠다.

알로이즈는 몹시 고차원적인 그 꿈의 열쇠를 찾아 마음속에서 돌리려고 애쓴다.

그녀의 마음 — 어머니의 마음 — 이 불안에 빠져 있다. 약 두 달 전 한여름에 페르디낭이 채소밭 안쪽에 정신을 잃고 쓰러진 채 발견되었다. 가엾은 페르디낭이 무슨 주문에라도 걸린 듯한 끔찍한 광경이었다. 실제로 페르디낭은 의식을 되찾지 못했다. 8월 어느 아침 햇빛 가득한 담장 아래 누운 모습으로 발견된 이후로, 10월의 이 오후 그의 방 어슴푸레한 빛 속에 누워 있는 순간에도 그는 의식을 되찾지 못하고 있었다. 그는 온몸이 마비되어 의식을 잃고 침대 위에 누워 있었다. 일말의 표정도 담기지 않은 시선을 허공에 던진 채 변함없이 눈을 크게 뜨고 있었다. 맹인, 혹은 환각에 사로잡힌 사람의 시선이었다. 처음에 그는 병원으로 옮겨져 삼 주 동안 진료와 검진, X선 촬영과 치료를 받았지만, 그를 덮쳐 놔주지 않는 이 병에 대해선 손쓸 방법이 없다는 사실이 밝혀졌다. 호흡도 정상이었고 심장도 뛰고 있었으며 결함이나 손상이 발견된 부위도 없었다. 결함이 있다 해도 신체의 결함은 아니었다. 느리게나마 신체는 정상적으로 작동하고 있었으니까. 그러니 다른 곳에서, 즉 의식이나 의지, 감정 쪽에 손상이 있는지 찾아내야 했다. 무의식, 혹은 영혼 쪽의 손상이라고 말하는 이들도 있었다. 하지만 그곳은 접근 불가능한, 아무도 들어가 볼 수 없는 영역이었다. 어쨌거나 페르디낭은 어떤 예고도 조짐도 없이 갑자기 무너져 실어증과 철저한 수동성에 갇힌 몸이 되어버렸다. 아무것에도 반응을 보이지 않았고, 일체의 감각이 정지된 듯 보였다. 한때 이 몸이었던, 한창때의 젊고 아름다운 남자의 몸이었던 존재가 갑자기 달아나 사라져 버린 듯했다. 옷을 벗어 던지듯 페르디낭의 영혼은 그의 몸을 저버렸다. 이런 난데없는 저버림이 왜, 어떻게 일어나게 되었는지 아무도 이해하지 못했고, 달아난 이 페르디낭의 영혼이 어디로 잠적했는지도 알지 못했다.

정말 그랬다. 페르디낭은 수수께끼 같은 충동에 휩싸여 자신에게서 달아난 것이다. 서둘러 몸 밖으로 빠져나오느라 아직 살아 있는 그 허물을 땅 위에 그대로 내팽개친 채 가버린 것이다. 시간이 지나도 페르디낭의 영혼은 복귀하지 않았다. 인간의 삶보다는 녹석이나 원생동물의 삶에 훨씬 가까운 상태로 그 몸은 삶을 견뎌냈다. 그 몸을 작동시키기 위해 아낌없이 베풀어진 그 모든 정성에 완벽한 무관심으로 반응하면서.

이렇게라도 생존이 이어지도록 할밖에, 의사들은 달리

손쓸 방법이 없었다. 지나친 음주벽에도 불구하고 페르디 낭은 젊고 건강한 육신의 남자였기에 아주 오랫동안 그런 식으로 무위의 생명을 이어갈 수도 있었다. 정신과 의사들 도 미라나 다름없는 말 없고 무감각한 이 환자 주변을 하 릴없이 오갈 뿐이었다. 그런 모습을 목격한 알로이즈는 화 가 치밀어 결국 아들을 집으로 데려오겠다고 했다. 그렇게 페르디낭은 자신의 방에 자리 잡았다.

"나중에 우리 페르디낭이 의식을 회복하면 자기 집에, 친숙한 공간에 있다는 걸 알게 될 거예요. 내가 곁에서 그 애를 안심시킬 거고요."

하루에 두 번 간호사가 집에 들르고, 일주일에 세 번 의 사가 온다. 방에는 기본적인 의료 장비가 갖추어져 있다. 점적 주입과 삽입관과 주사로 이 꼼짝 않는 미라의 영양 섭취와 배설을 해결한다.

혼란에 빠진 알로이즈는 사제들은 물론이고 주문을 푸 는 무당들에게도 도움을 청했고, 액막이 부적과 행운의 부 적, 십자가와 성모상이 의료 기구와 나란히 놓이게 되었다. 페르디낭을 살피러 온 그 누구도 주문을 건 장본인을 알아 맞히지 못했지만 알로이즈의 이 아들이 어떤 저주의 희생 자라는 사실에는 의견이 일치했다. 그들의 설명에 따르면, 페르디낭을 화석처럼 만들어 버린 그 사악한 눈은 엄청난 위력을 지녔고, 그 파괴적인 시선이 희생자의 영혼 깊숙이 닻을 내린 거였다. 이제까지 알로이즈가 아들을 위해 차례 로 부른 어떤 마법사도 활활 타오르는 그 사악한 눈의 실 체를 파악하지는 못했으며 그 힘과 집요함만을 가늠했다.

어쨌거나 그 새로운 사실을 알게 된 알로이즈는 합리성과 이성에 완전히 등을 돌리게 되었다. 아니, 자신의 이성과 사고와 기억을 오로지 직감의 준엄한 통제하에 두게 되었다는 말이 더 정확하다. 그녀는 스스로가 이례적인 예지력을 지녔다고 믿게 되었고, 희망에 불과한 이 확신의 힘을 빌려 자신의 기억과 감각과 인상, 꿈과 생각 하나하나를 세밀하게 살피게 된다. 장군이 전투를 치를 준비가 된 자신의 군대를 살피듯, 전술가가 전장의 지세를 구석구석 탐사하듯. 하지만 적이 어디에서 모습을 드러낼지는 아직 알수 없다.

알로이즈의 의심은 무엇보다 여자들에게로 향한다. 그런 잔인한 짓을 할 수 있는 건 여자들뿐일 테니까. 대체 어느 여자가 범인일까? 아내가 바람이 났거나 아니면 그저 페르디낭의 아름다움을 질투한 남편이 그랬을 수도 있다. 하지만 그게 누구지? 남자든 여자든 의심 가는 대상이 너무 많아 알로이즈는 갈피를 잡을 수 없게 된다.

그러나 기억을 이리저리 헤집어 보고 이 생각에서 저 생각으로 건너뛰며 들끓는 머릿속 숨겨진 부분들을 낱낱이 살펴본 덕에 그녀는 언젠가 읽었던 책의 내용을 떠올리게 되었다. 조르주 뒤 모리에의 소설이었다. 직접적인 실마리를 제공해 주지는 않는 하찮은 기억일지언정, 문제의 해결을 위해 놓쳐서는 안 될 기회였다. 현실몽의 그 기술은 불가사의해 보여도 어쩌면 일말의 진실을 내포하며 미미한 확률이나마 실행 가능한 일일지 몰랐다. 현실몽은 하나의 방법론, 즉 기억의 문을 활짝 열어 내용물을 드러내 보이는 일종의 금욕적인 수행이었다. 아니, 그 이상이어서, 이 방법으로 획득된 초심리적 공간은 사고의 전이와 융화를 가능케 해주었다. 현실몽의 상태에 도달할 수만 있다면 아들의 떠도는 혼령을 분명 만나게 될 거라 알로이즈는 확신했다. 그러면 그녀는 가장 먼 시간부터 최근에 이르기까지 아들과 함께 그의 과거를 모조리 답사할 것이고, 아들을 이처럼 죽음의 문턱에 붙잡아 둔 그 사악한 눈의 정체를 마침내 찾아내 아들을 그 눈으로부터 해방시킬 것이다.

알로이즈는 그 소설을 읽고 또 읽어 내용을 통째로 외우다시피 했다.

"어떤 노력도, 어떤 장애물이나 방해물도 없이 나는 대로의 철문에 이르러 있었다.

분홍과 흰색 산사나무 꽃, 라일락과 금사슬나무 꽃이 만개하고 햇빛이 사방에 금빛 궤적을 그려놓고 있었다. 향내 가득한 포근한 대기는 초여름의 윙윙대는 날갯짓 소리와 지저귀는 새 소리로 살아 숨쉬는 듯했다.

내 현실몽의 땅을 또 한 번 되찾게 된 나는 기뻐 눈물이 날 지경이었다."

*

하지만 기뻐 눈물을 흘릴 기회가 알로이즈에겐 아직 주어지지 않았다. 한 달 넘게 현실몽의 기술을 실천하려고 애썼지만 모호한 기억들을 소환하는 단계를 넘어선 적이 없

었다. 날마다 으후가 되면 그녀는 아들이 누워 있는 방과
인접한 응접실에 박혀, 이 용도에 쓰려고 뤼시의 방에서 가
져다 둔 소파에 몸을 누이고 조르주 뒤 모리에가 일러둔
자세를 꼼꼼히 이행한 뒤 기다린다. 이벳슨처럼 완벽한 현
실몽 속에서 깨어나는 황홀경을 기다린다. 그러나 기억이
도달할 수 있는 지속적이고도 강렬한 의지로 시간과 공간
의 어느 한 점을 아무리 응시해도 정해진 장소에서 깨어나
는 일은 일어나지 않는다. 불안과 걱정에 지나치게 사로잡
혀 있어, 필요한 만큼 주의를 기울이거나 집중할 수 없다.
명확한 어떤 기억을 선택하는 것조차 불가능하다. 하나를
끄집어내자마자 무수한 다른 이미지들이 머릿속으로 밀려
들어 소용돌이친다. 빅토르와 페르디낭의 흔적을 집요하
게 뒤쫓지만 우왕좌왕하는 추적 중에 또 다른 인물들과 마
주친다. 이아생트와 뤼시, 이미 죽었거나 살아 있는 가족
의 다른 일원들까지도. 귀찮은 파리들이 생각 속에 들끓어
그 거추장스러운 인물들에게 짜증이 날수록 주의력은 한
층 흐려진다. 얼마 안 있어 발과 다리에 쥐가 나며 팔이 저
리고 늑골에 통증이 느껴지고 두통으로 관자놀이가 조여
온다. 그래도 그녀는 굴하지 않고 영웅적인 극기심을 발휘
해 몇 시간이고 같은 자세를 유지한다. 간호사가 집에 들르
는 저녁이 되어서야 자세를 푼다. 그렇게 저녁마다 녹초가
되어 지치고 시무룩한 얼굴로 다시 몸을 일으킨다. 이 백일
몽에 당연히 등장하는 페르디낭은 도깨비불처럼 사방에서
깡충댔고, 사라졌다가는 다른 곳에서 다른 모습으로 나타
나곤 한다. 머릿속에 떠오르는 이미지들이 이처럼 무질서

하고 변덕스럽다 보니 그녀는 기억을 장악할 수 없게 된다.

오히려 기억이 그녀를 지배한다. 알로이즈는 성인이 된 페르디낭을 빅토르와 혼동하지 않고 생각할 수 없다. 그녀의 일생일대의 사랑이었으며 죽음을 초월해 영원히 그렇게 남은 그 남자를 다시 본다. 그의 모습이 언뜻언뜻 보인다. 그의 얼굴과 미소 한 자락, 어떤 시선이나 몸짓. 때로 그의 목소리가 들리고 한순간 그의 살냄새를 맡는 듯도 하다. 사반세기 동안 그녀가 하늘처럼 섬겨온 그 첫 남편이 그녀가 모셔둔 거룩한 자리에서 조금씩 내려와 점차 묵직한 육신의 무게를 지니게 된 거다. 그 우상은 살과 피, 냄새, 움직임을, 생명과 현전을 되찾는다. 빅토르는 영웅의 가면을 벗어던지고 연인의 얼굴로 알로이즈를 돌아본다. 그녀가 끈질기게 이어가는 어수선한 몽상의 굴곡진 길을 가로질러 그녀에게로 돌아온다. 연인의 몸으로 돌아온다. 전장에서 사라진 몸이 되살아난다. 예전과 같은, 욕망하는 몸이다.

그렇게 알로이즈가 실행에 옮긴 현실몽은 애초에 그녀가 원했던 방식으로 진행되지 않는다. 달아난 아들의 영혼과는 전혀 합치를 이루지 못한다. 소년기와 청년기, 혹은 젖먹이 시절의 아들이 드문드문 보이기는 한다. 그러나 날이 갈수록 그녀는 빅토르의 유랑하는 육신 쪽으로 이끌려간다. 고장 난 기억에, 느슨해져 방향을 이탈한 사고에 때로 저항하면서, 알로이즈는 위험에 빠진 아들을 당장 구해내기 위해 아들 쪽으로 주의를 집중하려고 애쓴다. 하지만 몽상은 예의 구불구불한 경로를 끈덕지게 이어가며 끊임없이 그녀를 빅토르에게로 데려간다. 욕구의 대상인 빅토르의 육신에게로.

하루하루가 지나간다. 9월이, 그 불그스름한 빛과 이주할 채비가 된 새들의 노래와 훈훈한 향내 가득한 박명이 10월에 자리를 내어준다. 나무들은 이미 잎을 떨구고 마지막 장미도 시들었고, 저녁 시간은 춥고 습해졌으며, 연보랏빛과 연갈색 안개층이 떠다니는 텅 빈 연못 너머에서 사슴과 노루의 쉰 울음소리가 들린다. 찬비가 내리는 날들이 드문드문 끼어들며 날이 갈수록 해가 점점 짧아진다. 세상과 자신으로부터 부재한 상태로 침상에 누워 있는 페르디낭은 창백한 피부와 퀭한 눈빛의 기다란 미라 같다. 무감각한 그의 심장은 시계추처럼 규칙적으로 평소와 다름없이 뛰고 있지만, 동면하는 동물의 심장처럼 몹시 차갑고 느린 피를 공급할 뿐이다. 알로이즈의 낮과 밤은 이 화석화된 커다란 육신 주위를 맴돈다. 이제 그녀는 집 밖으로 나가지 않으며, 매직 랜턴으로 변한 응접실을 지나며 자신의 방과 아들의 방을 오갈 뿐이다 현실몽을 치를 때마다 기진맥진하면서도 꿈속에서 점점 더 원치 않는 곳으로 이끌려 간다. 그 꿈들은 모든 통제에 저항하며 원하는 곳으로 내달려, 기억이 야기할지 모르는 고통이 두려워 알로이즈가 오랫동안 숨겨두었던 과거의 자락들을 열어 보인다. 그녀는 빅토르에 대한 기억을 정화하고 조각상처럼 만들어 금박을 입혀두었고, 두 사람을 결합시킨 사랑에서 육신을 제거하고 죽은 이의 몸을 숭고한 무언가로 만들어 두었었다. 그런데 이제 그 몸이 초석에서 내려와 그녀가 몰두해 있는 현실몽의 미로 속으로 삼켜지더니 사반세기에 걸친 추방 상태로부터 돌아오고 있었다. 죽음이 덮쳐 순식간에 증발시켜 버린, 전선으로 떠나기 전의 그 몸 그대로.

그렇게 돌아오며 그는 자신의 몫을 주장하고 정의를 요구한다. 빅토르의 몸을 산산조각 낸 도둑 같은 그 죽음과 알로이즈는 부지중에 한통속이었던 셈이다. 빅토르의 죽음으로 아가리를 벌린 구덩이 옆에 그녀는 자신의 슬픔을 거대한 깃발처럼 꽂아두었고 그 빈 무덤을 자신의 고통으로 감싸두었던 거다. 빅토르가 녹아 들어간 진흙의 공포에서 도망쳐 평온을 되찾기 위해 그녀의 고통은 흰 메꽃처럼 우아하게 땅을 박차고 위로 솟아올라야 했었다. 알로이즈는 숭고한 배우자의 상喪을 지극히 품위 있는 태도로 치렀다. 욕구를 몰아내고 쾌락에 문을 닫음으로써 자신의 몸을 희생시키기까지 했다. 그렇게 몇 년을 혼자 살다가 이아생트 도비네의 청혼을 수락했는데, 그것 역시 그녀가 완수한 희생적인 행동이었다. 그녀는 가난했고, 바느질 일감만으로는 자신과 아들의 생계를 이어갈 수 없었다. 무엇보다 아들의 미래가 걱정되었다. 그녀의 작은 태양 왕이며 삶의 빛, 도난당한 사랑의 영원히 타오르는 부드러운 불길이었던 아들. 그러던 중 페르디낭이 다니던 르 블랑의 학교에서 그 당시 수학을 가르치던 이아생트 도비네가 청혼을 했고, 그녀는 그 청혼을 받아들였다. 스물세 살이나 연상이었던 이아생트 도비네는 유복하고 평판이 좋은 남자였다. 한 번도 결혼한 적 없는 그는 자신의 집안을 항시 섬겨온 늙은 가정부와 함께 인근 마을에서 독신으로 살고 있었다.

그랑주-오-라름가街 아름다운 저택의 문이 알로이즈에게 열린 것이다. 그곳에서 그녀는 안전할 것이고, 영원히 생계를 걱정하지 않아도 되었다. 마침내 그녀는 이아생트의 청혼을 수락했고, 아들의 미래를 책임지기 위해 타산적인 재혼을 하게 되었다. 아들 아스티아낙스의 목숨을 구하기 위해 피루스를 남편으로 맞기로 한 안드로마케처럼 말이다. 그 당시 큰 혼란에 빠져 있던 알로이즈는 그처럼 비극적이고 극단에 치우친 사례에 기대기를 마다하지 않았다. 그리하여 그녀가 빅토르를 '장례를 치르지 못한 헥토르'에 견주었다손 쳐도, 자신의 운명을 명예로운 배우자에 대한 충성스러운 기억과 모성의 고뇌 사이에서 찢기는 오만한 포로의 운명에 주저 없이 견주었다손 쳐도, 그래도 오십 줄의 상냥한 남자인 이아생트를 에페이로스의 젊고 혈기 왕성한 왕과 동일시 하기는 어려웠다. 하지만 자신에게 청혼한 이 선량한 남자를 미워할 수는 없기에, 그저 그를 사랑하지 않는 것으로 그녀는 만족했다.

고작 그 정도일 수밖에 없는 자신에 대해 매 순간 용서를 구하는 사람 같은 태도로 소리 없이 오가는 길고 마른 체격에 슬픈 얼굴을 한 이 남자를 그녀는 사랑하지 않았고, 사랑한 적도 없었다. 아버지뻘 남편인 그는 아내에게 언제나 다정하고 사려 깊은 태도로 대했고, 양아들에 대해서도 끈기 있는 인내심을 발휘했다. 이아생트가 강직하고 상냥한 남자라는 사실에는 알로이즈도 동의했다. 과묵하고 부드럽고 관용적이고 지적인 그의 모든 자질에 대해서도 모르는 바 아니었다. 그렇긴 해도 그녀는 그를 사랑하지 않았다. 그가 그녀를 아내로 맞은 걸, 빅토르가 남기고 간 그녀 곁의 빈자리를 차지한 걸 원망한다고도 할 수 있었다. 그녀를 과부의 자리 — 빈궁의 자리인 건 사실이어도, 그지없이 고귀한 고통의 자리기도 한 — 에서 끌어내린 걸 원망한다고도. 고통은 남았지만 고귀함은 흐려졌고, 대신 안락함이 자리 잡았다.

이 남자와 함께 보낸 밤들은 언제나 가혹했다. 그녀는 쾌락을 거부했다. 그랬기에 이아생트와의 결합을 수동적으로 — 권태롭다고는 못해도 — 견뎌냈다. 쾌락은 빅토르에게서만 올 수 있었으니, 이제는 과거지사인 셈이었다. 눈곱만한 쾌락이라도 빅토르에 대한 기억에 가해진 엄청난 배신처럼 여겨졌다. 결국 그녀는 자신이 불감증에 걸린 거라 확신하게 되었다. 혼례를 치르자마자 정조를 지키기 위해 목숨을 끊을 준비가 된 지고지순한 안드로마케의 희생에 비하면 별거 아니긴 해도 그것 역시 경탄할 만한 일이었다. 그런 식으로 알로이즈는 안심하게 되었다.

이 기쁨 없는 결합에서 그래도 여자아이가 태어났다. 늦둥이인 뤼시가. 쾌락의 힘을 빌릴 수 없었던 배신은 생식의 힘을 통해 교묘히 잠입했다. 뤼시에겐 대번 이 잘못의 낙인이 찍히게 되었다. 아이는 어떤 배신행위의 열매였고, 살아 있는 회한이었다. 딸에게 사랑을 느꼈다손 쳐도, 그것이 인내도 부드러움도 결한 불안한 사랑이었던 건 그 때문이다. 그럭저럭 삶은 평소처럼 이어졌다. 습관들로 이루어진 좁은 둑 사이로 열정 없이 평온하게 흘러갔다. 어쨌거나 알로이즈는 이제 이아생트의 욕구에 응할 필요가 없게 되었다. 뤼시가 태어난 이후로 그녀는 방을 따로 썼다. 단정하고 예의 바른 남편이 그녀 방으로 초대도 없이 들어올 용기를 낼 순 없다는 걸 그녀는 알고 있었다. 그 초대를 그녀는 절대 하지 않았다.

*

그런데 페르디낭의 기이한 추락 이후로 이제 모든 것의 질서가 — 삶과 습관과 생각의 질서가 — 무너져 버렸다. 페르디낭이 쓰러져 자리에 눕게 된 게 전부인데, 갑자기 빅토르의 몸이 되살아났다. 알로이즈가 빚어 만든 아름다운 성상聖像의 모습으로가 아니라 온전한 육肉의 무게로, 욕구하는 남자이자 욕구의 대상인 남자의 무게로. 알로이즈 안에 불쑥 모습을 드러낸 게 바로 그 욕구였다. 미칠 지경으로 솟구치는 생생한 욕구, 쾌락의 맛. 사반세기 동안 그녀가 스스로에게 금했던 그것, 자신의 삶에서 추방했던 그 모두가 기세 좋게 되돌아온 것이다. 쉰 가까운 나이에 알로이즈는 느닷없이 사랑의 욕구에 휩싸이게 되었다.

아버지와 아들은 어느 정도까지 닮을 수 있는 거며, 둘 사이의 관계는 어느 정도까지 깊을 수 있는 걸까? 현실몽을 통해 매번 그녀 앞에 열린 놀라운 광경들 속에서 길을 잃은 알로이즈는 더는 아무것도 이해할 수 없다. 그녀의 모성은 페르디낭을 위해 동요하지만, 그녀의 육신은 사랑하는 여자의 것임이 분명한 어떤 불길로 타오른다. 그녀는 아

193

들을 보살피면서 동시에 빅토르의 이름을 부르고, 주문으로 빅토르를 불러들인다. 아버지와 아들, 두 쌍둥이가 그녀의 몸을 공략해 살과 심장을 동시에 움켜잡는다. 나날이 생생해지는 빅토르에 대한 기억이 마음속으로 파고들어 그녀 안에 시큼한 정액을 퍼뜨린다. 시큼하지만 몹시 달콤하기도 한. 그녀는 여전히 페르디낭을 생각하지만, 생각은 시간을 거슬러 올라가 그녀가 보는 건 어리디어린 페르디낭이다. 생각은 아들이 그녀의 태 속에 똬리를 틀며 잉태되는 순간으로까지 거슬러 오른다.

하루하루가 지나고 현실몽이 매 차례 전개될수록 혼란은 악화일로로 치닫는다. 그녀가 꾸는 현실몽은 이벳슨과 타워스 공작부인의 그것과는 공통점이 전혀 없다. 그녀 안에서 완수된 건 광인의 꿈 내지는 위선의 꿈이다. 꿈의 미로들이 그녀의 살 속 깊숙이 들어와 살이 불타오르며 욕구로 아우성친다. 알로이즈는 점차 현재를 망각한 채 꿈틀대는 과거로 쏠려가며, 과거의 자신이었던 젊은 여자의 손에 쥔 줄 여자의 몸을 속수무책으로 내어준다. 난데없이 부활한 과거의 자신이 부르는 노래, 뱃속 깊은 데서 솟구치는 세이렌의 이 노래에 달콤한 쾌감을 느끼며 귀 기울인다. 삶의 결정적인 순간에 행보를 정하기 위해 그녀가 선택하곤 했던 문학적 준거들은 또 한 번 무용지물이 되고 더 큰 혼란만 안겨줄 뿐이다. 안드로마케가 지닌 불굴의 용기는 고사하고 타워스 공작부인의 명철하고 강한 정신력도 이젠 그녀에게서 찾을 수 없다. 목표를 너무 높게 둔 터였다. 초라한 범인凡人들과 문학 작품에 등장하는 영웅적인 고귀한 족속을 구분 짓는 장벽을 뛰어넘지 못한 채 그녀는 부딪혀 상처를 입는다. 그러나 이 상처로부터 고통을 느끼는 만큼이나 막연한 희열을 길어 올리기도 한다. 큰 혼란에 빠진 기억을 통해 순간의 이미지들과 눈부신 감각들을 따라잡기 위해 그녀가 날마다 이 응접실 소파에 기어이 몸을 눕히러 오는 것도 그 때문이다.

그러나 꿈속의 사건들이 끊임없이 엄습해 와 알로이즈를 점점 더 큰 혼란에 빠트린다. 날이 갈수록 죽은 빅토르의 존재가 점점 더 손에 잡히는 현실적이고도 의미심장한 성격을 띠게 되며 알로이즈의 마음속엔 어떤 의심이 싹튼다. 큰 불안을 품은 의심이다. 그녀가 아들 머리맡에 부른 심령술사들의 암시에 따르면 페르디낭을 이처럼 마비 상태에 들게 한 저주의 장본인은 무덤 저편의 어떤 영靈과 맺어져 있다는 것이었다. 그들은 이 상황이 어떤 죽은 이와 직접 연관된 것인지 모른다는 가설까지 내놓았다. 비명횡사한 어떤 죽은 이의 방황하는 불행한 영혼이 페르디낭의 영혼에 주문을 걸었을 수도 있다는 것.

대★심령술사 마르쿠가 말했다.

"사람들은 들판을 휘젓고 다니는 서리꾼들과 길목에 잠복해 있는 악당들이 무서워 자물쇠로 문을 잠그고 집 철문 뒤에 개를 세워두곤 하지. 심지어 장전된 총을 곁에 두기도 하고. 그러면서 자신들을 위협하는 또 다른 위험에 대해선 전혀 걱정하지 않아. 심술궂은 자들의 사악한 눈, 절망에 빠진 영혼들의 저주 말이지. 사람들은 유령 이야기들을 비웃고, 망령들을 침대 시트나 다른 누더기로 치장해 웃음거리로 삼으며 두려움을 몰아내려 하지만 그건 착각이야! 귀신은 존재하니까! 무슨 베일을 쓴 것도, 수의를 입은 것도, 사슬이나 방울을 달고 있는 것도 아니지만, 그것들은 저주를 품고 다니지. 그게 더 무서운 거야. 귀신들은 흔히 약탈을 일삼는 고통받는 존재고 말이야. 궁지에 몰린 영혼, 육신은 물론 지상에서의 안식처를 모조리 잃은, 쉴 곳 없는 불쌍한 영혼. 그렇다고 저세상에서 안식처를 찾은 것도 아니고. 그러니 그들을 마주친 산 자에게 화 있을지니, 그자 또한 영혼을 강탈당하고 말리라! 아드님은 해질녘, 게다가 대개는 만취 상태로 나돌아 다녔으니, 틀림없이 그런 불길한 만남을 가졌을 거요."

마르쿠가 페르디낭을 살피러 왔을 때 알로이즈에게 한 말이 그것이다. 마르쿠는 그 지방의 대단한 마법사로 통한다. 후리후리한 키에 이미 허리가 상당히 굽은 그는 머리를 앞뒤로 규칙적으로 흔들면서 들릴 듯 말 듯 끊어지는 목소리로 천천히 말한다. 듣는 이들의 영혼을 짧고 거칠게 두드려 대는 이 말들은 그들의 머릿속에서 끈질긴 메아리가 되어 언제까지나 울려 퍼지게 된다. 그의 이 기이한 말투와 뻣뻣한 태도, 메트로놈의 추처럼 움직이는 길쭉한 몸 모두가 마르쿠의 명성에 한몫한다.

대★심령술사 마르쿠든 다른 심령술사들이든, 그들의 이야기를 알로이즈가 그 즉시 심각하게 받아들인 건 아니었다. 의사의 소견이든, 사제나 정신과 의사 혹은 마법사의 소견이든, 그녀는 그 모두를 뒤죽박죽으로 모아들였다. 희망이든 불안이든 그때그때 기분에 따라, 이성과 비이성 사이에서 끊임없이 흔들리는 마음 상태에 따라, 그녀는 자신이 들은 소견들을 여기저기서 끌어모아 주의 깊게 검토한다. 그러나 생각을 점점 더 통제할 수 없게 되고, 분별을 잃은 채 두려움의 밑바닥에서 치밀어 오르는 어둑한 소용돌이에 휩쓸려 들어간다. 현실몽을 치르면서 붕괴된 생각들의 표면으로 마르쿠의 짧고 까칠한 목소리가 떠오른 게 그때였다.

비명횡사한 자의 영혼이 애통해하며 방황하다가 지나치게 여린 페르디낭의 영혼을 낚아채 갔다는 마르쿠의 말이 옳았던 거다. 그렇다면 영혼을 훔쳐 간 그 죽은 이는 빅토르가 아니면 누구겠는가? 운명이 너무 일찍 이 땅에서 추방해 버린 아버지가 아들을 찾으러 림보에서 돌아온 것이다. 마음속에서 이런 의혹이 커가는 사이, 무수한 증거들이 점점 그녀를 짓눌러 온다.

빅토르는 비명횡사한 자다. 갑작스레 닥친 때 이른 죽음이야말로 그의 영혼을 사로잡았을 고통의 원인인 게다. 빅토르에겐 무덤조차 주어지지 않았잖은가. 산산조각 난 몸이 곧 진흙과 뒤섞여 성사도 기도의 은사도 입을 수 없었던 그리스도인이라면 그 영혼이 어떻게 안식을 찾을 수 있겠는가? 이제 알로이즈는 엉뚱하게도 자신을 매섭게 질책하기 시작한다. 빅토르의 유해를 찾아 나섰어야 했다. 부지에 근방의 땅을 모두 파헤치고, 들판이든 풀밭이든 모두 샅샅이 뒤졌어야 했을 것이다. 하지만 그렇게 하지 않았다. 그 당시 그녀는 르 블랑의 작은 마을에 그대로 남아 아들을 품에 안고 하염없이 눈물만 흘렸을 뿐이다. 물론 그녀는 그를 위해 기도했고, 생-제니투르 성당에서 그를 위한 추모 미사가 집전되도록 했다. 그 후에도 작은 마을교회에서 추모 미사를 이어갔다. 하지만 그것만으로는 빅토르의 영혼을 잠재우기에 충분치 않았던 게 분명하다. 게다가 그녀는 남편을 배신하기까지 한 것이다. 재혼한 데다 재혼한 남자와 아이까지 낳았으니 말이다. 그 변절을 빅토르가 어떻게 용서할 수 있었겠는가? 그녀가 스스로 쾌락을 금한 것만으로는 충분치 않았던 거다. 사실은 그녀가 이행한 그 무엇도 충분한 게 아니었다. 불행을 가져다준 그 전장으로부터 너무 먼 곳에서 왼 그녀의 기도도 그랬고, 그녀가 기원한 불감증도 생식능력을 손상하지는 못한 것이다. 결국 그녀는 더한층 죄책감에 짓눌리게 되었다. 빅토르는 그저 희생자일 뿐이라는.

그것 말고도 빅토르의 귀환을 짐작해 볼 수 있는 조짐들이 있다. 아버지와 아들이 서로 지나치게 닮았다는 것. 알로이즈는 이 사실을 몹시 기뻐하며 조심스럽게 지켜보았었다. 그런데 처음으로 그녀는 너무도 완벽한 그 유사성을 안타까워하기 시작한다. 아들이 아버지와 꼭 닮은 사람이 되었다는 건, 애당초 아버지가 아들의 몸과 영혼을 차지하고 있었다는 말이 아닐까? 더 우려되는 또 다른 조짐이 있다면, 그건 나이이다. 빅토르는 30세에 죽었는데, 페르디낭이 이제 그 나이가 되어간다. 이 우연의 일치에 알로이즈는 겁을 먹는다. 알제리 전쟁 내내 이번엔 아들이 징집되어 희생당할까 두려워했는데, 그건 이 순간 그녀가 견디는 불안에 비하면 아무것도 아니다. 전쟁이 완전히 끝나고 두

해가 지났으니 위험은 물러간 셈이다. 그러나 믿을 수 없는 것이 운명이어서, 평화가 찾아온 시기에 운명은 아이러니하게도 복병을 세운다. 사반세기 전 또 다른 전쟁의 전장에 세워두었던 복병. 하지만 전쟁은 절대로 종결되지 않는 법이니, 휴전과 평화 협정이 이루어진 훨씬 뒤에도 뒤늦게 살상을 벌인다. 미처 제거되지 않은 채 땅 표면에 남아 있던 지뢰가 덤불숲으로 놀러 나간 아이의 발밑에서 돌연 터지기도 하는 것이다.

그렇다. 빅토르가 돌아온 것이다. 의심의 여지가 없다. 알로이즈는 그곳에서 — 집 안과 응접실에서 — 그의 존재를 느낀다. 소파 위에서도. 눈에 보이지 않고 말을 하지 않는 존재여도 상관없다. 만질 수 있고 느낄 수 있으니까. 간혹 이 존재는 포옹으로 화하기도 하기 때문이다. 희열을 안겨주는 포옹.

25년간의 부재 뒤에 빅토르가 돌아온 것이다. 그의 보이지 않는 몸은 그 긴 부재로 인해, 그가 완수해야 했던 고통스러운 방랑의 무게로 인해 묵직하다. 몹시 부드럽기도 한 몸, 눈에 보이지 않는 그 가엾은 몸이 살아 있는 몸의 온기를 구걸하러 온 것이다. 과거에 자신의 아내였던 여자에게서 포옹과 키스를 구하러 온 거다. 이 놀라운 몸이 그녀한테로 미끄러져 들어와 그녀를 껴안고 그녀 안으로 침투한다.

사방에 빅토르가 있다. 집 안 어디에나 그가 있다. 저쪽 응접실 소파 위에서 아내의 몸을 다시 차지한 그는 옆방에 있는 아들의 몸도 차지한다. 만족을 모르는 끔찍한 몸, 보이지 않는 이 몸이 살과 피를 지닌 진짜 몸을 요구하러 온 것이다.

빅토르가 돌아온 거다. 바로 그가 페르디낭의 영혼에 주문을 건 거라고 알로이즈는 확신한다. 마르쿠에게도 이 사실을 알려 페르디낭을 짓누르는 위험을 몰아내야 하는 걸까? 그녀가 알아낸 그것을 사제에게도 알리고 구마驅魔 기도를 요청해 빅토르의 불행한 영혼에 평화를, 페르디낭의 누워 있는 몸엔 생명을 돌려주어야 하지 않을까?

알로이즈는 이제 어떻게 하면 좋을지 알 수 없다. 그녀 역시 빅토르가 행사한 어두운 마력에 들어 있다. 이미 너무 늦은 시점이어서 더는 무슨 결심을 하거나 행동에 나설 용기를 낼 수 없다. 아들이 올라 있는 그 부유하는 뗏목에 그녀도 속수무책으로 실려 있다. 관능적인 포옹으로 그녀의 몸을 날마다 더 세게 조여오며 꼼짝 못 하게 하는 빅토르를 고발할 힘을 어떻게 찾는다지? 사실 그와 맞서 싸우기는커녕 자신의 꿈속에 나타나도록 열렬히 그를 부르고 있지 않은가? 소파를 떠나 빅토르의 마법 같은 몸과 헤어질 순간이 닥칠 때마다 이야기 마지막에 나오는 타워스 공작부인의 말이 머릿속을 스친다.

"이 땅에서 내가 그 누구보다 사랑했던 남자, 한 번 더 나를 품에 안고 키스해 줘요. 곧 다시 보러 오겠다고 약속해 줘요……"

그러나 이 문장은 그녀 안에서 천사 같은 공작부인의 말들과는 전혀 다른 어조로 울려 퍼진다. 이 말들은 마음속에서 불공처럼 튀어나오며 그것들을 쏟아놓는 목소리는 애원조의 취한 억양이다.

*

벌써 저녁이다. 응접실엔 어둠이 내리고, 마지막 금빛 광
채들도 흐릿해진다. 전등을 켤 시간이다. 알로이즈의 기다
란 몸은 이벳슨의 자세를 그대로 유지한 채 꼼짝도 않는다.

정원 철문에 달린 작은 종이 울린 참이다. 자갈 깔린 통
로를 걸어오는 발자국 소리가 들린다. 저녁 간호를 하러
오는 간호사다. 이미 그녀는 현관 앞 계단을 오른다. 현관
초인종을 누를 것이다. 알로이즈는 그 모든 소리를 어렴풋
이 인지한다. 심장이 갑자기 더 빨리 뛰기 시작한다. 마법
의 꿈에서 깨어나야 할 시간이라는 사실이 단두대의 날카
로운 날처럼 그녀의 의식을 내리친다. 과거라는 무대 뒤편
을 떠나 일상의 무대로 당장 돌아와야 한다. 그건 여간 괴
로운 일이 아니다. 아무리 구불구불하고 캄캄할지언정 무
대 뒤편은 일상의 삶이 연위되는 차가운 무대보다 무한히
더 매혹적이기 때문이다. 무대 뒤편에선 모든 게 경이롭고
달라 보인다. 그곳엔 공포가 도사리고 있는 게 사실이지만,
그 공포는 생생한 감정의 소용돌이 속으로, 예기치 못한 감
각들 속으로 쉴 새 없이 휘말려 들어간다.

간호사가 벨을 눌렀다. 알로이즈는 몸을 일으킨다. 사지
가 뻣뻣하며 허리도 아프고 머리가 어질어질하다. 발에 쥐
가 나서 서 있기가 힘들다. 그녀는 가구를 짚으며 비틀대
는 걸음으로 조금씩 나아간다. 도무지 생각에 질서를 부여

201

할 수 없다. 그녀는 몽유병자처럼 기계적으로 움직인다.

한 달 넘게 현실몽에 몰두해 있는 사이 알로이즈는 점점 현실에 대한 감각을 잃어버렸다. 그전까지 늘 긴장되어 있던 의지는 완전히 무력화되지는 않았을지언정 이완되었다. 모성애와 현실몽이라는 순결한 마법으로 단단히 무장하고 아들을 구하러 떠났으나 도중에 길을 잃었고, 사랑하는 여인이었던 자신의 사랑에 붙들려 광몽狂夢의 검은 마법에 걸리고 만 것이다. 도중에 발밑에 기억이 아가리를 벌렸고, 오랫동안 부정당하고 억눌려온 욕구가 마침내 민낯을 보였다. 쾌락을 탐하는 관능적인 여인이 모습을 드러내며 욕구의 대상 — 아버지와 아들이 뒤섞인 — 을 향해 멈추지 않고 달렸다.

"안녕하세요, 도비네 부인."

젊은 간호사가 집 안으로 들어오며 말한다.

"안녕하세요."

자신을 지칭하는 낯선 이름에 알로이즈는 소스라치며 텅 빈 목소리로 받는다.

페르디낭의 방으로 간호사를 데려가는 동안 그녀 안에서 터져 나오는 또 다른 이름이 있다.

'모로그! 모로그! 모로그!'

오만하고도 도발적인, 승리의 외침이다.

두 번째 세피아화

그늘진 빛이 드리운 방 안에 무거운 침묵이 감돈다. 온종일 블라인드가 내려져 있고, 잠금장치에 걸린 창문은 반쯤만 열려 있다. 바깥의 빛과 공기는 터진 틈새들로 교묘히 스며들 수 있을 뿐이다. 방에 들어오는 사람들은 살금살금 발끝으로 걷고, 느린 동작으로 조심스럽게 움직이며, 가만가만 작은 목소리로만 말한다.

문가에 자리한 타원형 테이블 위의 램프는 항시 켜져 있다. 회적색 나뭇결무늬 대리석을 본뜬 종이 갓이 전구의 빛을 부드럽게 감싼다. 주변엔 줄무늬가 진 마노 재떨이 두 개, 숫자판이 신화의 인물들로 장식된 소형 추시계, 상감 세공된 작은 여송연 상자가 있다. 창가의 야생 벚나무 서랍장 위엔 말린 밀 이삭과 엉겅퀴 다발이 든 길쭉한 도자기 화병이 놓여 있다. 다양한 식물 형상이 조각된 금도금한 나무 테두리 거울이 서랍장 위에 걸려 있고, 이 높다란 거울 안에 화병을 비롯해 방 안의 모습이 모두 비친다. 거울이 벽에서 살짝 앞으로 기울어진 채 걸려 있어 그 안에 담긴 방도 조금 기우뚱해 보인다. 거울 표면엔 미세한 갈색 반점이 군데군데 나 있다. 작은 거미가 두 엉겅퀴 머리 사이에 줄을 쳐두었다. 검은 자줏빛 포엽을 왕관처럼 두른,

털로 뒤덮인 연보라색 큼직한 머리들이다. 거미는 저 위 기울어진 거울 속에 비치는 자신의 왕국을 날쌔게 가로지르며 달린다. 가시털 잎과 가시가 곤두선, 그 왕국의 큼직큼직한 기둥들도 보인다.

거울 속에 갇힌 방은 꼼짝하지 않는다. 움직이는 거라고는 실을 짜느라 여념 없는 작은 거미뿐이다. 경쾌한 그의 왕국이 뾰족뾰족한 엉겅퀴 가시들 저 위에서 살랑거린다.

거울엔 타원형 테이블을 비롯해 대리석 무늬 종이 갓 전등과 그 회적색 빛의 후광이 담겨 있다. 옹이 진 거무스레한 나무 옷장, 가죽 안락의자, 의자 몇 개, 목제 수납장도 있다. 수납장 상판엔 작은 유리병들과 곽들이 놓인 쟁반 두 개가 올려져 있으며, 사기대야와 손잡이 달린 물병, 적갈색 화장비누, 수건도 보인다.

세계 전도도 하나 있고, 항구도시들의 옛 지형도와 풍경들로 장식된 커다란 달력도 있다. 한자동맹 도시 함부르크의 바로크 양식 풍경이 그 시월을 장식한다. 항구의 잔잔한 초록빛 물 위를 당당히 오가는 무거운 상선의 돛대들과 그 후방에 보이는 성당 첨탑들이 조화를 이룬다. 그 그림 귀퉁이들에선 붉은 수염 달린 근엄한 물의 정령들이 도시의 영광을 기리는 한편, 타다의 아기천사들 — 지느러미 같은 날개와 금빛 미역처럼 흘러내린 머리칼을 한 — 이 팔을 뻗어 그 정령들이 수호하는 이 도시의 방패 위로 무거운 금빛 왕관을 받쳐 들고 있다. 그런가 하면 전경에는, 포도주와 리큐어가 든 통들과 생필품 상자들이 비단 두루마리와 벨벳 시트들과 뒤섞여 쌓여 있다.

그리고 과녁이 하나 있어, 깃 달린 작은 화살 다섯 개가 거기 꽂혀 있다. 거울 속에 갇힌 이 방 벽에 걸린 장식물은 지도와 달력, 과녁이 전부다. 그밖에 이 방에는 전구 일곱 개가 모두 꺼져 있는 구리 샹들리에, 그리고 침대가 하나 있다.

거울 속 침대는 전방의 밀 이삭과 엉겅퀴 다발에 가려져 잘 보이지 않는다. 그러나 홀로 침상을 지키는 높다란 미늘창은 또렷이 보인다. 그 금속 자루 꼭대기에 유리 항아리 하나가 매달려 있다. 그 안의 투명한 물이 방울방울 천천히 떨어져 플라스틱 튜브를 타고 흐른다. 튜브는 어떤 팔에 연결되어 있다. 침대엔 한 남자가 누워 있다.

거울 속에 갇힌 이 방은 기이한 느낌을 준다. 메트로놈 세 개가 방안에 흐르는 시간에 리듬을 부여한다. 조용히 똑딱대는 작은 추시계가 있으며, 금박을 입힌 그 시곗바늘이 숫자판을 빙 둘러 그려진 영웅들과 여신들을 겨냥하며 침착하게 돌고 있다. 그리고 민첩한 동작으로 종종대며 오가는 거미도 있다. 점적주입 장치도 있는데, 무겁고 달콤한 눈물이 천천히 흐르는 물시계 같다. 이 세 메트로놈은 완전히 제각각 작동한다. 제자리를 맴돌며 느릿느릿 기어가는 시간, 바쁜 걸음으로 종종대는 시간, 방울방울 떨어지는 시간.

침대에 누워 있는 남자는 거울 한복판에 군림하는 화병에 완전히 가려진 채 시간의 이 모든 리듬에 종속되어 있

다. 육신뿐인 남자다. 그의 정신은 이제 이곳에 없으며, 의
식도 망가진 상태고, 영혼은 이미 다른 시간의 법칙 아래
놓여 있기 때문이다.

다. 육신뿐인 남자다. 그의 정신은 이제 이곳에 없으며, 의
식도 망가진 상태고, 영혼은 이미 다른 시간의 법칙 아래
놓여 있기 때문이다.

전설

그의 영혼은 그가 저지른 범죄의 지배를 받는다. 그 영혼은 공포에 빠져 있다. 범죄는 언제나 그 범죄를 저지른 자를 향해 덤벼드는 법이니까. 그들이 길 위에 뿌린 공포와 고통과 죽음은 그들 발밑에서 싹트는 이상한 씨앗들이어서 매 걸음 그들과 함께한다. 이 씨앗이 싹터 땅 표면을 따라 뿌리를 뻗고 옹이 진 뿌리줄기를 내려 그들 발목에 감기며 그들 다리를 타고 올라와 허리를 휘감는다. 조금씩, 소리 없이, 눈에 띄지 않게. 그러나 질기고 강인하게. 식물은 계속 자라 그들의 상반신까지 올라오며 그들의 목을, 이마를 둘둘 감는다. 그리고 무성한 잔뿌리를 내려 살 속으로 파고든다. 피부가 아무리 단단하고 심장이 아무리 무딜지라도.

그러다 어느 날, 심장 한복판에서 일이 벌어진다. 잡초가 무성한 심장, 가시덤불과 지의로 뒤덮인 그 심장이 질식당한다. 생각은 어디로, 어떻게 돌아서서 달아나야 할지 더는 알 수 없다. 시큼한 개밀이 갉아먹은 생각 위로 어둠이 내린다. 그 일이 언제 가시화되는지는 중요하지 않다. 그 일이 일어난다는 것, 그게 전부다. 무엇보다 죽음의 순간에야 그 일이 일어난다는 게 끔찍하다. 대개는 후회할 시간조차 없다. 벌거벗겨진 생각은 무방비 상태가 되어 우왕좌왕한다. 고통과 두려움에 빠진 생각은 이제 휴식도, 출구도, 희망도 찾을 수 없다. 후회 때문이 아니라 그저 겁을 먹어서다. 범죄는 저질러진 뒤에도 오래오래 지속되는 행위기 때문이다. 언젠가 그 범죄가 불러일으킨 공포는 뒤돌아서서 그 원천을 덮치기 때문이다.

*

정확히 무슨 일이 있었던 걸까? 페르디낭은 알 수 없다. 그의 삶은 평소처럼 흘러가고 있었다. 겉보기엔 몹시 평화롭게, 내면은 진창인 채로. 그러다 갑자기 마음속 깊은 곳의 찌꺼기들이 일제히 표면으로 떠올랐고, 과거의 날들이 더러운 급류처럼 불어나 쏟아져 내렸다. 페르디낭은 그 급류에 실려 갔다.

그 일이 언제였던가? 페르디낭은 기억이 나지 않는다. 두 달이 채 안 된, 최근의 일이긴 하다. 한여름, 후덥지근한 8월의 어느 향기 가득한 밤이었다. 늘 그렇듯 그는 술을 진탕 마시고 돌아오는 길이었다. 감각은 궁지에 몰린 짐승처럼 갈팡댔고, 욕구는 약탈의 시간을 노리고 있었다. 하지만 이제 여동생이 그의 방 위쪽의 외딴 방을 쓰고 있으니 걱정할 것 없었다. 먹잇감이 손 닿는 데 있었다. 담장을 기어올라 창문 하나를 넘어 세 걸음만 걸으면 되었다. 그 애를 침대에서 나오게 해 소파까지 끌고 가 잠옷을 벗기기만 하면 되었다. 반항적이고 까칠한 데다 깡말라 있긴 해도 그 작은 몸에는 유년기의 달콤한 부드러움이 깃들어 있었다. 그 몸이 그에게 복종했다. 그 몸은 그의 차지였고, 맛있었다.

어떻게 그 일이 일어났을까? 페르디낭은 도무지 알 수 없다. 담벼락을 기어오르는데 발이 미끄러졌고 손에 잡고 있던 걸 놓친 것이다. 균형을 잃고 벌렁 나자빠져 바닥으로 추락했다. 너무 취해 있어 다시 몸을 일으킬 힘이 없었다. 어지럼증이 가시고 구토가 가라앉기를 기다렸다. 해가 천천히 하늘로 솟고, 새들이 부르르 몸을 떨고, 이슬도 온기를 머금었다. 그래도 심장을 옥죄는 거북함이 남아 있으며 사지도 뻣뻣하고 머리는 무거웠다. 그는 꼼짝도 하지 않았다.

그런데 낡은 담벼락 꼭대기, 일직선으로 올려다보이는 곳에 그 애가 올라앉아 있었다. 이 기이하고도 소름 끼치는 여자아이는 대체 누굴까? 그가 모르는 아이, 그렇긴 해도……

아이는 긁히고 까진 무릎을 쑥 내민 채 당장에라도 덤벼들 듯한 고양이의 긴장된 자세로 저 위에 앉아 있었다. 하지만 뛰어내리진 않았고, 돌들에 달라붙기라도 한 듯 그대로 남아 있었다. 크고 검은 두 눈이 튀어나올 듯 그를 응시하고 있었다. 알록달록한 색깔들로 떡칠된 얼굴이 추하게 찡그려지고 입에선 끼륵끼륵 날카로운 소리가 새어 나왔다. 아이는 한마디 말도 없이 이를, 새카만 이를 갈았다. 그리고 조용히 갸르릉댔다. 그러자 그 이상한 진홍빛 심장들이 빛을 받고 천천히 부풀어 올라 끔찍한 장밋빛 눈물을 흘렸다. 부드러운 토마토 껍질에 핀으로 고정된 두 소녀의 사진에서 피가 흘렀다.

열매, 심장, 눈물, 피땀. 사랑스러움과 풋풋함, 용암의 눈과 증오의 미친 시선. 사진은 목덜미를 바닥에 대고 누워 있는 남자의 심장 속에 못 박혔다.

빛을 발하는 광활한 여름 아침, 복수의 광기 속에 굳어 버린 아침. 남자의 눈꺼풀 아래서 빛이 피를 흘렸고, 하늘이 땅으로부터 찢겨 나갔다.

교복 블라우스를 입은 어린 소녀들과 말라깽이 여동생. 더럽혀진 채 죽임을 당해 땅속에 던져진 여자애들과 고르고노스의 낯짝을 한 여동생. 그 모든 이미지가 뒤섞여 잘게 찢기고 겹쳐졌다. 피가 날 정도로 서로 충돌했다. 그러자 세상이 피 흘리는 뒤죽박죽의 이미지들 속으로 기우뚱 빠져들었다.

바로 그런 일이 있었건 거다. 그렇게 되었던 거다. 순식간에, 돌이킬 수 없이.

*

어린아이들. 그는 아이들을 좋아했다. 페르디낭은 심술궂지 않았다. 그 당시엔 그가 낚아챈 소녀들을 해칠 생각이 추호도 없었다. 내면에서 타오르는 사랑의 번민을 매번 조금 잠재우고 싶었을 뿐이다. 그는 병든 사랑과 괴로워하는 욕구의 희생자였다. 그리고 약자였기에 굴복하고 만 거다.

세월이 흐르면서 내면의 연약함이 모든 걸 마비시켜 생각을 흐려놓았다. 의지를 갉아먹었다. 페르디낭은 세상에 널리고 널린 부류의 인간들 가운데 하나였다. 졸음에 빠져

의식의 표면에서 대중없이 사는, 앞을 내다보지 못하는 족속. 그러나 부지중에 그들 안으로 악이 잠입해, 힘도 용기도 없는 방심하는 마음속까지 들어와 똬리를 트는 것이다.

악은 개흙 속의 문어처럼 페르디낭의 내면에 똬리를 틀었다. 이 연체동물은 조금씩 발을 뻗어 영역을 확장해 나갔다. 악은 어슴푸레한 빛 속에서 작동하며 젊은이의 졸고 있는 심장을 얽어매고 솟구치는 욕구의 방향을 틀어놓았다. 성인이 된 페르디낭은 그 마비 상태에서 깨어나지 못한 채, 공포만큼이나 굶주림에 시달리는 뱃속 깊은 데서 올라오는 미친 명령에 복종할 수밖에 없었다. 공포를 느끼는 것만큼이나 아이들의 어린 몸에 대한 굶주림도 강렬했기 때문이다. 어마어마한 공포. 그건 그의 희생물이 된 아이들의 눈물에 대한 공포기도 했다.

그렇다고 페르디낭이 겁쟁이는 아니었다. 외모로 봐선 잘생긴 남자였다. 몸싸움을 해야 할 때도 있었고, 어쩌다 길에서 위험한 일을 당해도 도망치지 않았다. 어머니에게 큰 불안을 안겨주었던 그 악명 높은 전쟁도 두려워하지 않아, 알제리로 징집 명령이 떨어졌대도 침착하게 응했을 것이었다. 그의 안에 도사리고 있는 공포는 전혀 다른 차원의 것이었다. 혐오감과 분노, 그리고 희열이 뒤섞인 공포였다.

겁에 질려 딸꾹질을 해대는 아이들의 눈물. 얼굴이 흥건히 젖고 입이 뒤틀리는 더럽고 발작적인 오열. 페르디낭이 실성할 정도로 넌더리를 내는 게 그것이었다.

그 빨강 머리 여자애는 왜 그토록 너저분하게 흐느껴 울었던 걸까? 울음을 멈추고 입을 다물라고 후려쳤건만 그 멍청한 애는 더 격렬하게 울었다. 얼굴이 흠뻑 젖고 교복 블라우스까지 축축해지도록. 페르디낭은 젖은 천과 피부, 눈물의 이 역겨운 냄새를 견딜 수 없었다. 정말이지 메스꺼운 냄새였다. 그는 아이에게 입을 다물도록, 그 구역질 나는 눈물을 삼키도록 강요했다. 양손으로 아이의 목을 감고 졸랐다. 훌쩍이던 아이가 마침내 잠잠해졌고, 두 눈의 눈물이 마르고 입의 뒤틀림도 멈추었다.

손바닥 안에 느껴지는 아이의 목은 너무도 부드럽고 관능적이었다. 침묵으로 차오르는 목구멍은 형언할 수 없이 더 부드러웠다.

또 다른 아이, 금발을 땋아 내린 그 여자애는 소리를 지르지도, 울지도 않았다. 그래서 그 애는 살려주고 놔주었다. 물론 협박으로 아이를 옴짝달싹 못 하게 만든 채로. 어디가서 이 일을 누설하면 부모의 농장에 불을 지르겠다고, 사람이건 짐승이건 닥치는 대로 태워 죽이겠다고 경고했다. 그리고 그가 찾으러 올 때마다 두말없이 따라올 것을 명했다. 안 그러면 후회할 거라고. 그 애와 그 애 가족 모두가. 아이는 고분고분했고, 말없이 고개만 끄덕인 뒤 집으로 돌아갔다.

아이는 한마디 말도 없이 그 모든 공모와 보복을 일시에 차단했다.

다소나마 공모에 가담한 건 뤼시뿐이었고, 뤼시라면 그도 믿을 수 있었다. 적어도 이 한 명은. 그는 뤼시를 길들였고, 몸과 영혼이 그에게 복종하도록 했다. 그녀가 어디로 도망칠 수 있었을까? 누구에게 하소연할 수 있었을까? 하소연할 내용이 있기는 한 걸까? 그녀를 어루만졌다는 것? 페르디낭은 그게 무슨 고통이나 반항의 동기가 될 수 있다는 생각을 전혀 할 수 없었다. 뤼시가 부루퉁하거나 야만인처럼 구는 건 성격이 더럽고 과장하는 취미가 있어서일 뿐, 그게 전부다.

*

그런데 여동생은 어디로 가고, 대신 흉측하게 생긴 잡종견이 그 자리에 있는 걸까? 얼굴을 찡그리고 씩씩대는 이 존재가 인간이기는 한 걸까? 그리폰, 들고양이, 밤새, 문어, 뱀. 그들의 뒤섞인 피가 이 존재의 얼룩덜룩한 더러운 피부 밑에서 흐르고 있을 것이다. 그 시선은 투창이며 독을 뿜어댄다. 그가 부는 휘파람은 성난 고양이 울음소리처럼 날카롭고 고통스럽다. 이빨은 검고, 축 늘어진 입술은 더러운 침으로 잔뜩 부풀어 있다. 몸짓은 도마뱀의 움직임과 흡사하다.

8월의 그 아침, 채소밭 담벼락에 걸터앉아 독이 든 칠흑 같은 시선을 그에게 뿜어댄 존재. 그날 이후로 끊임없이 그를 찾아와 곁을 떠나지 않는 이 존재는 대체 뭐란 말인가?

정말 그랬다. 날마다 어머니가 응접실 소파에 누운 채 꿈의 소용돌이 속으로 삼켜져 부재하는 그 한없이 긴 시간, 그 존재는 누워 있는 자의 방으로 몰래 스며든다. 밖에서 쇠줄로 덧창을 반쯤 열어 창문 걸쇠를 들어 올린다. 그리고 소리 없이 방 안으로 침투한 뒤 덧창을 다시 닫는다. 그런 다음 페르디낭이 죽은 자처럼 누워 있는 침대로 살금살금 다가온다. 몸을 숙여 그의 얼굴에 자신의 찡그린 얼굴을 갖다 댄다. 그리고 웃는다. 들릴 듯 말 듯 새된 소리로 웃고, 이를 갈고, 손가락 마디를 꺾어 뚝뚝 소리를 낸다. 호주머니에서 형광빛을 발하는 손전등을 꺼내 그 강렬한 빛을 누워 있는 자의 눈과 자신의 얼굴에 번갈아 대고 비춘다. 메뚜기가 든 성냥갑도 거기서 끄집어내, 찌르륵대는 울음소리가 나는 그걸 누운 자의 귀에 기대어 세우고 한참 동안 그대로 두기도 한다.

깊은 구렁 같은 그 호주머니 속에서 그 존재는 새로 찾아낸 것들을 쉴 새 없이 건져 올린다. 발 없는 도마뱀이나 민달팽이, 혹은 벌레를 페르디낭의 얼굴 위에 올려둬, 끈적끈적한 이 작은 짐승들이 꼼짝 않는 그 얼굴 위를 기어다니게 한다.

그는 스웨터 안쪽에서 잘 익은 토마토 열매에 핀으로 꽂아두었던 사진 두 장도 꺼낸다. 목이 졸려 죽은 그 두 소녀의 사진을 누워 있는 이의 눈앞에 보란 듯이 들이댄다.

망가진 그 커다란 몸은 이제 무얼 보지도 듣지도 느끼지도 못한다고 사람들은 말한다. 하지만 그 고집스러운 존재는 무감각한 이 남자에게 계속 도전장을 날린다. 상대가 속임수를 쓰고 있는 거라 확신하면서. 이 비열한 인간은 늘 그랬으니까. 그 존재는 그를 시험하러 온 거다. 짐승들과 곤충들에게서 빌린 자신만의 언어로 무엇보다 그에게 말을 하러 온 거다. 예전엔 그에게 절대 말할 수 없었던 그것을. 몸짓과 표정으로 자신이 품은 증오를 드러내고, 말없이 보복을 선포하러 온 거다.

*

여동생은 사라지고 없었다. 뤼시는 죽은 걸까? 절반은 늪의 개흙에서, 절반은 숲속 나무들의 썩은 그루터기에서 생겨난 한 잡종이 그 애 대신 그곳에 있다. 그렇다면 그는, 페르디낭은, 어디로 간 걸까? 누가 그의 자리를 차지한 걸까? 아무도 아니다.

그 아름다운 외모 속엔 더 이상 아무도 없다. 찬란한 태양 왕의 몸은 이제 속이 텅 빈 기다란 콩깍지에 지나지 않는다. 이 눈부신 영묘는 이제 아무도 돌보지 않는 말 없는 무덤일 뿐이다. 그의 내면에 거주하는 건 공포다. 헤아릴 수 없는 공포. 욕구조차 죽고 없다. 오로지 공포가 맹위를 떨친다.

세상이 기우뚱 넘어지고, 시간은 붕괴되었다. 삶의 의욕이 돌이킬 수 없이 상실되었으며, 심장은 굳어버렸다.

공포가 폭군처럼 군림하며 모든 걸 추방하고 삶을 망각 속으로 밀어 넣는다. 온 세상이, 시간이, 공포에 점령당한다. 이 무시무시한 폭군에겐 자신의 왕자, 아니면 궁정 광대가 있다. 사악한 주문들로 호주머니가 불룩하고 두 눈이 증오로 번득이는 추한 여자아이. 얼굴이 말을 하는, 말 없는 여자아이.

*

거울 속에 희미하게 밝혀진 방 하나가 있다. 이 방 안에는 여러 물건과 장식품, 가구, 그림 몇 점이 있지만, 그밖엔 아무도 없다. 침대 위에 길게 누운 커다란 몸이 있다. 어떤 동물에게서 떨어진 허물처럼 방치된 몸. 어둠에 사로잡힌 몸. 아낌없이 베풀어지는 돌봄 덕에 목숨을 — 식물보다 못한 목숨을 — 이어가는 몸이다. 매일 그곳에서 그를 향해 몸을 숙이고 찡그린 얼굴을 들이대는 아이의 검은 눈이 그 안에 공포를 — 저주받은 이들에게 돌아가는 공포를 — 불러일으킨다.

두 여자가 조용히 발끝으로 걸어 방 안에 들어온다. 어머니와 간호사다. 어머니가 침대 쪽으로 몸을 숙이고 누워 있는 이의 이마에 키스한 뒤 표정 없는 그 얼굴을 한참이나 응시한다. 그녀는 수납장 쪽으로 걸어가 물병에 든 물을 대야에 붓는다. 거울에 흐릿하게 비친 어머니의 몸짓은 둥둥 떠다니는 듯하며, 아직 꿈에서 깨어나지 않은 듯 나른해 보인다. 현재의 고뇌와 과거의 회한이 온통 뒤섞인 채 그녀의 기억은 혼란에 빠져 있다. 그녀는 몽유병자처럼 시간을 더듬으며 나아가는데, 그렇긴 해도 이 순간 요구되는 동작을 매끄럽게 수행한다. 남편의 아이, 끔찍이 사랑하는 이 아들을 구해야 한다. 남편을, 아이를, 정성을 다해 들봐야 한다. 사랑하는 몸, 그녀에게 욕구를 되돌려준 이 아름다운 몸을 씻겨야 한다. 유령 같은 이 몸에 반들반들 윤을 내야 한다.

그러나 그녀는, 어머니는, 모른다. 그녀가 사랑하는 이

아름다운 몸을 사로잡고 있는 공포가 얼마나 깊고 파괴적
인지. 어머니인 그녀는 아무것도 모른다. 늘 그랬었다.

　그녀의 어린 딸은 그녀가 오기 직전에 방에서 나갔다.
들어올 때 그랬듯 은밀히, 흔적도 남기지 않고 살며시 나가
버렸다. 그 딸은 자신이 왔다 간 흔적을 그곳에 누워 있는
자, 실추한 이 식인귀의 절망적인 가슴속에 묻어두었다.

세 번째 세피아화

다갈색 빛이 스테인드글라스를 통과해 성당 내진에서 부서진다. 감실 구리 문이 얇은 레이스 커튼 안에서 은은한 빛을 발하며, 그 상단에 매달린 성체등의 불빛이 붉은 유리 종지 속에서 가볍게 떨고 있다. 제대를 장식한 금잔화 다발을 빛줄기가 스치며 꽃들의 색깔을 살짝 흐려놓는다. 수놓은 모슬린 냅킨 위에 놓인 화병 밑, 길게 드리워진 그림자는 오렌지색이다. 제대 앞 계단 꼭대기엔 큼직한 국화 다발 두 개가 빛바랜 금색 혹은 적갈색을 띤 동글동글한 머리를 세우고 있다. 장미와 작약과 남청색 층층이부채꽃의 계절은 이미 지나가 버렸다. 지금은 흙과 석양의 색조에 물든 꽃들, 진지한 꽃들의 계절이다. 엄숙한 이 꽃들이 기억과 고통스러운 사랑의 표시로 죽은 이들 머리맡에 곧 놓이게 될 것이다. 억눌린 희미한 흐느낌 같은 국화가 안개에 덮인 무덤들을 지킬 것이다.

어두운 색상의 긴 나무 의자와 기도대는 반들반들한 밤껍질처럼 윤이 난다. 한 아이의 호주머니 안에서 나온 구슬 세 개가 부등변 삼각형을 그리며 긴 의자 위에 놓여 있다. 하나는 점토질의 큼직한 공깃돌이고, 다른 두 개는 노랑과 청회색 유리구슬이다. 침묵이 지배하는 성당의 축축한 박명 속 기다란 의자 한복판에서 길을 잃은 이 구슬들은 유년기도, 놀이도 일깨워 주지 않는다. 그보다는 오래전에 꺼진 불빛, 산패한 빛, 재와 먼지의 응고물이라는 생각이 들 뿐이다. 손가락으로 한 번 튕기기만 해도 굴러갈 그것들이 마치 나무 의자에 용접되어 세상 무엇으로도 움직이거나 떼어낼 수 없을 것처럼 보인다.

이 지성소의 기둥머리들엔 조각이 되어 있다. 우화의 동물들이 돌 속에서 몸을 뒤튼다. 새들이 길고 유연한 목을 뱀처럼 비틀어 댄다. 수 염소와 물고기가 반씩 섞인 잡종의 작은 짐승들과 사자 갈기를 한 곰, 발톱 달린 두꺼비, 날개 달린 독사가 허공 흑은 자신들의 꼬리를 힘껏 물고 있다. 덥수룩한 수염에 뿔 달린 얼굴들이 눈을 부릅뜨고 휘어진 두툼한 혀를 내민다 하나같이 아가리가 벌어진 그것들은 암흑에 굶주려 있다. 그들의 얼빠진 눈은 굶주림과 분노로 까뒤집혀 있지만 일용할 양식은 그들에게 주어지지 않는다.

내진의 환한 빛 속에서 나무 독수리가 거대한 날개를 펼친다. 하늘의 태양과도 맞설 수 있는 존재인 독수리는 빛을 두려워하지 않는다. 둥근 천장 아래서 흉측하게 얼굴을 찡그리며 배가 터지도록 허공을 물고 있는 그 우화의 허기진 동물들에 독수리는 맞서고 있다.

괴물들은 굶주림과 분노 속에 영원히 굳어 있고, 독수리는 장엄한 활공 상태 그대로 영원히 꼼짝하지 않는다. 한마디 한마디가 활활 타오르는 책을 독수리는 활짝 편 양 날개로 지탱하고 있으며, 그 불룩한 목구멍과 부리와 발톱으로 중앙홀의 공간을 가른다.

광선이 살짝 자리를 옮겼다. 금잔화 다발 발치에서 오렌지빛 그림자가 사라진다. 빛줄기가 갑작스레 떨리며 조용히 지글거린다. 말벌이 그 주위를 맴돈다. 담쟁이덩굴로 뒤덮인 교회 울타리 담장을 방금 떠나온 녀석이다. 산형화들 속에서 양분을 찾아내 즙을 배불리 먹고 파리를 공격했던 녀석. 이제 마지막 싸움, 마지막 향연이다. 스테인드글라스 틈새로 들어온 녀석은 빛에 몸을 맡긴다. 이제 그 빛줄기에, 가늘고 따스한 그 광선에 녀석은 달라붙는다. 주변은 온통 어둠과 추위다. 말벌은 햇빛이 있는 쪽으로 높이 날아오르고 싶다. 그러나 속도가 조금씩 느려지며 힘도 빠져나간다. 발은 광선 위에 올라앉지 못하고, 침도 소용없다. 말벌은 이미 큰 보면대 주위에 와 있다.

반대편 홀 입구 쪽엔 울긋불긋한 나무 혹은 석고로 된 인물들이 자리한다. 성수반에서 조금 물러난 곳에 한 천사가 몹시 상냥하고 예의 바른 태도로 헌금함을 지키고 있다. 나무 버팀대에 올라앉은 천사는 한쪽 무릎은 받침대에, 다른 쪽 무릎은 직각으로 구부린 채 양손을 모으고 날개를 살짝 펼친 자세다. 소맷부리가 머리카락처럼 금빛인 밀짚색 옷을 입고, 밝은 상앗빛 깃털이 달린 천사. 그의 몸을 지탱한 무릎 가까이 가느다란 구멍이 있는데, 거기에 동전을 넣으면 그는 고개를 살짝 끄덕이며 답례한다. 성당의 돌들과 꽃들과 스테인드글라스를 대신해 답례하는 것이다. 받침대 가장자리에 고정된 작은 알림판에는 '성당의 유지 관리를 위해'라고 쓰여 있다.

그 밖에 다른 헌금함도 있다. 양초들 앞에 놓인 그건, 예의 바른 어떤 천사도 내려다보지 않는 아주 소박한 헌금함이다. 불을 밝히면 성모님의 발밑에서 가늘게 흔들리는 불빛이야말로 더없이 달콤한 답례다. 파도바의 안토니오 성인을 위한 헌금함도 있다. 불꽃으로든 그 밖의 다른 형태로든, 수령된 동전에 대한 감사의 표시는 전혀 없다. 거친 모직 옷을 입은 성인은 팔에 안긴 아기 예수를 바라보는 데 온통 정신이 쏠려 있다. 고양된 그의 몸짓 덕에 발치에서 올려지는 기도 역시 하늘로 비상하는데, 그거면 족하다. 그를 위한 장식물이라고는 그가 서 있는 받침대 앞 도기 잔에 꽂힌 히스 몇 줄기가 전부다.

한 아이가 이 조각상 곁에 서 있다. 아이는 헌금함 구멍에 무얼 넣는다. 홀 입구의 박명 속에선 남자아이인지 여자아이인지 구별이 잘 안된다. 짧게 자른 머리카락은 온통 헝클어져 있고, 신경 쓰지 않은 매무새에 동작도 아주 거칠다. 하지만 여자아이다. 머슴애 같은 여자아이 부류.

전설

아니다, 뤼시는 그저 불행한 아이들 부류의 하나일 뿐이다. 불행한 아이들이 흔히 그렇게 되듯 뤼시도 나쁜 아이다. 그러나 그녀의 사악함은 한시적인 것이 아니다. 그 사악함은 아주 원대한 계획을 품고 멀리까지 내다본다. 악의 끝까지 내다보며 죽음까지, 심지어 그 너머에까지 가 닿는다. 3년 전에 그녀가 입은 상처는 조금도 아물지 않았고 치유되지도 않았다. 치욕과 공포의 이 외상은 곪아 부어올랐다. 치욕 대신 분노가, 공포 대신 증오가 자리 잡았다. 그렇게 외상이 모든 걸 오염시켰고, 복수심이 싹텄다.

오래전부터 잠복해 있던 복수심은 어둠 속에서 막연한 불안의 형태로 더듬대다가 어느 날 마침내 악성 고열로 모습을 드러냈다. 황홀한 날, 기적 같은 날이었다. 8월의 그날 아침, 오빠가 담벼락 위에서 균형을 잃었다. 식인귀가 그 자신의 폭력에 쓰러진 것이다. 그날 이후로 뤼시의 마음속에선 복수심이 수그러들 줄 몰랐다. 수그러들기는커녕 이 위험한 생각이 무기의 날을 갈고 닦았다.

그런데 이 무기가 자신의 성능을 증명하며 찬란한 성공을 거둔 것이다. 추락한 식인귀를 영원히 일어날 수 없게 만든 것도 바로 이 무기다. 그렇다고 안심할 수 있는 건 아니다. 벌써 두 달째 식인귀는 침상에 누워 있다. 어머니가 그를 돌보고, 사람들이 그를 동정해 애지중지 간호하고 있다. 그런 취급을 받을 자격이 전혀 없는 비열한 인간을 말이다. 그런데 이런 간호와 기도와 마법의 도움으로 그가 정말로 치유된다면? 도저히 있어서는 안 되는 부당한 일이다. 이 비열한 놈은 죽어야 한다. 뒈져야 한다, 당장에! 뤼시는 기한을 정해두었다. 성탄절 전이라고. 확신컨대, 그때가 적절한 시기다. 망자들의 축일이 다가오고 있지 않은가? 사방에서 국화가 벌써 슬픔에 잠긴 모습을 드러내 보이고 있다. 이제 완전히 몸을 못 쓰게 된 콜롱브 숙모도 화려한 외출을 준비한다. 그녀는 '모든 축제의 롤로트'가 미는 휠체어를 타고 알베르의 묘소를 방문할 것이다. "날씨가 어떻든 상관 안 해!"라고, 이 꿋꿋한 과부는 선언한다. 그러면서도 하늘을 살펴보며 비를 걱정한다. 망자들을 위한 그 신성한 날에 묘지 안의 길들이 너무 질어서는 안 될 테니까. 자칫하면 휠체어가 흙투성이가 될지도 모르기 때문이다.

뤼시는 날씨에 관심이 없다. 그녀에게 중요한 건 죽은 두 소녀의 — 심지어 선의를 지닌 모든 죽은 이들의 — 완벽한 협조를 얻어내는 것이다. 뤼시는 모든 전선에서 싸우며 한 걸음 한 걸음 반격을 감행한다. 살인자 오빠에게 생기를 불어넣고 이 식인귀를 소생시키기 위해 공모하는 것들, 의료 행위와 기도와 백마법에 대항해 싸운다.

그녀가 안토니오 성인의 발치 앞에 와 있는 것도 그 대문이다. 그녀는 성인에게 살의 가득한 탄원을 올리러 온다. 헌금함 구멍 안에 동전이나 예쁜 그림 카드, 초콜릿 조각을 넣었던 건 까마득한 옛일이다. 안느-리즈 랭부르의 죽음을 감싸고 있던 그 모든 아름다운 심상들의 후광도 흐려져 버렸다. 그렇게 대번 사라지고 만 신기루를 무자비한 빛이 덮쳤다. 그 차가운 빛을 던진 건 그 식인귀다. 안느-리즈에 대한 추억 주위를 팔랑팔랑 날아다니던 명랑한 케루빔들과 선한 천사들은 여름 끝 무렵의 파리들처럼 오래전에 떨어져 버렸다. 그 빨강 머리 소녀가 초대받았던 주님의 왕국에 차려진 반짝이는 긴 식탁은 뒤집어엎어졌고, 흰 식탁보도 찢어지고 말았다. 안토니오 성인이 높이 들어 올린 아기 예수의 손안엔 위로가 ― 용서는 더더욱 ― 들려 있지 않다. 그가 들고 있는 구球는 폭탄이고 총알이다. 식인귀의 심장을 박살 내버릴.

뤼시의 옛 심상들이 모두 뒤집히고 말았다. 조아킴 신부의 달짝지근한 이야기들은 시큼한 맛으로 변해 있었다. 한동안, 그 두 해 동안, 그녀는 회피하는 시선으로 눈을 내리뜨고 다녔으며 상상력을 모조리 잃고 말았다. 그녀 바깥에도, 안에도, 더는 아무것도 보이지 않았다. 식인귀의 몸이 그녀를 눈멀게 해, 무얼 볼 수도 몽상에 젖을 수도 없게 되었다. 그러다 그녀는 늪의 동물들 사이에서 다시 눈을 들었고, 새로운 시각을 갖게 되었다. 이제 그녀는 외부 세계든 비가시적인 사물들이든 예전과는 다른 방식으로 보게 된다.

그래, 안느-리즈와 이렌이 주님의 식탁에 초대된 건 맞다. 하지만 사나운 주님인지라, 그의 식탁은 번개의 색깔을 띠었으며 초대받은 천사들도 원숭이올빼미의 눈과 발톱을 가졌다. 불길 같은 눈알 무늬가 든 거대한 나비 날개와 번개 모양의 기다란 검을 가진 천사들. 웃음을 잃은 케루빔들은 왕방울만 한 두꺼비 눈을 하고 있고, 등엔 도롱뇽처럼 벗이 달리고 뱀처럼 쉭쉭 소리를 낸다.

뤼시는 헌금함 앞에 우뚝 서서 구멍 안에 기부할 물건들을 넣는다. 녹슨 못, 고슴도치 바늘, 도마뱀 꼬리, 유리 조각, 나무나 덤불의 가시. 그녀는 이를 악문 채 호전적인 기도를 곱씹는다. 그녀와 땅에 묻힌 두 소녀를 위해 개입해 달라고, 전능하신 하느님 곁에서 분노하며 중재해 달라고, 성인에게 청한다. 정의가 이루어지게 해달라고, 교활한 오빠에게 부당하게 주어진 생명을 당장 거두어 달라고. 그리하여 그가 저주받고 지옥 불로 떨어지게 해달라고. 그리고 그녀의 어머니나 천치 같은 롤로트, 혹은 편협한 신앙심을 가진 마을 사람 등, 다른 이들이 올리는 기도를 성인께서 듣지 말아 달라고 요구한다. 어른들의 기도를 조심하라고. 아, 어른들은 너무 어리석어서 아무것도 보지 못하며, 이해력은 더더욱 떨어지고, 아이들을 늑대들에게 먹이로 내어주면서도 전혀 알아채지 못하고, 오히려 아이들의 목을 조르는 식인귀들을 애지중지하며 곁에 둔다고. 그러니 그녀의 기도, 그 기도만 듣고 소원을 들어주어야 한다고.

그녀는 안토니오 성인에게 말한다.

"당신이 허리에 두른 그런 줄로 그 애는, 이렌은, 목을 맨

거라고요. 그자 때문에. 그런데도 그를 살려두실 건가요, 그 더러운 놈을? 그 인간이 그 짓을 다시 시작하도록 내버려 두실 건 아니죠? 만일 그자가 회복된다면 그땐 내가 목을 맬 거고, 그건 당신 잘못이기도 해요. 그러니 어서 가셔서, 도살장에 끌려가는 암소한테처럼 그 인간 목에 그 줄을 감고 그를 죽음 속으로, 지옥 속으로 곧장 데려가시라고요.”

안토니오 성인에게 도달할 수도 있는 다른 기도들이 맥을 못 추도록 뤼시는 그렇게 기도를 올린다. 페르디낭이 주변인들로부터 받는 보살핌에도 맞서야 한다. 그녀의 어머니가 응접실 소파에서 빈둥대는 동안 날마다 오후 끝 무렵 그녀가 그 옆방으로 잠입하는 이유가 그거다. 어머니는 그 빌어먹을 소파에서 마음껏 뒹구시라지! 뤼시 자신은 거기서, 그 불행의 잠자리에서 충분히 고통받았다. 이젠 그녀의 어머니가 불안을 되씹으며 고통받을 차례다.

*

그녀는 침대 가까이 다가가 병석에 누워 있는 이에게 몸을 기울인다. 나쁜 짓은 전혀 하지 않는다. 그의 앞에 나타나는 것, 그게 전부다. 그가 그녀를 보지 않을 수 없게 한다. 사람들은 그가 아무것도 보지 못한다고 하며 그게 사실인지도 모른다. 눈을 뜨고 있긴 해도 장님의 시선이다. 그래도 뤼시는 빛이 꺼진 그 멍한 시선 깊숙한 곳에서 오빠가 보고 있다는 걸 느낀다. 모든 걸 보고 있음에 틀림없다. 바로 그 모든 게 그를 침상에 못 박아놓는 거다. 장님의 시선으로 그가 보고 있는 모든 것. 그렇다면 그에게 쉴 틈을 주지 말아야 한다. 눈에 보이는 광경들에 그가 압도당해야 한다. 그를 더, 더한층 짓이겨 놓아야 한다. 그녀가 그를 혐오한다는 걸, 그 난폭한 애무와 역겨운 키스와 더럽고 끈적끈적한 포옹을 끔찍이도 싫어했다는 걸 보여줘야 한다. 그녀는 그의 얼굴을 뚫어지게 응시하며 그 사실을 증명한다. 그의 면전에 자신의 두 눈을 거울처럼 들이댄다. 그녀가 보는 그의 모습, 그가 죽인 두 소녀가 보는 그의 모습을 그 자신도 볼 수 있도록. 그러고 나서 그녀는 그의 얼굴에 자신이 당한 애무와 키스 같은 끈적끈적한 벌레들을 올려둔다.

저녁이 오기 전 오빠- 방에 잠입하는 이 비밀스러운 방문을 준비하며 그녀는 하루해를 보낸다. 학교에 가지 않는 날에는 늪이나 숲으로 달려 나가 벌레를, 혹은 자신의 시선에 광채를 부여할 이미지들을 찾아다닌다. 그리고 안토니오 성인에게 이야기하듯 늪과 숲의 짐승들에게 말한다. 그들의 도움을 청하며 그들의 평온한 잔인성에 호소한다. 식인귀가 저기, 그랑주-오-라름가의 집에 누워 있다고, 그들이 거기 가서 그를 물고 쏠면 좋겠다고. 하지만 짐승들은 자기들끼리 잡아먹는 걸 더 좋아한다. 그래서 뤼시는 호주머니에 그저 지렁이 한두 마리, 민달팽이 하나, 벌레 한 마리를 넣고 혼자 집으로 돌아온다. 그렇긴 해도 마음은 사악한 기쁨에 들뜨고 두 눈은 폭력으로 부풀어 오빠에게 과감한 공격을 가함으로써, 그녀는 의사가 그에게 처방한 휴식을 뒤흔들어 놓는다.

식인귀에게 전쟁을 선포한 이후로 뤼시는 자신의 시선에 힘을 불어넣을 수 있는 모든 이미지들을 그 어느 때보다 열심히 끌어모은다. 그녀가 치르고 있는 건 시선의 전쟁, 무자비한 접전이었으니까.

타이유페르 씨의 상점이 그녀에겐 늪과 마찬가지로 군사 학교가 되어주었다. 타이유페르 씨는 그 마을 정육점 주인이다. 피로 더럽혀진 흰 앞치마 속에 불룩한 배를 졸라맨 덩치 큰 호인. 그가 웃을 때면 거대한 배가 열병에 걸린 황소 옆구리처럼 출렁댄다. 뤼시는 종종 그의 상점에 살며시 들어가곤 한다. 그가 어떻게 커다란 진홍색 고깃덩이를 얇고 넓적한 조각으로 잘라내는지, 어떻게 닭과 오리의 내장을 들어내는지, 뤼시는 매료당한 눈으로 지켜본다. 그는 이 모든 짐승의 사체를 손으로 만져보고, 자르고, 망치로 두드리며, 감탄할 만큼 능숙하게 다룬다. 깃털이 뽑힌 닭과 오리, 염주처럼 이어진 기다란 흑순대, 가죽이 벗겨져 가녀린 젖먹이처럼 보이는 토끼, 짐승의 반들반들한 진홍색 넓적다리, 돼지 정강이, 소 혀, 그것들 사이에서 그는 희열에 찬 모습으로 군림한다. 끈적끈적한 곱창과 간과 콩팥, 스펀지처럼 크고 희끄무레한 뇌장이 수북한 접시들 뒤로 자신의 불룩한 배를 끌고 다닌다.

살과 지방과 내장, 골수와 피, 심장과 뼈, 그 모두가 대중 앞에 천연덕스럽게 진열되고, 그지없이 평화로운 자태로 고객의 눈길을 끈다. 그 모두가, 몸 안에 있는 것들과 피부 속에 숨겨진 비밀들이, 백일하에 모습을 드러낸다. 그 누구도 비위가 상하지 않으며 심지어 선량한 사람들이 희열을 맛보기까지 하는, 흥겨운 분위기 속의 추잡한 광경.

타이유페르 씨도 식인귀인 거다. 페르디낭과는 전혀 다른 부류의 식인귀. 자신의 범죄를 몽땅 털어놓는 행복한 식인귀, 희생물을 해체해 과시하고 지나가는 이들에게 그 맛을 자랑하는 식인귀. 그는 별것 아닌 일에도 벙실벙실 웃는다. 타이유페르 씨는 상냥하고 정직한 식인귀이다. 고단수의 식인귀. 날 선 식칼과 작은 도끼로 닭이나 오리, 가축과 사냥감을 살해해 가죽을 벗기고 내장을 들어내고 절단하고 토막 내는 것으로 모자라 그는 송아지 머리나 돼지머리를 전리품처럼 내놓고 우쭐댄다. 타이유페르 씨는 섬세한 식인귀, 예술가다. 그는 먹음직스러운 새빨간 사과 한 알을 돼지주둥이 속에 밀어 넣는 걸, 흐릿한 눈의 송아지 이마를 월계수 잎으로 장식하는 걸 절대 잊지 않는다. 때론 그들 귀에 체리를 걸거나 콧구멍 속에 데이지꽃을 끼워두기도 한다. 타이유페르 씨는 계절에 맞게 즉흥적으로 아이디어를 짜낸다.

뤼시는 이 영예로운 식인귀에게 혐오감을 느끼는 만큼이나 감탄을 금할 수 없다. 그는 뻔뻔하게도 모든 걸 보란 듯이 과시한다. 사람들 보는 데서 태연히 그 짓을 한다. 그의 크고 불그레한 손 아래서 평화롭게 폭력이 저질러지며, 조용한 공포와 추악함은 아름다움이 된다. 그 금발의 식인귀와는 반대되는 작업을 하는 것이다.

뤼시는 타이유페르 씨의 그 진열대 한복판에 오빠의 머리가 전시되는 걸 꿈꾼다. 그러면 그녀는 텅 빈 그 눈구멍 속에 양귀비꽃을 꽂아두고, 찢어진 입속엔 두꺼비 한 마리를 넣어둘 것이다.

*

　양귀비는 뤼시가 좋아하는 꽃이다. 초여름이면 이렌 바살이 살던 마을 근처 풀밭에 흐드러지게 피어나는 꽃. 자전거를 타고 그곳에 가보기 시작한 이후로 뤼시는 그 도로에 대해서라면 낱낱이 알고 있다. 그녀는 매 계절 이 길을 지나다녔는데, 봄이 여름으로 바뀌며 꽃과 이삭과 열매들이 터져 나와 시골 전역이 알록달록 선명한 색상으로 물드는 이 시기가 가장 아름답다. 예쁜 길이다. 그녀는 늪지를 따라 달리다 연이어 금작화와 소나무로 뒤덮인 불그레한 둔덕들이 우뚝우뚝 솟아 있는 갈색 땅을 가로지른다. 금갈색의 커다란 날개가 달린 참매와 새매들이 히스가 무성한 땅과 들판 위를 쓸쓸히 맴돈다. 뤼시는 이 도로를 좋아한다. 그녀는 갓길을 따라 자라는 풀과 엉겅퀴를 스치며 페달을 밟는다. 때론 가시덤불에 다리가 긁히기도 한다. 화창한 계절이 오면 페달을 밟는 내내 새들의 무질서한 노랫소리가 그녀와 함께한다. 날카로운 휘파람 소리, 새들이 지저귀는 소리, 누군가를 부르는 듯한 고음의 가느다란 소리, 혹은 거칠거나 투명한 떨림을 지닌 소리. 산울타리와 덤불에서 올라오는 그 모든 소리에 간간이 두꺼비 울음소리가 희미하게 끼어든다. 그것들은 이렌의 집으로 가는 길의 노래며, 신랄하면서도 단조롭고 경쾌하면서도 우수에 찬 대지의 멜로디다. 이렌에게로 향하는 길의 애가哀歌다. 그 길가에서 이렌은 어느 봄날 식인귀에게 낚아채인 거다.

마을 주변엔 보리밭과 밀밭, 유채밭이 펼쳐져 있다. 이렌의 금발 같은, 반짝이는 황금빛 들판. 마지막 커브 길을 돌면 마을 안쪽에 자리한 묘지에 닿기 전 넓은 해바라기밭이 나온다. 수천의 열린 눈들이 태양을 똑바로 한없이 바라보다가 과도한 빛에 고부라져 시들고 만다. 식인귀를 보고 불타오르며 공포로 휘둥그레진 이렌의 아름다운 눈이다. 그 눈들과 대비를 이루며 들판에 가득 널린 또 다른 눈들도 있다. 중앙에 검은 구멍이 뚫린 선명한 붉은색 홑눈들인 양귀비꽃들. 피와 밤의 눈들, 죽은 이렌의 눈.

땅속에 묻혔으나 다시 그 땅을 뚫고 나온, 환각에 사로잡힌 눈. 동공을 가득 채운 어둠에도 굴하지 않은 눈. 너무 일찍 감긴 눈, 푸른 하늘과 연보랏빛 구름 그림자를 아직 보고 싶어 하는 눈. 산울타리 속에서 피어난 산사나무 꽃과 해질녘 느린 걸음으로 돌아오는 가축 떼를 아직 보고 싶어 하는 눈.

생명이 꺼진 동공과 침묵으로 숨이 막힌 목구멍 주위로 크게 벌어진, 뒤섞인 눈과 입. 볼 수도 숨을 쉴 수도 없기에, 소리를 지를 수도 없기에, 광기와 절망에 빠진 눈과 입. 하지만 뤼시, 그녀는 이 야생화들의 눈먼 시선을 이해하며, 그 침묵의 절규를 듣는다. 보복의 절규.

이렌의 무덤은 그녀가 살던 마을 묘지에 있다. 안느-리즈처럼 집안의 조상들 사이에 묻힌 게 아니다. 이렌의 무덤 평석은 아이인 그녀의 키만 하다. 영원한 회한을 금빛 글자들로 새겨 넣은 추모패와 화분이 넘쳐나는, 흰 대리석 평석.

'사랑하는 우리 아이를 기억하며.'

'그리운 조카딸에게.'

'내 대녀에게 — 사랑하는 대모가.'

'우리 작은 천사에게 — 슬픔에 잠긴 조부모가.'

그런가 하면 같은 반 아이들이 지은 짧은 시도 있는데, 그 시는 펼쳐진 책 모양의 추모대에 새겨져 있다.

'해님처럼 넌 우리 사이에서 반짝였지 — 해님처럼 넌 저물었다 — 너 없는 세상에서 우린 슬프고 춥구나 — 그래도 네가 발하는 빛은 우리 마음속에서 항상 반짝인단다. 동급생 일동.'

비탄에 젖은 아기 천사상이 타원형 액자 속에 든 이렌의 사진 곁에서 보초를 선다. 뤼시가 한 신문에서 오려낸 사진과는 좀 다른 사진이다. 액자 속 사진의 이렌은 땋은 머리를 화관처럼 틀어 올려 꽃장식이 든 핀으로 고정한 모습이며, 레이스 달린 깃만 보이는 블라우스를 입고 있다. 미소 짓는 얼굴. 이 미소로 인해 눈가에 귀여운 주름이 잡히고 왼쪽 뺨엔 보조개가 살짝 파인다.

뤼시는 추모패에 새겨진 낱낱의 글과 시를 비롯해 그 세부 사항들을 모두 기억한다. 밝은 금빛의 이렌, 그 애의 우아함과 환한 미소, 보일락 말락 한 보조개 등, 애정이 듬뿍 담긴 그 모든 말 하나하나에 뤼시는 경탄을 금치 못한다. 하지만 왔던 길을 되짚어 자신의 불행이 자리한 집으로 향하노라면 간혹 쓰라린 감정에 잠기곤 했다. 죽은 아이는 저리도 예쁘고 사람들의 극진한 사랑을 받고 있건만 자신은 여전히 식인귀의 먹잇감이고 아무도 그 사실을 몰랐다. 자전거 페달을 밟으며 그녀는 같은 생각을 되풀이했다.

'천사, 해님! 내가 그 비열한 놈 손에 죽임을 당한들 그런 찬사를 듣지는 못하겠지! 이런 낯짝으론 어림도 없어! 사람들은 크게 애석해하지도 않을 거야! 아빠는 어쩌면 그러려나? 하지만 모를 일이야. 아빤 자기 무선 통신실에 박혀 모르는 이들과 원거리로 이야기할 줄밖에 모르니까. 그 사람들과 무슨 말을 하는지도 알 수 없고, 우리말을 사용하는 것도 아니잖아. 그러면 엄마는, 불평꾼인 엄마는 뭐라고 말할까? 엄마는 '뤼시, 멍청한 아이, 또 무슨 짓을 한 거지? 어디로 간 거야? 부르면 대답해야지!'라고 새겨 넣게 할 수도 있는 사람이야. 늙은 두더지 고모는 또 어떻고? 고모라면 '다이아몬드를 받기는 글렀구나!'라고 쓸지도 모르지. 오빠라는 그 개자식은 뻔뻔하게도 '애도'라는 말을 새긴 추모판을 올려둘지도. 나를 죽게 만들어서가 아니라, 더는 나를 가지고 놀 수 없어서겠지. 더러운 놈!'

해님, 작은 해님, 예쁜 해님! 이 말들이 한참 동안 그녀의 머릿속에서 울렸었다. 검은 심장이 복판에 달린 수천의 진홍빛 태양으로, 더 환한 모습으로 여름 들판에 다시 태어나기 위해 영원히 사라져 버린 해님-이렌. 밀들과 풀들 사이에서 흔들리는, 애도의 무수한 핏빛 태양들. 그런데 분노와 복수심 때문이 아니라면, 무엇 때문에 그렇게 흔들리고 있었을까? 하지만 누가 그 복수를 완수한다지? 그 일을 해낼 사람은 뤼시뿐이었다. 그녀가 해야 했다. 그녀의 고뇌는 그 일을 어떻게 해야 하는지 모른다는 데서 시작되었다.

해님, 해님-이렌. 땅속에서 질식당하는 눈부신 작은 태양. 그리고 랭부르 집안의 노인 무리를 끝없이 휘어 감는 붉은 곱슬머리의 또 다른 소녀. 그들이 겪은 일들에 대해 복수하고 정의를 실현해야 했다.

그 보복 행위를 실천할 방법을 뤼시는 오랫동안 숙고했다. 두 소녀의 무덤에 가 맴돌기를 멈추지 않았다. 평석 주위에 쪼그리고 앉거나, 손끝으로 대리석을 두드려 보거나, 발뒤꿈치로 흙을 긁어냈다. 그러면서 아이디어를 찾고 표징을 기다렸다. 어떤 표징이든 상관없다. 노인들의 이름이 안느-리즈의 무덤에서 갑자기 사라지고 아이의 그 부드러운 이름만 반짝인다거나, 대리석이 적갈색으로 변한다거나, 소녀의 감미로운 웃음소리가 땅 밑에서 울린다거나 하는 표징. 이렌의 무덤 위에 쌓인 조화造花들이 무수한 나비가 되어 날아갈 수도 있겠고, 돌로 된 책의 페이지들이 넘겨지면서 어린 학생들이 지은 시의 단어들이 노래를 부를 수도 있을 것이다. 노래를 부르고 소리를 지를 수도. 아니면 들판의 양귀비꽃들이 갑자기 부풀어 올라, 그 거대한 꽃잎들이 행군하는 군대의 깃발처럼 바람에 펄럭일 수도 있겠지.

그런 표징들을 뤼시는 사방에서 기대했다. 안토니오 성인상의 발치에서마저도. 아기 예수가 난데없이 분노를 터뜨리기를, 손에 든 금빛 구를 거칠게 바닥에 내동댕이치기를.

*

그런 표징을 그녀는 사방에서 노렸다. 거울 앞에 서서 자신의 두 눈을 다른 사람의 눈인 양 응시할 때조차도. 살인자인 오빠를 고발할 수 있는, 귀머거리며 장님인 주변 어른들에 맞설 수 있는, 자신보다 더 강하고 용감한 여자아이의 눈. 때론 몇 시간이고 자신의 방 안에 틀어박혀 거울을 살피며 보내기도 했다. 자신의 시선을 피하지 않고 맞서 새로운 시선을, 전사戰士의 시선을 빚어내려고 애썼다. 그녀는 안느-리즈와 이렌이 그들이 체류하는 비가시적인 세계 깊숙이에서 그녀의 눈으로 보고 있다고 상상했다. 그녀는 저 세상 어떤 여자아이의 눈으로 세상을 바라보았다.

그러나 종종 주의가 흩어지곤 했다. 그녀 자신과 거울 속에 비친 모습 사이에 상상력이 끼어들어 그녀도 모르게 그녀를 계획에서 돌려세워 놓곤 했다. 그녀는 스스로를 자신이 읽은 이야기 속 인물들과 혼동했다. 역사책들에서 훔쳐 온 영웅들의 용기와 영예로 자신을 치장했고, 교리 시간에 들었던 성서의 장면들로 고정관념들을 빚어냈다. 그런 식으로 자신의 시선을 끝없이 증식시키고 왜곡하며 거울 속을 응시한 덕에 그녀는 자아를 포기하면서 자신의 증오와 고통을 잊었고 머릿속을 떠나지 않았던 그 비밀을 부지중에 즐기게 되었다. 그러다 마침내 오빠의 — 밤의 방문자였던 오빠의 — 눈으로 자기 자신을 보게 되었다. 감히 인정하진 못해도 자신이 가공의 영웅적인 인물들로 왜곡되고 확대되는 걸 보는 데서, 또 스스로를 범죄와 방탕의 비밀스러운 밤의 작은 여왕으로 응시하는 데서 불안한 쾌감과 수치스러운 기쁨을 느꼈다.

그런데 이 사악한 기쁨, 고백할 수 없는 쾌감이 그녀의 분노를 더한층 돋우었다. 그녀를 공범으로 만든 그 식인귀를 용서할 수 없었다. 그녀는 고분고분한 만큼이나 반항적인 노예였다. 그녀는 동시에 너무 많은 인물이 되어 그 무리를 통제할 수 없게 되었다. 그녀가 식인귀를 상대로 벌이고 싶어 하는 전쟁은 그녀 자신마저 공격의 대상으로 삼았다. 식인귀의 뒤를 이어 그녀 안으로 침범한 그 모든 다른 자아들과 그녀 자신 사이에서, 그녀는 오로지 거울을 마주하고 싸울 뿐이었다.

거울 속 자신의 눈을 뚫어지게 응시한 덕에 뤼시는 자신의 눈에서 이미지들을 끌어낼 수 있게 되었다. 자신이 보는 모든 것, 자신의 눈동자 깊숙이에서 들끓는 모든 것을 그림으로 그리고 색칠하기 시작했다. 눈알들이 나비처럼 날아다니고, 입이 양귀비꽃처럼 열리는 얼굴들. 녹색과 금빛을 띤 도마뱀들이 눈물이 되어 흐르고, 불꽃처럼 붉은 곤충을 입안 가득 토해내는 얼굴들. 얼룩덜룩한 광활한 하늘 한복판에 군림하는, 태양을 대신하는 잘린 머리통들. 거기서 쏟아지는 빛줄기들은 구불구불한 뱀들이다. 그녀가 나무를 그리는 건, 그 가지들에 눈이 주렁주렁 달리게 하기 위해서다. 과일-눈, 꽃-눈, 새-눈. 그녀는 산도 집도 없는 헐벗은 풍경들을 그린다. 금속성 숲들과 무수한 고압선들로 가득한 풍경. 그녀의 강렬한 호기심의 대상이었던 팔을 쳐든 거인들이 그녀의 그림 속에서 중요한 자리를 차지한다. 그들은 보랏빛 하늘을 배경으로 성큼성큼 걸어가며, 번쩍이는 노란 번갯불을 총처럼 쳐들고 있다. 선두엔 우두머리가 걸어간다. 엄지동자 혹은 잔 다르크에게서 영감을 받은 듯한, 무장한 어린 전사다. 그녀는 물속에서만큼이나 편안하게 하늘과 나뭇가지에서 기고 날고 헤엄치는 짐승들만 전체적인 형체를 그린다. 그 밖의 네발짐승들은 머리만 그릴 뿐 몸은 절대 그리지 않는다. 타이유페르 씨 정육점에 진열된 송아지나 돼지의 머리 같달까. 그 그림들은 하나같이 강렬하고 대조적인 색상들로 가득하며, 각각의 형상들은 두꺼운 검은 윤곽선으로 처리되어 있다.

뤼시가 그린 그림들을 두고 알로이즈는 말한다.

"내 딸은 원시인들처럼 그림을 그리고 야수파 화가들처럼 거친 색상을 마구 칠해댄답니다. 가죽이 벗겨진 저 불쌍한 고양이도 야수파 흉내를 내는 거고요! 저것 역시 허황된 망상이에요. 아, 추하게 소리를 질러대는 난폭한 것들에 대한 취향이라니! 맙소사, 내가 어떤 딸을 낳은 걸까요! 남자 같은 여자애라고도 할 수 없어요. 불량배나 다름없는, 심하게 비뚤어진 남자애예요. 그래요, 여자애라면 저 나이에 저런 끔찍한 그림을 그려댈 리 있겠어요? 저것들을 다 어디서 찾아내는 걸까요?"

*

어디서냐고? 고통에서, 분노에서다. 불안해하고 더럽혀진, 산산조각 난 그녀 자신의 이미지를 되비추는 거울의 너무 시끄러운 침묵 속에서다. 그녀가 이 조각들을 그림으로 고정시키는 건 그것들로부터 상처를 덜 받기 위해서고, 거기에 원색을 마구 칠해대는 건 더러운 얼룩을 가리기 위해서다. 그녀는 자신이 받는 고통만큼, 형태와 원근과 크기를 비틀어 놓는다. 그렇다. 그녀가 과슈 물감이나 펠트펜을 휘두르며 야수파 흉내를 내는 건, 새끼 고양이에 불과한 자신의 목덜미를 누구든 마음 내키는 대로 잡을 수 있다는 걸 잊기 위해서다.

결과적으로 그 놀이가 그녀에게 도움이 되었다. 게임은 진지해지고 환상은 현실이 되었으니까. 그녀가 그토록 기다렸던 표징이 찾아왔다. 추락이라는 형태로 변신이 일어났다. 무덤이나 조각상이 아닌, 식인귀 자신의 변신. 그녀의 방까지 거뜬히 기어오르던 식인귀가 한 걸음에 칠십 리 가는 마술 장화를 잃어버린 것이다. 이제 그는 가로누운 조각상에 불과하다. 이 변신을 끝까지 밀어붙여 완전한 소멸에 이르도록 해야 한다.

몹시 진지하고 치열한 게임이다. 뤼시는 온 힘을 다해 게임에 임한다. 현실과 가상 사이에 더 이상 어떤 경계도 존재하지 않는다.

성당의 황갈색 어둠 속 안토니오 성인의 발치에 서 있는 아이는 진짜 군인이다. 정의의 이름으로 뛰어든 전투에서 승리하기 위해 자신의 군주에게 도움과 축복을 요구하러 온, 용감한 어린 병사. 정의는 다름 아닌 보복, 한도 끝도 없는 보복이다. 이 세상에서 당장 실현되어야 할 뿐 아니라 저세상까지 이어져야 하는, 끝나지 않는 영원한 보복. 어린 병사인 뤼시는 적이 용서받을 가능성을 일절 제거하려 들며, 그를 지옥 맨 밑바닥으로 추방하고자 한다.

중대한 게임이다. 뤼시는 완벽한 진지함을 발휘해 미칠 지경까지 게임에 임한다. 오빠의 생명과 영혼을 걸고 게임을 벌인다. 오빠와 자신 사이에 경계가 사라졌다는 걸, 이제 악은 이미 패배한 — 이미 벌을 받은 — 오빠의 진영보다 자신의 진영에 도사리고 있다는 걸 그녀는 모른다.

저쪽 성당 내진에선 말벌이 빛줄기 속에서 여전히 발버둥 치고 있다. 말벌은 점점 아래로 미끄러져 내린다. 바닥에서 올라오는 냉기가 시월의 햇빛이 품은 미미한 온기를 걷어낸다. 말벌의 날개가 커다란 나무 독수리를 스친다. 그러나 비스듬히 내리꽂히는 빛줄기 속을 부유하는 이 곤충을 독수리는 알아채지 못한다.

말벌이 바닥에 닿는다. 판석 위에서 몸을 바둥대며 미친 듯이 윙윙댄다. 말벌은 돌이 내뿜는 축축한 냉기에 맞서, 자신 쪽으로 기어 오는 그림자에 맞서 싸운다. 그러나 냉기에 마비되고 피로가 덮쳐온다. 기세가 차츰 누그러지며 발버둥도 멈춘다. 빛줄기가 움직인다. 움츠러든 말벌의 몸은 어둠에 삼켜진다.

소환

게다가 저들에게는 자신이 암흑보다 더 무거운 짐이었습니다.

– 지혜서 17 : 21

첫 번째 목탄화

백악 같은 하루가 이어진다. 반짝이던 섬광은 모두 꺼지고, 어디에도 빛은 없다. 소리조차 희미해지고, 땅의 내음들도 모두 사라졌다. 하늘이 발산하는 부드러움이 너무 크고 차가워 멍멍하게 느껴질 정도다. 외부로부터 전해지는 무광無光의 고요한 부드러움, 세상 위로 내려앉는 백색의 멍멍함. 집집마다 창문에 기댄 얼굴들이 올망졸망하다. 아이들은 창유리에 손바닥을 갖다 대고 손가락을 부채처럼 펼쳐 차갑고 부드러운 눈을 어루만진다. 미소를 머금은 아이들의 커다란 눈망울은 보고 또 본다. 그들의 눈에 어린 놀라움과 경탄은 곧 들뜬 기색으로 바뀐다. 그러나 볼 것은 아무것도 없다. 무수한 눈송이가 조용히, 무심하게 내려 하늘과 지평선, 보이는 것 모두를 삼켜버린다. 공간은 더 이상 존재하지 않으며, 깊이도 부피도 사라진다. 세상은 평평하고 균일한 모습을 띤다. 눈이 쉴 새 없이 평평 내린다.

어느 집 방문 앞에 한 여자가 서 있다. 여자는 방과 응접실 사이, 문지방에 선 채로 움직이지 않는다. 그렇게 가만히 있는데도 그녀에게서 왠지 둥둥 떠다니는 듯한 느낌이 전해져 온다. 그녀 안의 무언가가 동요하고 있다. 그녀는 도무지 마음을 정하지 못한다. 방으로 들어가야 하나, 아니면 응접실로 돌아가야 하나? 양쪽 모두, 똑같은 공허와 유사한 침묵이 감돈다.

검은 옷을 입은 가늘고 날씬한 여자다. 한 손으로 문틀을 잡고 선 여자의 다른 손엔 잔이 들려 있다. 때때로 그녀는 잔을 입술 쪽으로 천천히 가져가 한 모금씩 삼키는데 그 모습에서 초조하고 거의 난폭하기까지 한 기운이 느껴진다. 한 모금 마실 때마다 아니, 라고 말하는 사람처럼, 혹은 무기력한 상태에서 벗어나고자 하는 사람처럼, 머리를 흔든다.

문지방에 서 있는 여자는 응접실에 등을 돌리고 방을 바라본다. 바깥에 눈이 내리고 집 안 사물들의 색깔이 돌연 흐려지기 시작했어도 여자는 창문 쪽으로 고개를 돌리지 않는다. 밖에서 일어나는 일들에는 관심이 없다. 방 안의 물건들이 납빛으로 변하며 작은 반사광들이 모두 사라지는 게 보인다. 물건들이, 자질구레한 장식품들이 갑자기 무슨 음모를 꾸미기 시작한 것만 같다. 그렇다. 사물들이 대번 단단해지며 어둠과 냉기로 차오르면서 합심해 음모를 꾸미는 것이다. 그러나 여자는 사물들이 획책하는 이 비밀을 알아내기에 역부족이다. 적의로 가득한 나쁜 비밀이라는 사실만 감지한다.

사물들이 그녀를 밀어낸다. 그녀가 문지방을 넘는 걸, 무엇보다 자기들을 건드리러 오는 걸 금한다. 바로 거기 아주 가까운 곳, 작은 테이블 위에 놓인 칙칙한 광택지 갓을 쓴 전등이 그렇고, 바윗덩어리처럼 무거운 가구들도 그렇다. 빈 도자기 화병이 앞에 놓인, 검은 장막으로 덮인 커다란 거울도 마찬가지다. 회색 전구 일곱 개가 달린 샹들리에, 위생용품과 세면도구가 가득 들어 있던 빈 수납장, 작동이 멈춘 소형 추시계, 벽에 고정된 과녁 — 중심점을 둘러싸고 원호 안에 먼지투성이 깃털을 단 다트들이 꽂혀 있는 — 도 그렇다. 대륙과 섬과 대양이 똑같이 밋밋하고 단조롭게 나타나 있는 세계 지도, 항구도시들의 삽화가 든 달력. 그 모두가 합심해 그녀를 밀어낸다. 함부르크의 풍경은 이제 스톡홀름의 조감도로 바뀌어 있었다. 달이 지나며 페이지도 바뀌어, 지금은 2월이다. 스톡홀름은 수많은 섬과 반도로 쪼개진 모습이다. 기복이 없는 육지 내부로 스틸그레이색 바다가 사방에서 침투하고 있다. 이 근엄한 이미지에 생기를 불어넣을 물의 요정은 전혀 보이지 않는다. 바다 위엔 검은색 작은 범선들이 올라앉아 있다. 장식이라고는 어두운 바다 한복판에 별 섬처럼 원 속에 박힌 방위표시도뿐이다.

검은 옷을 입은 여자는 문지방에 꼼짝 않고 서서 이 모두를 멀리서 바라본다. 시선이 이 가구에서 저 가구로, 이 물건에서 저 물건으로 옮겨가며 사방에 가 부딪힌다. 원하는 걸 찾지 못한 시선은 사물들의 냉혹함에 놀라고, 모든 걸 퇴색시키는 백악 같은 빛에 놀란다. 무엇보다 방 안에 군림하는 공허에 놀란다.

침대는 텅 비어 있다. 침구 없는 침대 밖으로 그 공허가 손에 잡힐 듯 퍼져 나간다. 아무도 누워 있지 않은 침대, 길고 평평한 이 직사각형의 물체는 벽 쪽으로 다시 붙여지지 않은 채 방 한복판에 놓여 있다. 매트리스엔 무광의 짙푸른, 진회색에 가까운 모직 담요가 덮여 있다. 마룻바닥 위의 얼룩처럼 보이는 이 어두운 직사각형 물체는 천으로 가린 거울의 그림자 같기도 하다. 침대가 그 검은색을 눈먼 거울에 반사해 거울을 어둠으로 감싼 게 아니라면 말이다.

전설

　그것도 아니라면, 이 침대에 누워 있던 이의 눈먼 시선이 그 커다란 거울에 베일을 씌운 건지도. 강설降雪이 퍼뜨리는 가루 같은 창백한 빛도 거울에 도달하지는 못한다. 어떤 빛도, 어떤 그림자나 이미지도 이 거울을 통과하지는 못한다. 사물들이 꾸미는 음모는 절대적이다. 그 무엇도, 그 누구도 이젠 그것들에 접근할 권리가 없다. 그것들 모두가 스스로 범접할 수 없는 존재들임을 밝힌다.

　하지만 사물들만 그런 식으로 음모를 꾸미는 건 아니다. 장소마저 그렇다. 방과 벽, 천장과 마룻바닥이 그렇고, 그 옆의 응접실과 바깥의 채소밭, 위층의 방들도 그렇다. 집 자체가, 거리 전체가, 마을이 그렇다. 세상이, 삶이 그렇다.

　삶은 더 이상 삶이 아니다. 삶은 죽음에 종속되고 말았다. 모든 색깔이 뒤섞여 애도의 검은색 속에 흡수되었다. 움직임 하나, 몸짓 하나가 고역이며, 말을 하는 건 더 힘들고, 보는 건 최악이다. 시시하지도 공허하지도 않은 할 일이 있기는 한 걸까? 가는 곳마다 끈질긴 부재가 따라다닌다. 절규와 눈물보다, 특히 침묵보다 훨씬 열등한 무의미한 말 아닌 무언가를 말할 수 있을까? 단 하나의 이미지에 사로잡혀 있는 시선을 어디에 두어야 할까? 더 이상 세상에 존재하지 않는 한 몸, 한 얼굴의 이미지다. 그건 그렇고, 무얼 생각하고 어떻게 생각해야 하는 걸까? 고통은 숙고할 줄 모른다. 생각의 가시덤불 속으로 침입해, 의식의 표면으로 한순간 다시 떠오르려는 각각의 추억을 처량한 소금기둥으로 만들어 버린다. 고통은 세상에 둘도 없는 바보다. 이성을 조롱하고, 그 어떤 위대한 지성도 짓밟아 버리는 폭군이다.

검은 옷을 입은 여인은 바로 이 폭군의 희생물이다. 삶은 그녀에게 맞서 처음부터 끊임없이 음모를 꾸민 것이다. 그녀는 아버지를 한 번도 본 적이 없었다. 그녀가 태어났을 때 아버지는 세계 대전의 무수한 참호 가운데 하나에 삼켜져 이미 죽고 없었다. 그녀는 두 전투 사이 아버지가 받은 휴가 중에 잉태된 아이였다. 그다음은 젊은 시절 그녀가 목숨처럼 사랑했던 남자 차례였다. 그녀는 그 남자를 남편으로 맞으며 평생 그를 사랑할 것을 맹세했다. 그러나 둘이 함께한 삶은 너무도 짧았고 사랑의 행복은 7년도 가지 못했다. 또 다른 전쟁이 닥쳐 한 차례 놀라운 마술을 부림으로써, 그녀가 그토록 사랑했던 남편을 감쪽같이 사라지게 만든 것이다. 분별력이 생길 나이가 되기도 전에 행복은 그렇게 끝났지만, 슬픔과 쓰라림은 그 후 수십 년 동안 이어졌다. 그런데 이제 그녀가 유일한 위안으로 삼았던 아들 차례가 닥친 것이다. 그녀의 작은 태양 왕이며 삶의 빛, 달콤한 달 수레국화였던 그 아들 역시 죽고 말았다. 아들이 '신랑' 곁으로 가버린 거다. 그녀가 한 번도 본 적 없는 아버지가 애당초 추방당해 머무는 저 보이지 않는 세계로 말이다.

*

페르디낭은 2월이 막 시작될 무렵 죽었다. 지금은 이미 3월이지만 달력은 흐르는 시간에 더는 관심이 없다. 아무러면 어떤가. 벌써 수년째 이 방 벽에 걸려 있는 달력이 아닌가. 삽화가 아름다워 페르디낭이 가지고 있던 달력이다. 시간적으로나 공간적으로 먼 곳에 존재하는 이 항구도시들의 풍경을 그는 좋아했었다. 페르디낭은 요일과 날짜에 거의 관심이 없었다. 연도와 상관없이 새로운 달이 닥치면 달력을 넘겼다. 그렇게 그는 스톡홀름의 항구를 마주하고 죽었다. 오밀조밀 모여 있는 이 단조로운 섬들과 스틸그레이색 바다, 점점이 떠 있는 검은 범선들을 마주하고서. 메시나, 알제, 브레스트, 글래스고 혹은 리스본의 항구들, 한층 풍요로운 색상과 활기가 느껴지는 이 항구들은 더 이상 나타나지 않을 것이다. 시간은 굳어버려 더는 이 항구에서 저 항구로 떠돌지 않을 것이다. 시간은 발트해 해협들의 얼어붙은 물속에 익사하고 만 거다.

밖에서 탐스럽게 내리는 때늦은 함박눈이 봄을 밀어내고 겨울을 다시 들여놓는다. 눈은 어슴푸레한 광채로 만물을 뒤덮는다. 눈은 가시可視 세계를 온통 뒤덮을 뿐 아니라 사람들의 발길을 멈춰 세운다. 그들은 순백의 깨끗한 눈을 밟으며 그대로 걸어가겠다는 생각을 할 수 없다. 눈은 소리마저 들리지 않게 한다.

페르디낭의 이름 위로도 눈이 내린다. "왕들과 황제들의 이름이지, 미천한 자들의 이름이 아니야!"라고 예전에 그의 어머니가 상기시키곤 했던 이름이다. 그는 오직 그의 어머니의 왕이었을 뿐이지만.

페르디낭의 이름 속으로도 눈이 내린다. 알로이즈의 다문 입술 안에서 끊임없이 떨리며 그 눈가에 눈물이 맺게 하는, 얼어붙은 이름.

눈이 내린다. 왕이 죽고 세상은 텅 비었다. 알로이즈는 넘을 수 없는 문턱에서 알게 모르게 흔들린다. 그녀는 자신에게 일어난 일을 이해할 수도, 믿겠다고 마음먹을 수도 없다.

눈이 내린다. 사방에 눈이 내린다. 알로이즈의 기억은 창백하게 퇴색된다. 그녀는 과거를 소환하지도, 추억을 추적해 나서지도 않는다. 그녀가 빠져들곤 했던 현실몽도 이제는 모두 과거지사여서 소파에 몸을 누이러 가는 일도 없게 되었다. 이젠 두 다리로 버티고 서 있어야 했다. 문지방에 선 채로 빈 무덤 주변에서 보초를 서야 했다. 이제 와서 소파에 몸을 누인들 무슨 소용이 있단 말인가? 꿈속에 나타나 그녀의 몸을, 욕구에 사로잡힌 여인의 몸을 껴안았던 빅토르의 마술적인 몸은, 처음 나타났을 때만큼이나 갑작스럽게 사라져 버리고 말았다. 그 마술적인 몸은 페르디낭의 추락과 동시에 깨어났었고, 페르디낭이 사라지자 함께 자취를 감추었다. 그 도둑 같은 몸이 페르디낭의 유해를 훔치러 온 것은, 마침내 무덤 속으로 당당하게 내려갈 수 있기 위해서였다.

대＊마법사 마르쿠가 한 말이 옳았던 거다. 비명횡사한 누군가가 페르디낭의 영혼을 탈취해 그 주위를 배회하며 생명을 훔치려 하고 있다는 것. 그 유령, 불쌍하고 악한 그 영혼을 밖으로 나오게 해 진정시키고 이 집에서 멀리 쫓아내야 한다는 것. 그런데 알로이즈는 어떻게 했던가? 정반대로 한 것이다. 그녀는 끊임없이 그 유령을 소환해 그에게 자신을 내맡겼다. 유령의 연인, 비명횡사한 이 남자의 공모자가 된 것이다.

페르디낭의 침묵하는 이름 위로 눈이 내린다. 묘지의 무덤들은 익명이 된다. 묘석들은 나지막한 둔덕들로, 희고 부드러운 풍경으로 변한다. 무덤들 주위로 구불구불 이어지는 산책로들에 쌓인 그 눈을 누가 감히 맨 먼저 밟아 더럽힐 것인가? 부재 속에 살아가는 자들은 아닐 것이다.

페르디낭의 사라진 몸 위로도 눈이 내린다. 페르디낭이 춥지는 않을까? 바깥의 창백한 빛이 방 안으로 부서져 들어오자 알로이즈의 마음속에 차츰 이런 의문이 생겨난다. 완전히 혼자가 되어 땅속에 버려진 자들이 느낄지도 모르는 이 냉기가 알로이즈의 마음속으로 서서히 스며든다.

그녀의 잔은 비어 있다. 알로이즈는 손에 든 잔을 잠시 들여다본다. 입안이 말라 있다. 잔 바닥의 반짝이는 술 한 방울에 그녀의 시선이 머문다. 그녀는 무언가를 생각해 내려 하지만 잘 안된다. 갈증에 몸을 맡긴 채 무기력하게 오가다 응접실 쪽으로 돌아온다. 작은 원탁 위에 진 한 병이 놓여 있다. 알로이즈는 잔에 진을 가득 부어 문지방 쪽으로 돌아온다.

그녀는 잔을 입술에 갖다 댄다. 방 안의 석회질 빛이 돌연 윤기 흐르는 매끄러운 빛으로 변했다는 느낌이 든다. 바깥에 내리던 눈이 그쳤기 때문이다. 마침내 눈은 부드럽고 순결한 모습으로 땅 위에 누워 휴식을 취하며, 하늘은 다시 맑고 밝게 빛난다. 햇빛이 눈에 반사돼 담벼락들과 집 안 마룻바닥 위에서도 번득이며 일렁인다.

납빛을 띤 발트해의 회색 물은 은회색으로 변하고, 대리석 무늬 종이 전등갓이 순백의 투명함을 띠게 되고, 거울을 가린 커다란 검은 베일도 군데군데 빛을 발한다. 갑자기 방 안이 환해져 알로이즈는 몸을 떨며 창문 쪽으로 얼굴을 돌린다. 바깥에 보이는 백색 풍경에 눈이 부셔 그녀는 눈을 조금 깜박인다. 그러자 속눈썹이 반짝이며, 두 눈에 글썽이는 눈물이 눈꺼풀 가장자리에서 떨린다. 그녀의 심장이 더 세게, 더 빨리 뛴다. 터무니없는 소망이 머릿속에 떠오른 참이다. 갑작스럽고도 강렬한 이 놀라운 광채가 바깥의 눈에서 비롯된 거 아니라 페르디낭의 얼굴에서, 이미 변모를 거친 그의 온몸에서 비롯된 거라면? 이 범람하는 흰 빛이 페르디낭의 영혼에서 솟아나 땅을 뒤덮고 하늘을 침범하며 그녀를 — 어머니를 — 만나러 와, 보이지 않는 세계에서 그녀를 포옹하는 거라면? 페르디낭의 얼굴이 이제 거울 속에 나타나 그 검은 베일을 찢어내려 하는 건 아닐까? 알로이즈의 가슴이 두방망이질한다. 그 순간 그녀는 모든 걸 망각하고 문지방을 넘는다. 거울로 다가가 술잔을 서랍장 위에 내려놓고 베일을 걷어 올린다.

양손을 다시 내려뜨린 그녀의 심장은 납빛으로 변한다.

거울 속엔 아무것도 없다. 눈가에 맺힌 눈물이 문득 무겁고 뜨겁게 느껴진다. 눈물이 뺨을 타고 흘러내려 입과 목을 적신다. 알로이즈는 다짜고짜 손으로 유리잔을 쳐 마룻바닥 위에서 산산조각 나게 한 뒤 한달음에 응접실로 달려 나간다. 오열에 몸이 흔들린다. 눈물 냄새가 그녀의 얼굴에, 두 손에, 스며든다.

눈물도 냄새가 있다. 녹이나 곰팡이에서 나는 들척지근하고 역겨운 냄새다. 심장이 발하는 땀 냄새, 시큼한 피부 냄새.

알로이즈의 눈물 냄새가 마룻바닥에 쏟긴 진 냄새와 섞인다. 눈이나 물 냄새처럼 무취에 가깝긴 해도 감각의 끄트머리에서 느껴지는 희미한, 아주 희미한 냄새. 슬픔의 냄새.

날이 갈수록 페르디낭의 방 안엔 이 서글픈 냄새가 밴다. 공허의 냄새, 얼어붙은 빛의 냄새, 발트해의 물 냄새, 부재가 흘리는 땀.

그런데 사물들이 또다시 방 안에서 음모를 꾸민다. 이제 빛을 발하는 그것들은 한층 더 적대적인 모습을 띠는 듯하다. 얼어붙은 섬세한 빛의 갑옷을 입은 것만 같다. 금속의 광채를 덮어쓰고 있는 그것들을 다가서서 만지려 한다는 건 미친 짓이다. 손이 타고 손바닥이 갈라지고 손톱이 벗겨질 것이다. 살을 에는 듯한 차가움이다. 사물들은 전쟁 중이며 애도에 싸여 있다. 방 전체가 애도에 싸여 있다. 주인이 한마디 말도 없이, 한숨 한 번 내쉬지 않고 가버린 것이다. 이 벽들 사이에 오랫동안 누워 있던 주인의 침묵이 사물들에 달라붙어 그곳에 머무른다.

알로이즈는 소파 가장자리에 앉아 있다. 갑작스레 목구멍을 조여오고 양어깨를 들썩이게 만드는 눈물의 발작으로 그곳에 내던져져 있다. 이마를 무릎 위에, 꽉 쥔 두 주먹을 양쪽 관자놀이에 갖다 대고 있는 것이, 심신이 망가져 내린 모습이다. 무릎이 축축이 젖어 있다. 그러다 오열이 잦아들고 눈물도 말라 나오지 않는다. 형언할 수 없을 만큼 크고 끈질긴 고통이다. 육신이 기진맥진해 꺾이고 두 손이 뒤틀리고 뱃속이 조여올 때도 있고, 피가 거꾸로 솟고 현기증으로 몸이 휘청이기도 한다. 절규와 흐느낌이 발작적으로 터져 나오거나 눈물이 솟구쳐 흐르기도 한다. 살이 울부짖는 것이다. 사랑하는 이의 살에서 찢겨 나온 생살이다.

때론 아무 일도 일어나지 않는다. 경련도, 눈물도, 신음소리도 없다. 지친 육신은 저항할 길 없는 고통에 겸허하게 복종한다. 때로 그런 시간이 가장 길게 이어지기도 한다.

알로이즈는 천천히 상체를 세우고 기계적인 동작으로 얼굴을 훔친다. 그리고 배 위로 팔짱을 끼는데, 몸이 앞뒤로 보일 듯 말 듯 흔들린다. 마침내 그녀는 자리에서 일어나 불확실한 걸음으로 응접실을 가로질러 창문 쪽으로 가 멈춰 서서 창유리에 이마를 갖다 댄다. 그러나 가만히 있지 못하고 공간과 침묵과 부재 사이를 서성거리게 된다.

현실몽의 마법은 깨졌으며 힘을 잃고 말았다. 그 광기가 사라져 버린 것이다. 여러 이미지와 움직임, 메아리, 냄새들로 살아 숨 쉬는 소망에서 비롯된 광기였고, 소망과 기억이 뒤섞인 기다림에서 비롯된 광기였다. 하지만 그 결과 더한층 격렬한 광기, 욕구라는 광기가 태어났다. 이 욕구 때문에 알로이즈는 미쳐버리고 만 것이다. 그녀는 시간을 폐지하고 세월을 거슬러 올라가 죽음을 부인하며 빅토르의 몸을 힘껏 품에 안을 수 있다고 믿었었다. 스스로를 전쟁보다도, 죽음보다도 강하다고 믿었었다. 빅토르를 향한 자신의 사랑은 너무도 깊고 절대적이어서 마술적인 성격을 띤다고, 자신이 남편을 림보에서 구해내 몸을 되찾게 해주었다고 확신했었다. 초자연적인 영광의 몸인 동시에 몹시 관능적인 쾌락의 몸이기도 했다. 그런데 그 되찾은 쾌락의 희열에 빠져 그녀는 자신이 추구하던 진정한 목표를 잊고 만 것이다. 그렇게 아들을 배신한 거다.

모든 게 환상이었다. 환상이며 거짓이었다. 현실몽이라는 건 존재하지 않았으며 죽음만이 진실이었다. 그녀에게서 사랑하는 남자들을 악착같이 훔쳐 간 그 죽음.

모든 게 그녀에게 맞서 음모를 꾸며 온 거다. 항시 그랬던 거다. 지금 그렇게나 모질게 그녀를 밀어내고 있는 물건과 가구, 장소들도 실상은 처음부터 그녀에게 주어진 잔인한 운명의 부차적인 발현에 불과했다. 사실 그녀는 이제 사방에서, 모든 것에서, 운명의 징후를 간파했다. 범죄의 현장에 살인자가 남기고 간 흔적들을 추적하듯이, 알로이즈는 자신의 지난 삶을, 파탄 난 가슴 아픈 삶을 되짚어 보았다.

그렇다. 그녀는 안드로마케와 같은 기질에 속하기엔 어림도 없었고, 이벳슨이나 메리 드 타워스의 부류에 끼지도

못했다. 단 한 번도 운명에 맞서 불행을 물리친 적이 없었
다. 그렇다면 그녀는 어떤 부류인 걸까? 예전 같으면 소포
클레스나 아이스킬로스 셰익스피어의 작품들에서 자신의
계보를 찾아보려 했을 것이다. 그러나 그건 이제 과대망상
임이 밝혀졌고, 오만도 사라지고 없었다. 고통이 너무 적나
라해 더는 그런 식으로 편장을 하거나 도도함을 과시할 수
없게 되었다. 치유받을 길 없는 생생한 고통, 그 어떤 위로
로도 누그러뜨릴 수 없는 고통이었다.

알로이즈는 불행한 사람들, 가난한 사람들, 지위를 박탈
당한 사람들 부류에 속한다. 익명의 거대한 부류. 그녀는
이제 허공 속을 맴돌며 신음하며 울기만 할 뿐이다. 더는
아무것도 알 수 없고, 무슨 생각조차 할 수 없게 되었다. 머
릿속에 떠오르는 생각들은 뒤죽박죽 일관성이 없고, 상상
은 재와 먼지에 불과하다.

*

이마를 창유리에 갖다 댄 채 알로이즈는 눈 천지로 바
뀐 풍경을 바라본다. 만물이, 저쪽의 숲들마저, 흰색 일색이
다. 바깥의 냉기가 이마 속으로 침투하며 무심無心이 이마를
감싼다. 알로이즈는 모두로부터, 모든 것으로부터 멀리 추
방된 채 몹시 지친 모습이다. 눈 위로 구름 그림자가 지나
가는 것이 보인다. 그녀 자신의 영혼 위로도 그림자가 지나
가는 것이 느껴진다. 아니, 그림자가 그녀 자신인 것만 같
다. 그녀 자신의 영혼이거나 마음인 것 같다. 그림자는 그

257

렇게 침묵과 냉기 속에서 하늘을 가로지르거나 땅을 스치며 지나간다. 그것이 자신의 영혼인지 마음인지 몸인지 그녀는 명확히 가려낼 수 없으며, 그 세 단어를 더 이상 구별할 수도 없다. 세 단어 모두 상처 입은 똑같은 현실과 똑같은 고뇌를 가리킨다. 알로이즈는 이 부유하는 그림자며, 무無나 다름없는 시커먼 무엇, 창백한 햇빛 속으로 추방된 밤의 조각이다. 그리고 끝없이 펼쳐진 이 눈이고, 땅의 이 혹독한 냉기고, 윙윙대는 침묵이기도 하다.

알로이즈는 땅을 뒤덮고 가두는 눈이다. 냉기 속에 갇힌, 눈 덮인 이 땅이기도 하다. 그녀의 아들이 누워 있는 땅. 창유리의 냉기가 이마에서 배까지 내려와 내장을 조여오는 것이 느껴진다. 창문에 서리는 그녀의 입김으로 풍경이 계속 흐려진다. 끝없이 펼쳐진 밀운密雲과 그 그림자가 동풍에 밀려 전속력으로 달린다. 늪지 뒤편 숲 너머 먼 곳에서, 아주 먼 곳에서 부는 바람, 땅끝에서 불어오는 바람이다. 헐벗은 숲속에선, 나뭇가지가 부러지고 떼까마귀가 우는 아주 미미한 소리마저 요란하게 울려 퍼진다. 늪지는 텅 비고, 얼어붙은 진흙은 눈으로 정화된 모습이다. 그 주변 풍경은 황량하기 그지없다. 그곳에 자라는 식물들은 구부러지거나 휘어진 다양한 굵기의 검은 선에 불과하다. 입체감 없는 간결한 화풍의 그림. 이 모든 식물의 줄기, 헐벗은 가지와 잔가지는 바람에 갈린 선처럼 날카롭다. 곤충도 전혀 눈에 띄지 않고, 애벌레들은 땅 밑이나 나무껍질 안쪽에 안전하게 숨어 있다. 짐승들은 땅 밑, 눈에 띄지 않는 자신들의 은신처 깊숙이 박혀 있다. 이미 오래전에 떠나간 새들의 아름다운 노래는 옛 전설이 되어버린 듯하다. 떼까마귀와 갈까마귀들만 남아 있다.

언제까지나 머무르게 될 떼까마귀와 갈까마귀들의 거친 울음소리가 이곳에 감도는 투박한 침묵을 한층 도드라지게 만들며, 창백한 하늘엔 펜으로 그은 비스듬한 선처럼 송장까마귀들이 점점이 떠 있다. 아름다운 노래를 부르던 알록달록한 깃털의 그 예쁜 새들은 영원히 돌아오지 않을 것이다. 꽃도, 풀도, 나뭇잎도 모습을 다시 드러내진 않을 테며, 짐승들과 곤충들도 더 이상 잠에서 깨어나지 않을 것이다. 모든 게 그렇게 남아 있어야 한다. 굳어버리고 얼어버린 채, 황폐한 무언無言의 상태로. 자연은 영원히 침묵해야 하며, 침실 벽에 걸린 달력처럼 그대로 정지해야 한다. 스톡홀름의 항구엔 2월이 닻을 내렸고, 계절은 발트해 물속 깊이 침몰해 버렸다. 열한 달이 느닷없이 침몰해 버린 거다. 그 열한 달이 다시 떠올라선 안 된다! 2월, 2월만 계속되어야 한다. 자연은 이 법칙에 굴복하고 온 땅이 페르디낭의 죽음을 애도해야 한다! 그래야만 한다. 작은 참새들의 높고 맑은 지저귐을 다시 듣는다는 건, 달콤한 대기 속에 떠도는 앵초와 제비꽃 향기를 맡는다는 건, 정말이지 엄청난 고통일 테니까. 연초록색 잎들의 우아한 떨림 속에서 대지가 부르르 몸을 털며 흑백의 긴 잠에서 깨어나는 걸 본다는 건 참을 수 없는 고통이겠지. 대지와 생명과 욕구가 그처럼 태평스럽게 깨어나는 모습을 목격한다는 건 한없이 불손한 일일 것이다. 대지를, 인간과 짐승들을, 신을 저주하지 않을 수 없을 테니까. 무엇보다 신을.

그 모두를 만든 신, 건망증에 걸린 이 변덕스러운 대지를 창조한 신. 대지가 인간을 잉태하고 먹이는 건 오로지 그들을 더 쉽게 파멸시키고 먹어치우기 위해서가 아니던가. 신은 인간들에게 영혼을 주었다고들 한다. 하지만 불쌍한 인간들의 걸핏하면 상처받는 귀머거리 마음에 이식된 이 영혼이란 건 대체 뭘까? 신은 인간들을 평화롭게 놔둘 수 없었던 걸까? 사랑의 고뇌와 초상의 슬픔, 다가오는 죽음에 대한 공포를 전혀 모르는 짐승들의 축복받은 우매를 인간들에게 허락할 수는 없었던 걸까? 이 영혼이란 정확히 뭘까? 눈에 보이지 않고, 만질 수 없으며, 증명할 수도 없는 무엇. 그런데도 그게 지옥 불에 떨어지지 않게 하려면 삶의 매 순간 아주 비상한 주의를 기울여야만 하는 것. 그게 다 무얼 의미하는가? 영혼과 관련된 어둡고 잔인한 이야기, 이 황당한 이야기의 진실은 어디에 있는가?

알로이즈는 창유리에 이마를 댄 채 막연히 그런 생각을 한다. 일찍이 그녀가 신앙을 가져본 적이 있었던가? "우리 집안 사람들은 종교를 가졌어. 성스러운 것들은 존중되어야 한다는 거야." 예전에 그녀 자신이 그렇게 되뇌곤 했듯이 '종교'는 가지고 있었다. 그러나 종교란 정말이지 별것 아니며 항상 성화聖化를 가져다주는 것도 아니다. 신앙이 깃들지 않은 종교는 없느니 못한 것이다. 빅토르가 죽은 뒤 알로이즈가 신에게 반기를 들었던 건 아니며, 오히려 그녀는 미망인이라는 갑옷을 두르고 신성한 무언가를 과시하고 있었다. 남편을 위한 위령미사를 습관처럼 바쳤다. 빅토르의 그 경이로운 몸이 흔적도 없이 사라져 버린 터라 그녀는 몸의 소멸을 초월해 그와 새롭게 관계를 이어가려고 했었다. 그녀는 남편에 대한 추억을 성상聖像처럼 받들었고, 죽은 자의 영혼을 생전의 몸이 지녔던 그 아름다움으로 치장했다. 그렇게 그녀는 종교에서 기댈 곳을 구했다. 기댈 곳이 간절히 필요했었다. 생활이 빈곤했던 건 사실이지만 오만이 우위를 점했다. 종교는 가난에 위엄을 부여하니까. 그러다 아들을 뒷바라지하기 위해 이아생트와 결혼함으로써 그녀는 가난에서 벗어났다. 그렇다고 종교를 부인한 건 아니었다. 재혼으로 인해 슬픈 운명의 낙인이 바래긴 했어도 종교는 여전히 그 운명에 모종의 위엄을 부여해 주었다.

그런데 습관과 의무도 수년간 쌓아 올린 이 공든 탑이 완전히 무너지고 만 것이다. 삶의 욕구가 우리 마음속에서 철저히 뿌리 뽑혔다면 습관이 다 뭐란 말인가? 우리의 더없이 신성한 권리가 무자비하게 모조리 강탈당했다면 의무는 또 뭐란 말인가? 자신의 몸에서 태어난 자식이 한창 나이에 땅에 묻히고 말았는데 그녀가 어떻게 삶의 욕구를 지닐 수 있단 말인가? 그녀에게 삶의 기쁨이자 자랑거리였던 자식의 죽음으로 삶의 권리가 박탈당한 터에 이런저런 의무를 이행해야 한다는 감정을 어떻게 가질 수 있을까? 더 이상 아무것도 가진 거 없는 자는 아무것도 줄 수 없다. 목숨을 부지하겠다는 동의조차 할 수 없다. 더는 가진 게 없을 때 우린 모든 걸 가졌고, 소유한 게 적을수록 더 많은 걸 주어야 한다는 건, 신의 그 바보들 가운데 하나가 아니면 감히 입에 담을 수 없는 말이다. 알로이즈는 그 바보들이 혐오스럽기만 하다. 아내이자 연인인 그녀의 마음, 자식을 사랑하는 어머니인 그녀의 마음은 이 터무니없고 역겹기까지 한 말들에 귀를 막는다. 고통이 너무 심해, 도둑이야, 살인자야, 배신자야, 라고 그녀는 외친다. 그리고 원망한다, 신을. 절망에 빠진 이들이 그러듯 원망한다. 그녀의 좌절한 마음은 욥의 말들에 철저히 공명한다. "아! 그분께 닿을 수 있다면, 그분의 거처까지 다다를 수 있다면, 그분 앞에 소송을 제기해 항의의 말을 가득 쏟아놓을 것이다."* 그런 불평과 비난의 말들을 그녀도 외쳐댈 수 있을 것이다. 벌써 그 말들이 그녀 안에 쌓여 욕설로 화해 있다. 그러나 그녀는 깊은 구렁 속에서 욥이 그랬듯 신이 숨어 계신 은밀한 곳을 찾기 위해 동서남북을 뒤지는 일은 하지 않기에, 그녀의 외침은 마음속에 매몰되어 갇혀 있을 뿐이다. 신은 사방 어디에도 없었지만 그래도 욥은 포기하지 않고 신 앞에 소송을 제기했다. "하느님 손에 죽임을 당할지언정 나는 그분에 대한 희망을 저버리지 않을 것이다."라고 그는 선포한 것이다. 욥이 신 앞에서 절규하며 소송을 제기할 수 있었던 건, 신을 비난할 때조차 신에 대한 그의 믿음은 확고했기 때문이다. 그러나 알로이즈에게는 그런 모순을 끝까지 안고 갈 힘이 없다. 그녀는 자신이 제기한 소송을 피고를 출두시키기도 전에 끝내버렸다. 그리고 신에게 유보 없는 극형을 — '비존재'라는 — 선고했다. 혹은 그의 존재에 대한 무관심이라는, 결국 동일한 형刑을.

그렇다. 신의 존재 여부를 아는 게 알로이즈에겐 중요하

* 욥기 23 : 3-4

지 않다. 세상의 종말에 닥칠 죽은 이들의 부활에도 그녀는 코웃음 친다. 그녀는 지금 이곳에 아들이, 그리고 빅토르가 다시 나타나는 걸 보고 싶으니까. 신이 아들을 그녀에게 다시 데려다준다면 그녀는 신을 믿을 것이다. 그게 아니면 신에 대해 생각조차 하지 않을 것이며, 악몽을 떨쳐내듯 그에게서 돌아설 것이다. 이미 그녀는 돌아서고 있다.

*

알로이즈는 마침내 창문에서 이마를 뗀다. 냉기가 뼛속까지 스며든 것 같다. 그녀는 몸을 떤다. 흰 눈을 너무 오래 바라봐선지 눈이 몹시 부신다. 잠시 응접실 안을 오가면서 가구 모서리에 몸을 부딪곤 한다. 이젠 물을 마실 생각조차 없는 데다 잔까지 깨트린 게 사실이다. 땅 위에 감돌던 구름 그림자가 그녀 안에 무겁고 단단하게 내려앉아 있었다. 긴, 때론 아주 긴 권태가, 잿빛 고통이, 다시 시작된다. 그녀는 또 다른 눈물의 발작을, 몸의 갑작스러운 반란을 기다리게 된다. 그러면 경련이나 구토나 극심한 두통을 겪거나, 삶을 저주하고 신에 관한 생각을 저주하게 될 것이다. 알로이즈는 이 변덕스러운 고통을 다스리거나 발작을 막아보려는 시도조차 하지 않는다. 그녀는 자신이 겪는 고통의 노예가 되어 있다. 지칠 대로 지쳐 광기의 문턱에 와 있다.

그 문턱. 방과 응접실 사이에 가로놓인 문턱. 그녀는 맹목적인 힘에 밀려 다시 한번 그리로 돌아온다. 좌절과 터

263

무니없는 희망 — 아들을 불쑥 다시 보게 된다는 — 사이에 열린 문턱. 자석처럼 그녀를 끌어당기고 그 가장자리에 꼼짝 못 하게 붙잡아 두는 동시에 거칠게 밀어내기도 하는 문턱. 넘을 수 없는 문턱. 보고 싶다는 갈망만큼이나 눈물로 반짝이는 눈으로, 그녀는 떨며 그곳에 서 있다. 마음속에서 노호하는 절규를, 몸속에서 숏구쳐 전신을 맴도는 호소를 참느라 입술을 깨문다.

알로이즈는 그저 침묵 속에서 터져 나오는 무언의 호소, 부재에 반발하는 광포한 이 호소일 뿐이다.

"돌아와, 다시 나타나 주렴. 이곳에 잠시라도, 아주 잠깐이라도. 한 번만 더 너를 보게 해줘. 너를 다시 보게……"

그러나 날이 저물어 다시 희끄무레해지는 햇빛을 제외하고 방 안의 사물들은 꼼짝도 하지 않는다. 그녀의 호소를 듣지 못하는 귀머거리 장소다.

햇빛이 완전히 물러나고 저녁 어둠이 방 구석구석에 쌓이며 가구들을 감싸올 때도 알로이즈는 여전히 그곳에 우뚝 서 있다. 방 안에 번지는 박명보다 더 검은, 날씬한 조각상 같다. 그녀는 방에 자신의 눈물 냄새가 배게 하고, 대신 방은 그녀 안에 그곳의 공허가 배게 한다. 포화 상태의 무기물이 화학적 불활성을 띠게 되어 결정화結晶化 되듯, 알로이즈의 고통도 멍한 마비 상태에 빠져 굳어버린다.

두 번째 목탄화

비가 내린다. 천천히 단조롭게 내리는 비에 구멍이 숭숭 뚫린 눈이 조금씩 녹아 사라진다. 하늘은 회색, 땅은 검은색이다.

땅이 다시 모습을 드러낸다. 검은 흙덩어리가 눈을 비집고 나온다. 물기를 가득 머금은 다공질의 눈. 흉하고 지저분한 눈. 때늦은 겨울의 분기奮起가 오래가지는 못할 테지만, 봄은 볼품없는 모양새로 대지에 대한 권리를 되찾는다.

비를 피한 눈이 창가에 가느다란 띠를 이루며 쌓여 있다. 참새 한 마리가 날아와 그 위에 앉는다. 기적의 낟알 하나, 희귀한 빵부스러기 하나를 찾기 위해 새는 창가를 따라 폴짝거리며 뛰어다닌다. 새가 딛고 간 눈 위에 작디작은 별들이 새겨진다.

참새가 갑자기 날아오르며 잽싸게 달아나 버린다. 창유리 너머에 막 모습을 드러낸 그림자를 피해서다. 작은 참새들은 그림자들을 경계한다. 주변에 감도는 그림자들이 종종 비밀스러운 부리와 발톱으로 순식간에 그들을 덮치곤 하기 때문이다. 그러나 창문 너머에 나타난 그림자는 그저 한 남자며, 그 윤곽으로 미루어 무해한 사람이다. 저처럼 무심한 거동으로 창가에 다가오는 남자라면, 그렇게 다가오자마자 벌써 가버릴 것 같은 남자라면, 겁을 먹을 이유가 전혀 없다.

키가 크고 마른 남자다. 얼굴엔 주름이, 그리고 눈 위에 새겨진 참새의 가녀린 발자국들 같은 잔주름이 져 있다. 검은 두 눈이 발하는 시선엔 깊은 우수와 겸허함이 배어 있는데, 무엇보다 이 겸허함 탓에 그의 검은 눈은 반투명한 빛을 띠는 듯하다. 잉크병 바닥에서 반짝이는 잉크 같은 눈. 인내와 주의력의 결핍, 혹은 두려움, 어쩌면 조심성 때문에 아직 찾아내지 못한 말들이 잠들어 있는 눈.

아주 짧게 자른 머리털 역시 검은색이다. 나이는 남자의 피부에만 영향을 미쳤을 뿐 머리털은 전혀 건드리지 않았다. 둘 사이의 뚜렷한 대비가 남자의 얼굴에 묘한 표정을 부여한다.

남자는 서풍이 몰고 온 비 내리는 풍경을 바라본다. 이 고장 구름은 대서양에서 부는 바람에 쫓겨 대부분 서쪽에서 몰려온다. 오늘은 대양이 육지를 공략해 무수한 회색 구름 떼를 보낸 듯하다. 빛도, 활기도, 맛도 없는 하루다. 아직 잎이 돋지 않은 나뭇가지들이 바람에 흔들리고, 덧문이 쾅 닫히고, 빗물받이 홈통에서 개울물 흐르는 소리가 난다. 남자는 담배에 불을 붙인다.

그가 서 있는 방은 경사진 지붕을 인, 천장이 낮은 방이다. 화창한 날에도 어두컴컴한 정북향 방. 창밖으로 개암나무 한 그루와 까치밥나무 몇 그루가 보인다. 보일락 말락 벌어진 개암나무 열매들의 회녹색 껍질 사이로, 바람에 조만간 흩어질 금빛 먼지 같은 꽃가루가 보이는 듯하다. 아직 어린 개암나무는 햇빛이 잘 안 드는 구석에 자리해 발육이 부진하고 자라는 속도도 느리다. 참새는 까치밥나무 발치에 피신해 있다. 저만치 자리한 10미터 높이의 묵직한 시멘트 기둥 주위로 몇 안 되는 이 관목들이 빈약한 울타리를 형성한다. 기둥 꼭대기엔 커다란 회전형 안테나가 장착되어 있다.

남자는 마지막 담배 연기를 내뿜은 뒤 창문을 열고 꽁초를 밖으로 내던진다. 참새가 폴짝대며 물러나 시멘트 기둥에 바싹 붙어 선다. 남자는 비를 향해 두 손을 뻗더니 젖은 손끝으로 관자놀이를 문지른다. 그는 창문을 도로 닫고 테이블로 와 앉는다.

테이블 위에는 꽃도, 자질구레한 물건도, 장식물도 없다. 이 방만큼이나 간결한 테이블이다. 무얼 먹거나 글을 읽고 쓰기 위한 테이블이 아니며, 작업대도 아니다. 누군가를 부르거나 귀 기울이는 데 쓰이는 테이블이다. 장거리 대화를 위한 테이블, 얼굴 없는 목소리들이 마주치는 테이블, 때론 세상 반대편 끝에서 전해지는 말들이 오가는 테이블이다. 다양하고 복잡한 목소리를 지닌 고독의 테이블.

전설

목소리들. 아마추어 무선 통신에 몰두한 수년 동안 이아생트 도비녜는 무수한 목소리를 포착했다. 경사진 지붕 밑 이 방의 흰 벽토 발린 벽들은 엽서로 뒤덮여 있다. 온갖 연령의 남녀들로 이루어진 무수한 교신 상대들이 지구 방방곡곡에서 보내온 것들이다. 천장엔 커다란 세계 지도를 고정시켜 두었는데, 엽서들로 넘쳐나는 벽들엔 더 이상 자리가 없어서였다. 그래도 비스듬히 기울어진 천장인지라 그 평면구형도를 살펴보기 위해 이아생트가 목을 잔뜩 비틀어야 할 필요는 없다. 이 방의 유일한 가구인 장롱 속엔 그 밖의 서신들을 비롯해 주고받은 모든 교신을 담은 노트들이 정리되어 있다. 매 교신마다 그가 날짜와 시간, 대화의 내용과 함께 대화 상대의 호출 번호까지 기록해 둔 노트들이다. 이아생트는 정리에 능한 꼼꼼한 사람이다. 그는 끊임없이 기록하고 분류해 보관한다. 아마추어 무선 통신 활동을 하며 그가 세심하게 적용하는 이 규율은 삶의 구심점이자 버팀대다. 무의식적이고도 기계적인 양상을 띠게 된 그것은 그에게 일종의 구명밧줄이기도 하다. 오래전부터 우울감에 흔들리는 신경에 안정을 가져다주는 구명밧줄, 영혼이 느끼는 모종의 공포와 의심의 포로가 되어 언제라도 공허 속으로 녹아들 태세인 그의 사고思考를 구해주는 구명 밧줄.

애초에 그가 단파에 메시지를 실어 송출하는 기술을 배우게 된 건 호기심과 재미에서였다. 그런데 세상이 그의 앞에 열리는 예기치 못한 일이 벌어졌다. 침울하고 적막한 시골 한복판에서 태어나 갇히고 만 소심하고 과묵한 남자, 타인에게 다가서려는 최소한의 시도마저 고통스러운 이 남자가 자신의 형편과 취향에 꼭 맞는 방식으로 세상과 타인들을 향해 열린 출구를 찾아낸 것이다. 새들이 우글대는, 지나간 시대의 안개와 전설에 싸인 이 늪지대들 사이에서 잊힌 남자, 별 볼 일 없는 이 남자가 전파의 마술에 힘입어 자신의 시대와 소통할 수 있는 길이 열린 것이다. 그는 목소리들을, 온 세상에 흩어져 있는 동시대인들의 다원적 목소리를 포착했다. 살아 있는 자들의 목소리를, 같은 인간들의 숨결과 말을, 그들이 어디에 있든 포착했다. 목소리인, 오직 목소리로 이루어진 거대한 형제단의 일원이 된 것이다. 그는 얼굴도 몸도 없는 — 때로 그가 상상 속에서 부여한 얼굴과 몸이 아니라면 — 목소리들과 대화를 나누었다. 메시지를 송출하고 받는 동안 그의 마음에 든 게 바로 그 점이었다. 현실과 가상의 뒤섞임, 기술과 몽상의 얽힘. 세월이 흐르며 이아생트는 계속 그 기술을 개선해 나갔고 통신망을 넓혀갔다. 자신과 같은 사고방식이나 문학적 취향을 지닌 몇몇 상대와는 꾸준히 대화를 이어가며 우정을 맺기까지 했다.

대화는 대부분 영어로 이루어졌다. 완벽한 구사를 위해

그가 심혈을 기울였던 언어다. 뤼시의 친구 루-페도 더 많은 천문학 서적들을 읽기 위해 그 언어를 배우기로 했기에, 예전에 뤼시가 영어를 '먼 나라의 언어'라 불렀던 게 옳았던 셈이다. 이아생트에게도 영어는 정말이지 먼 나라의 언어였지만 어린 뤼시가 생각한 것처럼 별들의 언어는 아니었다. 그보다 더 단순하고 신비로운, 그가 교신하는 남녀들의 언어, 그 별 먼지들의 언어였다. 땅을 스치듯 지나가며, 온 세상 여기저기 운명이 지정한 장소에서 빛을 발하는 별 먼지들. 별들의 속삭임, 살아 있는 자들의 말, 이아생트는 그걸 포착해 화답했다.

처음엔 실용적인 목적으로 배운 영어가 이아생트에게겐 마음의 언어가 되었다. 이 언어가 더 광대한 소통의 장을 열어주어서가 아니라, 그 소통이 지닌 고유의 특성과의 관련성 때문이었다. 그곳에서 갈등도 고통도 없는 대화가 가능했던 건, 오로지 목소리로 이루어진 대화였기에 시선에 깃든 냉혹함과 아이러니는 물론 경멸로부터도 자유로울 수 있었기 때문이다. 이아생트는 타인의 시선을 감당할 수 없는 사람이었다. 누군가에게 말을 할 때면 살짝 얼굴을 돌려 상대의 시선을 피했다. 그러나 영어는 '화면 밖' 공간인, 경사진 천장의 자기 방에 혼자 박힌 채 말하면 되었다. 그에게 영어는 무수한 억양과 악센트를 지닌, 영원히 무대 뒤에서 들려오는 목소리였다. 바깥에서 들리는 목소리, 먼 나라의 목소리. 눈에 보이지 않는, 따라서 무해한, 살아 있는 자들의 목소리.

그와 대화를 나누었던 몇몇 목소리가 그랬던 것처럼, 아름다운, 기막히게 아름다운 목소리. 애팔래치아 지방에 사는 한 미국인도 있었는데, 그의 언어는 18세기 그의 조상들이 그 산악 지대에 이크렀을 무렵의 용어들로 이루어져 있었다. 그런가 하면 헝가리 출신의 한 오스트레일리아인은 생각을 정확히 표현하느라 단어 선택에 신중을 기하며 몹시 느리게 말했는데, 숨결처럼 조심스럽고 부드러운 어조에 담긴 섬세하기 이를 데 없는 그의 이야기는 단조로운 선율의 묘한 노래처럼 들렸다. 그러나 두 목소리 모두 이제는 들리지 않았다. 그 먼 곳에도 죽음이 닥쳐 그것들을 훔쳐 간 것이다. 그들로부터 남은 거라곤, 목소리가 전해준 기쁨에 대한 추억뿐이었다.

스코틀랜드인이었던 한 남자는 언제나 활기와 유머가 가득한 대화를 이어가며 호탕한 웃음을 터뜨리곤 했었다. 그러던 어느 날 그는 평소의 낭랑한 목소리로 그 대화가 마지막 교신임을 알려왔다. 후두암 수술을 받게 되었다고 했다. 그전까진 자신의 병에 대해 언급한 적이 한 번도 없었는데 말이다.

"백금 호각을 목구멍에 넣는다네요. 희한한 이식 아닌가요?"

그는 전혀 별일 아니라는 듯 천연덕스럽게 말했다. 그런 다음 마지막으로 웃으며 덧붙였다.

"나중엔 새들과 이야기를 나눌 겁니다."

그리고 작별 인사로 그는 낮고 평온한 목소리로 자기 나라의 옛 발라드를 노래하기 시작했다.

여러 해 동안 이아생트는 '세상 끝'의 한 남자와도 함께
했었다. 그렇게 소개한 건 남자 자신이었다.

"저는 세상 끝에서 말하고 있습니다."

교신이 닿을 때마다 그는 이렇게 말하며 시작했다.

배핀섬에 사는 그는 시詩에 미쳐 있었다. 심지어 그저 살
짝 미친 사람이라고도 할 수 있었다. 고독과 끝없는 겨울
과 얼어붙은 백색 풍경 탓에 미치고, 권태로 미쳐버린 사
람. 하나의 광기가 다른 하나를 몰아내거나 악화시키거나
때론 진정시켰다. 그는 대화보다는 셸리나 워즈워스, 키츠,
특히 셰익스피어 같은, 자신이 좋아하는 시인들의 시를 낭
송하는 걸 더 좋아했다. 셰익스피어의 소네트를 음송할 때
면 감동으로 흐려진 목소리가 되었다. 그때그때 시에서 솟
구치는 격앙된 욕구와 경탄, 질투, 쾌락과 분노, 애정이나
탄원이 음송하는 이의 목소리를 공략하기라도 하는 듯.

그러다가 때론 시의 산정山頂에서 내려와, 한 권의 책에
서 취한 짧은 산문을 낭독하기도 했다. 감탄할 만한 운율의
산문으로 이루어진 그 책은 감미로운 선율의 긴 레시터티
브 같기도 했다. 버지니아 울프의 『파도』였다.

책의 제목과 저자의 이름을 발음하는 세상 끝 남자의
어조가 너무도 부드러워 이아생트는 매번 동요하곤 했다.
꿈을 꾸다가 간간이 한숨을 터뜨리는 아이의 억양을 담은
목소리였다. 부서지기 쉬운 관능적인 기쁨과 우수가 담긴
한숨. 그 후로 버지니아 울프의 『파도』는 이아생트에게 포
말과 수정의 반짝임을, 작열하는 빛의 끝없는 속삭임을 떠
올리게 했다. 온통 대양이며 빛인 그 풍경은 그의 머릿속

에서 배핀섬의 땅과 바다 풍경과 뒤섞였다. 세상 끝의 풍경, 세상의 심장이 지닌 풍경. 이아생트의 길 잃은 영혼의 풍경.

"파도가 물러나면 해안엔 물웅덩이들이 남았다. 간혹 홀로 남겨져 몸을 파닥이는 물고기도 있었다."

이젠 침묵하게 된 풍경 어느 날 예고도 없이 세상 끝 남자는 교신을 중단했다. 어쩌면 일 때문에 머무르게 된 북극의 그 큰 섬을 떠났는지도 모르고, 권태가 불러오는 광기에서 벗어남으로써 아름다운 선율을 담은 주문의 광기를 동시에 상실했을 수도 있다. 그의 나라, 가족의 품으로 돌아가 모국어의 온기를 되찾은 게 틀림없다. 산 자들의 익숙한 인파 속으로 다시 잠적한 거다. 침묵을 경이로운 말들로 수놓겠다는 끈질긴 욕구도 그의 안에서 소멸되고 만 거다.

용해되어 사라져도 다시 나타나곤 하는 풍경. 망각에 잠긴 그 섬이 날씨에 따라 물 밖으로 끊임없이 모습을 드러냈다. 황홀한 목소리를 지닌 세이렌들로 가득한 물. 세이렌들은 셰익스피어의 소네트들이 담고 있는 금빛과 흑옥빛, 주홍빛 사랑을 노래했으며, 때론 기다란 은빛 실타래 같은 버지니아 울프의 『파도』를 읊조렸다. 배핀섬은 이아생트의 몽상 속에서 그렇게 속삭이며 떠다녔다.

세상 끝의 그 남자는 이아생트에게, 세상의 한 작은 섬에 마찬가지로 칩거하는 그에게, 자신의 말을 부지중에 물려주었다. '먼 나라 언어'의 아름다움이 절정에 달한 그 모든 말들이 이아생트의 기억 속에 끝없이 떠올랐다. 하지만 마음속에 각인된 이 말들을 그가 소리 내어 발설한 적은 한 번도 없었다. 자신의 고통을 달래고 눈물을 참기 위해 어떤 연가의 곡조를 나지막이 흥얼대는 사람처럼, 기껏해야 닫힌 입술 사이로 가끔 중얼거릴 뿐이었다. 그가 가장 좋아하는 행들과 선호하는 문장들이 입술에 부딪혀 소멸하며 숨결 속으로 사라져 거품처럼 떨며 가슴속으로 다시 물러나곤 했다.

"각각의 파도가 솟구치며 해안으로 밀려와 형상을 갖추었다가 부서지며 흰 거품의 얇은 베일을 모래 위에 드리운다."

이 부분에서 이아생트는 텍스트의 심오한 원천을 바싹 가까이에서 스치고 지나갔다. 사랑에 빠진 육신과 질투하고 갈망하는 몸의 가장 어둡고 뜨거운 지점에 묻혀 있는 샘이었다. 혹은 세상을 관조하려는 감각들, 흐르는 시간에 조율된 그 감각들 표면에서 은밀히 흘러넘치는 샘. 이 텍스트의 말들은 비밀리에 무르익은 것들이었다. 사랑하는 몸과 사랑에 빠진 마음 — 밝은 아름다움을 지닌 '친구'와 어두운 매력을 지닌 '연인' 사이에서 맴도는 — 의 비밀 속에서 무르익은 말들. 투명하고 덧없는 몸의 비밀 속에서 무르익었고, 삶과 사물의 덧없음 속에서도 끊임없이 현존을 찾아 헤매는 그 불안한 마음의 비밀 속에서 무르익은 말들. 은밀함과 조심스러움이 배어 있는 이 텍스트의 말들은 속삭임이 될 수밖에 없었다. 비밀스러운 속내 이야기들.

*

　이아생트 도비녜는 이제 노인이다. 70대 노인. 하지만 그는 언제나 노인이었고, 모든 걸 뒤늦게 이룬 사람이었다. 부친이 죽었을 당시 고작 서른 살밖에 안 된 그에게 노쇠가 닥쳤다. 어머니도 죽은 지 이미 오래였고, 남은 가족이라고는 그보다 세 살 더 많은 누나 뤼시엔뿐이었다. 그러나 거만하고 메마른 성정의 뤼시엔은 그의 잘잘못을 따지는 역할만 맡으려 들었고, 나약한 아이였던 조카 바스티앙은 잘난 체하는 별 볼 일 없는 어른이 되어 있었다.

　키가 크고 거동이 어설픈 이아생트는 태도와 행동이 늘 부자연스러웠다. 누나와는 반대로 자신의 크고 후리후리한 몸을 자산으로 삼을 줄도 몰랐다. 어려서부터 머리를 꼿꼿이 들고 다닌 뤼시엔은 망루 같은 몸매에 새매의 눈을 하고 있었다. 그러나 이아생트는 어릴 적부터 자신의 몸을 그 몸의 그림자와 혼동하는 경향이 있었고, 몸이 그 그림자 속으로 용해되어 버리기를 바란 적이 한두 번이 아니었을 것이다.

　뤼시엔은 노년에 이르기까지 머리가 세지 않고 새카만 걸 자랑스러워했다. 반대로 이아생트는 자신의 머리가 까마귀처럼 까매 너무 눈에 띄는 걸 좋아해 본 적이 없으며 그런 부조화를 오히려 부끄러워했다. 하지만 거울 속 자신의 관자놀이를 아무리 살펴보아도 흰 머리카락은 한 올도 보이지 않았다. 날카로운 음색의 낭랑한 목소리를 지닌 뤼시엔은 짧고 신랄한 웃음을 터뜨리곤 했지만, 이아생트는 흐릿한 목소리로 부드럽게 말했으며 드물게 새어 나오는 웃음소리 역시 작고 가벼웠다. 그래도 누나와 마찬가지로 그의 마음속 깊은 곳엔 고독이 단단히 자리 잡고 있었다.

그런 그는 쉰 줄이 되어서야 사랑에 빠졌다. 잃어버린 세월을 만회하기로 작정이라도 한 듯한 열정적인 사랑이었다.

"넌 불행을 자초하는 거야."라고 뤼시엔은 따끔히 충고하기를 서슴지 않았다. "그 여자는 너를 사랑하지 않아."

그래도 그는 주체할 수 없는 욕구에 자신을 내맡겼다. 그 여자를 얻기 위해서라면 악마에게 영혼을 헐값으로 넘길 수도 있을 만큼 그녀를 원했다. 그녀를 보자마자 반하고만 터였다.

전후 시기였다. 사람들은 저마다 전쟁과 점령과 굴욕의 상흔을 아직 지니고 있었다. 그 기억이 생생했고, 많은 이들이 빈곤에 시달렸다. 그래도 사람들은 자신들의 해방된 땅에서 희망과 기쁨을 느끼며 하루하루에 맞섰다. 그 여자만 예외였다. 전쟁이 그녀를 초상初喪의 슬픔으로 감싸 해방도 그녀와는 상관없는 일이 되어버렸다. 그녀는 되찾은 기쁨과 엄격한 거리를 두는 듯싶었다. 여자의 옷차림이 온전한 상喪의 색상은 아닌 것으로 미루어, 상을 당하고 여러 해가 흐른 게 분명했다. 요컨대 비둘기의 날개나 목 언저리 같은, 잿빛의 차가운 색들. 여자의 지울 수 없는 슬픔을 암암리에 드러내는 그 색상들이 그녀를 범접할 수 없는 존재로 만드는 것 같았다. 잿빛 심장에 관능적인 아름다움을 지닌, 여전히 비탄에 잠겨 있는 미망인. 회색 혹은 연보라나 보라색 옷을 입은 그녀의 몸은 죽은 자들과 산 자들의 경계에 자리했다. 기억과 고통의 몸, 정결한 무녀의 몸. 그랬다. 그 고귀한 슬픔의 표정, 성스러운 정절의 분위기가 이아생트의 주의를 당장 낚아채며 그를 유혹했다. 이 오만한 미망인을 후광처럼 둘러싼 만져지지 않는 그 투명한 은회색 안개 속에 관능적인 젊은 여인이 숨어 있다는 걸 그는 알아챘다. 그녀의 탄력 있는 몸과 부드러운 피부를 짐작할 수 있었다. 그러자 그 몸이 전율하며 활처럼 휘어지게 만들겠다는, 그 피부를 어루만지고 싶다는 욕구가 대번 일었다.

그가 그녀를 처음 본 건 가랑비 내리는 어느 가을 아침이었다. 여자는 쥐색 모직 투피스에 검정 구두, 진회색 스타킹 차림이었다. 시선을 잡아끄는 길고 가느다란 다리였다. 라일락 꽃무늬가 든 진줏빛 스카프를 머리에 두르고 그 끝자락으로 목을 감은 모습이었다. 곱슬거리는 금발에 몹시 푸른 눈을 한, 열 살가량 돼 보이는 남자아이가 여자의 손을 잡고 있었다. 신학기 등교일 어느 아침이었다. 학교 운동장은 모여 서 있는 아이들과 어머니들로 붐비고 소란스러웠다. 그러나 그 여자와 아들은 무리에서 떨어져 선 채 아무 말도 하지 않았다.

바로 그날, 자신이 맡은 반 교실에 들어선 이아생트는 금발의 그 예쁜 아이를 금서 알아보았다. 아이들 모두가 교사에게 제출하기로 되어 있는 개인 정보 용지에 소년은 '모로그 페르디낭, 생일: 1935. 7. 12, 아버지: 사망, 어머니: 재봉사'라고 적었다. 작성된 내용을 읽으며 교사 도비녜는 심장이 조금 두근대는 걸 느꼈다. 그렇다면 그 잿빛 라일락

여자는 젊은 과부인 셈이고, 모로그 부인이었다. 이아생트
는 그 즉시 여자의 이름이 알고 싶어 미칠 지경이었다. 그
녀와 연이 닿기 위해 그녀의 아들에게 큰 관심을 보였고,
아이의 보잘것없는 재능에도 불구하고 그 주변을 안절부
절못하며 오갔다. 페르디낭은 열등하고 산만한, 아니, 게으
른 아이였다. 그래도 겉보기엔 예의 바르고 조용한 아이기
도 했다. 때로 교활한 구석이 감지되긴 했지만, 그 점에 대
해 이아생트는 최대한 눈감으려 하거나 아예 무시해 버렸
다. 자신이 사랑하는 여자, 어떻게든 다가가 손에 넣고 싶
은 여자의 아들에게서 결점을 발견한다는 건 유쾌한 일이
아니었으니까.

접근하는 덴 시간이 걸렸고, 정복은 상당한 노력을 요구
했다. 그럴수록 이아생트의 욕구는 더한층 불타올랐다. 아
름다운 과부 모로그 부인의 존경과 신뢰, 나아가 우정까지
얻기 위해 그는 무한한 인내와 재간을 발휘했다. 무시무시
한 고뇌도 견디어 냈고, 고통스러운 의혹과 끔찍한 기다림
을 경험했다. 그렇게 수개월이 흘렀다. 마침내 알로이즈 모
로그도 이 구애에 몸을 맡겼고, 그가 그녀에게 무수히 건넨
청혼을 긴 망설임 끝에 받아들였다. 그는 새롭게 태어나는
기분이었으며, 나이는 물론 부자연스럽고 소심하고 미숙한
남자의 오욕을 잊고 삶의 맛과 흥취에 눈뜨게 되었다. 그
는 가족이 살게 될 오래된 집 창문들을 햇빛과 바람과 땅
의 내음을 향해 열어젖혔고, 행복이 들어오게끔 문을 활짝
열어두었다.

그러나 창구멍을 통해 들어오던 햇빛은 얼마 안 가 무디고 창백해졌으며 바람이 윙윙댔다. 향내가 악취로 변하며 행복도 물러났다. 실수로 발을 잘못 들인 지루한 사교 모임을 서둘러 빠져나간 손님처럼. 알로이즈는 이아생트가 착각에 빠져 살거나 환상을 품도록 더 이상 내버려두지 않았다. 그의 아내가 되고, 모로그라는 과부의 우울한 이름을 도비녜라는 부드럽고 경쾌한 이름과 맞바꾸고, 초상의 흔적이 깃든 옷을 벗어던지는 데 동의했다손 치자. 그래도 마음속에선 그 무엇도 인정하지 않았다. 그녀는 여전히 그 죽은 자의 아내였다. 그 이름은 아들이 계속 지니고 있으니 그녀로선 절반만 잃은 셈이고, 초상의 색깔이 그녀의 피부를 냉기로 감쌌다. 재혼한 남편에게 그녀는 체념한 여자의 부재하는 몸밖에 내어주지 않았다. 알로이즈의 나신을 품에 넣고 그녀와 한 몸이 되기를 그토록 갈망했었건만 그가 맞닥뜨린 건 무감각한 — 적대적이라곤 할 수 없어도 — 몸이었다. 그녀는 몸을 섞지 않았고, 그 행위를 부부간 의무처럼 감수하며 무슨 고역을 치르듯 완수했다. 그의 앞에서 옷을 벗거나 알몸으로 곁에 누울 생각은 단 한 번도 하지 않았다. 그가 그녀의 잠옷을 조금 걷어 올리는 걸 허용했을 뿐, 반감으로 뻣뻣해진 몸을 통해 그가 되도록 빨리 일을 끝내기를 바란다는 사실을 무자비할 정도로 분명히 그에게 인식시켰다.

이아생트가 착각한 것이었다. 그가 남몰래 연정을 품고 있던 초기에 알로이즈에게 붙인 별명인 '아름다운 잿빛 라일락'은 초상의 옅은 안개 뒤에 불꽃처럼 타오르는 여인을 숨기고 있는 대신 돌과 재의 여인을 숨기고 있었다. 실제로 현실은 훨씬 가혹하고 굴욕적이었다. 돌 아래 불씨가 타오르고 있는 건 맞았지만, 이 불이 그에겐 — 두 번째 남편에겐 — 금지되어 있었으니까. 이 불은 오직 첫 번째 남편의 것이었고, 그 죽은 자를 위해서만 타올랐다. 그렇게 수개월이 지나는 동안 이아생트는 알로이즈의 비밀을 간파하게 되었다. 이 아름다운 잿빛 라일락은 꺾이지 않는 잿빛 강철 미망인이었고, 그렇게 계속 남아 있었던 거다. 결국 그의 안에 타오르던 사랑은 다시 겁을 집어먹고 의심의 고뇌 속으로 떨어졌다. 이 아름다운 잿빛 라일락을 남몰래 사랑했던 시기의 번민보다 더 끔찍한 고뇌였다. 그 시기엔 그래도 희망과 두려움이 번갈아 이어졌으니까. 그러나 사정을 파악하게 된 이후로, 잿빛 강철 미망인의 적대적인 냉대라는 굴욕을 맛본 이후로, 이아생트에겐 비참한 고뇌밖에 남지 않았다. 우울한, 몹시 우울한 고뇌였다. 그는 질투심에 초췌해졌지만, 이미 죽은, 이 죽음으로 인해 신격화된 적수를 상대로 어떻게 싸움을 벌일 수 있단 말인가? 이 전능한 유령을 어떻게 쫓아버릴 수 있다지? 알로이즈의 기억 속에 폭군처럼 군림하며 그 몸에 대한 쾌락의 온전한 권리를 소유한 유령을 말이다.

그 유령은 정말이지 전능한 존재였다. 그 유령은 알로이즈의 몸을 석화시키는 것으론 모자라 아무도 들어올 수 없는 외딴방에 가두어 완전히 훔쳐 가버렸다. 알로이즈가 감히 이아생트의 아이를 출산하자 질투심에 사로잡힌 유령은 그런 식으로 복수를 감행했다. 뤼시의 탄생은 이아생트의 마지막 희망을 물거품이 되게 하고 욕구를 산산조각 냈다. 병원에서 돌아오기 무섭게 알로이즈는 그를 무식하고 서툰 하인 취급하며 쫓아버렸고, 자신이 맡은 순결한 무녀의 역할에 스스로를 철저히 가둬버렸다.

실제로 빅토르는 무소불위의 힘을 발휘했다. 만족을 모르는 그 유령은 알로이즈를 온전히 제 것으로 삼았다. 이교도들의 어떤 신처럼, 자신의 영광을 기리는 신전을 지키는 순결한 무녀를 차지하러 온 것이다. 이아생트도 그 사실을 알고 있었다. 산 자가 죽은 자의 영혼과 하나 되는, 불쾌하고 역겨운 결합. 페르디낭이 죽기 전 그 가을에 닥친 일이었다. 알로이즈가 아들 곁에서 보초를 서느라 응접실에 몇 시간이고 틀어박혀 있다가 나오는 순간 그 모습이 어떻게 변해 있는지 그가 목격한 것이다. 사랑을 나눌 때의 여자처럼 머리가 헝클어지고, 몸이 떨리고, 시선이 빛났다. 결혼생활 초기 그녀와 잠자리를 함께했을 때 그 자신은 한 번도 보지 못했던 광경이었다.

알로이즈는 쉰 살이 가까운 나이에도 젊은 시절의 아름다운 몸매를 유지하고 있었다. 그런데 오랫동안 숨겨둔 욕구의 불길이 갑자기 활활 타오르며 그 몸을 새로운 빛으로 환히 빛나게 했다. 해 질 무렵 응접실 소파에서 몸을 일으키는 알로이즈에게서 금색과 황갈색 빛이, 불그레한 빛이, 줄줄 흐르는 것 같았다. 가을 황혼 녘의 광채들이 일제히 그녀의 핏속을 흐르고 있었다고나 할까. 불안정한 걸음으로 비틀거리다시피 방과 복도를 지나가는 그녀의 꿈을 꾸는 듯한 눈 속엔 금갈색 광택이 아른거렸다. 허기가 그녀의 눈 속에서 소리를 질러댔다. 더없이 관능적인 백일몽 속에서 채워지긴 했어도 여전히 욕구로 남아 있는 쾌락에 대한 굶주림. 방금 전에 떠나온 몸과의 새로운 포옹, 새로운 합일에 대한 굶주림.

이아생트는 그 모든 걸 보았다. 육체의 결합이 거의 없었던, 씁쓸하기만 했던 근 20년의 결혼 생활 동안 그 자신에게는 허용되지 않았던 그걸 불쑥 목격하게 된 것이다. 알로이즈로 하여금 환한 빛을 발하며 비틀거리게 만드는 그 다갈색 빛이 어디에서 오는지 그는 대번 이해했다. 알로이즈의 두 눈이 부릅떠지게 만드는 그 굶주림이 어떤 연인을 향해 소리를 질러대는 건지도 이해했다. 그의 유일한 적이자 보이지 않는 적인 빅토르 모로그의 유령. 페르디낭의 아버지의 유령. 삶을 향한 평소의 그 기이하고도 유감스러운 무관심을 드러내며 죽어가고 있는 의붓아들 페르디낭의 아버지.

도둑이며 살인자인 게걸스러운 유령 빅토르 모로그는 마지막 도둑질이 완수되자마자 알로이즈를 버리고 그곳을 떠나갔다. 아들은 아버지와 합류했고, 어머니는 과거의 미망인에게서 상喪의 과업을 다시 이어받았다. 이번엔 그녀의 절반을 앗아간 초상의 슬픔이 아니라 온전한 슬픔이었다. 너무도 깊고 어두운 이 슬픔에서 알로이즈는 헤어날 길이 없을 것이다. 그 사실 역시 이아생트는 알고 있다.

*

이아생트는 자신의 경사진 지붕 밑 방을 이제 거의 떠나지 않는다. 그렇게나 자주 소외당해 온 그가 어디서 은신처를 찾을 수 있었겠는가? 자신은 기만당하고 모욕당한 연인에 불과했던 거다. 쓸모 있다고 판단되어 남편으로 맞았지만 곧 귀찮은 사람이 되어버린. 그가 알로이즈의 삶에서 맡은 지극히 변변찮은 역할을 깨달았을 땐, 또 자신이 얼마나 무시당하고 있으며 큰 불행에 빠져 있는지 마침내 헤아리게 되었을 땐, 이미 너무 늦어버린 시점이었다. 뤼시가 태어난 참이었다. 이아생트는 예순 살이었다. 이혼하기엔 너무 늙었고, 다른 여자를 찾아 재출발하기엔 너무 늙고 상처가 컸으며, 마침내 얻은 하나뿐인 자식과 헤어지기엔 너무 늙고 책임감이 강했다. 그 모든 걸 차치하더라도, 그에게 끊임없이 고통과 굴욕을 안겨주는 이 여자를 그는 여전히 너무 사랑하고 있었다.

자신은 알로이즈를 사랑하는 방법을 몰랐다고, 그녀에게 자신의 사랑을 제대로 표현할 줄 몰랐다고, 간혹 그는 자책하곤 했다. 그리고 모든 잘못을 자신에게 돌렸다. 그러면서 언젠가는 알로이즈의 마음을 얻게 될 거라는 희미한 희망을 품어보기도 했다. 오로지 아름다운 몸 때문에 그녀를 사랑한 자신을 꾸짖었다. 바로 그 잘못을 벌주기 위해 그녀는 그 몸이 주는 쾌락을 그에게 허락하지 않았던 거다. 그러니 그녀의 영혼을 사랑해야 했다. 그러나 이 여자의 영혼에 어떻게 다가갈 수 있다지? 알로이즈의 몸과 영혼은 빅토르 모로그에 대한 절대적이고도 강렬한 추억에 사로잡혀 있었으니 말이다. 둘 중 유령에 더 가까운 건 두 번째 남편인 자신이라는 생각이 든 게 한두 번이 아니었다. 유령은 냉대당하고 조롱당하는 자신이었지, 죽어서도 여전히 열정적인 욕구의 대상으로 남아 있는 첫 남편이 아니었다.

그런 비참한 상황에서도 뤼시의 탄생은 그에게 일말의 행복을 가져다주었다. 그에게 딸이 생겼고, 이 아이 안에 알로이즈의 일부와 그의 일부가 결합되어 있었으니까. 두 사람이 어떤 갈등을 겪든, 이 아이 안에서 둘의 영혼이 만나고 둘의 운명이 연결된 것이다. 세월이 흐르며 뤼시는 그에게 삶의 기쁨 자체가 되었다. 몹시 사랑스럽고, 무엇보다 아주 명랑한 아이였다. 이 아이가 생기며 그랑주-오-라름 가의 집에도 생기가 감돌았다. 이아생트도, 냉정한 알로이즈도, 게으르고 무뚝뚝한 페르디낭도 이곳에 불어넣을 수 없었던 활기였다.

뤼시는 도비녜가※ 사람들의 외모를 그대로 물려받아 어두운 피부에 검은 머리, 머리보다 더 검은 눈을 하고 있었다. 그러나 의심 많고 불안해하는 그들의 기질을 물려받은 것 같지는 않았다. 뤼시는 자신의 출생을 둘러싼 드라마들을 몰랐고, 초상의 슬픔으로 인해 부모가 남몰래 겪어야 했던 무수한 고통과도 무관했다. 그저 눈부신 단순함을 발휘하며 세상에 자리 잡고 있었고, 사물들과 존재하는 것들에 호기심 가득한 유쾌한 시선을 던지며 경쾌한 걸음으로 삶의 여정에 나선 참이었다.

이아생트는 자신에게 한 번도 허락되지 않았던 행복을 딸 곁에서 다소라도 맛본다고 믿었다. 다정다감한 아이였다. 아이는 그의 무릎에 와 앉거나 그의 손을 잡아끌며 산책을 가자고, 혹은 이야기를 들려달라고 졸랐다. 그는 딸과 함께 정원과 채소밭과 과수원을 수없이 돌았고, 그때마다 진짜 여행을 하는 기분이었다. 꽃과 새와 덤불, 나무와 열매 들의 나라로 떠나는 모험. 씨앗과 종자, 꽃가루, 나무껍질, 이끼, 근경, 싹, 밤송이와 장과, 그리고 온갖 곤충들로 이루어진 미세하고 놀라운 세계에 관한 탐구. 겨울이면 꽃처럼 피어나는 서리나 이슬방울, 혹은 식물의 줄기들 사이에 걸려 있거나 가을 풀 끝에서 나부끼는 섬세한 거미줄 같은, 한없이 덧없고 우아한 세계에 대한 탐구. 그는 아이를 위해 땅바닥에 쪼그려 앉곤 했다. 작은 꽃이나 달팽이 껍데기 조각을 비롯해 청회색이나 보라색 혹은 청동빛의 금속성 광채를 발하는 곤충의 앞날개를 보기 위해 몸을 구부렸다. 딸을 위해 그는 다시 아이가 되어 탐색의 소소한 기쁨을 누렸고, 실오라기 같은 그 모든 생명에 주의를 기울였다. 날마다 적어도 몇 시간, 아이 덕분에 고뇌의 짐을 내려놓을 수 있었다. 유년의 맛을 되찾게 된 것이다.

그러나 이아생트의 삶에서 행복은 언제나 일관성 없는 단기 대여품에 불과했다. 뤼시가 가져다준 행복 역시 다른 행복과 마찬가지로 오래 가지 못했다. 뤼시마저 난데없이 그와 거리를 두기 시작하더니 눈을 내리깔고 그의 시선을 피했다. 뤼시는 발 없는 도마뱀보다 더 차갑게 요리조리 빠져나가며 회피하는 성격이 되었다. 이해할 수 없는 일이었다. 그는 뤼시가 예전에 건네곤 했던 미소와 입맞춤을 구걸하며 그 주변을 맴돌았다. 그러나 아이는 여전히 거리를 두었고, 아버지의 서툰 호소에 귀를 막았다. 아이는 점점 사나워졌으며 도둑고양이처럼 마르고 거무스레한 모습이 되어 늘 경계 태세를 취했고, 누가 가까이 가려 하면 당장에라도 달아나거나 할퀼 기세였다. 그는 딸이 괴로워하고 있음을 감지하면서도 아이의 마음을 좀먹는 그 고통의 원인을 짐작할 수는 없었다. 그저 아이에게 절망적인 애원의 눈빛을 보내면서 어떻게든 다가가 애정을 보여주려 했다. 그러나 아이는 친구인 루-페에게 등을 돌릴 때도 그랬듯 매몰차게 아버지를 밀어냈다. 그 누구도 아이를 사로잡은 불가사의한 분노를 피해 가지 못했다.

그렇게 뤼시로 인해 이아생트는 행복의 마지막 기회를 잃고 말았다. 전보다 더 짙은 고독이 그를 에워싸며 슬픔의 무게도 더해졌다. 가족에게서 애정의 몸짓은커녕 일말의 관심조차 받지 못한 채 자신의 방으로 돌아와 방문을 닫는 저녁이면 눈물로 목이 메는 느낌이었다. 양손 안에 머리를 파묻고 침대 가장자리에 앉아 조용히 우는 때도 있었다. 그는 가족 사이에서 이방인이 되어 살았고 자신의 집에서 성가신 사람 취급을 받았다.

알로이즈를 저주하게 되는 저녁도 있었다. 그가 아직 열렬히 사랑하는 이 여자가 그에게 몸과 마음을 모조리 거부하는 것이다. 생각과 욕구로 그를 끝없이 속여먹으며 불륜을 저지르는 여자. 그의 사랑을 조롱하며 죽은 자의 사랑을 택한 여자. 게다가 의붓아들을 생각하면 그는 신물이 났다. 그렇게나 오랫동안 한집에 살면서 이아생트가 쏟고 베풀었던 애정과 돌봄, 재정적인 지원에 대해 아무 보답도 할 줄 모르는 쓸모없는 인간이었다. 알로이즈가 맹목적인 사랑을 바치는 이 아들이 잘생긴 건 사실이지만 그걸 대단한 무언가로 여기기는 어려웠다. 그 외모는 오히려 이아생트를 압박하는 짐이 될 수도 있었다. 알로이즈가 열광하는 그 아름다움은 바로 빅토르 모로그의 아름다움을 되비추고 있었기 때문이다. 페르디낭은 이아생트의 적수의 모습이 군림하는 산 거울이었다.

이따금 저녁때면 이아생트는 알로이즈와 페르디낭에게 분노와 역겨움이 일곤 했다. 그렇더라도 뤼시에게 화가 난 적은 한 번도 없었다. 이 아이에겐 크나큰 애정과 깊은 연민을 느꼈다. 자신에게조차 감히 허락하지 않는 이 연민을 그는 딸에게 아낌없이 베풀었다. 설령 아이가 집에 불을 지른다 해도, 가출한다 해도, 도둑질이나 그보다 더 나쁜 짓을 한다 해도 그는 모두 용서했을 것이다. 딸을 위해서라면, 아이가 다시 일어설 수 있도록 돕기 위해서라면, 요즘 그 애가 쏘다니는 듯싶은 흙과 진흙 위에 무릎을 꿇을 준비가 되어 있었다. 예전에 땅바닥에 웅크리고 앉아 자연의 미세한 아름다움에 감탄하곤 했던 것처럼. 그러나 아이는 그의 도움을 원치 않았고, 그의 연민에도 귀를 막았다. 아이의 마음을 괴롭히는 악의 원인을 간파하지 못한 그는 아이의 마음에 이르는 길을 되찾는 방법을 알 수 없었다.

*

이아생트는 다시 일어서서 창가로 돌아와 담배에 불을 붙인다. 여전히 비가 내리고 있지만 아까보다는 기세가 수그러든 듯하다. 하늘은 잿빛이다. 개암나무가 물이 줄줄 흐르는 가지를 흔들어 댄다. 참새는 아직 그곳에 남아 물웅덩이 속을 찰박이며 다닌다. 그 모습을 바라보는 이아생트의 심장이 불쑥 연민으로 옥죄어 온다. 뤼시 생각을 한다. 삶에 상처 입은 작고 검은 참새 한 마리, 걸핏하면 겁을 먹곤 하는 이 조그만 녀석이 까마귀처럼 으스대려 하고 있으니.

젖은 땅에서 나는 냄새는 더 이상 겨울 냄새가 아니다. 봄이 오고 있다는 눈에 띄지 않는 징조다. 이 냄새를 들이마시자 이아생트는 다시 심장이 조여드는 느낌이다. 그는 이제 알로이즈 생각을 한다. 여전히 응접실을 오가며 페르디낭이 죽은 방 문지방을 하릴없이 서성이는 그녀를. 응접실 안에, 알로이즈를 둘러싼 사방에, 눈물 냄새가 떠다니는 듯하다. 달짝지근한 희미한 냄새. 알로이즈는 큰 슬픔에 잠겨 영영 길을 잃고 만 거다. 한창나이에 아주 기이한 방식으로 죽음의 덫에 걸린 의붓아들도 다시 생각난다. 페르디낭은 6개월 간격으로 우선 정신이, 이어 육신이, 차례로 죽음을 맞았다. 이아생트는 페르디낭이 어두운 방에 대리석 와상처럼 꼼짝 않고 창백하게 누워 있던 모습을 떠올린다. 어떤 격렬한 공포에 사로잡혔기에 그의 영혼은 육신과 합일을 이룰 새도 없이 그렇게 갑작스레 달아나게 된 걸까? 하기야 페르디낭 안에 평생 합일이라는 게 있긴 했을까? 눈부신 아름다움과 암울한 영혼 사이에, 감탄할 만한 외모와 애석할 만큼 공허한 내면 사이에 합일이라는 게 있었을까? 살면서 그가 누군가를, 어머니라도, 사랑해 본 적이 있었을까? 그저 그를 보는 것만으로도 마음이 벅차올랐던 어머니의 무조건적 사랑과 숭배를 받긴 했었다. 그에겐 존재도 행동도 없었고, 겉모습이 전부였다. 그 아름다운 외모 뒤에 어떤 인간이 숨어 있었던 걸까? 이아생트는 스무 해 가량이나 한집에 페르디낭을 데리고 살았음에도 그 물음에 대해서도 답변을 찾지 못했다.

그렇다, 머지않아 봄이 올 것이다. 싹이 트고, 꽃봉오리가 열리고, 나뭇가지와 울타리엔 새들이 와 앉겠지. 풀밭에선 어린 양들의 울음소리가 다시 들려올 것이다.

그러나 멜키오르의 노래가 되돌아오지는 않을 것이다. 3년째 그의 침묵이 4월의 밤을 감싸게 될 테고, 도비네 가족의 집 위로 무겁게 드리워진 슬픔은 더한층 암울하게 느껴질 것이다.

멜키오르가 처음으로 침묵했던 그 봄, 이미 낙담해 있던 이아생트의 정신은 너무 큰 혼란에 빠져 완전히 무너지고 말았다. 멜키오르는 정말로 그 집의 수호신이었고, 이아생트의 기억을 노래하는 다정한 음유시인이었기 때문이다. 멜키오르는 이아생트의 가장 신성한 추억의 목소리였다. 아버지로서의 근심과 굴욕당한 남편의 긴 고뇌가 시작되기 훨씬 전에 그 자신의 아버지인 프랑수아-마리-도비네의 죽음과 연관된 그 끔찍한 슬픔이 존재했었기 때문이다. 아버지에 대한 이아생트의 사랑은 각별한 것이었다. 너무 일찍 죽은 어머니에게 줄 수 없었던 애정을 그는 아버지에게 모두 쏟아부었다. 그러다 아버지가 병에 걸리자, 당시 루앙의 한 학교에 재직했던 이아생트는 곧장 고향 브렌느에서 가장 가까운 도시로 전근을 요청했다. 그렇게 해서 제안받은 곳이 부르주였지만 그의 눈엔 여전히 너무 먼 곳이었다. 마침내 르 블랑의 학교에 자리가 났고, 그는 늪지 한가운데 자리한 고향집에 정착했다. 그렇게 아버지의 긴 임종을 곁에서 지켰다. 그리고 아버지가 사망한 뒤에도 그 고장과 살던 곳을 떠나지 못하고 빈집에, 사랑하는 아버지의 목소리로 가득한 그 텅 빈 공간에 남았다.

여러 해 동안 그는 우울증에 시달렸으며 극심한 불안으로 발작을 일으키곤 했다. 그러다 자신의 고독을 받아들였고 르 블랑의 직장에 눌러앉게 되었다. 자리를 옮기고 싶지 않았기 때문이다. 다시는 자리를 옮기고 싶지 않았다. 습관이 그를 보호해 주었다. 게다가 그는 자신의 취향에 맞는 세상과의 접촉 — 간접적인 접촉 — 방식을 찾아내기까지 했다. 그는 늪지의 한 마리 새처럼 자신의 목소리를 허공 속에 날려 보냈다. 먼 고장의 아름다운 언어로 치장한 이 목소리가 그가 모르는 — 그래도 친근한 — 남녀들의 귓가에 내려앉으면 그들도 자신들의 목소리로 화답해 왔다. 때로 이 화답들은 그의 깊디깊은 꿈속으로 침투해 오랫동안 그곳에 머물러 있다가 내면에서 비단처럼 부드러운 말들로 바스락대는 몽상과 놀라운 웅성거림이 되어 일어났다.

"부서지는 파도들이 해안에 큼직한 부채들을 펼쳐놓았고, 메아리치는 동굴 깊은 곳에 흰 그림자들이 스며들게 한 뒤 조약돌 위에서 노래를 부르며 다시 물러났다."

그러나 밤이면 밤마다 기억의 맥박이 뛰게 하려는 듯 정원 바로 곁에서 솟구쳤던 멜키오르의 노래, 그 소박한 땅의 노래, 비길 데 없이 충성스러운 그 노래는, 프랑수아―마리 도비녜가 죽은 직후에 멎고 말았다. 이아생트는 그 침묵 속에서 이제 모든 게 끝장났음을, 희망이 모조리 사라졌음을 간파했다. 이제 자신의 불행과 고독은 돌이킬 수 없는 것이 되었음을.

그래도 그는 메시지를 계속 보냈고, 먼 나라의 변조된 언어로 굴절된 자신의 목소리를 전파에 실어 쏘아 올렸다. 그러나 그의 목소리는 몽유병에 걸린 잿빛 새에 불과했다. 평화로운 정착지를 찾지 못한 채 광막한 폐허 속을 날아다니는 늙은 새. 그는 사람들을 부르고 그들을 향해 애원의 목소리를 날려 보내지만 더는 아무도 그 소리를 들을 수 없거나 들으려 하지 않는다. 그의 아버지, 아내인 알로이즈, 딸 뤼시, 그 누구도 구걸하는 그의 목소리에 귀 기울이지 않으며 그의 부름에 응답하지도 않는다. 그 목소리는 우울하게 펼쳐진 황량한 세상 속에서, 우롱당한 사랑의 어둠 속에서 길을 잃는다.

"허공에 걸린 어둠의 파도가 밀려와 난파한 선박의 옆구리를 씻어내듯 집과 언덕과 나무를 뒤덮는다. 어둠이 거리를 침수시키고, 고독한 행인들 주위에서 소용돌이치며, 급기야 그들 모두를 집어삼킨다."

세 번째 목탄화

하늘이 군청색에서 강청색으로 변하더니 연이어 초록 빛과 보랏빛을 띠었고, 마침내 완전히 어두워졌다. 세찬 바람이 일자 나무들이 뒤틀리고 가지가 뒤엉켰으며, 숲들이 울부짖고 풀들이 휘파람 소리를 내고, 날아가던 새들이 경로를 벗어난다.

하늘이 거대한 철벽처럼 땅 위에 드리워져 있다. 얼어붙은 침묵이 땅을 덮치고, 문과 덧문이 닫힌 집들을 덮치고, 청회색 풀밭과 텅 빈 황야와 새들이 몸을 떠는 늪지를 덮친다.

그러다 갑자기 하늘이 무시무시한 굉음을 내며 부서진다. 철벽이 석회로 뒤덮인다. 한순간 세상은 태초의 혼돈으로 되돌아오거나 종말에 가닿는가 싶다. 더 이상 시간은 존재하지 않으며, 영원이 구름을 가르고 서명을 남긴다.

들쭉날쭉한 필적의 창백한 빛을 발하는 서명이다. 땅 표면에 세차게 내리쳐진 형광빛 채찍 같은 이 분노의 서명은 인간의 마비 상태에 대한 도전 같으며, 벌을 가하고 복수하겠다는 협박과 맹세 같기도 하다. 그게 아니면 집결을 요청하는 서명일 수도 있다. 마침내 자리에서 일어나 무기력한 상태를 떨쳐내고 어둠에서 벗어나 약속된 빛을 향해 나아가라는, 사람들에게 주어진 요청.

　계속되는 천둥소리 속에서 번개가 세 차례나 내리치며 삐뚤빼뚤한 서명들로 구름에 줄무늬를 새겨넣는다. 세 차례나 하늘에 금이 가며 지평선이 어슴푸레한 빛을 띤다. 끝이 갈라진 세 번째 번개는 땅의 옆구리에 작살처럼 곧장 내리꽂힌다. 번개에 꿰뚫린 땅이 들어 올려져 소용돌이치는 구름 속으로 집어삼켜질 것만 같다. 그러나 지체 없이 물이 땅을 덮친다. 비스듬히 내리치는 빗줄기가 지붕을 세차게 후려친다. 그러자 빗물이 바닥에서, 담벼락과 기와에서 미친 듯이 튀어 올라 사방에서 솟구치며 반짝이는 무수한 간헐천을 만들어 낸다.

　번개의 작살에 옆구리를 깊이 찔린 땅은 내장이 타올라 비명을 내지른다. 그러나 하늘의 아우성이 땅의 신음 소리와 쓰러지는 나무들 소리를 뒤덮는다. 때론 철벽, 때론 석고벽인 하늘이 어마어마한 굉음에 뒤흔들리며 당장에라도 폭발할 것만 같다. 무너져 내린 하늘의 잔해 사이에서 도끼와 작열하는 삼지창으로 무장한 벼락 빛깔 전사의 무리가 쏟아져 나올 법도 하다.

　쿵쾅대며 구르는 천둥소리가 울리는 심장으로 폭풍우를 지켜보는 아이드 그걸 기대한다.

　이 여자아이는 욕구와 공포가 뒤섞인 심정으로 기다린다. 증오로 얼굴이 하얗게 질린 사나운 전사들의 무리가 나타나 날카로운 고함을 내지르며 땅을 향해 돌진하길 바란다. 너무도 강렬한 소원에 몸이 떨린다.

그러나 폭풍우가 이미 물러나기 시작한 머나먼 지평선
엔 이제 마지막 번개가 번쩍인다. 푸르스름한 빛을 띤, 가
늘고 순수한 번개. 그 지고한 빛 속으로 불쑥 땅 전체가 들
어 올려져 집결한다. 땅은 한순간 이 찬란한 빛의 중심부
로 집중된다. 그 모든 폭력이 지나간 뒤 진정된 고귀한 모
습으로 반짝인다. 정화된 모습으로.
그러자 아이는 털썩 주저앉아 울음을 터뜨린다.

전설

늘 그렇듯 자전거를 타고 시골길을 달리던 뤼시는 해질 녘 집으로 돌아오다 난데없이 뇌우를 만나 한 헛간에 피신했다. 뇌우가 닥치기엔 아직 이른 계절이었다. 마지막 눈이 녹은 지 얼마 되지 않았는데 예기치 못한 뇌우의 기습을 당한 것이다. 온몸이 젖은 뤼시는 한기를 느낀다.

천둥소리가 들리자 그녀는 겁이 났다. 뇌우와 관련해, 벼락이 일으키는 엄청난 방전과 관련해, 오래전 루-페가 그녀에게 들려준 끔찍한 이야기들이 머릿속에 떠올랐기 때문이다. 모호한 기억이라 더 무서웠다. 수백만 볼트의 전압으로 배가 불룩한 거대한 구름들이 충돌해 서로 싸우면 그들의 터진 배에서 전자가 폭포수처럼 쏟아져 나와 우렁찬 소리와 함께 튀어 오르며 땅으로 굴러떨어진다는 것. 전기 요정이 사악한 마녀로 변하는 순간이다. 오래전엔 벼락이 그랑주-오-라름가를 덮쳐 낡은 건초창고가 잿더미로 화한 적도 있었다. 탁 트인 평원에서든, 도시 한복판에서든, 해마다 사람들이 벼락에 맞아 죽곤 했다.

그래도 뤼시는 비를 피할 곳을 찾게 되자 곧 두려움이 조금 사라졌다. 연이어 또 다른 감정이 머리를 들면서 가슴이 환희로 들떴다. 난데없는 발열과 함께 때로 영혼 속에

움트는, 그런 불건전한 기쁨이었다.

아니, 차라리 스스로에 취한 분노의 분기舊起라는 게 옳았다. 식인귀가 그녀를 겁탈한 이후로 뤼시는 진정한 기쁨을 맛본 적이 없었으니까. 식인귀가 맨 먼저 먹어치운 그녀의 일부는 바로 기쁨이었다. 그 이후로 그녀는 자신이 빼앗긴 그 기쁨과 분노를 줄곧 혼동했다. 사랑과 증오도 계속 혼동했는데, 그 둘이 결합해 맹목적이고도 잔인한 하나의 힘이 되어버렸기 때문이었다.

그러나 페르디낭이 죽은 이후로 뤼시는 환희에 찬 분노의 솟구침을 되찾을 수 없었다. 그런데 폭풍우를 마주하고 처음으로 그게 다시 가능해졌다는 느낌이 들었다.

뤼시는 오빠를 죽인 사람이 자신이기를 바라며, 또 그렇다고 알고 있다. 그 사실을 아는 건 그녀밖에 없다. 그건 더없이 황홀한 비밀이기도 하다. 오빠로 인해 3년 동안 그녀가 감당해야 했던 애초의 비밀, 혈농이 흐르는 그 더러운 비밀의 얼룩을 씻어낸 기적적인 비밀이다. 오로지 땅에 대고, 늪의 짐승들과 안토니오 성인상에 대고 고백했던 경이로운 비밀.

페르디낭이 죽었다는 말을 들었을 때 뤼시는 놀라움도 고통도 드러내지 않았고, 그 당장엔 어떤 마음의 동요도 느끼지 못했다. 이 죽음을 완수하기 위해 그녀는 끈질긴 인내심을 발휘해 6개월을 분투한 것이다. 그러니 페르디낭의 죽음은 그녀의 기나긴 인내의 열매처럼 보였다. 완벽히 정의로운, 논리적인 결말이었다.

하지만 그녀 자신도 깨닫지 못한 사이 이 사건의 결과

는 통제할 수 없는 것이 되고 말았다. 페르디낭이 무기력하게 침상에 누워 있던 시기, 그의 방을 멈추지 않고 드나들었던 그녀였다. 패배당한 채 등을 깔고 꼼짝 않고 누워 있는 식인귀를 날마다 바라보며 그녀는 기뻐했었다. 그렇더라도 그의 죽은 모습을 보려던 건 아니었다. 혐오감이 뒤섞인 어렴풋한 공포가 이제 그녀를 주검이 안치되어 있는 그 방에 다가가지 못하게 만들었다. 그녀는 장례식 날 묘지로 가는 행렬에 끼는 것도 거부했다. 스스로를 무관심한 사람이라고 믿으며, 그 일이 이미 자신과는 아무런 상관이 없다고 여겼다. 복수한 거고 정의가 실현되었으니, 그거면 족했다. 그러나 장의사들이 기다란 검은 관을 어깨에 지고 조심스러운 걸음으로 현관 앞 계단을 내려가는 게 눈에 띄자, 그들이 천천히 마당을 지나 문밖으로 사라지는 게 보이자, 그녀는 주체할 수 없는 감정에 휩싸였다. 기쁨이라고, 그녀는 규정지었다. 하지만 아니었다. 단연코 기쁨은 아니었다. 그건 온갖 감정이 뒤섞여 교차하는 거친 혼란이었다. 조금 전 장의사 일꾼들의 발에 밟혀 사각대던 마당의 자갈 소리가 서글픈 옛 웃음처럼 머릿속에서 무시무시하게 울려 퍼졌다.

금발 머리 식인귀의 그 가증스러운 멋진 몸은 검은 나무토막으로, 검게 탄 묵직한 나무줄기로 변해 있었다. 부모가 장례식에 간 사이 뤼시는 자전거를 타고 늪지 쪽으로 쏜살같이 달려가 그곳 연못들 주변을 배회하며 그 놀라운 소식을 알렸다.

“그 더러운 놈이 뒈졌어. 내가 그 식인귀를 처치한 거
야!……”

그런 놀라운 소식이라면 경쾌하고 당당한 어조에 실려
울려 퍼져야 할 것이었다. 하지만 그녀는 희미한 목소리로
중얼대기만 할 뿐이다.

“식인귀가 죽었어. 내 오빠가 죽었어. 내가 그를 죽인 거
야. 듣고 있지?”

덤불과 갈대들 사이로 지나가는 이상한 소식이었다.

그렇다, 들은 이가 아무도 없었다. 연못들은 대부분 비
어 있었고, 크고 작은 짐승들 거의 모두가 진흙 속에서, 나
무둥치와 나무껍질 밑에서 깊은 겨울잠에 들어 있었다.

그래서 그녀는 그 희소식을 함께 나누려고 이렌의 무덤
으로 갔다. 하지만 흰 평석 근처에 이르기도 전에 갑자기
마음이 약해지고 말이 나오지 않았다. 식인귀와 그 어린 희
생자들이 이젠 미지의 한세상에 살고 있었고, 땅의 검은 내
장 속에 함께 누워 있었다. 두 소녀는 자기들을 살해한 그
자 역시 죽었다는 걸 이미 알고 있을 테고, 그 식인귀에게
돌아갈 심판에 대해서도 낱낱이 알고 있을 게 분명했다. 그
런데 심판이 정말로 있기는 한 걸까? 땅 밑에서 그런 일들
이 아직 일어나고 있는 걸까? 뤼시는 처음으로 그런 의심
에 휩싸였다. 처음으로, 자신은 죽은 이들의 땅에선 이방인
임을 통감했다. 이제까지 생각했던 것과는 달리 그들의 신
비에 대해 아는 것이 전혀 없었다. 그리하여 그녀는 비탄
에 빠진 불안한 마음으로, 이렌이 누워 있는 묘지를 떠났
다. 유대는 깨지고 만 것이다. 이렌과 안느-리즈는 땅과 대

리석의 침묵으로 온 힘을 다해 그녀를 밀어냈다. 그녀가 그
토록 기대했던 기쁨은 이번에도 허락되지 않았다. 그녀의
동맹군이었던 짐승들에 이어 죽은 자매들마저 그녀를 홀
로 남겨둔 채 가버린 거다. 비밀을, 그렇게나 황홀한 비밀
을 품은 채 철저히 혼자 되게 만든 것이다. 안느-리즈의 무
덤에는 들르지도 않았다. 그곳에서도 냉기와 침묵, 무관심
만 맞닥뜨릴 게 뻔했기 때문이다. 그곳엔 페르디낭도 묻혀
있는 만큼 상황은 더 나쁠 수도 있었다.

　며칠 뒤 그녀는 아기 예수를 안은 안토니오 성인상이 서
있는 성당으로 들어갔다. 그녀가 너무도 간절히 받기 원하
며 또 스스로 그럴 자격이 있다고 믿는 기쁨을, 그 성인 곁
에서라면 아마도 얻어낼 수 있을 것이었다. 그녀는 조각상
발치에 우뚝 서서 그 친근한 성인을 향해 고개를 들었다.
　이럴 수가! 그녀 앞에 있는 건 석고상이었다. 대량 제작
된 아주 평범한 조각상, 군데군데 칠이 벗겨지고 사방에 금
이 가 있으며 옷 주름에 먼지가 덕지덕지 낀 조각상이었다.
이제까지 뤼시가 한 번도 알아채지 못한 점들이 그날은 확
연히 눈에 띄었다. 별것 아닌 소소한 사항들이긴 해도 뤼시
는 한 대 얻어맞은 기분이었다.
　그때까지 성인을 감싸고 있었던 그 후광은 대체 어디로
간 걸까? 아기 예수를 지상의 중력에서 구해 번쩍 들어 올
린 그 팔의 힘은 어디에 있는 걸까? 정의의 아기 예수, 복
수의 어린 왕자의 손에 들린 그 구球를 부풀어 오르게 한
폭력의 수액은 어디로 간 걸까? 이 아이는 얼마나 작은 존

재며, 그의 손에 들린 공은 얼마나 하찮고 따분한 것인가! 성당은 또 어떤가. 그저 칙칙한 박명이며, 얼어붙은 습기와 곰팡내에 불과했다. 저편에 보이는 불그레한 성체등은 냉랭한 침묵의 코에 돋은 종기 같았다. 이곳에서 타오르던 마법의 불은 꺼지고 만 것이다. 뤼시가 속내를 털어놓곤 한, 신성한 힘을 지닌 안토니오 성인은 석고로 만든 평범한 남자에 불과했다.

뤼시는 이 우중충한 장소에서 할 일이 아무것도 없었다. 습기와 먼지가 갉아먹은 이 남자에게 할 말이 없었고, 겁 없는 뺏뻣한 아이인 예수에게도 기대할 게 없었으며, 구멍 속에 넣어 바칠 부적 같은 물건도 이젠 하나도 없었다. 뤼시가 그토록 열망하며 자신의 공모자들 곁에서 간절히 구했던 기쁨은 이 세 번째 시도에서마저 허락되지 않았다. 뤼시는 또 한 번 환멸감에 젖은 혼란한 마음으로 자리를 떴다. 자신이 가져온 소식을 자랑스럽게 전하지 못해 입안이 바싹 마른 채로.

그녀는 이제 거울에서도 돌아섰다. 지난 몇 달 동안 그랬듯 자신의 시선에 맞서려고 안간힘을 썼지만 부지중에 눈꺼풀이 내려가며 시선이 돌려졌다. 메두사의 그 시선은 더 이상 맞설 적이 없었고, 찔러 제압할 상대가 없었다. 그러자 반짝이던 메두사의 시선이 갑자기 무디고 흐려졌다. 거울은 깊이를 모조리 상실했으며, 식인귀—용을 단칼에 가르는 뤼시의 호전적인 다양한 모습을 무대에 올리곤 하는 매직 랜턴도 아니었다.

페르디낭의 방에 걸려 있던 커다란 벽 거울처럼, 거울이란 거울은 모두 베일이 드리워진 것 같았다. 오랫동안 그 금발 머리 식인귀의 아름다움을 비추었던, 천으로 덮인 큰 거울은 루-페가 뤼시에게 설명해 준 하늘의 그 블랙홀들과도 흡사했다. 모든 걸 덥석 물어 삼키고 녹여버리는, 터진 구멍이며 아가리.

뤼시는 거친 모티브의 화려하고 알록달록한 그림에 대한 취향도 동시에 잃고 말았다. 그 블랙홀이 가시 세계를 몽땅 집어삼킨 것이다.

그 어디에서도 뤼시는 기쁨을 느낄 수 없었다.

*

이제 뤼시는 그 어느 때보다 집 밖에서 나돈다. 형언할 수 없는 갑갑함이 집 안의 분위기를 지배한다. 사방 벽에서 어머니의 눈물이 스며 나온다. 술과 눈물이 뒤섞인 역겨운 냄새, 초상의 공포로 진땀을 흘리는 심장의 역겨운 냄새가 집 안 구석구석에서 뿜어져 나온다. 그 초상의 슬픔을 뤼시는 함께 나누지 않는다. 절대로 그러고 싶지 않다. 오히려 그녀는 이 사건을 축제처럼 맞고 싶은데 그러지 못해 화가 치밀어 오른다.

그런데 아버지는 어쩌고 있는 거지? 낮은 천장의 누추한 방에 온종일 틀어박혀 모르는 이들과 영어로 지껄이고만 있지 않은가! 대체 무슨 짓을 하고 있는 걸까, 이 노인은? 3년째 뤼시는 아버지를 저주하려고 애써보았는데 그게 옳은지 늘 확신이 서지 않았었다. 다른 이들에게 그러듯 아버지와도 거리를 두었지만, 아버지에 대해 정말로 원한의 감정을 품을 순 없었다. 사실 이 조용한 노인에게 끊임없이 호기심이 동했다. 기이한 인물인 건 확실했다. 그녀의 증조부뻘 되는 나이에도 그녀처럼 숱 많은 더부룩한 머리 — 그녀의 머리만큼 헝클어지진 않았어도 — 를 한 남자. 가족과 함께 있으면 말이 없지만 보이지 않는 사람들과는 외국어로 몇 시간이고 대화를 나누곤 하는 이상한 사람, 고독한 노인이었다. 그들에게 무슨 이야기를 하는 걸까? 그들에게 뤼시에 대한 이야기도 간혹 했을까? 얼마나 멀리 있는 사람들에게 이야기하는 걸까? 그의 목소리는 어디까지가 닿는 거며, 그의 청각은 얼마나 먼 목소리까지 포착하는 걸까? 박쥐만큼 예리한 청각을 가진 걸까? 그렇다면 채소밭 담벼락을 기어오르는 식인귀의 발소리는 어째서 듣지 못한 걸까?

이아생트가 특별히 신경 쓰는 그 커다란 회전 안테나에 뤼시는 오래전부터 마음이 사로잡혔었다. 세상의 신호를 포착하는 안테나였다! 그렇다면 저세상의 표징들과 무덤 저편의 목소리 역시 포착할 수 있는 걸까?

그럴 리 없다! 아버지의 청각이 그렇게 예리할 리 없고, 그 큰 안테나의 위력도 그리 대단하지 않을 것이다. 의붓아들의 도둑 같은 발소리를, 뤼시를 겁탈하러 올 때마다 그 식인귀가 내뱉던 추악하고 거친 숨소리를 아버지는 듣지 못했으니까. 이렌과 안느-리즈의 몹시 헐벗은 애원의 목소리도 포착할 수 없었지 않은가.

　페르디낭이 죽은 뒤로 뤼시는 매일 집 밖으로 나돈다. 학교가 파하면 자전거를 타고 집을 나서서 황야를 이리저리 헤매고 다녔고, 저녁 식사 시간이 되어서야 돌아온다. 이제 그녀의 어머니는 너무 큰 슬픔에 빠져 있어 뤼시에게 주의를 기울이거나 꾸짖을 힘이 없다. 뤼시는 자유로운 몸이며 뭐든 마음대로 할 수 있다. 아무도 그녀를 염려하지 않는다.

　그녀는 잔뜩 찌부러진 자전거를 타고 좁은 오솔길을 지그재그로 달리며 마른 연못 주위를 배회한다. 간혹 연못을 내려다보는 흙 제방 위에 올라가 앉기도 한다. 해질녘 안개 속에 보이는 텅 빈 연못들은 달의 분화구를 떠올리게 한다. 습한 바람에도 아랑곳없이 뤼시는 주변 나무들이 푸르스름한 안개 속으로 녹아 들어가는 모습을 지켜본다. 그녀의 마음 역시 메말라 있다. 증오심이 비워지면서 적도 빼앗긴 것이다. 그 대신 승리의 기쁨이, 실현된 보복의 미칠 듯한 기쁨이 그녀에게 주어진 것도 아니었다.

　뤼시는 발꿈치를 들고 쪼그리고 앉아 턱을 무릎 위에 올린 채 저녁마다 안개 속을 살핀다. 그녀는 기다린다. 청회색과 연보라색 연무 속에서, 다갈색 골풀 사이에서, 헐벗은 나뭇가지들 사이에서, 불쑥 모습을 드러낼 기쁨을 기다린다. 날이면 날마다, 밤이면 밤마다 기다린다. 그녀는 주문을 외듯 기쁨을 불러댄다. 그래도 기쁨은 오지 않는다.

　대지는 — 짐승이든 산 자 혹은 죽은 자든 — 그녀에게 기쁨을 거부한다.

*

그러다 하늘이 흔들리고 어두운 바람이 황야에 쌩쌩 불어대며 빈 연못 안에서 회오리칠 때, 벼락이 첩첩이 쌓인 어둠을 뚫고 굉음을 내며 폭포수처럼 떨어져 내릴 때, 뤼시는 일단 두려움이 가시자 자신의 기다림도 드디어 끝났다고 믿게 되었다. 뤼시는 폭풍우의 아우성이 울려 퍼지는 드근대는 심장으로 보랏빛 균열들이 보이는 지평선을 향해, 그 균열들 속에서 굴러떨어지는 눈부신 번개를 향해, 얼굴을 내밀었다. 그러자 사나운 기쁨의 맛이 되돌아왔다. 크게 열린, 부신 두 눈이 분노의 시선을 되찾았다. 하늘, 온 하늘이 메두사의 시선이며 입이었다.

마침내 그 놀라운 소식을 세상에 공표할 순간이 닥친 것이다. 그녀가 여전히 침울하고 엄숙한 어조로 중얼거릴 수밖에 없었던 소식이었다.

"식인귀가 죽었어. 정말로 죽었어. 내가, 나 뤼시 혼자 힘으로 그를 죽인 거야. 들었지?"

땅이 듣기를 거부한 걸 하늘이 들었다. 하늘이 사방에서 갈라졌으며 그 번쩍이는 틈새로 기쁨이 당당하게 입성할 것이었다. 팔을 들어 올려 달도 후려칠 수 있을 듯한 채찍을 휘두르는 위풍당당한 거인들, 엇박의 소리를 내지르며 일정한 리듬으로 행진할 것만 같았던 그 송전탑들을 보며 예전에 상상의 이야기를 꾸며댔듯, 뤼시는 눈에 보이는 세계의 변모를 기대하기 시작했다.

그러나 이번엔 가공의 이야기를 꾸며댄다기보다 정말로 믿는다고 할 수 있었다. 갈퀴 모양의 세 번째 번개가 땅을 꿰뚫은 순간, 뤼시는 땅이 들어 올려져 거대한 하늘 속으로 내던져질 것임을 믿어 의심치 않았다. 불가능한 일들이 너무도 자연스럽게 일어날 것이었다. 순진무구한 그 기쁨의 증표가 찬란한 빛과 함께 선포될 것이었다. 그렇다, 더는 의심치 않았다. 그녀에겐 증표와 확신이 절실히 필요했다.

그녀에겐 기쁨이 절실히 필요했다. 두려움과 혐오와 의심을 모두 쓸어갈 기쁨. 죽은 뒤에도 그렇게나 성가시고 끈질기게 남아 있던 식인귀의 몸을 영원히 집어삼킬 기쁨. 그렇다. 그녀는 기쁨을 갈구했다. 되찾은 무구함과 망각을 갈구했다. 자신의 유년기를 다시 쟁취하고 싶었다.

세 번이나 번쩍이며 발광發光하는 만개한 번개가 그녀에겐 기쁨의 영광스러운 귀환을 약속하는 것 같았다. 고귀하고 순결한 그 기쁨을 두 번 다시 놓치지 않으려고 그녀가 하늘을 날아 붙잡으려는 순간, 이번엔 지평선 끝에서 번개가 번쩍였다. 먼젓번 번개들보다 창백한 미광에 반향도 더 희미한 번개다. 어떤 균열처럼 가느다란, 불안한 울림을 지닌 번개. 먼젓번 번개들의 오만을 확인하며 그 눈부신 난폭함을 상쇄하는, 기세가 누그러진 번개. 그 투명하고 덧없는 빛에 갑자기 땅이 진정되고, 바람이 이울며, 몽상이 찾아든 얼굴처럼 지평선이 반짝였다.

부드럽고 다정한 몽상.

바로 그 순간, 어이없는 생각이 뤼시의 머릿속을 뚫고 지나갔다. 마음속에 엉뚱한 질문이 떠오른 것이다. 오빠는 죽는 순간 그녀를 생각했을까? 페르디낭이 그녀의 이름을 입안에서 중얼댔을까? 마지막 숨을 내쉴 때 그녀를, 여동생의 이름을 불렀을까? 아니, 무엇보다 그녀를 사랑했을까? 모를 일이다.

그녀에게 영원히 주어지지 않을 답변. 그러자 황당한 생각이 뤼시의 머릿속을 엉망으로 만들었고, 지칠 줄 모르는 질문에 뱃속이 조여왔다. 뤼시는 땅에 쓰러져 흐느껴 울었다.

*

저곳에서 부는 폭풍우가 보랏빛 주름이 진 그 바람 속으로 한 여자아이의 시선을 실어가 버린다. 증오와 공포로 인해 오랫동안 환각에 사로잡혀 있던 아이였다. 가늘고 여린 번개가 조금 전 이 아이의 마음에서 떨어져 내리게 한 메두사의 가면 위로 빗물이 흐른다.

뤼시는 땅에 이마를 갖다 댄 채 운다. 3년이 지나고서야 그녀는 불쑥 눈물의 의미를 깨닫는다. 그러나 기쁨의 맛은 여전히 빼앗긴 상태다.

아주 오랫동안 뤼시는 기쁨과 무관하게 살아갈 것이다. 너나없이 이미 식인귀의 표징들로 얼룩진 사람들 사이에서 추방당한 상태로.

인내

죽음의 어두운 지대에 거하던 사람들에게 빛이 비쳤다.

– 마태오 4 : 16

프레스코화

밀짚처럼 샛노란 빛이 언덕의 사면을 후광으로 둘러싼
다. 풀도 꽃도 덤불도 자라지 않는 헐벗은 사면이다. 모래
언덕처럼 창백하고 부드러운 사면.

언덕바지엔 종려나무 몇 그루가 서 있다. 빛이 닿은 나
무들은 오렌지색을 띠며 이파리들이 반짝이지만 다른 나
무들은 그늘 속에 들어 있다. 뿌리가 있는 나무는 하나도
없다. 종려나무들은 그저 거기 놓여 있다가 매끄러운 바위
를 타고 당장에라도 미끄러져 내릴 것만 같다. 가벼운 구름
처럼 떠다니며 곁을 지나가는 빛을 향해.

주변이 밤이고 보면, 아주 이상한 빛 구름이다. 산 너머
하늘은 갈색이다.

밤이다. 언덕 발치엔 한 무리의 암양과 수양이 평화롭게
잠들어 있다. 그 가운데 두 마리가 깊은 잠에서 깨어나 한
밤중에 나타난 그 빛에 호기심이 동해 머리를 든다. 양치기
개도 경각심을 드러낸다. 어둠 속에 버티고 서서 등줄기를
둥글게 말고 이상한 구름을 향해 주둥이를 내밀며 으르렁
댄다. 뒤로 접은 두 귀를 아래로 찰싹 붙인 개의 모습이 불
안해 보인다.

양 떼들 곁에는 두 목동이 맨바위에 누워 있다. 언덕의 사면을 환히 비추는 이상한 빛에 그들도 깜짝 놀라 깨어난 참이다. 그들은 상체를 일으키고 팔꿈치에 몸을 실은 채 빛 구름 쪽으로 놀란 얼굴을 돌린다. 빛이 너무 강해 손으로 눈을 가린다.

그러나 그 빛은 그들 마음속까지 파고든다. 사실 한밤중에 이 금빛 구름이 나타나 가루처럼 흩날리는 건 그들을 위해서다. 그들의 눈꺼풀을 부시게 하고, 그들의 영혼을 부드러운 감동으로 감싸 좋처럼 울리게 하기 위해서다.

이 구름은 소용돌이치는 붉은 불의 구球인데, 반짝이는 그 심부에 반투명한 천사가 날아다닌다. 비둘기의 몸을 지닌 천사다. 한 손에 흰 왕홀을 든 이 천사는 다른 손으로 목동들을 향해 어렴풋한 몸짓을 해 보인다.

그들을 부르는 몸짓, 일어나 당장 길을 떠나라는 초대의 몸짓. '한 아기'가 이제 막 태어나 이미 그들을 기다리고 있다.

전설

뤼시는 타데오 가디의 <목동들에게 전해진 고지告知> 복제화를 한참 동안 바라본다. 수년 전 피렌체를 방문했을 때 산타 크로체 성당 예배당에 그려진 그 프레스코화를 본 적이 있었다. 작품을 보며 받았던 강렬한 인상을 뤼시는 아직도 기억한다. 장면을 너무도 부드럽게 비추는, 노란 밀짚색 빛의 후광 때문이었다. 토스카나에서 다른 많은 작품을 발견했었고 개중에는 더 뛰어난 작품들도 있었지만, 현현의 순간을 묘사한 이런 색조의 빛을 다른 프레스코화에선 마주친 적이 없었다.

복제화의 색상은 원화와 사뭇 다르지만 원화에서 느껴지던 가벼운 떨림은 그대로다. 이 그림의 무엇이 그렇게 자신의 주의를 끌며 격렬한 감동의 언저리에서 멈춰 서게 하는지 뤼시는 여전히 이해할 수 없다. 친구인 루이-펠릭스가 그녀에게 이 엽서를 보냈다는 사실에 더 호기심이 인다. 그는 뤼시가 이 프레스코화에 각별한 관심을 가졌음을 모르기에 말이다.

뤼시는 엽서를 뒤집어 본다. 작고 날카로운 글자들로 이루어진 촘촘한 글이다. 예전에 학교에 다닐 때도 그는 알아볼 수 없는 깨알 같은 글씨로 글을 쓰곤 했었다. 5월 중순에 발송된 엽서다.

사랑하는 뤼시에게,

마침내 진짜 휴가가 시작됐어. 나는 주디스와 함께 며칠 쉬러 토스카나 지방으로 오게 됐단다. 피렌체에서 조금 떨어진 피에졸레에 머무르고 있지. 산타 마리아 노벨라와 산타 크로체를 방문한 뒤 지금은 호텔 테라스에서 휴식을 취하며 이 편지를 쓰고 있어. 그런데 가디의 프레스코화 <목동들에게 전해진 고지>를 혹시 알고 있니? 천사에게서 퍼져 나오는 이 초자연적인 빛을 보면서 생각나는 게 없니? 복제화의 특성상 미흡한 점이 있긴 해도 잘 들여다보렴. 비슷한 무언가를 우리 둘이 함께 본 적이 있거든. 아주 오래전, 거의 30년 전 일이야! 학교 운등장에서 보았던 그 일식. 그 후에 다른 일식도 여러 번 목격했지만 처음 보았던 그 광경에 대한 감동 어린 기억은 마음속에 늘 남아 있었지. 타데오 가디 역시 하늘의 신기한 현상들을 열정적으로 관찰했었다는 사실을 아니? 1339년 7월에 닥친 일식을 보다가 시력이 크게 손상되기도 했다지. 하늘의 신비와 천체들을 너무 사랑한 탓에 눈을 다치고 만 거지. 하지만 이 프레스코화가 증명하듯이 그가 온전히 독창적인 영감을 발휘해 빛의 문제를 다루게 된 것도 사실이야.

우리가 어릴 때 보았던 개기일식을 떠올리며 네게 사랑의 인사를 보낸다. 올여름 널 다시 볼 수 있기를 기대하며, 주디스의 인사도 함께 전할게.

루이-펠릭스.

뤼시는 엽서를 내려놓는다. 루이-펠릭스는 변하지 않았고, 앞으로도 분명 그럴 것이다. 그는 심장 끝에 찍힌 미인점처럼, 일말의 부드러운 광기처럼, 유년기의 우아함을 평생 고스란히 간직하는 드문 존재들 가운데 하나다. 그가 태어난 거문고자리의 광채는 조금도 흐려지지 않았다. 어린 시절의 꿈들이 생명을 지닌 실체가 된 것이다. 그는 자신이 되고자 했던 존재가 되었다.

루이-펠릭스에겐 행복한 기억뿐이다. 과거는 오로지 아름다운 시간으로 기억된다. 그는 내면에 어두운 그림자가 드리우도록 놔두지 않는다. 과거에 뤼시가 그에게 보인 냉혹한 태도에 대해서도 원한을 품지 않았다. 그녀가 그를 모욕하며 쫓아냈을 때도 아무 말 없이 물러났으며, 마음에 큰 상처를 입긴 했어도 곧 용서해 주었다. 상처는 그를 스치고 지나갈 뿐 영향력을 행사하지 못했다.

여러 해 동안 두 사람은 서로 보지 못하고 지냈다. 대학 입학 자격시험을 치른 뒤 루이-펠릭스는 학업을 위해 파리로 떠났고, 그 후 미국에서 결혼하고 정착하게 되었다. 뤼시는 젊은 시절 학업에서 루이-펠릭스처럼 눈부신 성공을 거두는 것과는 거리가 멀었다. 페르디낭이 죽은 뒤 점점 더 제멋대로 행동하게 된 뤼시는 걸핏하면 집을 나가는가 하면 모든 규칙과 규율에 저항했다. 상황이 허락하자 곧 그녀는 가족이 사는 집을, 벽마다 사라지지 않는 초상初喪의 쉰내와 권태만 새어 나오는 그 지하 묘소를 떠났다. 그리고 파리로 와서 낮과 밤이 뒤바뀐 자유분방한 생활을 하며 미술에, 이어 연극 그리고 사진에 조금씩 손을 댔다. 그러나 그 어느 것도 끝까지 밀고 나가지는 못했으며 뭐든 그 당장에 전부를 원했다. 단번에 완벽에 도달하고자, 아니, 내면에서 아우성치는 고통을 정확히 표현할 방법을 찾고자 했다는 편이 더 옳았다. 그녀에겐 배움과 엄격한 규율과 노동의 길고 험난한 여정을 통과해 갈 인내심이 없었다. 무수한 이미지가 내면에서 타올랐는데, 뤼시는 숭고하고도 결정적인 단 한 번의 몸짓으로 이 불길에 형태를 부여할 것을 꿈꾸었다. 그러나 꿈에서 깨어나 현실을 맞닥뜨리기 무섭게 불길은 희미해지고 초라해졌으며 그 폭발적인 기세와 아름다움을 모두 잃고 말았다. 주변 세상은 계속 뒤틀렸고, 그녀는 돌이나 검은 횃불에 부딪히듯 타인과 사물, 흐르는 세월에 부딪혀 상처를 입었다.

70년대 초반, 두 해 간격으로 뤼시엔 고모와 콜롱브 숙모가 죽자 상당한 액수의 돈을 물려받게 된 뤼시는 그 돈을 서둘러 써버렸다. 지구 방방곡곡으로 여행을 떠난 것이다. 자신이 설 자리도 의미도 찾을 수 없는 이 세상을 그녀는 지구라는 단일한 차원으로 축소시켰다. 이 방황은 5년가량 이어졌다. 한나절의 우정과 하룻밤의 사랑을 경험하기도 했다. 예술과 관련해 그녀가 애초에 품었던 거대한 구상이 그랬듯 그녀의 열정 또한 미래를 전혀 기약할 수 없는 것이었다. 그래도 몇몇 남자들과는 좀 더 지속적인 관계를 유지하기도 했었다. 그러나 그들과의 관계도 번번이 실패로 끝났다. 누군가를 사랑할 때도 뤼시는 완벽한 사랑이 무언지 규정하지 못한 채 그 당장 완벽을 요구했기 때문이다. 그런 엄청난 기대에 부응하지도, 그러고 싶지도 않은 상대방의 진정한 개성을 고려하지 않은 채 말이다. 그 맹목적인 열정에서 그녀가 매번 얻어낸 건 고통과 폭력뿐이었다. 매번 전쟁처럼 치러진 사랑의 결과는 언제나 참패였고 스스로에 대한 모멸감이었다. 오래전 황야에 폭풍우가 불어닥쳤던 그날 그녀의 마음속에 불쑥 떠올랐던 질문이 끊임없이 고개를 쳐들곤 했다. '그가 나를 사랑하나? 한순간이라도 나를 사랑했을까?' 그러나 식인귀는 끝없이 답변을 먹어치워 버릴 뿐이었다.

그녀는 굉장한 것들을 보았고, 근사한 풍경들을 지나왔고, 때로 비범한 사람들과 어울리기도 했다. 추악하고 역겨운 것들은 훨씬 더 많이 목격했고, 기만적인 마력을 지닌 대도시의 더럽고 누추한 동네에 오랫동안 머무르기도 했고, 비뚤어진 영혼과 조악한 정신을 지닌 사람들과도 사귀었다. 아버지는 반평생을 먼 곳의 사람들과 교신하며 보낸 사람이었지만, 그녀는 지름길을 택해 세상을 쏘다니며 맨손으로 움켜쥐었다. 아무것도 붙잡아 두지 않았으며 환상을 남김없이 소진했다.

프랑스로 돌아왔을 때 그녀는 아버지가 7개월 전에 죽었다는 사실을 알게 되었다. 어머니가 그 사실을 그녀에게 알리지 못한 건 연락처를 알 수 없었기 때문이었다.

외국의 땅과 도시들을 정신없이 돌아다니느라 지친 그녀는 도시에 다시 정착했다. 땅은 둥글고, 광재鑛滓처럼 거친 잿빛이었다. 아버지의 죽음으로 그녀는 새로운 짐, 멜랑콜리라는 짐을 지게 되었다. 아버지를 다시 보지 못했다는 후회로 마음이 괴로웠고, 오래된 상처가 다시 아가리를 벌렸다. 아버지 생각을 자주 했다. 마침내 그를 이해하기 시작한 것 같았고, 평생토록 그를 따라다녔던 고독과 비애를 헤아리게 되었다. 늪지 한가운데 매몰된 삶.

이젠 너무 늦어 돌이킬 수 없게 되었지만, 불행한 상황에서도 그렇게나 조심스럽고 다정했던 그 조용한 노인에게 그녀는 깊은 연민을 느꼈다. 이 뒤늦은 연민이 뤼시에게 모종의 진지함을 부여했다. 그녀는 일을 하면서 다시 학업을 시작하기로 마음먹었다. 마침내 미술사 교수 자격시험에 합격해, 두에와 랭스, 나중엔 뫼동으로 발령이 났다. 그렇게 그녀는 마음에 없는 지방 도시 생활을 다시 하게 되었다. 그러다 해외 일자리를 지원했고, 다시 떠날 수 있기를 바랐다. 이번엔 분명한 직업이 있었으므로 더 이상 예전처럼 떠돌지 않아도 되었다. 나이를 먹어 감에 따라 도주를 계획하고 구체화할 줄 알게 되었다. 그녀는 베를린 대학의 외국인 강사 직책을 따냈다.

그런데 독일로 떠나기 두 달 전에 어머니가 병이 났다. 암이라는 진단이 내려졌다. 그때까지 어머니와 한 번도 마음이 통한 적이 없고 어머니에 대한 의무도 거의 느끼지 못한 그녀였지만 그래도 출발이 망설여졌다. 자신의 부재 중에 닥친 아버지의 죽음이 가져다준 충격이 아직 가시지 않은 상황에서 이번엔 어머니가 죽을지도 모르는데 같은 위험을 반복할 자신이 없었다. 자기보다 오빠를 늘 편애했으며 어린 시절 그녀를 금발의 식인귀로부터 보호해 줄 수 없었던 여자. 이 냉정한 여자와 쉽사리 가까워질 수 없었음에도, 그런 원한의 감정만으로는 거기서 달아나겠다는 결심을 할 수 없었다. 무언가가 뤼시의 발목을 잡았다. 그녀는 결국 그 직책을 포기하고 프랑스에 남았다. 죽은 아버지를 향했던 연민이 이제 병든 어머니를 향해 다시 솟구쳤다.

알로이즈는 수술을 받았다. 한쪽 유방을 절제했다. 암이 재발해 다른 쪽 유방마저 잘라내야 했다. 어머니의 몸이 반복적으로 잘려 나가는 동안 뤼시의 마음속에도 같은 현상이 일어났다. 알로이즈가 쇠약해져 감에 따라 어머니에 대해 남아 있던 뤼시의 질긴 적개심도 모조리 잘려 나가게 되었다. 연민이 점점 더 깊어져 그녀 안에 기이한 심연이 열리면서, 그녀의 오래된 원한과 케케묵은 증오심, 분노의 악취, 폭발적인 노여움이 그 안으로 모두 쓸려 들어갔다. 그러자 이 심연의 맨 밑바닥에서 용서가 맑은 물처럼 솟아나기 시작했다. 물이 차오르면서, 살아오는 동안 그녀에게 상처와 실망을 주거나 그녀를 배신한 이들 모두를 차츰 적셨다. 성수聖水였다. 그러나 만져지지 않는 이 가느다란 물줄기를 뤼시는 아직 알아채지 못하고 있었다. 명확히 규정되지 않는 이 연민이라는 모호한 감정 속에서 마음을 다잡지 못한 채 그녀는 서투른 태도로 암중모색했다.

뤼시는 또 한 번 전근을 요청했다. 이번엔 세상 끝이나 유럽의 어느 대도시로 가려는 게 아니라 프랑스의 소도시에 머무를 작정이었다. 결국 그녀는 르 블랑으로 와, 아버지가 예전에 수학을 가르쳤던 학교에 부임했다. 어머니가 그곳 병원에 입원해 있었다. 뤼시는 연초록과 연보랏빛 줄무늬 블라인드가 쳐진 희고 작은 병실을 날마다 찾아와 어머니 곁에 앉았다. 알로이즈는 거의 말이 없었고, 표류하는 침상에 너무도 허약한 모습으로 꼼짝 않고 누운 채 점점 의식을 잃어갔다. 그러면서 가끔씩 딸에게 놀란 시선을 던지곤 했다. 뤼시를 관통하는 시선, 현재를 관통해 더 먼 과거와 근원으로까지 거슬러 올라가는 시선. 임종이 가까워지자 뤼시는 어머니를 집으로 데려가겠다고 청했다. 그리고 휴직을 함으로써 어머니를 돌볼 시간을 갖게 되었다.

그렇게 뤼시는 그랑주—오—라름가에 다시 정착했다. 어머니는 어느 봄날 아침 세상을 떴다. 장밋빛 햇살이 방안을 물들인 아침이었다. 알로이즈는 마을의 작은 공동묘지, 페르디낭과 이아생트가 있는 묘소에 함께 묻혔다. 아들이 그녀를 기다리고 있는 땅에. 이제 뤼시는 혼자 남게 되었다.

*

모든 게 끝났다. 뤼시가 환수한 건 의무가 아니라 더 까다로운, 아니, 신비롭다고 해야 할 무엇이었다. 용서를 한 것이다.

그곳을 떠날 수도 있었을 것이다. 빈집을 영원히 폐쇄하고 팔기 위해 내놓을 수도 있었다. 다른 곳에서 직장을 구할 수도, 다시 더 큰 도시로 나가 살 수도 있었다. 유년의 서글픈 땅인 이 늪지대를 떠나 병든 그 시절을 이 늪지 한가운데 묻어버림으로써 그 시절에 영원히 작별을 고해야 했을 것이다. 그런데 무언가가 그녀를 붙잡았다. 무어라 꼭 집어 말할 수는 없었다. 빈집이었지만 침묵하는 건 아니었다. 집은 어떤 희미한 웅성임에 둘러싸여 있었는데, 귀 기울여 들어보면 그 웅성임은 노래라는 걸 알 수 있었다. 땅의 노래, 늪의 노래, 바람의 노래, 숲의 노래였다. 뤼시에겐 모두 귀에 익은 목소리였다. 그녀가 피해 달아났던 목소리. 그녀는 오랫동안 그 목소리보다 도시에서 들리는 엇박의 소음을 더 좋아했었지만 이 조심스러운 웅성임에는 그녀의 마음을 끌어당기는 더 강한 호소력이 있었다. 땅과 늪이 부르는 어떤 노래를 듣고 있노라면 모종의 깊은 감동을 느끼지 않을 수 없었다. 더는 존재하지 않는 과거의 무언가와 아직 닥치지 않은 미래에 대한 기대가 이 노래들을 통해 묘한 방식으로 합류했다. 종소리처럼 울려 퍼지는 두꺼비들의 단조로운 노래도 그랬다. 멜키오르가 아직 그곳에 남아 있었다. 그들의 노래를 주관하는 자로.

뤼시는 정확한 이유도 모르는 채 그곳에 남게 되었다. 땅의 목소리에 귀 기울이라는, 그녀 자신도 미처 알아채지 못한 요청에 응한 것이었다. 죽은 자들의 침묵에, 더 나아가 또 다른 침묵에 귀 기울이라는 요청이었다.

그녀가 그토록 증오했던 집에 돌아와 남게 된 것이다. 르 블랑 학교에선 파트타임으로 다시 일하게 되었다. 꽃과 나무를 돌보며 하루하루를 지냈고, 여가 시간도 대부분 그렇게 보냈다. 예전에 채소밭이었던 자리를 과수원으로 만들었다. 응접실엔 커다란 통유리창을 내어 맞은편에 줄지어 서 있는 사과나무, 벚나무, 자두나무가 보이도록 했다. 그리고 응접실과 페르디낭의 방을 가르는 벽을 부수어 응접실을 확장했다. 이제 그의 방은 사라져 버렸다. 그렇게 해서 생겨난 널찍한 공간엔 아침 햇살이 넘치도록 스며들고, 봄이면 과일나무에 분홍색과 흰색과 자주색 꽃들이 흐드러지게 피어난다. 여름엔 도둑 새들의 한바탕 소동이 벌어진다.

뤼시는 집을 전면 개조했다. 손대지 않은 유일한 공간은 아버지가 틀어박혀 지내던 경사진 지붕 밑 방이다. 그곳엔 모든 게 예전 그대로 남아 있었다. 세상의 목소리들을 포착하곤 했던 그 커다란 안테나도 이제는 말라 오그라든 개암나무 옆에 그대로 있다. 쓸모가 없어진 물건이다.

대신 다른 안테나들이 그 지방에서 생겨나고 있었다. 붉은색과 흰색의 거대한 철탑들. 밤이면 그들은 번쩍이는 붉은 빛줄기들을 하늘에 길게 그려 넣는다. 이아생트가 교신을 나누던 먼 고장보다 더 비밀스러운 먼 곳을 향해 메시지를 보내는 안테나들이다. 모든 시詩에 귀를 막은, 얼어붙은 먼 곳. 그들의 메시지는 빙산 밑을 배회하는 핵 잠수함들에 보내진다. 원자핵의 목소리. 살인을 일삼는 시대의 목소리.

몹시 해괴한 일이긴 해도 이 늪지대엔 그 안테나들을 섬기는 자들이 있다. 선원들이다. 밤이면 뤼시는 철탑에서 불빛이 뻗어 나오는 걸 본다. 늪 위로 미끄러지는 그 불빛들이 하늘을 잘게 잘라낼 것만 같다. 아니, 정말로 하늘을 찢어발긴다. 그 끈질기고 추한 빛들에 가려져 잔뜩 흐려진 별들. 땅은 그 별들로부터 고립된다.

아버지의 목소리는 더 이상 들리지 않았다. 귀머거리 식구들을 견딜 수 있기 위해 지구 반대편에서 메아리를 구걸하던 부드럽고 감미로운 목소리. 그 목소리를 이 시대의 얼어붙은 목소리가 대체한 것이다.

그러나 뤼시의 기억 속에선 아직 아버지의 목소리가 끊어질 듯 말 듯 조심스럽게 울려온다. 그러던 목소리가 메아리를 찾아낸다. 오랜 세월 먼 데서 들렸던 헛된 간청의 그 목소리가 마침내 하나의 응답을 찾아낸다. 자애와 연민이라는.

어머니에 대해선 임종이 다가온 순간의 헐떡이는 목소리만 뤼시는 기억한다. 그 가쁜 숨소리가 아버지의 희끄무레한 목소리에 조금씩 감겨 온다. 이아생트와 알로이즈, 두 사람은 죽어서야 하나가 된다. 탕아인 그들의 딸 안에서, 이 딸의 뒤늦은 사랑 안에서 화해한다.

그러나 페르디낭과 관련해선 아무것도 남아 있지 않다. 뤼시는 식인귀의 목소리를 기억에서 추방해 버렸다. 30년의 방황과 고통 뒤에 뤼시는 오빠가 그녀에게 저지른 잘못을 용서해 주었다. 그걸로 족하다. 하지만 기억 속에서 그의 목소리를 소환하는 일은 절대 없을 것이다. 그러지 못하도록 또 다른 기억이 막아선다. 안느-리즈의 웃음소리, 폴린 랭부르가 피리로 연주하던 애절한 선율에 대한 기억이다. 그녀가 겪어야 했던 악은 용서할 수 있지만, 다른 이들에게 행해진 범죄에 대해선 자신이 용서할 권리도 자격도 없음을 인지한다. 살해당한 두 소녀의 이름으로 이루어지는 용서는 그녀로선 다가설 수 없는 신비에 속한다. 뤼시는 자신의 가족과 죽은 자, 그녀 자신과도 화해했지만, 이 평화로움에는 여전히 그림자가 드리워져 있다. 이 평화는 아직 완전한 화해가 아니다. 상처 입은 과거의 그 아이가 어른이 된 그녀의 발자국을 따라 계속 걷고 있으며, 막연한 비애로 그 그림자를 무겁게 만든다.

그녀 안에 공허가 있다. 유년기부터 존재해 온 엄청난 공허다. 그러나 이제 그 공허는 그녀 안에 공포와 현기증을 일으키지 않고, 노여움을 자아내거나 달아나게 만들지도 않는다. 그 공허는 중립적인 무언가가 되었다. 그렇다고 기쁨에 이를 수 있게 된 건 아니다.

명확히 인식하진 못해도 뤼시가 기다리는 게 바로 그거다. 스스로도 납득하지 못한 채 그녀가 그랑주-오-라름가에 남은 것도 그 때문이다. 기쁨을 돌려받기 위해서다. 그걸 그녀가 갈취당한 바로 그 장소에서 되돌려받기 위해서다.

식인귀가 추락하던 날 그녀가 맛보았던 잔인한 복수의 희열 같은 건 아니었다. 페르디낭이 죽은 뒤의 그 오래전 폭풍우 속에서 그토록 간절하게 소원했던 호전적인 열광 같은 것도 아니었다. 방황과 비타협적인 사랑의 시기에 그렇게나 오랫동안 헛되이 구했던 맹목적이고도 성급한 취기 같은 건 더더욱 아니었다. 맞서거나 부인한다고 자신의 과거에서 벗어날 수는 없다는 걸 뤼시는 이해했다. 묘지를 배회하던 시절은 이제 지나가 버렸다. 늪지의 크고 작은 짐승들과 마술적인 계약을 맺고 거울 깊숙이 깃든 죽음의 시선을 추격하고, 갈라진 하늘의 틈새들을 응시하며 주문으로 묵시록의 전사들을 소환하던 시절은 지나간 것이다. 황야에 윙윙 불어대는 사나운 보랏빛 폭풍이 그녀에게서 메두사의 시선을 앗아갔다. 고통과 분노에 사로잡힌 우상, 혹은 방치된 세상을 살피며 야만적인 신을 구하는 불안한 기도자의 사납고 휘둥그런 눈. 그녀의 그런 두 눈은 시간이 흐르면서, 초상初喪의 슬픔을 겪으면서, 조금 부드러워졌다.

그러나 이제 뤼시가 기다리는 기쁨은 그와는 다른, 가볍고 경쾌한 무엇이다. 개암나무 이파리들 속에서 살랑이는 바람처럼 경쾌하고, 풀밭 어린 양들의 울음소리처럼 가늘고 유순하며, 새벽 붉은 기운 속에서 피어나는 안개처럼 가벼운 무엇.

모든 분노와 폭력이 사라진 정화된 기쁨이 다른 곳에서, 다른 방식으로 그녀를 찾아올 것이었다. <목동들에게 전해진 고지>의 천사처럼 난데없이 박명薄明을 밝히며 아직 선잠에 빠져 있는 그녀에게로 내려오게 될 평화인 동시에, 멜키오르의 노래처럼 땅에서 올라올 평화였다.

다 끝난 일이었지만, 완성되려면 아직 요원한 일이기도 했다.

뤼시는 기쁨을 기다렸다.

*

뤼시가 그랑주-오-라름가에 다시 정착한 지 벌써 7년이 흘렀다. 황야와 연못들 한복판에서, 책들과 나무들 사이에서 고독한 삶을 영위한 지 7년째다. 그녀는 다시 그림을 그리기 시작했고, 나무로 조각을 하기도 한다. 루이-펠릭스를 다시 만나 7년째 새로운 우정을 쌓았다. 간헐적인 만남이긴 하다. 루이-펠릭스는 과부가 된 어머니를 보러 일 년에 두세 번 돌아올 뿐이니까. 여름엔 아내인 주디스와 두 아들, 매트와 앤드루를 데리고 와 더 오래 머문다.

뤼시는 루이-펠릭스와 많은 이야기를 나누며 그의 작업과 연구에 흥미를 갖는다. 하지만 예전에 그토록 추악한 태도로 돌변하게 된 이유에 대해선 고백한 적이 없다. "그땐 정말 불행했거든."이라고만 딱 한 번 말했다. 사실 친구도 해명을 요구하지는 않았다. 루이-펠릭스는 천체와 행성을 향해서만 알 권리를 주장할 뿐, 호기심이 온통 하늘에 쏠려 있다. 사람들과의 관계에서 그는 몹시 조심스럽고 신중하다. 그에겐 유년기의 미숙함이 살짝 남아 있지만, 그래도 이제는 예전처럼 폴짝거리지 않으며 매 순간 놀란 표정으로 그저 어깨를 으쓱할 뿐이다.

뤼시는 루이-펠릭스와 그의 가족을 방문하러 여러 번 미국에 갔었다. 그러나 여행에 대한 흥미를 점점 더 잃어간다.

"조심해요. 내 시어머니처럼 될지 모르니까."라고 주디스는 그녀에게 말한다. "더 이상 여행을 원치 않으셔서 의자에 뿌리를 내리고 마셨으니까. 정말로 꼼짝도 안 하시거든요!"

마들렌 앙슬로는 실제로 집에만 박혀 있기 좋아하는 사람이다. 나이를 먹어 갈수록 나다니는 걸 꺼린다. 와즐뢰르가에 있는 자신의 집을 거의 떠나지 않는다. 돌봐야 할 고양이들과 꽃들 때문이라고, 나이와 류머티즘 탓이라고, 변명을 둘러댄다. 그러나 이유는 다른 데 있다. 뤼시는 마들렌 앙슬로를 자주 방문하며, 두 사람은 이웃이다.

이 노부인은 정원 쪽으로 난 창가에 앉아 하루하루를 보낸다. 처음엔 그저 무료한 시간을 보내고 마음의 괴로움을 잊으려 했던 것이 이제는 일종의 명상처럼 되어버렸다.

"생각해 봐요," 어느 날 그녀가 뤼시에게 털어놓았다. "60대가 되어 과부가 되는 시련을 겪고서야, 나는 눈에 보이는 세계가 뭔지 깨닫게 되었거든. 지금까지 그것들에 내가 얼마나 주의를 기울이지 않았는지도 알게 됐고. 피에르가 죽은 뒤 텅 빈 이 집에서 얼마나 쓸쓸했는지 몰라! 아무런 의욕도 없이 몇 시간씩 그냥 앉아 있었어. 누굴 위해 요리를 하고 집 안을 정리한다지? 누구와 말을 하지? 그래서 나는 그저 창밖을 내다보고 또 내다보기 시작했어. 그런데 하늘이 보이는 거야. 아, 내 아들이 보는 식의 그런 하늘은 물론 아니고! 그 앤 과학자의 눈으로 하늘을 보지. 하지만 난, 글쎄 뭐랄까…… 그건, 그건, 과부의 시선이랄까. 맞아, 그거야. 과부의 시선. 피에르가 죽고 나서 난 많이 울었지. 그러다 눈물은 그쳤지만, 그래도 고통은 여전했어. 집 안 어디에 눈길을 두어야 할지 더는 모르겠더군. 가구 하나하나가, 사소한 물건 하나까지, 피에르를 떠올리게 했으니까. 그 때문에 괴로웠지. 그런데 하늘은, 하늘 공간은 나를 고통스럽게 하지 않는 거야. 아무 이력도 없고, 내 지난날과도 무관한, 헐벗은 공간이었어. 그 광활한 공간이 거기에, 항상 거기에 있었지. 변화무쌍한 모습으로. 아주 친숙하면서도 신비로운, 너무도 아름다운 모습이었지. 그렇게 하늘을 바라보자 괴로움이 조금 가시더군. 특히 구름이 보일 땐 더 그랬어.

하늘이 파랗다고, 잿빛이라고, 이러쿵저러쿵 말들을 하지. 별 의미 없는 말들이야. 이 파랑과 잿빛, 장밋빛과 자줏빛, 노랑과 흰색, 밤의 검은색에는 무수한 뉘앙스가 존재하거든. 검은색이 지닌 뉘앙스는 헤아릴 수도 없고! 그 각각의 뉘앙스를 표현할 정확한 단어를 찾을 수조차 없겠어. 이루 다 설명하고 묘사할 수 없을 만큼 많은 게 보이거든. 자네처럼 스케치를 하거나 그림을 그릴 재능도 없으니, 그저 바라보는 것으로 만족해야겠지. 온 주의력을 다 기울여 바라보는 거야. 눈에 보이는 세상과 내 시선이 하나 될 때까지…… 내 눈이 하늘과 빛과 구름과 하나 될 때까지. 그러면, 그러면, 난 거의 구름이 되거든! 빛 속에, 안개 속에 용해되어 구름의 소용돌이 속으로 실려 가는 느낌이 들지. 바람이며 비가 되는 거야…… 그러걸 괴로움도 사라지지. 내 고통과 외로움도 잊게 되고…… 가벼운 마음으로 피에르를 생각할 수 있게 되고…… 자네가 이해할 수 있을까?

그게 바로 내가 시간을 보내는 방법이며 이유지. 여행을 떠나고 싶다거나 어딜 가고 싶다는 욕구를 전혀 느끼지 못하는 이유. 광활한 세상이 저기, 창유리 너머에 있으니 말이야. 고개를 아주 조금 들기만 하면 되는데…… 굳이 다른 곳으로 떠날 필요가 뭐 있겠어? 더 적게 움직일수록 더 많은 여행을 하는 셈인데……”

마들렌 앙슬로는 자신의 창문 너머로 부동不動의 여행을 한다. 세상이 아니라 하늘을 돌아다닌다. 그저 시선의 힘을 빌려 하늘로 날아오른다. 부재로 인해 겁에 질리고 눈물로 인해 기진맥진한 과부의 시선이다. 가난한 자의 시선. 그녀에겐 하늘 한 자락이면 족하고, 구름 한 점에 넋을 잃는다. 그녀는 어떤 기적도 기다리지 않는다. 빛나는 천사의 얼굴을 한 불구름이나 기이한 일식의 황홀한 경험을 할 거라는 기대도 하지 않는다. 그녀에겐 하늘에 뜬 구름은 모두 기적이며, 한 줄기 바람이 위안이 되며, 희미한 미광마저 황홀감을 가져다준다. 그녀는 가난한 자들의 겸손을 지녔고, 때가 되어 죽음의 신비 속으로 침투하는 것 외에는 아무것도 기대하지 않는 자들의 무한한 인내를 지녔다.

마들렌 앙슬로를 이웃으로 둔 건 마음의 평온을 찾으려는 뤼시의 노력에 버팀목이 되어주었다. 결혼 생활의 기쁨을 빼앗긴 이 여자의 겸허함, 하늘의 움직임과 색깔을 바라보는 그 엄청난 집중력을 통해 뤼시는 자신의 과거와 기억을 새로운 시각으로 바라보게 되었다.

뤼시는 이미 유년기에 기쁨을 도난당했고, 이 애초의 사건이 최근 몇 년까지도 그녀 모르게 삶을 공포와 분노로 가득 차게 했었다. 만족을 모르는 초조한 시선으로 마음이 쉴 새 없이 딴 데로 향한 채 세상을 두루 돌아다녔었다. 안 가본 나라가 없었고, 수백 개의 도시와 수천 명의 사람을 보았었다. 하지만 마들렌 앙슬로만큼 완벽한 주의력을 발휘해 어떤 장소나 사물이나 사람을 바라본 적이 단 한 번이라도 있었을까? 그런 것 같지 않다. 그렇다면 그녀는 무얼 본 걸까? 눈에 보이는 세계로부터 성급히 찢어낸 조각들, 인내도 지성도 없이 먹어치운 아름다움의 동강들. 그 모두로부터 그녀에게 남은 건 뭔가? 총체적인 구조도, 연관성도 없는 만화경 같은 이미지들뿐이다. 날카로운 모서리의 부서진 이미지들.

이제 뤼시는 대상을 바라보는 법을, 보는 법을 다시 배워야 한다고 느끼게 되었다. 하늘만 아니라 나무들을, 들판에 난 길들과 담벼락 위로 미끄러지는 그림자들을, 사물들과 얼굴들을. 특히 얼굴들을.

보이는 세계를, 보이는 세계의 살을, 하늘과 땅의 살갗을 바라보는 법을 배워야 했다. 이 살이 그저 진흙과 불길과 피는 아니라는 걸, 이 살갗이 그저 분노와 공포의 전율이나 난폭한 땀은 아니라는 걸 차츰 알아가기 위해 말이다. 또한 귀 기울여 듣는 법을, 침묵과 숨결과 목소리의 굴절을 인지하는 법을 배워야 했다. 세상을 손끝으로 스치고 건드려 그 안에 숨겨진 부드러움을 느끼는 법을 배우고, 인내를 배워야 했다.

매일의 인내, 날마다 더 커가는 인내. 기억 속에서 얽히고설킨 고통과 뱃속 깊숙한 곳을 조여오는 공포, 그 혼돈의 실마리를 서서히 풀어가기 위한 인내. 배신당한 사랑의 오래된 상처 속에서, 증오와 달랠 길 없는 복수심의 악취 속에서, 진창에 빠진 그 마음으로부터 용서의 희미한 미소를 건져 올리기 위한 인내.

방랑의 사랑을 통과하고, 무수한 수치와 불안과 고통을 겪고, 때론 덧없이 사라지는 신기루 — 사라지기 무섭게 갈증과 상처를 돋우며 분노로 씩씩대는 — 에 현혹되기도 하면서, 마침내 그 사막을 지나고 자아를 넘어서기 위한 인내. 무기를 내려놓고 자신과 함께 사는 것에, 오로지 자기 자신이 되는 것에 동의하기 위한, 광기에 버금가는 엄청난 인내. 은총의 바람에 편평해진 사막.

*

뤼시는 루이-펠릭스가 보낸 엽서를 테이블 위에 내려놓고 고개를 든다. 통유리창 밖으로 만개한 과수원이 보인다. 하루가 저물어 가며 희미해진 햇빛에 꽃들의 색깔도 차분해진다. 도톰한 꽃잎과 나뭇잎 속으로 살포시 스며든 어둠의 무게에 나뭇가지들이 살짝 휘어진다. 시원해진 대기 속에서 새들의 울음소리가 한층 생생하고 조밀하게 들려온다.

뤼시는 자리에서 일어나 밖으로 나간다. 정원의 꽃들에 물을 준 뒤 현관 계단에 앉아 담배를 피운다. 도로 위에서 자전거를 탄 아이가 어떤 노래의 선율을 휘파람으로 부르며 지나간다. 자전거 짐받이에 고정된 작은 상자 안엔 털이 긴 흰 강아지 한 마리가 귀를 쫑긋 세우고 바람 불어오는 쪽으로 주둥이를 내민 채 서 있다. 마을엔 아이들의 숫자가 전보다 줄어들었다. 사람들이 많이 떠나버린 이 땅은 척박하고, 이 늪지대에서의 삶은 한없이, 한없이 느리고 단조롭다. 남아 있는 이들은 대부분 노인이다. 그리고 물론 새들이 있다.

이곳에는 새가 사람보다 훨씬 많다. 새들은 갈대 속에,

혹은 뗏목처럼 떠다니는 풀과 잔가지, 혹은 수상식물 위에 둥지를 튼다. 사람들이 살던 집이 하나둘 폐가가 되면서 정원들도 방치된다. 숲속을 떠돌던 늑대들은 이제 그림자도 보이지 않고, 짓궂거나 마음씨 고운 장난꾸러기 요정들과 정령들은 황야와 갈대밭에 잠들어 있다. 더 이상 벼락이 다정다감한 그 요정들을 쫓아내는 일도 없다. 거대한 안테나들이 발하는 눈부신 빛줄기들이 그들을 이미 추방해 버린 것이다. 하지만 이 지방 노인들은 누구나 알고 있다. 자칫 잘못하면 그 방황하는 요정들이 깨어날 수도 있다는 걸, 그들을 함부로 불러선 절대 안 된다는 걸.

그걸 뤼시도 이젠 알고 있다. 과거의 마술적인 기억들을 불쑥 깨어나게 해서도, 기억 깊숙한 곳에 잠복해 있는 그 힘을 부인해서도 안 된다는 걸 뤼시는 알게 되었다. 자신의 걸음에 달라붙은 과거의 그림자를 향해 화를 내며 불쑥 돌아서면 그 그림자와 정면으로 충돌하게 될 뿐임을. 그 경우 그림자는 더 단단해지고 완강해지며, 한층 무겁고 적대적인 모습을 띠게 된다. 그러니 죽은 자들의 목소리와 얼굴, 몸짓, 걸음이 그들 자신이 원하는 시간에 왔다가 멀어져 가도록 두어야 한다는 걸 그녀는 알게 되었다. 인내를 배우게 된 것이다.

해가 완전히 사라지고 한 줄기 비스듬한 햇살만이 남아 있다. 하늘은 차갑고 짙푸른 색이다. 시끌벅적한 새 울음소리는 잦아들고 희미한 지저귐만 간간이 들려온다. 꽃들이 꽃잎을 다시 닫는다. 아까 보았던 흰 강아지가 길을 거슬

러 달려오고, 소년은 자전거 핸들 위로 몸을 숙인 채 강아
지를 쫓는다. 소년이 자전거 종을 울리자 강아지는 달리다
말고 뒤돌아보며 한 번 짖더니 더부룩한 꼬리를 흔들며 다
시 달린다. 뤼시는 현관 앞 계단에서 일어난다. 집 안으로
들어가 응접실 쪽 문을 연다. 그런데 불을 켜려는 순간 손
가락이 스위치 위에서 잠시 멎는다.

　테이블 위에 엽서가 놓여 있다. 어두운 나무 위 금빛 얼
룩. 주변 사물들이 모두 물러나 방 안 가득한 어둠 속에 녹
아든 듯하다. 이 그림엽서만 오롯이 공간을 점유한 채 눈에
보이는 세계 한복판에 놓여 있다. 테이블로 다가서는 뤼시
의 눈엔 금빛 얼룩만 들어온다. 그녀는 그림을 향해 몸을
숙인다. 그러자 그녀의 유년기도 덩달아 몸을 숙인다.

　조만간 마흔이 되는 뤼시 도비녜와 어린아이인 뤼시, 둘
이 함께 같은 그림을 응시한다. 목동들이 쉬는 언덕 비탈에
서 솟는 밀집색 미광에 그 이중의 시선이 서서히 환해진다.
　그림에서 번져 나오는 깊은 평화가 여인의 그림자 속에
오랫동안 머물렀던 아이를 위로한다. 가벼운, 아주 가볍고
투명한 기쁨이 그림 속에서 종처럼 울려 퍼지며, 이제까지
여인의 그림자며 사슬이었던 그 어린 소녀로부터 여인을
해방시킨다. 때가 되면 활짝 피어나는 늪지의 붓꽃처럼, 너
무도 감미로운 평화가 뤼시의 마음속에서 날개를 편다. 그
녀의 마음속에서 오래전부터 싹을 틔웠고 어둠과 침묵 속
에서 익어온 그림이며 빛이었다. 그것들의 부화는 놀라운
동시에 자명한 일이기도 하다. 기나긴 인내가 꽃을 피운 것

이다.

제2의 유년이 뤼시 안에 탄생한 참이다. 눈물을 참느라 타버린 눈이 아니라, 몽상에서 막 깨어난 순간처럼 부드럽게 흐려진 눈을 한 유년. 무시무시한 우상이나 환각에 사로잡힌 기도자의 휘둥그런 눈이 아니라, 그지없이 헐벗은 사랑에 부신 눈이다.

새로운 유년이 이미 그녀를 부르고 있다. 뒤로 거칠게 잡아당기지도, 걸음을 방해하지도 않는 이 유년이 나이를 넘어서는 그곳으로 그녀를 소환한다.

그곳, 모든 그곳 중에서도 가장 근사한 그곳이 여기 현재의 순간 한복판에서 부드러운 빛을 발한다. 그곳, 그리고 이곳에서 새롭게 탄생한 유년이 황금빛 밀짚 속에서 반짝인다. 보살펴야 할 무언가다. 뤼시는 자신의 시선 속에 그 유년의 피난처를 마련해 준다.

늘 그렇듯 밤의 색깔인 그녀의 시선. 그러나 그 밤은 이제 '성탄'의 밤이다.

일어나 아이와 어미를 데리고 길을 떠나라……

− 마태오 2 : 20

일식의 빛과 성탄의 빛, 두 빛의 조우遭遇

이창실 역자

실비 제르맹이 『밤의 책』(1984), 『호박색 밤』(1986), 『분노의 날들』(1989)에 이어 1991년에 발표한 『메두사 아이』는 작가가 여성을 주인공으로 삼은 첫 소설이다.

소설 속에 짤막하게 언급되는 역사적 사건들로 미루어 『메두사 아이』는 알제리 전쟁(1954~1962)이 아직 끝나지 않은 1950년대에서 1990년대 초까지 이어지는 이야기임을 알 수 있으며, 작가가 태어난 프랑스 중부 베리 지방(제르맹은 베리 지방에서 부르주 다음으로 큰 도시인 샤토루 태생이다)이 그 무대임을 짐작할 수 있다. 그런가 하면 소설의 막이 오르면 등장하는 개기일식의 장면은 실제로 작가의 뇌리에 가장 깊이 각인되어 있던 유년의 추억 가운데 하나기도 하다.

상상력과 생명력이 가득한 여덟 살 소녀 뤼시는 새들과 다양한 동식물, 요정들의 이야기로 가득한 늪과 숲과 황야로 둘러싸인 마을에서 행복한 나날을 보낸다. 그러던 어느 날 끔찍한 일이 벌어지는데, 뤼시는 자신의 영웅이기도 했던 이부異父 오빠 페르디낭으로부터 강간당하며 3년에 걸쳐 밤마다 같은 일을 겪게 된다.

그렇게 아이가 이제껏 누렸던 아름다운 전원에서의 매혹적인 세계는 앞서 죽임을 당한 소녀들의 이야기와 맞물려 식인귀의 그림자로 어두워진다.

뤼시는 공포에 싸여 진실을 털어놓지 못한 채 반항적인 아이로 돌변해 침묵 속에서 시련을 홀로 견딘다. 어른들은 자신들 각자의 삶의 덫에 갇혀 아이가 맞서 싸우는 그 끔찍한 비극을 알아채지 못하며, 그렇게 뤼시는 모두로부터 버림받은 상태로 이 식인귀 오빠의 희생물이 되고 만다.

마침내 뤼시는 어른들과 친구들에게 등을 돌리고 늪의 짐승들과 곤충들을 관찰하며 그들에게 마음을 준다. 그리고 그곳에서 식인귀를 물리치기 위한 분노와 증오, 메두사의 시선을 벼리며 눈물도 기쁨도 모르는 존재가 된다.

이처럼 『메두사 아이』는 근친상간이라는 가혹한 소저를 바탕으로 삼고서, 식인귀가 등장하는 전통적인 설화에 메두사 신화의 요소를 가미하고 있다.

그리스·로마 신화에 나오는 메두사는 원래 빼어난 미인이었으나 아테나의 저주를 받아 머리카락이 뱀으로 변하며, 자신과 시선이 마주친 모든 걸 돌로 만들어 버리는 괴물이 된다. 이 소설은 바로 그 메두사의 시선을 차용하고 있다. 고통과 고립이 아이를 점점 더 무겁게 짓눌러 올 때 아이의 비극적인 현실은 메두사 신화와 연결됨으로써 환상적인 무게를 지니게 된다.

그런데 어린 소녀 뤼시는 자신에게 닥친 일을 정확히 이해하고 있는 듯하며, 침묵 속에서 짐을 홀로 감당해 나가는 의지에 이르기까지 몹시 성숙한 모습을 보여준다. 그건 이 나이 아이들의 태도와는 현실적으로 괴리가 있는 듯 보인다. 그럼에도 어린아이인 뤼시가 마치 어른의 시선으로 상황을 바라보는 듯한 소설의 묘사를 통해 우리는 오히려 그 모호한 심리적 메커니즘을 따라잡고 아이에게 가해진 폭력의 영향과 심각성을 헤아려 볼 수 있게 된다. (어린 뤼시를 지칭하는 대명사 elle을 '그녀'라고 번역할 수 있었던 것도 그런 연유에서다.)

어린 소녀에게 일어난 이 잔인한 이야기에 작가는 서정적인 숨결을 불어넣어 비장미와 시적인 아름다움이 공존하는 멜랑콜리한 노래를 만들어 낸다. 소재의 비극성에도 불구하고 뤼시 주변 인물들의 행동이나 대화는 자주 우리를 웃음 짓게 하고, 그들 각자가 짊어진 삶의 상황과 다층적인 면모들은 독자를 다채로운 감정의 팔레트 속으로 데려간다. 그리하여 이 인물들의 사랑과 희망과 좌절의 일화들 속으로 우리는 홀린 듯 빠져들지 않을 수 없다. 무엇보다 이 책은 제르맹의 다른 어떤 작품보다도 시각적 이미지들이 넘쳐나는 회화적인 소설로서, 매 페이지가 빛과 색채로 가득하다.

『메두사 아이』는 특히나 그 독특한 형식이 눈길을 끄

는 작품이다. 총 5부로 구성된 줄거리는 '전설'(Légende)이
라는 동일한 제목의 13개 장으로 이루어져 있다. 유년, 빛,
철야, 소환, 인내라는 제목을 지닌 각 부의 첫머리를 장식
하는 제사題詞는 성서에서 가져온 인용문으로서, 이어지는
텍스트의 내용을 암시한다. 그리고 각각의 '전설' 앞에는 한
편의 그림과도 같은 고정된 이미지가 등장한다(채색삽화,
붉은 분필화, 세피아화, 목탄화, 프레스코화). 요컨대 한 편
의 이미지와 '전설'이 짝을 이루면서 이야기가 전개되어 나
간다고 할 수 있다.

'전설' 앞에 등장하는 그 이미지 부분은 다양한 색상과
뉘앙스를 지닌 빛의 묘사로 시작되어 차츰 주변 공간과 사
물들을 그려 보이는데, 이미지 속에 놓인 사물과 사람은 익
명을 유지한 채 구체적인 정보에서 벗어나 있다.

그렇게 한 편의 이미지를 통해 익명의 무대장치가 마련
되면 잇따르는 '전설'이 앞선 이미지의 마지막 묘사를 이어
받으며 살아 움직이는 한 편의 이야기를 만들어 낸다. 정
지된 이미지 속 인물들은 그 이야기 속에서 비로소 이름과
얼굴, 생각을 부여받게 되며, 전지적 시점의 서술에 힘입어
독자는 등장인물들의 삶과 내면세계로 진입하게 된다. 그
러므로 '전설'의 긴 이야기는 어찌 보면 앞선 삽화의 설명
이라고도 할 수 있다.

'읽을거리'라는 뜻의 라틴어 레겐다(legenda)는 한 인물
(특별히 성인들의 삶)과 관련해 사실과 허구가 결합되어
전해 내려오는 일화나 일대기를 의미하는데, 이 단어에서
유래한 프랑스어 légende는 그런 일차적인 뜻 외에 그림이

나 삽화에 딸린 짧은 설명을 가리키기도 한다. (이 책에서 '전설'이라고 번역한 légende는 그런 다중적 의미의 차원에서 생각해 볼 수 있는 제목이다.)

총 5부, 13개 삽화로 나뉘는 뤼시의 삶에는 각각의 국면마다 특정한 색채가 부여된다.

우선 밝고 명랑한 색상들의 채색 삽화로 그려진 유년의 이야기는 시간이 흐름에 따라 차츰 어두워지는 단일한 색상으로, 즉 붉은 황토색에서 회갈색, 그리고 검정색으로 변해간다. 그러다 마지막 프레스코화에 이르면 이야기는 타데오 가디의 그림 속, 성탄을 알리는 천사에게서 퍼져 나오는 빛으로 온통 물들게 된다. 그리고 소설 첫 장면에 등장하는 일식의 빛이 루이-펠릭스가 보낸 엽서를 통해 가디의 프레스코화에서 퍼져 나오는 성탄의 빛과 만나며, 이 회귀의 구조 속에서 소설은 되찾은 유년의 기쁨으로 넘쳐난다.

문학이 움직임의 예술이라면 회화는 시간을 정지시키는 예술이다. 공간 속에 자리한 형태와 색채의 집합체인 회화는 흐르는 시간 속에서 포착된 하나의 제스처나 풍경, 특별한 하나의 순간만을 재현하다. 『메두사 아이』는 회화의 이런 고유한 특성을 문학 작품 안에 들여놓은 독특한 소설이다. 각각의 Légende앞에 어김없이 놓이는 짧은 이미지-텍스트들이 그런 회화의 기능을 담당한다고 할 수 있다.

그러나 이 텍스트들의 시공에선 끊임없이 빛이 이동하

며, 시간의 변화와 함께 색채가 달라지고 인물들의 행동에
도 변화가 일어난다. 움직이고 변화하는 빛의 존재에 때론
소리가 첨가되어(피리 소리, 두꺼비 멜키오르의 노랫소리,
늪의 웅성임), 빛과 음향의 조화 속에서 전체적으로 독자
앞엔 살아 있는 한 편의 그림이 모습을 드러낸다.

회화는 변화하는 빛의 예술이기도 할진대, 실제로 이 작
품에서 빛은 가장 중요한 장치이다. 인물들의 삶에 깃드는
밝음과 어둠을 만들어 내는 것도 빛이며, 눈에 보이지 않는
신비로운 세계를 열어 보이는 것도 빛이다.

주인공 뤼시라는 이름 자체가 라틴어 룩스(lux), 즉 '빛'
이 그 어원이다.

소설 첫머리에 등장하는 일식의 장면은 우리를 낮도 밤
도 아닌 정지된 시간 속으로 데려간다. 이 빛의 움직임과
함께 이야기가 전개되어 나가며 빛은 예언적인 역할을 맡
는다. 밤의 세력이 낮의 세력을 침범하는 일식에 이어 유년
의 단원이 채 끝나기도 전에 점차 소설에 죽음의 그림자가
드리워지며, 이어지는 삽화의 색상도 점점 어두워진다.

유년의 행복을 앗아간 식인귀가 죽은 뒤에도 뤼시의 마
음속 상처는 비밀로 남아 핏속에 흐르는 독처럼 뤼시의 삶
에 계속 영향을 미친다.

세상을 떠돌며 수년에 걸친 무수한 만남과 방랑의 생활
이 있은 뒤 집으로 돌아온 뤼시는 자신도 알아채지 못한
어떤 요청에 의해 그곳에 남게 된다. 그리고 어머니의 임종

을 지켜보면서 과거에 자신에게 저질러진 잘못을 용서하게 되지만 자신 안에 여전히 남아 있는 막연한 비애와 공허를 부인하지는 못한다.

그녀에게 찾아든 마음의 평화가 유년의 그 황홀한 빛, 그녀가 찾는 기쁨은 아닌 것이다.

그러다 루이-펠릭스가 피렌체에서 뤼시에게 부친 엽서의 그림 속 빛이 어린 시절 둘이 학교 운동장에서 함께 본 일식의 빛과 만날 때 뤼시는 초자연적인 빛을 되찾음으로써 유린당하고 상처 입은 과거의 자신과 화해한다.

기쁨의 회복, 구원은 이처럼 예상치 못한 곳에서 그녀에게 찾아온다.

그러나 뤼시가 되찾은 유년의 고장, 어린 시절의 집과 자연은 세월이 지나며 달라져 있음을 작가는 잊지 않고 상기시킨다. 마흔을 앞둔 뤼시가 정착하는 외부세계는 예전과 같지 않다. 사람들이 떠난 마을은 텅 비다시피 하고, 모든 시詩에 귀를 막은 얼어붙은 목소리가 이미 이 고장에도 침범해 있다. 유년의 삽화에 등장했던 부활의 축제 속에 든 마을의 명랑한 분위기와는 사뭇 다른 쓸쓸한 풍경이다.

제5부의 제목이 '인내'임은 의미심장하다. 마지막까지 뤼시는 과거에 자신에게 일어났던 일에 대해 친구인 루이-펠릭스 앞에서 침묵하는데, 이 대목에서 우리는 상처와 악을 외부로 퍼뜨리지 않는 배려와 조심성을 엿보게 된다. 공포와 수치심으로 말미암았던 예전의 침묵과는 결이 다른 성숙한 침묵이다. 또한 그녀는 과거의 그림자와 정면충

돌해서는 안 된다는 걸 안다. 언제라도 튀어나와 적대적인 얼굴을 들이밀 수 있는, "기억 깊숙한 곳에 잠복해 있는 그 힘"을 부인하지 않는 것이다.

그럼에도 그녀가 견뎌야 하는 밤들이 이젠 예전의 밤과 같지 않으리라는 걸 우리는 짐작할 수 있다.

한 편의 그림이 계시하는 밤. 그 밤은 성탄의 밤이며 기쁨의 밤임을 천사가 알려오며, 그녀의 삶엔 그 빛이 끼어든 것이다.

『메두사 아이』는 한마디로 상처 입은 유년에 관한 소설이다. 가족 안의 비극적인 상황을 주제로 한 이 작품은 색채와 음향으로 가득한 산문을 통해 고통과 시가 하나 되는 특별한 세계로 우리를 안내한다.

뤼시가 집을 떠나 방황하는 나날들, 다시 집으로 돌아오기까지 실패로 점철되어 있었던 그 긴 시간이 소설 속에선 마지막 '전설'의 장에 아주 짧게 축약되어 있다. 하지만 그 이야기는 또 다른 한 권의 책으로 탄생할 수도 있겠다는 생각이 드는데, 그 안에 들어갈 내용은 독자 개인의 삶과 경험, 상상이 채워나갈 몫으로 남을 것이다.

이 소설은 일견 평범하지 않은 소재를 다루고 있는 듯하지만, 뤼시 도비네가 겪은 일들이 한 개인에게 일어난 특별한 무언가에 그치는 건 아닐 것이다. 『메두사 아이』는 불가사의한 외부의 힘으로 인해 유년의 순수한 기쁨을 상실하게 된 우리의 이야기다.

책 마지막 페이지에 이르면 너무도 생생하고 아름다워 오래도록 우리의 눈길을 붙잡고 놓아주지 않는 광경이 등장한다.

루-페의 무심하고도 경쾌한 어조에 실려 과거를 소환하는 짧은 글귀에선 잠시 먹먹한 감동이 전해진다. 우리가 찾아 헤맨 그것이, 전혀 예기치 못했던 지극히 소박한 방식으로 우리를 찾아오는 순간이다.

옮긴이. 이창실

이화여자대학교 영어영문학과를 졸업하고, 프랑스 스트라스부르 대학교 응용언어학 과정을 이수한 뒤 이화여자대학교 통번역대학원 한불과를 졸업했다. 이스마일 카다레와 실비 제르맹, 크리스티앙 보뱅의 작품들을 비롯해 『키에르케고르』, 『글렌 굴드, 피아노 솔로』, 『너무 시끄러운 고독』 등을 우리말로 옮겼다.

실비 제르맹
메두사 아이

1판 1쇄　2026년 2월 19일

발행　1984BOOKS (일구팔사북스)
임프린트　THE CIRCLE PRESS (더서클프레스)
편집　신승엽　|　디자인　신승엽

주소　전북 익산시 창인동 1가 115-12
이메일　thecirclepress.official@gmail.com
TEL　010-3099-5973 · FAX　0303-3447-5973
SNS　@thecirclepress
ISBN　979-11-90533-78-2 (03860)

THE CIRCLE PRESS는 1984BOOKS 임프린트입니다.